CONTAGEM REGRESSIVA

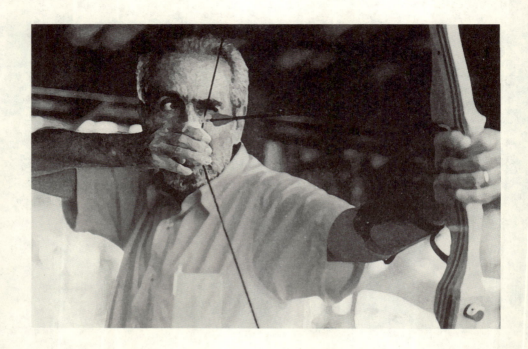

O Arqueiro

Geraldo Jordão Pereira (1938-2008) começou sua carreira aos 17 anos, quando foi trabalhar com seu pai, o célebre editor José Olympio, publicando obras marcantes como *O menino do dedo verde*, de Maurice Druon, e *Minha vida*, de Charles Chaplin.

Em 1976, fundou a Editora Salamandra com o propósito de formar uma nova geração de leitores e acabou criando um dos catálogos infantis mais premiados do Brasil. Em 1992, fugindo de sua linha editorial, lançou *Muitas vidas, muitos mestres*, de Brian Weiss, livro que deu origem à Editora Sextante.

Fã de histórias de suspense, Geraldo descobriu *O Código Da Vinci* antes mesmo de ele ser lançado nos Estados Unidos. A aposta em ficção, que não era o foco da Sextante, foi certeira: o título se transformou em um dos maiores fenômenos editoriais de todos os tempos.

Mas não foi só aos livros que se dedicou. Com seu desejo de ajudar o próximo, Geraldo desenvolveu diversos projetos sociais que se tornaram sua grande paixão.

Com a missão de publicar histórias empolgantes, tornar os livros cada vez mais acessíveis e despertar o amor pela leitura, a Editora Arqueiro é uma homenagem a esta figura extraordinária, capaz de enxergar mais além, mirar nas coisas verdadeiramente importantes e não perder o idealismo e a esperança diante dos desafios e contratempos da vida.

KEN FOLLETT

CONTAGEM REGRESSIVA

ARQUEIRO

Título original: *Code to Zero*

Copyright © 2000 por Ken Follett
Copyright da tradução © 2018 por Editora Arqueiro Ltda.

Todos os direitos reservados. Nenhuma parte deste livro pode ser utilizada ou reproduzida sob quaisquer meios existentes sem autorização por escrito dos editores.

tradução: Alves Calado
preparo de originais: Taís Monteiro
revisão: Ana Grillo e Flávia Midori
projeto gráfico e diagramação: Valéria Teixeira
capa: www.blacksheep-uk.com
adaptação de capa: Ana Paula Daudt Brandão
imagens de capa: H. Armstrong Roberts/Alamy/Latinstock (interior do carro)
Zoonar/Oleksandr Nikolaienko/Alamy/Latinstock (constelação)
Al Fenn/Getty images (foguete)
impressão e acabamento: Bartira Gráfica

CIP-BRASIL. CATALOGAÇÃO NA PUBLICAÇÃO
SINDICATO NACIONAL DOS EDITORES DE LIVROS, RJ

F724c Follett, Ken
Contagem regressiva/ Ken Follett; tradução de Alves Calado. São Paulo: Arqueiro, 2018.
320 p.; 16 x 23 cm.

Tradução de: Code to zero
ISBN 978-85-8041-828-6

1. Ficção inglesa. I. Calado, Alves. II. Título.

18-47465
CDD: 823
CDU: 821.111-3

Todos os direitos reservados, no Brasil, por
Editora Arqueiro Ltda.
Rua Artur de Azevedo, 1.767 – Conj. 177 – Pinheiros
05404-014 – São Paulo – SP
Tel.: (11) 2894-4987
E-mail: atendimento@editoraarqueiro.com.br
www.editoraarqueiro.com.br

NOTA HISTÓRICA

O lançamento do primeiro satélite espacial americano, o *Explorer I*, foi programado originalmente para 29 de janeiro de 1958, uma quarta-feira. No fim daquela tarde, o evento foi adiado para o dia seguinte. O motivo alegado foi o tempo. Observadores em Cabo Canaveral ficaram perplexos: era um perfeito dia ensolarado na Flórida. Mas o Exército argumentou que uma corrente de jato, um tipo de vento de alta altitude, tornava as condições desfavoráveis.

Na noite seguinte houve outro adiamento, com a mesma explicação.

Finalmente o lançamento foi executado na sexta-feira, 31 de janeiro.

"... desde seu início, em 1947, a CIA, Agência Central de Inteligência, gastou milhões de dólares num grande programa de pesquisa com o objetivo de descobrir drogas e outros métodos obscuros para colocar pessoas comuns, tanto voluntárias quanto involuntárias, sob controle total – para agir, falar e revelar os segredos mais preciosos, e até mesmo para esquecer quando orientadas a isso."

THOMAS POWERS, na introdução de *The Search for the "Manchurian Candidate": The CIA and Mind Control*, de John Marks

Parte um

5h

O míssil Júpiter C *está na plataforma de lançamento no Complexo 26, em Cabo Canaveral. Visando ao sigilo, está inteiramente coberto por uma lona enorme, com exceção da cauda, que é a do conhecido foguete* Redstone, *do Exército. Mas o resto dele, sob a capa, é bastante singular...*

Ele acordou com medo.

Pior do que isso: estava aterrorizado. O coração batia forte, a respiração saía ofegante e o corpo estava rígido. Era como um pesadelo, só que o despertar não havia trazido nenhum alívio. Sentia que algo pavoroso tinha acontecido, mas não fazia ideia do que podia ser.

Abriu os olhos. Uma luz fraca vinda de outro cômodo iluminava vagamente o ambiente e ele percebia formas indistintas, familiares porém sinistras. Em algum lugar ali perto corria água numa cisterna.

Tentou se acalmar. Engoliu em seco, respirou devagar e procurou pensar direito. Encontrava-se deitado num chão duro. Sentia frio, o corpo inteiro doía e ele estava com uma espécie de ressaca: dor de cabeça, boca seca e enjoo.

Sentou-se, tremendo de medo. Distinguiu um cheiro desagradável de piso úmido lavado com desinfetante forte. Reconheceu a silhueta de uma fileira de pias.

Estava num banheiro público.

Sentiu nojo. Estivera dormindo no chão de um banheiro masculino. Que diabo havia acontecido com ele? Concentrou-se. Estava totalmente vestido, usando uma espécie de sobretudo e botas pesadas, mas tinha a sensação de que as roupas não eram suas. O pânico aos poucos diminuiu, mas foi substituído por um medo mais profundo, menos histérico porém muito mais racional. O que acontecera com ele era bastante ruim.

Precisava de luz.

Levantou-se. Olhou em volta, espiando na penumbra, e imaginou onde deveria ficar a porta. Mantendo os braços à frente, para o caso de haver obstáculos invisíveis, foi até uma parede. Depois andou de lado feito um caranguejo, as mãos explorando. Encontrou uma superfície fria de vidro que supôs ser um espelho, e em seguida havia um toalheiro e uma caixa de metal que podia ser uma máquina de vendas automática. Por fim as pontas dos dedos tocaram um interruptor e ele o acendeu.

Uma luz forte inundou as paredes de ladrilhos brancos, o piso de concreto e uma fileira de toaletes com a porta aberta. Perguntou-se como teria chegado ali. Concentrou-se. O que havia acontecido na noite anterior? Não conseguia lembrar.

O medo histérico começou a retornar quando percebeu que *não conseguia se lembrar de nada.*

Trincou os dentes para não gritar. Ontem. Anteontem... nada. Qual era seu nome? Não sabia.

Virou-se para a fileira de pias. Acima delas havia um espelho comprido. Pelo reflexo viu um mendigo imundo, com roupas esfarrapadas, cabelo desgrenhado, rosto sujo e olhos insanos, esbugalhados. Encarou o homem durante um segundo, depois foi tomado por uma revelação terrível. Recuou com um grito de choque e a imagem no espelho fez a mesma coisa. O mendigo era ele.

Não conseguiu mais conter a maré de pânico. Abriu a boca e, numa voz trêmula de horror, gritou: "Quem sou eu?"

...

O monte de roupas velhas se mexeu. Quando rolou com a barriga para cima, um rosto surgiu e uma voz murmurou:

– Você é um vagabundo, Luke, pare de gritar.

Seu nome era Luke.

Sentiu uma gratidão patética pela informação. Um nome não era grande coisa, mas lhe dava um foco. Olhou para o homem. O sujeito usava um paletó de tweed rasgado, com um pedaço de barbante em volta da cintura, fazendo as vezes de cinto. O rosto jovem e imundo tinha uma expressão astuta. O homem esfregou os olhos e murmurou:

– Minha cabeça está doendo.

– Quem é você? – perguntou Luke.

– Sou o Pete, seu retardado, não está vendo?

– Não consigo... – Luke engoliu em seco, contendo o pânico. – Perdi a memória!

– Não estou nem um pouco surpreso. Ontem você entornou quase uma garrafa inteira. É um milagre não ter perdido a cabeça inteira, e não só a memória. – Pete lambeu os lábios. – Não consegui beber quase nada daquele maldito bourbon.

O bourbon explicava a ressaca, pensou Luke.

– Mas por que eu beberia uma garrafa inteira?

Pete riu, sarcástico.

– Essa deve ser a pergunta mais idiota que eu já ouvi. Para ficar de porre, é claro!

Luke ficou aterrorizado. Ele era um mendigo bêbado que dormia em banheiros públicos.

Estava com uma sede atroz. Curvou-se sobre uma pia, deixou a água fria correr e bebeu direto da torneira. Isso o fez se sentir melhor. Enxugou a boca e se obrigou a se olhar de novo no espelho.

Agora o rosto estava mais calmo. O olhar louco havia sumido, substituído por uma expressão de perplexidade e consternação. O reflexo mostrava um homem beirando os 40 anos, com cabelo preto e olhos azuis. Não era barbudo – tinha só os pelos cerrados de vários dias sem se barbear.

Virou-se de volta para o outro homem.

– Luke do quê? – perguntou. – Qual é o meu sobrenome?

– Luke... não sei das quantas. Como é que eu vou saber?

– Como foi que eu fiquei assim? Há quanto tempo isso está acontecendo? Por que aconteceu?

Pete se levantou e disse:

– Preciso de um café da manhã.

Luke percebeu que estava com fome. Imaginou se teria algum dinheiro. Examinou os bolsos do sobretudo, do casaco, das calças. Todos vazios. Não tinha dinheiro, nem carteira, nem mesmo um lenço. Nenhum bem, nenhuma pista.

– Acho que estou falido – comentou.

– Não diga – retrucou Pete, sarcástico. – Vamos. – Então passou por uma porta.

Luke foi atrás.

Quando saiu à luz, sofreu outro choque. Estava num templo enorme, vazio e silencioso feito um túmulo. Havia bancos de mogno enfileirados no piso de mármore, como assentos de igreja esperando uma congregação de fantasmas. No salão enorme, sobre um lintel alto de pedra sustentado por várias colunas, surreais guerreiros de pedra com elmos e escudos protegiam o lugar sagrado. Lá no alto, o teto em abóbada era enfeitado ricamente com octógonos folheados a ouro. Pela mente de Luke passou o pensamento insano de que ele havia sido a vítima de um sacrifício num ritual estranho que o deixara sem memória.

Perplexo, perguntou:

– Que lugar é este?

– A Union Station, Washington, D.C.

Um relé foi acionado na mente de Luke e aquilo tudo fez sentido. Aliviado, viu a sujeira nas paredes, os chicletes pisados no chão e os papéis de bala e maços de cigarros vazios nos cantos, e sentiu-se um idiota. Estava numa grandiosa estação de trem, de manhã cedo, antes que ela fosse invadida por passageiros. Tinha ficado em pânico como uma criancinha que imagina monstros num quarto escuro.

Pete foi até um arco triunfal onde estava escrito "Saída", e Luke seguiu-o rapidamente.

Uma voz agressiva gritou:

– Ei! Ei, vocês aí!

– Ops – disse Pete, acelerando o passo.

Um homem atarracado, com uniforme da ferroviária justo no corpo, partiu para cima deles cheio de indignação.

– De onde vocês saíram, seus vagabundos?

– A gente já está indo, a gente já está indo – choramingou Pete.

Luke sentiu-se humilhado por ser expulso de uma estação de trem por um funcionário gordo.

O sujeito não se contentou em simplesmente se livrar deles.

– Vocês estavam dormindo aqui, não estavam? – resmungou, seguindo-os de perto. – Sabem muito bem que isso não é permitido.

Luke sentiu raiva por ser repreendido como se fosse um adolescente, mesmo imaginando que provavelmente era merecido. Ele *tinha* dormido na porcaria do banheiro. Conteve uma resposta agressiva e andou mais depressa.

– Isso aqui não é um albergue – continuou o sujeito. – Mendigos desgraçados, deem o fora daqui! – E empurrou o ombro de Luke.

Luke se virou de repente e confrontou o sujeito.

– Não toque em mim – disparou. Ficou surpreso com a ameaça tranquila na própria voz. O homem parou imediatamente. – Já estamos saindo, então não precisa fazer nem dizer mais nada, entendeu?

O sujeito deu um grande passo para trás, parecendo amedrontado.

Pete segurou o braço de Luke.

– Vamos.

Luke ficou envergonhado. O sujeito era um idiota intrometido, mas ele e Pete eram dois vagabundos, e um funcionário da estação tinha o direito de expulsá-los dali. Luke não tinha nada que intimidá-lo.

Passaram pelo arco majestoso. Estava escuro lá fora. Havia alguns carros parados em volta da pista circular na frente da estação, mas as ruas estavam silenciosas. O ar estava frio e cortante e Luke pressionou as roupas maltrapilhas em volta do corpo. Era inverno, uma manhã gelada em Washington, talvez janeiro ou fevereiro.

Imaginou que ano seria.

Pete virou à esquerda, aparentemente sabendo aonde estava indo. Luke foi atrás.

– Para onde estamos indo? – perguntou.

– Conheço uma igreja na H Street onde a gente pode conseguir café da manhã de graça, desde que você não se importe em cantar um hino ou dois.

– Estou morrendo de forme, cantaria um oratório inteiro.

Pete seguiu confiante por uma rota em zigue-zague através de um bairro de classe baixa. A cidade ainda não havia acordado. As casas estavam escuras e as lojas fechadas, assim como os restaurantes de quinta categoria e as bancas de jornais. Olhando de relance para uma janela de um quarto com cortinas baratas, Luke imaginou um homem lá dentro, dormindo profundamente sob uma pilha de cobertores, com uma mulher de corpo quente ao lado, e sentiu uma pontada de inveja. Parecia que seu lugar era ali fora, junto com os homens e mulheres que acordavam antes do amanhecer e se atreviam a encarar as ruas frias enquanto as pessoas comuns dormiam: o homem com roupas de trabalho se arrastando para o emprego; o jovem em sua bicicleta, com cachecol e luvas; a mulher solitária fumando no interior iluminado de um ônibus.

Sua mente fervilhava com perguntas ansiosas. Fazia quanto tempo que era um bêbado? Já teria tentado parar de beber? Tinha algum parente que poderia ajudá-lo? Onde havia conhecido Pete? Onde conseguiram a bebida? Onde tinham bebido? Mas Pete estava com um humor taciturno e Luke conteve a impaciência, esperando que o sujeito desse mais informações quando estivesse com a barriga cheia.

Chegaram a uma pequena igreja que se erguia desafiadoramente entre um cinema e uma tabacaria. Entraram por uma porta lateral e desceram um lance de escada até o porão. Luke se viu numa sala comprida com teto baixo – a cripta, supôs. Numa extremidade viu um piano de armário e um pequeno púlpito; na outra, um fogão. Entre os dois havia três mesas de cavalete enfileiradas. Três mendigos estavam sentados no banco de cada uma, encarando o nada pacientemente. Na área da cozinha uma mulher gorda mexia algo numa panela grande. Ao lado dela, um homem de barba grisalha usando um colarinho clerical ergueu o olhar de uma garrafa de café e sorriu.

– Venham, venham! – disse, animado. – Venham se aquecer.

Luke o olhou com cautela, imaginando se o sujeito era de verdade.

Ali estava mesmo quente, até um pouco sufocante depois do ar gelado lá fora. Luke desabotoou o casaco imundo.

– Bom dia, pastor Lonegan – cumprimentou Pete.

– Você já veio aqui? – perguntou o pastor. – Esqueci o seu nome.

– Eu me chamo Pete. Ele é o Luke.

– Dois discípulos! – A cordialidade dele parecia genuína. – A comida ainda não está pronta, mas temos café fresquinho.

Luke se perguntou como Lonegan mantinha a animação quando precisava acordar tão cedo para servir o café da manhã a um monte de parasitas catatônicos.

O pastor serviu o café em canecas grossas.

– Leite e açúcar?

Luke não sabia se gostava de leite e açúcar no café.

– Sim, obrigado – disse.

Pegou a caneca da mão do homem e tomou um gole da bebida. Tinha um gosto enjoativamente cremoso e doce. Imaginou que devia tomar puro. Mas o café com leite aplacou a fome e ele bebeu tudo bem rápido.

– Faremos uma oração daqui a pouco – disse o pastor. – Quando terminarmos, o famoso mingau de aveia da Sra. Lonegan estará pronto e delicioso.

Luke decidiu que sua desconfiança era infundada. O pastor Lonegan era o que parecia: um sujeito animado que gostava de ajudar as pessoas.

Luke e Pete se sentaram à mesa rústica de tábuas. Luke examinou seu acompanhante. Até o momento tinha notado apenas o rosto sujo e as roupas maltrapilhas. Agora viu que Pete não tinha nenhuma das marcas de alguém que tivesse o costume de beber muito: nenhuma veia estourada, nem a pele seca e descamada, nem qualquer ferida ou hematoma. Talvez fosse jovem demais – devia ter uns 25 anos, supôs. Mas Pete era ligeiramente desfigurado. Tinha uma marca de nascença vermelho-escura que descia da orelha direita até o maxilar. Os dentes eram irregulares e amarelos. Havia deixado crescer o bigode preto provavelmente para afastar a atenção dos dentes ruins, na época em que ainda se importava com a aparência. Luke percebeu nele uma raiva reprimida. Achou que Pete se ressentia do mundo, talvez por tê-lo tornado feio, talvez por algum outro motivo. Provavelmente tinha uma teoria de que o país estava sendo arruinado por algum grupo que ele odiava: imigrantes chineses ou negros subindo na vida, ou um grupo sinistro de dez homens ricos que controlavam em segredo a Bolsa de Valores.

– O que você está olhando? – perguntou Pete.

Luke deu de ombros e não respondeu. Na mesa havia um jornal dobrado na seção de palavras cruzadas e um toco de lápis. Olhou distraidamente para o jogo, pegou o lápis e começou a preencher as respostas.

Mais mendigos chegaram. A Sra. Lonegan pegou uma pilha de tigelas pesadas e um monte de colheres. Luke preencheu todas as palavras do jogo, menos uma: "Povoado na Dinamarca", seis letras. O pastor Lonegan olhou por cima do ombro dele para o jogo preenchido, ergueu as sobrancelhas com surpresa e disse baixinho para a esposa:

– Ah, que mente brilhante perdida!

Luke decifrou imediatamente a última pista – Hamlet – e a escreveu. Depois pensou: Como é que eu sabia disso?

Desdobrou o jornal e olhou a primeira página, procurando a data. Quarta-feira, 29 de janeiro de 1958. Seu olhar foi atraído pela manchete: LUA DOS EUA PERMANECE EM TERRA. Leu:

> *Cabo Canaveral, terça-feira. A Marinha dos EUA abandonou hoje a segunda tentativa de lançar seu foguete espacial,* Vanguard, *depois de inúmeros problemas técnicos.*
>
> *A decisão foi tomada dois meses depois de o lançamento do primeiro* Vanguard *terminar numa humilhação retumbrante, com o foguete explodindo dois segundos depois da ignição.*
>
> *As esperanças norte-americanas de lançar um satélite artificial que rivalize com o* Sputnik *soviético agora estão no míssil* Júpiter, *do Exército.*

O piano emitiu um acorde estridente e Luke levantou os olhos. A Sra. Lonegan estava tocando a introdução de um hino familiar. Ela e o marido começaram a entoar "Em Jesus amigo temos" e Luke cantou junto, satisfeito por ser capaz de lembrar a letra.

O bourbon tinha um efeito estranho, pensou. Ele era capaz de resolver palavras cruzadas e cantar um hino de cor, mas não sabia o nome da própria mãe. Talvez estivesse bebendo havia vários anos e tivesse danificado o cérebro. Imaginou como podia ter deixado algo assim acontecer.

Depois do hino, o pastor Lonegan leu alguns versículos da Bíblia, em seguida disse a todos ali que eles podiam ser salvos. Aquele era um grupo que precisava mesmo de salvação, pensou Luke. Mesmo assim, não se sentiu tentado a pôr a fé em Jesus. Primeiro precisava descobrir quem ele próprio era.

O pastor improvisou uma oração e todos cantaram um hino de agradecimento. Em seguida os homens fizeram fila e a Sra. Lonegan serviu-lhes mingau de aveia quente com xarope. Luke tomou três tigelas. Depois sentiu-se muito melhor. A ressaca estava passando depressa.

Impaciente para retomar as perguntas, aproximou-se do pastor.

– O senhor já me viu antes? Eu perdi a memória.

Lonegan encarou-o com um olhar profundo.

– Sabe, acho que não. Mas toda semana eu conheço centenas de pessoas, então posso estar enganado. Quantos anos você tem?

– Não sei – respondeu Luke, sentindo-se um idiota.

– Pouco menos de 40, eu diria. Você não vive na rua há muito tempo. Isso cobra um preço da pessoa. Mas você anda com passo firme, a sujeira ainda não está agarrada à sua pele e você ainda está alerta a ponto de resolver um jogo de palavras cruzadas. Pare de beber agora e poderá levar uma vida normal de novo.

Luke se perguntou quantas vezes o pastor teria dito isso.

– Vou tentar – prometeu.

– Se precisar de ajuda, é só pedir.

Um rapaz que parecia ter problemas mentais estava dando tapinhas insistentes no braço de Lonegan, e ele se virou para o sujeito com um sorriso paciente.

Luke perguntou a Pete:

– Há quanto tempo você me conhece?

– Não sei, você apareceu por aí há um tempo.

– Onde nós estávamos anteontem à noite?

– Relaxa, está bem? Sua memória vai voltar mais cedo ou mais tarde.

– Preciso descobrir de onde eu vim.

Pete hesitou.

– O que a gente precisa é de uma cerveja. Ajuda a pensar direito. – E se virou para a porta.

Luke segurou o braço dele.

– Não quero beber – disse em tom decidido. Parecia que Pete não queria que ele investigasse seu passado. Talvez tivesse medo de perder um companheiro. Bom, era uma pena. Luke tinha coisas mais importantes do que fazer companhia a Pete. – Na verdade, acho que quero ficar um pouco sozinho.

– Quem você é? Greta Garbo?

– Estou falando sério.

– Você precisa de mim para tomar conta de você. Você não consegue se virar sozinho. Diabos, você nem lembra a própria idade...

Pete tinha uma expressão desesperada, mas Luke não cedeu.

– Agradeço a preocupação, mas você não está me ajudando a descobrir quem eu sou.

Depois de um momento, Pete deu de ombros.

– Tudo bem. – E se virou de novo para a porta. – Talvez a gente se veja por aí.

– Talvez.

Pete saiu. Luke apertou a mão do pastor Lonegan.

– Obrigado por tudo – disse.

– Espero que você ache o que está procurando – respondeu o pastor.

Luke subiu a escada e saiu para a rua. Pete estava no quarteirão seguinte, falando com um homem de capa de gabardine verde com gorro da mesma cor – pedindo dinheiro para uma cerveja, supôs Luke. Foi na direção oposta e virou na primeira esquina.

Ainda estava escuro. Seus pés estavam frios e ele percebeu que não estava de meia. Enquanto apertava o passo, a neve começou a cair, fraca. Depois de alguns minutos, diminuiu o ritmo. Não havia motivo para ter pressa. Não faria diferença andar rápido ou devagar. Parou e se abrigou junto a uma porta.

Não tinha aonde ir.

6H

O foguete é cercado em três lados por uma torre móvel que o sustenta num abraço de aço. A torre, na verdade uma estrutura de perfuração de petróleo convertida, é montada sobre dois conjuntos de rodas que correm em trilhos de bitola larga. Toda essa estrutura, maior do que uma casa grande, será empurrada para trás por 100 metros antes do lançamento.

Elspeth acordou preocupada com Luke.
 Continuou deitada por alguns instantes, o coração pesado de preocupação pelo homem que amava. Depois acendeu o abajur ao lado da cama e se sentou.
 O quarto de hotel era decorado com um tema do programa espacial. O abajur tinha a forma de um foguete e os quadros nas paredes mostravam planetas, luas crescentes e caminhos orbitais num céu noturno loucamente irreal. O Starlite era um dos novos hotéis baratos que tinham brotado em meio às dunas de Cocoa Beach, na Flórida, 12 quilômetros ao sul de Cabo Canaveral, para acomodar a grande quantidade de visitantes. O decorador obviamente tinha achado adequado o tema espacial, mas isso fazia Elspeth se sentir no quarto de um menino de 10 anos.
 Pegou o telefone ao lado da cama e ligou para o escritório de Anthony Carroll, em Washington, D.C. Ninguém atendeu. Tentou o número da casa dele e nada aconteceu. Será que algo tinha dado errado? Sentiu-se nauseada de medo. Disse a si mesma que Anthony devia estar a caminho do escritório. Ligaria de novo em meia hora. Ele não ia levar mais do que esse tempo para chegar ao trabalho de carro.
 Enquanto tomava banho, pensou em Luke e em Anthony, em quando os conhecera. Antes da guerra, os dois estudavam em Harvard e ela em Radcliffe. Ambos faziam parte do Glee Club de Harvard – Luke tinha uma bonita voz de barítono e Anthony era um tenor fantástico. Elspeth era maestrina da Sociedade Coral de Radcliffe e tinha organizado um concerto conjunto com o Glee Club.
 Melhores amigos, Luke e Anthony formavam uma dupla curiosa. Os dois eram altos e atléticos, mas as semelhanças terminavam aí. As garotas de Radcliffe chamavam-nos de a Bela e a Fera. Luke era a Bela, com o cabelo preto ondulado e as roupas elegantes. Anthony, com seu nariz grande e o queixo comprido, não

era bonito, e parecia estar sempre usando o terno de outra pessoa, mas as mulheres eram atraídas por sua energia e seu entusiasmo.

Elspeth terminou rápido seu banho. Vestiu o roupão e sentou-se à penteadeira para se maquiar. Pôs o relógio de pulso ao lado do delineador, para ver quando já tivesse se passado meia hora.

Na primeira vez em que falara com Luke, também estava sentada diante de uma penteadeira, usando um roupão. Fora durante um trote na faculdade. Um grupo de rapazes de Harvard, alguns bêbados, tinha entrado no prédio do alojamento feminino por uma janela do térreo, tarde da noite, para roubar calcinhas. Agora, quase vinte anos depois, parecia incrível que ela e as outras garotas não houvessem temido nada pior do que ter as calcinhas roubadas. Será que naquela época o mundo era mais inocente?

Por acaso, Luke havia entrado em seu quarto. Fazia faculdade de matemática, como ela. Apesar de ele estar usando uma máscara, ela reconheceu as roupas – um paletó de tweed irlandês cinza-claro com um lenço de algodão de bolinhas vermelhas no bolso do peito. Assim que ficou sozinho com ela, Luke pareceu sem graça, como se tivesse acabado de lhe ocorrer que o que estava fazendo era uma idiotice. Ela sorriu, apontou para o armário e disse:

– Gaveta de cima.

Ele pegou uma calcinha branca bonita, com acabamento em renda, e Elspeth sentiu uma pontada de arrependimento – a peça tinha sido cara. Mas no dia seguinte ele a convidou para sair.

Tentou se concentrar na maquiagem. Estava mais difícil naquela manhã, porque ela tinha dormido mal. A base unificou as bochechas e o batom rosa clarinho iluminou a boca. Era formada em matemática pela Radcliffe, mas no trabalho ainda esperavam que ela se parecesse com uma modelo.

Escovou o cabelo castanho-avermelhado, cortado de acordo com a moda: comprimento até o queixo, com as pontas viradas para dentro. Colocou rapidamente um vestido cinturado de algodão, sem mangas, com listras vermelhas e marrons, e um cinto de couro marrom-escuro.

Vinte e nove minutos haviam transcorrido desde que tentara ligar para Anthony.

Para esperar passar o último minuto, pensou no número 29. Era um número primo – divisível apenas por si mesmo e por 1 –, mas fora isso não era muito interessante. A única coisa incomum nele era que $29 + 2x^2$ era primo para qualquer valor de x até 28. Calculou a série na cabeça: 29, 31, 37, 47, 61, 79, 101, 127...

Pegou o telefone e ligou de novo para o escritório de Anthony.

Ninguém atendeu.

1941

Elspeth Twomey se apaixonou por Luke na primeira vez em que ele a beijou. A maioria dos rapazes de Harvard não tinha ideia de como beijar. Ou esfolavam os lábios da garota com uma esfregação brutal ou abriam tanto a boca que a garota se sentia uma dentista. Quando Luke a beijou, às cinco para a meia-noite, nas sombras do alojamento de Radcliffe, foi ardente mas gentil. Os lábios dele se moviam o tempo todo, não apenas na boca, mas também nas bochechas, nas pálpebras e no pescoço. A ponta da língua sondava suavemente entre os lábios dela, pedindo permissão para entrar, e ela nem fingiu que hesitava. Depois, sentada em seu quarto, Elspeth se olhou no espelho e sussurrou para o reflexo: "Acho que o amo."

Isso havia acontecido seis longos meses antes, e desde então o sentimento tinha ficado mais forte. Agora ela via Luke quase todo dia. Os dois estavam no último ano. Todo dia se encontravam para almoçar ou estudavam juntos durante algumas horas. Nos fins de semana, ficavam quase o tempo inteiro juntos.

Não era incomum que as garotas de Radcliffe ficassem noivas no último ano, fosse de um rapaz de Harvard ou de um jovem professor. Então se casavam no verão, tinham uma longa lua de mel e se mudavam para um apartamento quando voltavam. Começavam a trabalhar e um ano depois davam à luz o primeiro bebê.

Mas Luke nunca havia falado em casamento.

Ela o fitou agora, sentado num reservado nos fundos do bar Flanagan's, discutindo com Bern Rothsten, um aluno da pós-graduação alto, com um farto bigode preto e olhar obstinado. O cabelo preto de Luke ficava caindo nos olhos e ele o colocava para trás com a mão esquerda, um gesto familiar. Quando fosse mais velho e tivesse um emprego responsável, usaria brilhantina para que a mecha ficasse no lugar, e então não seria tão charmoso, pensou ela.

Bern era comunista, como muitos alunos e professores de Harvard.

– Seu pai é banqueiro – disse ele a Luke com desdém. – Você também vai ser banqueiro. Claro que acha o capitalismo uma coisa fantástica.

Elspeth viu o pescoço de Luke ficar vermelho. O pai dele aparecera recentemente num artigo da revista *Time* como um dos dez homens que tinham ficado milionários desde a Grande Depressão. Porém ela supôs que ele se incomodara não por ser um garoto rico, mas porque gostava da família e se ressentia da crítica implícita ao pai. Elspeth sentiu raiva por ele e reagiu indignada:

– Nós não julgamos as pessoas pelos pais delas, Bern!

– De qualquer modo – disse Luke –, ser banqueiro é um trabalho digno. Os banqueiros ajudam as pessoas a abrir empresas e a gerar empregos.

– Como fizeram em 1929.

– Eles cometem erros. Às vezes ajudam as pessoas erradas. Soldados também cometem erros e atiram nas pessoas erradas, e eu não acuso você de ser um assassino.

Foi a vez de Bern parecer magoado. Ele tinha lutado na Guerra Civil Espanhola – era três ou quatro anos mais velho do que os outros –, e agora Elspeth achou que ele devia estar se lembrando de algum erro trágico.

– De qualquer modo, não pretendo ser banqueiro – acrescentou Luke.

Peg, a namorada deselegante de Bern, inclinou-se para a frente, interessada. Como Bern, ela era intensa nas convicções, mas não tinha a língua sarcástica dele.

– O que você quer ser, então?

– Cientista.

– De que tipo?

Luke apontou para cima.

– Quero explorar além do nosso planeta.

Bern deu uma risada de escárnio.

– Foguetes! Que fantasia de criança...

Elspeth saiu de novo em defesa de Luke:

– Corta essa, Bern, você não sabe do que está falando.

Bern estudava literatura francesa.

Mas Luke não pareceu incomodado. Talvez estivesse acostumado a rirem do seu sonho.

– Acho que isso vai acontecer – declarou. – E digo mais: acredito que a ciência fará mais pelas pessoas comuns do que o comunismo.

Elspeth se encolheu. Amava Luke, mas sentia que ele era ingênuo em relação à política.

– Os benefícios da ciência são restritos à elite privilegiada – disse a ele. – Simples assim.

– Não é verdade – retrucou Luke. – Os navios a vapor tornam melhor tanto a vida dos marinheiros quanto a dos passageiros.

– Você já esteve na sala de máquinas de um navio transatlântico? – perguntou Bern.

– Já, e ninguém estava morrendo de escorbuto.

Uma figura alta projetou uma sombra na mesa.

– Vocês têm idade suficiente para consumir bebidas alcoólicas?

Era Anthony Carroll, usando um terno de sarja azul com o qual parecia ter dormido. A garota que estava com ele era tão impressionante que Elspeth soltou um murmúrio involuntário de surpresa. Era uma jovem pequena e elegante com um casaquinho vermelho e uma saia preta rodada, os cachos escuros escapando de baixo de um chapeuzinho vermelho com aba.

– Esta é Billie Josephson – disse Anthony.

– Você é judia? – perguntou Bern Rothsten.

A garota ficou espantada com uma pergunta tão direta.

– Sou.

– Então pode se casar com o Anthony, mas não pode entrar para o country club dele.

– Não sou sócio de nenhum country club – protestou Anthony.

– Vai ser, Anthony, vai ser – retrucou Bern.

Luke se levantou para apertar a mão dela, bateu com a coxa na mesa e derrubou um copo. Ele não costumava ser tão desajeitado, e Elspeth percebeu, com uma pontada de irritação, que ele ficara fascinado pela Srta. Josephson.

– Estou surpreso – disse ele, dando seu sorriso mais charmoso. – Quando Anthony falou que ia sair com uma garota chamada Billie, imaginei alguém com mais de 1,80 metro e corpo de lutador.

Billie riu e deslizou para o reservado, ao lado de Luke.

– Meu nome é Bilhah – disse. – É bíblico. Bila foi aia de Raquel e mãe de Dã. Mas fui criada em Dallas, onde me chamavam de Billie-Jo.

Anthony sentou-se ao lado de Elspeth e disse baixinho:

– Ela não é linda?

Billie não era exatamente linda, pensou Elspeth. Tinha rosto estreito, nariz afilado e olhos grandes, intensos, castanho-escuros. O que era deslumbrante era o conjunto: o batom vermelho, o ângulo do chapéu, o sotaque do Texas e, acima de tudo, a animação. Enquanto conversava com Luke, contando alguma história sobre os texanos, sorriu, franziu a testa e exprimiu todo tipo de emoções através de seus gestos.

– Ela é bonitinha – disse Elspeth. – Não sei por que nunca a vi antes.

– Billie trabalha o tempo todo, não vai a muitas festas.

– E como você a conheceu?

– Ela me chamou a atenção no museu Fogg. Estava usando um casaco verde com botões de latão e uma boina. Achei que parecia um soldadinho de chumbo recém-saído da caixa.

Billie não era nenhum brinquedinho, pensou Elspeth. Era mais perigosa do que isso. Billie riu de alguma coisa que Luke havia dito e deu um tapinha no braço dele, fingindo que ralhava. Era um gesto de puro flerte, pensou Elspeth. Irritada, interrompeu-os e perguntou a Billie:

– Está planejando violar o toque de recolher esta noite?

As garotas de Radcliffe deviam estar de volta a seu alojamento às dez horas. Podiam conseguir permissão para chegar mais tarde, mas precisavam colocar o nome num caderno, com detalhes do lugar aonde planejavam ir e a que horas voltariam. E a hora do retorno era sempre verificada. Mas eram mulheres inteligentes, e as regras complexas apenas as inspiravam a criar invenções engenhosas.

– Supostamente estou passando a noite com uma tia que veio me visitar e está numa suíte no Ritz. Qual é a sua história?

– Não tenho história nenhuma, só uma janela do térreo que vai ficar aberta a noite toda.

– Na verdade vou ficar com uns amigos do Anthony em Fenway – disse Billie, baixando a voz.

Anthony pareceu sem graça.

– Um pessoal que minha mãe conhece e que tem um apartamento grande – explicou a Elspeth. – Não me venha com esse olhar antiquado, eles são totalmente respeitáveis.

– Espero que sim – reagiu Elspeth, recatada, e teve a satisfação de ver Billie ficar ruborizada. Virando-se para Luke, disse: – Querido, a que horas é o filme?

Ele olhou seu relógio.

– Precisamos ir.

Luke tinha pegado um carro emprestado para o fim de semana. Era um automóvel de dois lugares, um Ford Modelo A, com 10 anos de idade, a forma alta parecendo antiquada ao lado dos carros baixos do início dos anos 1940.

Luke manobrava o veículo com habilidade, obviamente se divertindo. Foram para Boston. Elspeth se perguntou se não tinha sido má com Billie. Talvez um pouco, decidiu, mas não iria derramar nenhuma lágrima por isso.

Foram assistir ao filme mais recente de Alfred Hitchcock, *Suspeita*, no cinema Loew State. No escuro, Luke passou o braço em volta de Elspeth e ela encostou a cabeça no ombro dele. Ela achou uma pena terem escolhido um filme sobre um casamento desastroso.

Por volta de meia-noite, voltaram a Cambridge. Saíram na Memorial Drive e estacionaram de frente para o rio Charles, do lado da casa de barcos. O carro não tinha aquecimento, e Elspeth levantou a gola de pele de seu casaco e se encostou em Luke para se esquentar.

Falaram do filme. Elspeth achava que na vida real a personagem de Joan Fontaine, uma jovem reprimida criada por pais rígidos, jamais se sentiria atraída pelo rapaz irresponsável interpretado por Cary Grant.

– Mas foi por isso que ela se apaixonou por ele: porque ele era perigoso – disse Luke.

– As pessoas perigosas são atraentes?

– Sem dúvida.

Elspeth se virou de costas para ele e olhou o reflexo da lua na superfície inquieta da água. Billie Josephson era perigosa, pensou.

Luke sentiu a irritação dela e mudou de assunto.

– Hoje à tarde o professor Davies me disse que posso fazer o mestrado aqui mesmo em Harvard, se quiser.

– Por que ele disse isso?

– Eu comentei que esperava ir para Columbia. Ele falou: "Para quê? Fique aqui!" Expliquei que minha família mora em Nova York e ele comentou: "Família. Bah!" Assim. Como se eu não pudesse ser um matemático sério se quisesse ficar perto da minha irmã mais nova.

Luke era o mais velho de quatro irmãos. Sua mãe era francesa. O pai a havia conhecido em Paris no fim da Primeira Guerra Mundial. Elspeth sabia que Luke gostava dos dois irmãos adolescentes e era louco pela irmã de 11 anos.

– O professor Davies é um solteirão – comentou ela. – Vive para o trabalho.

– Você já pensou em fazer mestrado?

O coração de Elspeth quase parou.

– Eu deveria?

Será que Luke estava pedindo que ela fosse para Columbia com ele?

– Você é uma matemática melhor do que a maioria dos homens de Harvard.

– Sempre quis trabalhar para o Departamento de Estado.

– Isso implicaria morar em Washington.

Elspeth tinha certeza de que Luke não planejara aquela conversa. Ele só estava pensando em voz alta. Era típico dos homens falar sem ter pensado antes sobre questões que afetariam toda a vida deles. Mas Luke parecia consternado com a possibilidade de os dois se mudarem para cidades diferentes. A solução do dilema devia ser tão óbvia para ele quanto era para ela, pensou, feliz.

– Você já se apaixonou? – perguntou ele de repente. Percebendo que tinha sido brusco, acrescentou: – É uma questão muito pessoal, não tenho o direito de perguntar.

– Tudo bem – disse Elspeth. Sempre que ele quisesse falar sobre amor, ela não se incomodaria. – Na verdade, já me apaixonei. – Elspeth encarou-o à luz do luar e gostou de ver a sombra do desagrado perpassar a expressão dele. – Quando eu tinha 17 anos, houve uma disputa nas metalúrgicas de Chicago. Eu era muito politizada naquele tempo. Queria ajudar, como voluntária, levando recados e fazendo café. Trabalhei para um jovem coordenador chamado Jack Largo e me apaixonei por ele.

– E ele por você?

– Por Deus, não. Ele tinha 25 anos, me considerava uma criança. Era gentil comigo, e charmoso, mas era assim com todo mundo. – Ela hesitou. – Mas uma vez ele me beijou. – Ela se perguntou se deveria contar isso a Luke, mas queria desabafar. – Nós estávamos sozinhos na sala dos fundos, encaixotando panfletos, e eu disse uma coisa engraçada. Nem lembro o que era. Ele falou: "Você é uma preciosidade, Ellie." Chamava todo mundo por apelidos. Sem dúvida trataria você como Lou. Depois me deu um beijo, bem na boca. Quase morri de alegria. Mas ele simplesmente continuou encaixotando os panfletos como se nada tivesse acontecido.

– Acho que ele se apaixonou por você.

– Talvez.

– Você ainda tem contato com ele?

Ela balançou a cabeça.

– Ele morreu.

– Tão jovem!

– Foi assassinado. – Ela lutou contra lágrimas súbitas. A última coisa que queria era que Luke pensasse que ainda estava apaixonada pela lembrança de Jack. – Dois policiais fora de serviço, contratados pela metalúrgica, pegaram Jack num beco e o espancaram com barras de ferro até a morte.

– Meu Deus! – Luke a encarou.

– Todo mundo na cidade sabia quem tinha feito aquilo, mas ninguém foi preso.

Ele segurou a mão dela.

– Já li sobre esse tipo de coisa nos jornais, mas nunca pareceu real.

– É real. As fábricas precisam continuar funcionando. Qualquer um que atrapalhe tem que ser tirado do caminho.

– Você faz parecer que as indústrias não são melhores do que o crime organizado.

– Não vejo grande diferença. Mas não me envolvo mais. Aquilo bastou. – Luke tinha começado a falar sobre amor, mas, idiotamente, ela havia levado a conversa para a política. Voltou atrás. – E você? Já se apaixonou?

– Não tenho certeza – respondeu ele, hesitante. – Acho que não sei o que é amor.

Era uma típica resposta masculina. Depois ele a beijou e ela relaxou.

Elspeth gostava de tocá-lo com as pontas dos dedos quando se beijavam, acariciando as orelhas e a linha do maxilar, o cabelo e a nuca. De vez em quando ele parava para olhá-la, estudando-a com a sugestão de um sorriso, fazendo-a pensar na fala de Ofélia em *Hamlet*: "Fitou-me o rosto como se quisesses desenhá-lo." Então ele a beijava de novo. Pensar que Luke gostava dela a esse ponto a fazia se sentir radiante.

Depois de um tempo ele se afastou e soltou um suspiro pesado.

– Não consigo imaginar como as pessoas casadas podem se sentir entediadas – disse. – Elas não precisam parar nunca.

Elspeth gostou dessa menção ao casamento.

– Os filhos os fazem parar, acho – comentou, rindo.

– Você quer ter filhos, algum dia?

Elspeth sentiu a respiração acelerar. O que ele estava perguntando?

– Claro que quero.

– Eu gostaria de ter quatro.

Como seus pais.

– Meninos ou meninas?

– Os dois.

Houve uma pausa. Elspeth sentiu medo de dizer qualquer coisa. O silêncio se estendeu até que ele se virou para ela, sério.

– O que você acharia disso? De ter quatro filhos?

Era a deixa que ela estava esperando. Deu um sorriso feliz.

– Se fossem seus, eu adoraria.

Ele a beijou de novo.

Logo ficou frio demais para continuarem ali, e com relutância voltaram ao alojamento de Radcliffe.

Enquanto passavam pela Harvard Square, alguém acenou para os dois da calçada.

– Aquele é o Anthony? – perguntou Luke, incrédulo.

Era, Elspeth viu. Billie estava com ele.

Luke parou e Anthony veio até a janela.

– Que bom que encontrei você – disse ele. – Preciso de um favor.

Billie ficou atrás de Anthony, tremendo no ar frio da noite, parecendo furiosa.

– O que vocês estão fazendo aqui? – perguntou Elspeth a Anthony.

– Houve uma confusão. Meus amigos em Fenway foram passar o fim de semana fora. Devem ter confundido as datas. Billie não tem aonde ir.

Billie tinha mentido sobre onde iria passar a noite, lembrou Elspeth. Agora não podia voltar ao alojamento sem revelar a farsa.

– Eu a levei até a Casa. – Ele estava se referindo à Cambridge House, onde morava com Luke. Os alojamentos masculinos de Harvard eram conhecidos como "Casas". – Achei que ela poderia dormir no nosso quarto e que Luke e eu poderíamos passar a noite na biblioteca.

– Você está louco – retrucou Elspeth.

– Isso já foi feito antes – explicou Luke. – O que deu errado?

– Fomos vistos.

– Ah, não! – exclamou Elspeth.

Uma moça ser encontrada no quarto de um rapaz era um delito grave, especialmente à noite. Os dois podiam ser expulsos da universidade.

– Quem viu vocês? – perguntou Luke.

– Geoff Pidgeon e um monte de outros.

– Bom, Geoff não vai dizer nada, mas quem estava com ele?

– Não sei direito. Estava meio escuro e todos estavam bêbados. Vou falar com eles de manhã.

Luke assentiu.

– O que vocês vão fazer agora?

– Billie tem um primo que mora em Newport, em Rhode Island. Você poderia levá-la até lá?

– O quê? – falou Elspeth. – Fica a 80 quilômetros daqui!

– Vai demorar uma ou duas horas – retrucou Anthony, com desdém. – O que me diz, Luke?

– Claro – respondeu ele.

Elspeth já sabia que ele concordaria. Era questão de honra ajudar um amigo, independentemente da inconveniência. Mesmo assim ficou com raiva.

– Ei, obrigado – disse Anthony com um ar despreocupado.

– Sem problema. Bom, há um problema na verdade. Este carro é de dois lugares.

Elspeth abriu a porta e saiu.

– Fique à vontade – falou, emburrada.

Sentia vergonha de si mesma por ser tão ciumenta. Luke estava certo em ajudar um amigo encrencado. Mas ela odiava a ideia de ele passar duas horas naquele carrinho com a sensual Billie Josephson.

Luke percebeu o desagrado dela e disse:

– Elspeth, volte aqui. Primeiro vou levar você em casa.

Ela tentou ser delicada:

– Não precisa. Anthony pode me acompanhar até o alojamento. E Billie parece prestes a morrer congelada.

– Se você tem certeza, tudo bem – disse Luke.

Elspeth desejou que ele não tivesse concordado tão depressa.

Billie deu um beijo no rosto de Elspeth.

– Não sei como agradecer. – Então entrou no carro e fechou a porta sem se despedir de Anthony.

Luke acenou e partiu.

Anthony e Elspeth ficaram parados olhando o carro se afastar no escuro.

– Droga – disse Elspeth.

6H30

Na lateral do foguete branco há a designação "UE" pintada em letras pretas enormes. É um código simples:

H	U	N	T	S	V	I	L	E	X
1	2	3	4	5	6	7	8	9	0

O UE é, portanto, o míssil número 29. O objetivo do código é evitar pistas sobre quantos mísseis foram produzidos.

A luz do dia se esgueirava furtivamente sobre a cidade fria. Homens e mulheres saíam de casa estreitando os olhos e franzindo os lábios por causa do vento cortante e seguiam apressados pelas ruas cinzentas, em direção ao calor e à iluminação forte de escritórios e lojas, hotéis e restaurantes onde trabalhavam.

Luke não tinha destino definido – tanto fazia seguir por uma rua ou por outra, já que nenhuma delas significava nada. Talvez, pensou, quando virasse na próxima esquina saberia, num clarão revelador, que estava em algum local familiar – a rua onde tinha crescido ou um prédio onde havia trabalhado. Mas cada esquina o desapontava.

À medida que a claridade aumentava, ele começou a estudar as pessoas por quem passava. Uma delas podia ser seu pai, sua irmã, até seu filho. Continuava esperando que alguém olhasse para ele, parasse, o abraçasse e dissesse: "Luke, o que aconteceu com você? Deixe-me levá-lo para casa, vou ajudá-lo!" Mas talvez um parente virasse o rosto para ele com frieza e passasse direto. Ele podia ter feito alguma coisa para ofender a família. Ou então eles podiam morar em outra cidade.

Começou a sentir que não teria sorte. Nenhum passante iria abraçá-lo com gritos de alegria e ele não reconheceria subitamente a rua onde morava. Limitar-se a andar fantasiando um golpe de sorte não era uma boa estratégia. Precisava de um plano. Devia haver um modo de descobrir sua identidade.

Imaginou se estaria em alguma lista de pessoas desaparecidas. Tinha certeza de que existia uma lista assim, com uma descrição. Onde ficava essa lista? Devia ser no departamento de polícia.

Teve a impressão de haver passado por uma delegacia alguns minutos antes.

Virou-se abruptamente para retornar e trombou em um rapaz com capa de chuva de gabardine verde-oliva e gorro da mesma cor. Achou que já tinha visto o sujeito antes. O olhar dos dois se cruzou e, por um instante de esperança, Luke pensou que podia ter sido reconhecido, mas o sujeito desviou os olhos, sem graça, e continuou andando.

Engolindo a decepção, Luke tentou voltar pelo mesmo caminho que tinha percorrido. Era difícil, porque tinha virado esquinas e atravessado ruas mais ou menos aleatoriamente. No entanto, mais cedo ou mais tarde passaria por uma delegacia.

Enquanto andava, tentou deduzir coisas sobre si mesmo. Observou um homem alto com chapéu de feltro cinza acender um cigarro e dar uma tragada longa, satisfatória, mas não sentiu desejo de fumar. Supôs que não fumava. Olhando os carros, soube que os modelos velozes e baixos que achava bonitos eram novos. Decidiu que gostava de carros rápidos e teve certeza de que sabia dirigir. Também sabia o nome e o modelo da maior parte dos automóveis que via. Era o tipo de informação que tinha retido, junto com a capacidade de falar inglês.

Quando vislumbrou seu reflexo numa vitrine, o que viu foi um mendigo de idade indefinida. Mas quando olhava os transeuntes sabia dizer se eles estavam na casa dos 20, dos 30, dos 40 ou se eram mais velhos. Também percebeu que automaticamente classificava as pessoas como mais jovens ou mais velhas do que ele. Com isso em mente, notou que as pessoas na casa dos 20 anos pareciam mais novas do que ele e que aquelas acima dos 40 pareciam mais velhas. Portanto, ele devia estar num ponto intermediário.

Essas pequenas vitórias sobre a amnésia lhe davam um sentimento incomum de triunfo.

Mas agora estava totalmente perdido. Viu, com repugnância, que se encontrava numa rua de comércio barato e de mau gosto: lojas de roupas com vitrines cheias de peças em liquidação, lojas de móveis usados, casas de penhores e mercearias que aceitavam cartões de racionamento. Parou de repente e olhou para trás, pensando no que fazer. A cerca de 30 metros de distância, viu o homem com a capa de gabardine e o gorro verde-oliva, assistindo à TV numa vitrine de loja.

Franziu a testa. Será que ele está me seguindo?, pensou.

Um perseguidor andava sempre sozinho, raramente carregava uma pasta ou uma sacola de compras e inevitavelmente mais parecia estar andando a esmo do que com um objetivo definido. O sujeito de capa combinava com essa descrição.

Era bastante fácil verificar.

Foi até o fim do quarteirão, atravessou a rua e voltou pela lateral. Quando chegou à extremidade, parou junto ao meio-fio e olhou para os dois lados. O sujeito estava a 30 metros dele. Luke atravessou a rua de novo. Para evitar suspeitas, examinou portas, como se estivesse procurando um número na rua. Voltou até onde tinha começado.

O homem da capa foi atrás.

Luke estava pasmo, mas seu coração deu um salto de esperança. Alguém que o estivesse seguindo devia saber algo sobre ele, talvez até sua identidade.

Para ter certeza de que estava mesmo sendo seguido, precisava entrar em algum automóvel, obrigando o perseguidor a fazer o mesmo.

Apesar da empolgação, um observador frio no fundo da sua mente perguntava: Como você sabe o que fazer para descobrir se está sendo seguido? O método ocorrera a ele imediatamente. Será que ele fizera algum tipo de trabalho clandestino antes de virar mendigo?

Pensaria nisso mais tarde. Agora precisava de dinheiro para pegar um ônibus. Não tinha nada nos bolsos das roupas maltrapilhas; devia ter gastado cada centavo em bebida. Mas isso não era problema. Havia dinheiro em toda parte: nos bolsos das pessoas, nas lojas, em táxis e em casas.

Começou a olhar em volta com objetivo diferente. Viu bancas de jornais que podiam ser roubadas, bolsas que podiam ser arrancadas, carteiras prontas para ser batidas. Olhou para o interior de um café onde havia um homem atrás do balcão e uma garçonete servindo nos reservados. O lugar seria útil, como qualquer outro. Entrou.

Correu os olhos pelas mesas, procurando moedas de troco deixadas como gorjeta, mas não seria tão fácil. Aproximou-se do balcão. Um rádio transmitia o noticiário: "Especialistas em foguetes dizem que os Estados Unidos têm uma última chance de alcançar os russos na corrida para controlar o espaço sideral." O sujeito atrás do balcão estava preparando um *espresso*, com vapor saindo de uma máquina reluzente e uma fragrância deliciosa que fez as narinas de Luke se abrirem.

O que um mendigo diria?

– Tem alguma rosca velha por aí? – perguntou.

– Saia daqui – respondeu o sujeito asperamente. – E não volte mais.

Luke pensou em pular por cima do balcão e abrir a caixa registradora, mas parecia uma medida extrema quando só queria dinheiro para uma passagem de ônibus. Então viu o que precisava. Ao lado da caixa registradora, ao seu alcance, havia uma lata com uma fenda em cima. O rótulo mostrava a imagem de uma criança com a legenda "Lembre-se daqueles que não podem ver". Luke se posicionou de modo a ocultar a lata dos clientes e da garçonete. Agora só precisava distrair o sujeito atrás do balcão.

– Me dá uma moeda? – pediu.

– Chega – disse o sujeito. – Agora você vai receber o tratamento dos vagabundos.

Ele pousou uma jarra ruidosamente e enxugou as mãos no avental. Precisou se abaixar sob o balcão para sair e por um segundo não pôde ver Luke.

Nesse momento, Luke pegou a lata e a enfiou no bolso do sobretudo. Era de uma leveza frustrante, mas fez barulho, o que significava que não estava vazia.

O homem agarrou Luke pela gola e o empurrou rapidamente pelo café. Luke não resistiu, até que, junto à porta, o sujeito lhe deu um chute doloroso no traseiro. Esquecendo a farsa, Luke virou-se pronto para brigar. De repente o homem pareceu amedrontado e recuou para dentro do estabelecimento.

Luke se perguntou por que estava com raiva. Tinha entrado no lugar pedindo esmola e não saíra quando mandaram. Certo, o chute havia sido desnecessário, mas ele merecera: tinha roubado o dinheiro das crianças cegas!

Mesmo assim, precisou se esforçar para engolir o orgulho, dar meia-volta e se afastar feito um cachorro com o rabo entre as pernas.

Entrou num beco, encontrou uma pedra afiada e atacou a lata, extravasando a raiva. Logo conseguiu arrebentá-la. Supôs que a quantia, formada em sua maioria por moedas de um centavo, chegaria a 2 ou 3 dólares. Colocou o dinheiro no bolso do sobretudo e voltou para a rua principal. Agradeceu aos céus pelas obras de caridade e fez uma promessa silenciosa de dar 3 dólares para os cegos se algum dia voltasse ao rumo na vida.

Certo, pensou, 30 dólares.

O homem com capa verde-oliva estava parado junto a uma banca, lendo um jornal.

Um ônibus parou a alguns metros dali. Luke não tinha ideia do itinerário, mas não importava. Entrou. O motorista lhe deu um olhar duro, mas não o expulsou.

– Quero saltar daqui a três pontos.

– Não interessa aonde você quer ir, a passagem custa 17 centavos, a não ser que você tenha um bilhete.

Luke pagou com parte do dinheiro que tinha roubado.

Talvez não estivesse sendo seguido. Enquanto ia para os fundos do ônibus, olhou ansioso pela janela. O homem com capa de chuva estava se afastando com o jornal enfiado embaixo do braço. Luke franziu a testa. O sujeito deveria estar tentando pegar um táxi. Talvez não o estivesse seguindo, afinal. Ficou desapontado.

O ônibus partiu e Luke se sentou.

Imaginou de novo como sabia todas essas coisas. Devia ter sido treinado em algum serviço clandestino. Mas para quê? Seria policial? Talvez tivesse a ver com a guerra. Sabia que tinha havido uma guerra. Os Estados Unidos tinham lutado contra os alemães na Europa e contra os japoneses no Pacífico. Mas não conseguia se lembrar se havia participado.

Na terceira parada, desceu do ônibus junto com um punhado de outros passageiros. Olhou para um lado e outro da rua. Não havia táxis à vista e nenhum sinal do homem com capa de chuva verde-oliva. Enquanto hesitava, notou que um dos passageiros que tinham saltado junto com ele havia parado na entrada de uma loja e estava remexendo nos bolsos. Enquanto Luke olhava, ele acendeu um cigarro e deu uma tragada longa e satisfatória.

Era um homem alto usando chapéu de feltro cinza.

Luke percebeu que já o tinha visto antes.

7H

A plataforma de lançamento é uma mesa de aço simples, com quatro pernas e um buraco no meio, através do qual o jato do foguete passa. Um defletor cônico localizado abaixo espalha o jato horizontalmente.

Anthony Carroll seguia pela Constitution Avenue num Cadillac Eldorado de cinco anos que pertencia à sua mãe. Pegara-o emprestado um ano antes, para ir da casa dos pais, na Virgínia, até Washington, e acabara não o devolvendo. Sua mãe provavelmente já havia comprado outro.

Entrou no estacionamento do Edifício Q na Alphabet Row, uma faixa de construções parecidas com alojamentos, erguidas às pressas durante a guerra num parque perto do Lincoln Memorial. O lugar sem dúvida era horrendo, mas ele gostava, porque tinha passado boa parte da guerra ali, trabalhando no Escritório de Serviços Estratégicos, precursor da CIA. Aqueles eram os bons e velhos tempos, quando uma agência clandestina podia fazer praticamente tudo sem prestar contas a ninguém, a não ser ao presidente.

A CIA era o órgão burocrático que mais crescia em Washington. Um quartel-general de milhões de dólares estava em construção do outro lado do rio Potomac, na Virgínia. Quando estivesse pronto, a Alphabet Row seria demolida.

Anthony havia lutado intensamente contra a construção em Langley, e não somente porque o Edifício Q guardava boas lembranças. Naquele momento a CIA tinha escritórios em 31 prédios do bairro dominado pelo governo, conhecido como Foggy Bottom e localizado no centro da cidade. Anthony havia argumentado fervorosamente que era assim que deveria ser. Era muito difícil para os agentes estrangeiros deduzir o tamanho e o poder da agência quando suas instalações estavam espalhadas e misturadas com outros departamentos do governo. Mas no momento em que a sede de Langley fosse inaugurada, qualquer um poderia avaliar seus recursos, o número de homens e até o orçamento, simplesmente passando de carro pela frente do prédio.

Ele tinha perdido a discussão. As pessoas no comando estavam decididas a administrar a CIA de modo mais rígido. Anthony acreditava que o trabalho secreto era para destemidos e bucaneiros. Tinha sido assim na guerra. Mas agora o serviço era dominado por escreventes e contadores.

Havia uma vaga no estacionamento reservada para ele, indicada com "Chefe de Serviços Técnicos", mas ele a ignorou e parou na frente da porta principal. Observando a construção feia, imaginou se sua demolição iminente significaria o fim de uma era. Anthony andava perdendo cada vez mais essas batalhas burocráticas, mas ainda era tremendamente poderoso dentro da Agência. "Serviços Técnicos" era um eufemismo para a divisão responsável por invasões de residências, grampos telefônicos, testes com drogas e outras atividades ilegais. Seu apelido era Truques Sujos. O posto de Anthony se devia a seu histórico como herói de guerra e uma série de golpes na Guerra Fria. Mas algumas pessoas queriam transformar a CIA no que o público imaginava que ela era: uma simples agência de coleta de informações.

Só por cima do meu cadáver, pensou ele.

Ele tinha inimigos: superiores que havia ofendido com seus modos rudes, agentes fracos e incompetentes a cuja promoção ele tinha se oposto, burocratas que não gostavam da ideia de o governo conduzir operações secretas. Estavam prontos para destruí-lo assim que ele desse uma oportunidade para isso.

E hoje a corda em seu pescoço estava mais apertada do que nunca.

Enquanto entrava no prédio, afastou da mente as preocupações gerais e se concentrou no problema do dia: o Dr. Claude Lucas, conhecido como Luke, o homem mais perigoso dos Estados Unidos, que ameaçava tudo o que dava sentido à vida de Anthony.

Tinha ficado a maior parte da noite no escritório – passara em casa apenas para fazer a barba e trocar a camisa. Agora, ao vê-lo, o guarda no saguão pareceu surpreso.

– Bom dia, Sr. Carroll. Já voltou?

– Um anjo me apareceu em sonho e disse: "Volte para o trabalho, seu filho da puta preguiçoso." Bom dia.

O guarda riu.

– O Sr. Maxell está na sua sala, senhor.

Anthony franziu a testa. Pete Maxell deveria estar com Luke. Será que alguma coisa tinha dado errado?

Subiu correndo a escada.

Pete estava sentado na cadeira diante da mesa de Anthony, ainda vestindo roupas maltrapilhas, com uma mancha de sujeira cobrindo parcialmente a marca de nascença no rosto. Enquanto Anthony entrava, ele saltou de pé, parecendo amedrontado.

– O que aconteceu? – perguntou Anthony.

– Luke decidiu que queria ficar sozinho.

Anthony havia considerado isso.

– Quem assumiu?

– Simons, com Betts no apoio.

Anthony assentiu, pensativo. Luke tinha se livrado de um agente, e poderia se livrar de outro.

– E a memória dele?

– Completamente apagada.

Anthony tirou o sobretudo e sentou-se atrás da mesa. Luke estava causando problemas, mas Anthony esperara por isso. E estava preparado.

Olhou para o sujeito diante dele. Pete era um bom agente, competente e cuidadoso, mas inexperiente. Apesar disso, tinha uma lealdade fanática para com Anthony. Todos os agentes jovens sabiam que Anthony tinha organizado pessoalmente o assassinato do almirante Darlan, líder francês de Vichy, em Argel, na noite de Natal de 1942. De fato os agentes da CIA matavam pessoas, mas não com frequência, e eles sentiam um espanto reverente por Anthony. Mas Pete tinha uma dívida especial para com ele. No formulário para se candidatar ao emprego Pete havia mentido, dizendo que nunca tivera problemas com a lei, e mais tarde Anthony descobriu que, quando era estudante em São Francisco, ele fora multado por contratar uma prostituta. Pete deveria ser demitido por isso, mas Anthony guardou o segredo e ele ficou eternamente grato.

Agora Pete estava arrasado e envergonhado, sentindo que tinha decepcionado Anthony.

– Relaxe – disse Anthony, adotando um tom paternal. – Conte exatamente o que aconteceu.

Pete pareceu aliviado e se sentou de novo.

– Ele acordou agitado, gritando "Quem sou eu?" e coisas assim. Eu consegui acalmá-lo... mas cometi um erro. Chamei-o de Luke.

Anthony tinha orientado Pete a observar Luke, mas não lhe dar nenhuma informação.

– Não tem problema, esse não é o nome verdadeiro dele.

– Então ele quis saber quem eu era e respondi: "Sou o Pete." Saiu sem querer. Eu estava preocupado demais em fazê-lo parar de gritar.

Pete estava mortificado enquanto confessava esses deslizes, mas na verdade eles não eram graves, e Anthony descartou seus pedidos de desculpas com um gesto da mão.

– O que aconteceu depois?

– Eu o levei à igreja, como nós planejamos. Ele fez perguntas inteligentes. Queria saber se o pastor já o tinha visto.

Anthony assentiu.

– Não deveríamos ficar surpresos. Na guerra Luke foi o melhor agente que já tivemos. Ele perdeu a memória, mas não os instintos.

Anthony esfregou o rosto com a mão direita, começando a ser afetado pelo cansaço.

– Fiquei tentando impedir que ele perguntasse sobre o passado, mas acho que ele percebeu. Depois me falou que queria ficar sozinho.

– Ele percebeu alguma coisa? Aconteceu algo que pudesse levá-lo à verdade?

– Não. Ele leu um artigo no jornal sobre o programa espacial, mas isso não pareceu significar nada para ele.

– Alguém notou algo estranho nele?

– O pastor ficou surpreso por Luke ter conseguido resolver as palavras cruzadas do jornal. A maioria daqueles mendigos nem sabe ler.

A situação seria difícil, mas administrável, como Anthony havia esperado.

– Onde Luke está agora?

– Não sei, senhor. Steve vai ligar assim que surgir uma oportunidade.

– Quando ele ligar, volte para lá e se junte a ele. Não importa o que aconteça, Luke não deve ficar longe de nós.

– Certo.

O telefone branco na mesa de Anthony tocou. Era sua linha direta. Ele encarou o aparelho por um momento. Não eram muitas pessoas que tinham o número.

Atendeu.

– Sou eu – disse Elspeth. – O que aconteceu?

– Relaxe. Está tudo sob controle.

7h30

O míssil tem 24 metros de altura e pesa 29 toneladas na plataforma de lançamento – embora a maior parte desse peso seja de combustível. O satélite propriamente dito tem apenas 85 centímetros de comprimento e pesa somente 8 quilos.

O sujeito seguiu Luke por meio quilômetro enquanto ele andava para o sul pela 8ª Street.

Agora o dia já estava claro e, apesar do movimento intenso na rua, Luke via claramente o chapéu de feltro cinza circulando em meio às cabeças apinhadas em esquinas e pontos de ônibus. Depois que Luke atravessou a Pennsylvania Avenue, ele desapareceu. Mais uma vez Luke pensou se estava imaginando coisas. Tinha acordado num mundo desconcertante onde qualquer coisa podia ser verdade. Talvez a ideia de estar sendo seguido fosse apenas fantasia. Mas ele não acreditava realmente nisso, e um minuto depois viu a capa de chuva verde-oliva saindo de uma padaria.

– *Toi, encore* – disse baixinho. – Você de novo.

Imaginou brevemente por que tinha falado em francês, depois afastou o pensamento. Tinha preocupações mais prementes. Não havia mais dúvida: dois homens o estavam seguindo numa operação de alternância muito bem executada. Deviam ser profissionais.

Tentou entender o que isso significava. Os dois deviam ser policiais – ele podia ter cometido um crime, talvez assassinado alguém enquanto estava bêbado. Podiam ser espiões da KGB ou da CIA, ainda que parecesse improvável que um vagabundo como ele estivesse envolvido em espionagem. O mais provável era que ele tivesse sido casado e houvesse abandonado a esposa muitos anos antes, e agora ela quisesse o divórcio e tivesse contratado detetives particulares para provar como ele vivia. (Talvez ela fosse francesa.)

Nenhuma das opções era atraente. Mas Luke estava empolgado. Aqueles homens provavelmente conheciam sua identidade. Qualquer que fosse o motivo para o estarem seguindo, só podiam saber algo sobre ele. No mínimo, sabiam mais do que o próprio Luke.

Decidiu que dividiria a dupla e depois confrontaria o mais novo.

Entrou numa tabacaria e comprou um maço de cigarros Pall Mall, pagando com parte das moedas que tinha roubado. Quando saiu, o da capa de chuva tinha desaparecido e o do chapéu de feltro havia assumido de novo. Luke foi até o fim do quarteirão e virou a esquina.

Um caminhão da Coca-Cola estava parado junto ao meio-fio enquanto o motorista descarregava caixotes e os levava para uma lanchonete. Luke foi para trás do caminhão, posicionando-se onde poderia olhar a rua sem ser visto por quem virasse a esquina.

Depois de um minuto o homem do chapéu de feltro apareceu andando depressa, perscrutando as portas e as vitrines, procurando-o.

Luke se abaixou e rolou para baixo do caminhão. Olhando a calçada, viu a barra da calça do terno azul e os sapatos sociais marrons de seu perseguidor.

O sujeito apertou o passo, presumivelmente preocupado com a hipótese de Luke ter desaparecido. Em seguida se virou e voltou. Entrou na lanchonete e saiu um minuto depois. Deu a volta no caminhão, então retornou à calçada e continuou andando. Após um momento começou a correr.

Luke ficou satisfeito. Não sabia como tinha aprendido esse jogo, mas parecia ser bom nele. Arrastou-se até a frente do caminhão e se levantou. Olhou ao redor. O sujeito do chapéu de feltro ainda corria para longe.

Luke seguiu pela calçada e virou a esquina. Parou à porta de uma loja de material elétrico. Olhando um toca-discos com etiqueta de preço de 80 dólares, abriu o maço de cigarro, tirou um e esperou, atento à rua.

O homem da capa de chuva apareceu.

Era alto – mais ou menos da altura de Luke – e atlético, mas uns dez anos mais novo que ele e seu rosto tinha uma expressão ansiosa. O instinto de Luke disse que o sujeito não era muito experiente.

Quando viu Luke, o homem levou um susto nervoso. Luke olhou direto para ele, que desviou o olhar e continuou andando, desviando-se para a parte externa da calçada a fim de passar por Luke, como qualquer pessoa que quisesse evitar o contato com um mendigo.

Luke ficou no caminho do sujeito. Pôs o cigarro na boca e disse:

– Tem fogo, amigo?

O homem não soube o que fazer. Hesitou, parecendo preocupado. Por um momento Luke pensou que ele passaria direto, mas então o sujeito tomou uma decisão rápida e parou.

– Claro – disse, tentando soar casual.

Enfiou a mão no bolso da capa, tirou uma caixa de fósforos e acendeu um.

Luke tirou o cigarro da boca e disse:

– Você sabe quem eu sou, não sabe?

O rapaz pareceu em pânico. Seu treinamento não o havia preparado para um objeto de vigilância que começasse a interrogar o perseguidor. Olhou para Luke, perplexo, até que o fósforo terminou de queimar. Ele o largou no chão e falou:

– Não sei do que você está falando, cara.

– Você está me seguindo. Com certeza sabe quem eu sou.

O sujeito continuou se fazendo de desentendido:

– Você está vendendo alguma coisa?

– Estou vestido como vendedor? Qual é, desembucha logo.

– Não estou seguindo ninguém.

– Você está atrás de mim há uma hora, e eu estou perdido!

O homem tomou uma decisão.

– Você está louco – disse, e tentou passar por Luke.

Luke bloqueou o caminho.

– Pode me dar licença, por favor? – pediu o sujeito.

Luke não estava disposto a deixá-lo ir. Agarrou-o pelas lapelas e o jogou contra a vitrine da loja, chacoalhando o vidro. A frustração e a raiva borbulharam.

– *Putain de merde!* – gritou.

O sujeito era mais novo e estava mais em forma do que Luke, mas não revidou.

– Tire a porcaria das mãos de cima de mim – disse sem elevar a voz. – Não estou seguindo você.

– Quem sou eu? – gritou Luke para ele. – Diga, quem sou eu?

– Como é que eu vou saber? – disparou, segurando Luke pelos pulsos e tentando soltar as lapelas.

Luke mudou a posição das mãos e pegou o sujeito pelo pescoço.

– Não vou cair nessa sua conversa fiada – falou asperamente. – Você vai me dizer o que está acontecendo.

O homem perdeu o ar calmo, os olhos se arregalando de medo. Lutou para soltar as mãos de seu pescoço. Quando não conseguiu, começou a dar socos nas costelas de Luke. O primeiro golpe doeu e Luke se retraiu, mas continuou segurando-o e então se aproximou ainda mais, de modo que os socos seguintes tiveram pouca força. Apertou os polegares no pescoço do rapaz, sufocando-o. O horror surgiu nos olhos do sujeito quando sua respiração foi cortada.

Atrás de Luke, uma voz amedrontada disse:

– Ei, o que está acontecendo aí?

De repente Luke ficou chocado consigo mesmo. Estava matando o homem! Relaxou o aperto. Qual era o problema com ele? Será que ele era um assassino?

O sujeito conseguiu se soltar. Luke estava consternado com a própria violência. Deixou as mãos caírem ao lado do corpo.

O homem recuou.

– Seu maluco desgraçado – disse. O medo não tinha sumido de seus olhos. – Você tentou me matar!

– Só quero a verdade, e sei que você pode me dizer qual é.

O sujeito esfregou o pescoço.

– Seu desgraçado. Você está completamente maluco.

A raiva de Luke aumentou de novo.

– Você está mentindo! – gritou, estendendo a mão para agarrá-lo mais uma vez.

O homem se virou e saiu correndo.

Luke poderia tê-lo perseguido, mas hesitou. De que adiantava? O que ele faria se pegasse o sujeito? Iria torturá-lo?

Agora já era tarde demais. Três passantes haviam parado para olhar a confusão e se mantinham a uma distância segura, encarando Luke. Depois de um momento ele saiu andando na direção oposta à de seus dois perseguidores.

Sentia-se pior do que nunca, trêmulo depois da explosão de violência e nauseado de decepção com o resultado. Tinha encontrado duas pessoas que provavelmente sabiam quem ele era e não conseguira nenhuma informação.

– Ótimo trabalho, Luke – disse a si mesmo. – Você conseguiu exatamente nada.

E estava sozinho de novo.

8H

O míssil Júpiter C *tem quatro estágios. A maior parte é uma versão de alto desempenho do míssil balístico* Redstone. *Esse é o lançador, ou o primeiro estágio, um motor tremendamente poderoso que tem a tarefa monumental de libertar o míssil da enorme atração gravitacional da Terra.*

A Dra. Billie Josephson estava atrasada.
Tinha acordado a mãe, ajudado-a a vestir um roupão xadrez, feito com que ela pusesse o aparelho de audição e colocado-a sentada na cozinha com o café. Tinha acordado o filho de 7 anos, Larry, parabenizado-o por não ter feito xixi na cama e dito que mesmo assim ele precisava tomar banho. Depois voltou à cozinha.

Sua mãe, uma mulher pequena e gorducha de 70 anos conhecida como Becky-Ma, ligara o rádio alto. Perry Como cantava "Catch a Falling Star". Billie pôs pão na torradeira e depois colocou manteiga e geleia de uva na mesa para Becky-Ma. Serviu flocos de milho numa tigela para Larry, fatiou uma banana em cima do cereal e encheu uma jarra com leite.

Fez um sanduíche de pasta de amendoim e geleia e arrumou na lancheira dele junto com uma maçã, uma barra de chocolate e uma garrafinha de suco de laranja. Pôs a lancheira dentro da bolsa da escola e acrescentou o livro de leitura e a luva de beisebol, presente do pai.

No rádio, um repórter entrevistava turistas na praia perto de Cabo Canaveral, que esperavam ver um foguete sendo lançado.

Larry entrou na cozinha com os cadarços dos sapatos desamarrados e os botões da camisa nas casas erradas. Ela o ajeitou, colocou-o para comer os flocos de milho e começou a preparar ovos mexidos.

Eram 8h15 e ela estava quase atrasada. Amava o filho e a mãe, mas em seu íntimo havia uma parte que se ressentia do trabalho enfadonho de cuidar deles.

Agora o repórter estava entrevistando um porta-voz do Exército.

– Esses curiosos não estão correndo perigo? E se o foguete sair do rumo e cair aqui na praia?

– Não há perigo de isso acontecer, senhor – foi a resposta. – Todo foguete conta com um mecanismo de autodestruição. Se ele sair do rumo, será explodido no ar.

– Mas como vocês podem explodi-lo depois de ele ter decolado?

– O explosivo é acionado por um sinal de rádio enviado pelo oficial de segurança da base.

– Isso também parece perigoso. Algum operador de rádio desastrado não poderia acioná-lo por acidente?

– O mecanismo só reage a um sinal complexo, como um código. Esses foguetes são caros, então não corremos nenhum risco.

– Preciso fazer um foguete espacial hoje – disse Larry. – Posso levar a garrafa de iogurte para a escola?

– Não, não pode, ainda está cheia pela metade – respondeu Billie.

– Mas eu preciso levar embalagens para a aula! A Srta. Page vai ficar furiosa se eu não levar.

Ele estava à beira das lágrimas, do modo súbito característico de uma criança de 7 anos.

– Por que você precisa levar embalagens para a escola?

– Para fazer um foguete! Ela avisou na semana passada.

Billie suspirou.

– Larry, se você houvesse avisado *a mim* na semana passada, eu teria guardado um monte de embalagens para você. Quantas vezes preciso pedir para não deixar as coisas para a última hora?

– Bom, o que eu vou fazer?

– Vou dar um jeito. Vamos colocar o iogurte numa tigela e... Que tipo de embalagem você quer?

– Com forma de foguete.

Billie se perguntou se os professores tinham ideia da quantidade de trabalho que criavam para as mães ocupadas quando mandavam despreocupadamente as crianças levarem coisas de casa. Colocou torradas com manteiga em três pratos e serviu os ovos mexidos, mas não comeu o seu. Andou pela casa e pegou um tubo de detergente, um frasco plástico de sabonete líquido, um pote de sorvete e uma caixa de chocolate em forma de coração.

A maioria das embalagens mostrava os produtos sendo usados por famílias – em geral uma dona de casa bonita e duas crianças felizes, com um pai fumando cachimbo ao fundo. Imaginou se outras mulheres se ressentiam dos estereótipos como ela. Nunca tinha vivido numa família assim. Seu pai, um alfaiate pobre de Dallas, morrera quando ela ainda era um bebê, e sua mãe criara cinco filhos numa miséria opressiva. A própria Billie havia se divorciado quando Larry tinha 2 anos. Existiam muitas famílias sem um homem, nas quais a mãe era viúva, divorciada ou o que chamavam antigamente de mulher desonrada. Mas esta não era mostrada nas caixas de flocos de milho.

Colocou todas as embalagens numa sacola de compras para Larry levar para a escola.

– Caramba, aposto que eu tenho mais do que todo mundo! – exclamou ele. – Obrigado, mãe.

O café dela tinha esfriado, mas Larry estava feliz.

Uma buzina soou lá fora e Billie verificou rapidamente sua aparência no vidro da porta de um armário. O cabelo preto cacheado tinha sido penteado às pressas, o único vestígio de maquiagem era o delineador que ela não conseguira tirar na noite anterior e o suéter rosa que estava vestindo era grande demais... mas o efeito era meio sensual.

A porta dos fundos se abriu e Roy Brodsky entrou. Roy era o melhor amigo de Larry, e os garotos se cumprimentaram alegremente, como se não se vissem havia um mês, em vez de apenas algumas horas.

Billie já havia notado que agora todos os amigos de Larry eram meninos. No jardim de infância fora diferente: meninos e meninas brincavam juntos indiscriminadamente. Imaginou que mudança psicológica acontecia por volta dos 5 anos que fazia as crianças preferirem a companhia de outras do mesmo gênero.

Roy foi seguido pelo pai, um homem bonito, de olhos castanhos suaves, que era professor de química na Universidade George Washington. Harold Brodsky era viúvo: a esposa tinha morrido num acidente de carro, e ele e Billie estavam namorando. Harold olhou para ela com adoração.

– Meu Deus, você está linda.

Ela riu e deu um beijo no rosto dele.

Como Larry, Roy tinha uma sacola de compras cheia de embalagens.

– Você esvaziou metade das embalagens da sua cozinha? – perguntou Billie a Harold.

– Sim. Agora tenho tigelas cheias de sabão, chocolates e queijo. E seis rolos de papel higiênico sem o cilindro de papelão do meio.

– Droga, eu nem pensei nos rolos de papel higiênico!

Ele riu.

– Gostaria de jantar na minha casa hoje?

Ela ficou surpresa.

– Você vai cozinhar?

– Não exatamente. Pensei em pedir à Sra. Riley para fazer alguma coisa que eu possa esquentar depois.

– Claro que gostaria.

Billie ainda não tinha jantado na casa dele. Normalmente os dois iam ao cinema, a concertos de música clássica ou a coquetéis na casa de outros professores universitários. Imaginou o que tinha motivado o convite.

– Hoje Roy vai ao aniversário de um primo e vai dormir lá. Poderemos conversar sem interrupção.

– Certo – disse Billie, pensativa.

Os dois também poderiam conversar sem interrupção num restaurante, claro. Harold tinha outra razão para convidá-la à sua casa numa noite em que o filho dormiria fora. Ela o observou de relance. A expressão dele era aberta e sincera – Harold sabia o que Billie estava pensando.

– Vai ser ótimo – disse ela.

– Pego você por volta das oito. Venham, garotos! – Ele levou as crianças pela porta dos fundos.

Larry saiu sem dar tchau, o que Billie tinha aprendido a interpretar como um sinal de que estava tudo bem. Quando ele se sentia ansioso com alguma coisa ou quando estava doentinho, ficava para trás, grudado com ela.

– Harold é um homem bom – comentou sua mãe. – Você deveria se casar logo, antes que ele mude de ideia.

– Ele não vai mudar de ideia.

– Só não mostre suas cartas antes de ele ter colocado as dele na mesa.

– Você não deixa escapar nada, não é, mãe? – disse Billie sorrindo.

– Sou velha, mas não sou idiota.

Billie limpou a mesa e jogou seu café da manhã no lixo. Agora com pressa, tirou os lençóis da sua cama, da de Larry e da mãe e guardou tudo embolado numa sacola para a lavanderia. Mostrou a bolsa a Becky-Ma e disse:

– Não esqueça que você só precisa entregar isso ao homem da lavanderia, quando ele vier. Está bem, mãe?

– Meu remédio do coração acabou – retrucou ela.

– Meu Deus! – Billie raramente dizia o nome de Deus em vão diante da mãe, mas estava no limite da paciência. – Mãe, vou ter um dia cheio no trabalho e não vou ter tempo para ir à porcaria da farmácia!

– Não posso fazer nada, ele acabou.

A coisa mais irritante em Becky-Ma era o fato de ela poder se transformar rapidamente de uma mãe perceptiva em uma criança desamparada.

– Você poderia ter dito *ontem* que o remédio estava acabando. Eu fiz compras ontem! Não posso sair para comprar coisas todo dia, tenho que trabalhar!

Becky-Ma irrompeu em lágrimas.
Billie se arrependeu no mesmo instante.
– Desculpe, mãe.
Becky-Ma chorava facilmente, como Larry. Cinco anos antes, quando os três tinham ido morar juntos, Becky ajudava a cuidar de Larry. Mas atualmente ela mal conseguia tomar conta dele por algumas horas quando o menino chegava da escola. Tudo seria mais fácil se Billie e Harold se casassem.

O telefone tocou. Ela deu um tapinha no ombro da mãe e atendeu. Era Bern Rothsten, seu ex-marido. Billie se dava bem com ele, apesar do divórcio. Ele aparecia duas ou três vezes por semana para ver Larry e pagava alegremente por sua parte na criação do menino. Billie tinha sentido muita raiva dele, mas agora tudo já havia ficado para trás.

– Olá, Bern. Acordou cedo – disse ela ao telefone.
– É. Teve notícias do Luke?
Ela foi pega de surpresa.
– Luke Lucas? Ultimamente? Não. Alguma coisa errada?
– Não sei. Talvez.
Bern e Luke compartilhavam a intimidade dos rivais. Quando eram jovens, tinham discussões intermináveis. Às vezes as brigas pareciam graves, mas os dois haviam permanecido próximos na faculdade e ao longo de toda a guerra.
– O que aconteceu? – perguntou Billie.
– Ele me ligou na segunda. Fiquei meio surpreso. Não costumo ter notícias dele.
– Nem eu. – Billie puxou pela memória. – A última vez que o vi foi há uns dois anos, acho.

Percebendo quanto tempo fazia, perguntou-se por que deixara de lado a amizade com Luke. Simplesmente estava ocupada o tempo todo, supôs. Lamentou isso.

– Recebi notícias dele no verão passado – contou Bern. – Luke estava lendo meus livros para o filho da irmã. – Bern era o autor de *Os gêmeos terríveis*, uma série bem-sucedida de livros infantis. – Falou que eles fizeram o garoto rir. Foi uma bela carta.

– E por que ele ligou para você na segunda?
– Disse que vinha a Washington e queria me ver. Tinha acontecido uma coisa.
– Ele contou o que era?
– Não. Só disse: "É como as coisas que a gente costumava fazer na guerra."
Billie franziu a testa com ansiedade. Luke e Bern tinham sido do OSS, o Escri-

tório de Serviços Estratégicos, durante a guerra, trabalhando por trás das linhas inimigas, ajudando na Resistência francesa. Mas estavam fora desse mundo desde 1946. Não estavam?

– O que você acha que ele quis dizer?

– Não sei. Ele falou que me ligaria quando chegasse a Washington. Ficou hospedado no Carlton na noite de segunda. Hoje já é quarta-feira e ele ainda não telefonou. E a cama dele não foi desfeita ontem à noite.

– Como você sabe?

Bern emitiu um grunhido de impaciência.

– Billie, você também era do OSS. O que você teria feito?

– Acho que daria uns trocados a alguma camareira.

– Certo. Então, ele ficou fora a noite toda e não voltou.

– Talvez ele tenha arrumado algum rabo de saia.

– E talvez Billy Graham seja um maconheiro, mas não creio. – Billy Graham era um pregador batista famoso. – E você?

Bern estava certo. Luke tinha um impulso sexual forte, mas se interessava mais por qualidade do que por quantidade, Billie sabia.

– É, acho que não – respondeu.

– Ligue para mim se tiver notícias dele, está bem?

– Claro.

– Depois a gente se fala.

– Tchau. – Billie desligou.

Depois sentou-se à mesa da cozinha, esquecendo-se das tarefas, pensando em Luke.

1941

A Route 138 serpenteava pelo sul através de Massachusetts em direção a Rhode Island. Não havia nuvens e a lua brilhava nas estradas rurais. O velho Ford não tinha aquecedor. Billie estava enrolada num casaco, com cachecol e luvas, mas os pés estavam entorpecidos. Ela não se importava realmente com isso, contudo. Não era nenhum estorvo passar duas horas num carro sozinha com Luke Lucas, ainda que ele tivesse namorada. Em sua experiência, homens bonitos eram tediosamente vaidosos, mas aquele parecia ser uma exceção.

A viagem até Newport estava demorando uma eternidade, mas Luke parecia gostar da viagem longa. Alguns homens de Harvard ficavam nervosos perto de mulheres atraentes e fumavam um cigarro atrás do outro ou bebiam de garrafinhas guardadas no bolso, ajeitavam o cabelo o tempo todo e ficavam arrumando a gravata. Luke estava relaxado, dirigindo sem esforço aparente e conversando. O tráfego estava tranquilo e ele olhava tanto para ela quanto para a estrada.

Falaram sobre a guerra na Europa. Naquela manhã, no pátio da Radcliffe, grupos de estudantes rivais tinham montado barracas e distribuído panfletos, os intervencionistas defendendo acaloradamente que os Estados Unidos deveriam entrar na guerra e os partidários do Comitê América em Primeiro Lugar argumentando pela posição oposta com fervor semelhante. Uma multidão havia se reunido, homens e mulheres, alunos e professores. A noção de que os rapazes de Harvard estariam entre os primeiros a morrer tornava as discussões altamente emotivas.

– Tenho primos em Paris – disse Luke. – Eu gostaria que fôssemos resgatá-los. Mas esse é um motivo meio pessoal.

– Eu também tenho um motivo pessoal. Sou judia. Mas, em vez de mandar americanos para morrer na Europa, eu abriria nossas portas aos refugiados. Salvaria vidas em vez de matar pessoas.

– É nisso que Anthony acredita.

Billie ainda estava furiosa pelo fracasso dos planos.

– Você nem imagina como estou irritada com Anthony – revelou ela. – Ele deveria ter confirmado se poderíamos ficar no apartamento dos amigos dele.

Ela esperava contar com a solidariedade de Luke, mas ele a desapontou.

– Acho que vocês dois foram meio negligentes com a situação toda – concluiu. Falou isso com um sorriso amigável, mas o tom de censura era evidente.

Billie sentiu a alfinetada. No entanto, estava em dívida com ele pela carona, então engoliu a resposta que lhe subiu à boca.

— Você está defendendo o seu amigo, o que é ótimo — observou com gentileza. — Mas acho que ele tinha o dever de proteger minha reputação.

— É, mas você também tinha.

Ela ficou surpresa por ele se mostrar tão crítico. Até aquele momento Luke tinha sido totalmente charmoso.

— Parece que você acha que a culpa foi minha!

— Acho que, acima de tudo, foi azar. Só que Anthony colocou você numa situação em que um pouquinho de azar poderia causar um grande dano.

— Essa é a verdade.

— E você permitiu.

Billie ficou consternada com a desaprovação dele. Queria que Luke tivesse uma boa impressão a seu respeito — apesar de não saber por quê.

— De qualquer modo, nunca mais vou fazer isso, com homem nenhum — disse, com veemência.

— Anthony é um sujeito ótimo, muito inteligente, um tanto excêntrico.

— Ele faz com que as garotas queiram cuidar dele, pentear seu cabelo, passar suas roupas e fazer canja de galinha para ele.

Luke riu.

— Posso fazer uma pergunta pessoal?

— Pode tentar.

Ele a encarou por um momento.

— Você está apaixonada por ele?

Isso foi repentino — mas ela gostava de homens que a surpreendessem, por isso respondeu com honestidade:

— Não. Eu gosto dele, gosto da companhia dele, mas não o amo. — Billie pensou na namorada de Luke. Elspeth era a maior beldade do campus, uma mulher alta, com cabelos compridos cor de cobre e o rosto claro e decidido de uma rainha nórdica. — E você? Está apaixonado por Elspeth?

Ele voltou a olhar a estrada.

— Acho que não sei o que é estar apaixonado por alguém.

— Está fugindo da pergunta.

— Tem razão. — Ele lhe lançou um olhar avaliador, depois pareceu decidir que ela merecia sua confiança. — Bom, para ser sincero, o que sinto por Elspeth é o mais próximo que já cheguei de amar alguém, mas ainda não sei se é amor de verdade.

Billie sentiu uma pontada de culpa.

– Imagino o que Anthony e Elspeth pensariam se soubessem que estamos tendo esta conversa.

Ele tossiu, sem graça, e mudou de assunto.

– Uma tremenda pena vocês terem esbarrado naqueles sujeitos na Casa.

– Espero que Anthony não seja descoberto. Ele poderia ser expulso.

– Ele não é o único. Você também poderia ficar encrencada.

Billie estivera tentando não pensar nisso.

– Não creio que alguém soubesse quem eu era. Ouvi um deles dizer "vagabunda".

Ele lançou-lhe um olhar de surpresa.

Billie pensou que Elspeth não teria usado a palavra "vagabunda" e se arrependeu de tê-la dito.

– Acho que eu mereci – acrescentou. – Estava numa casa de homens à meia-noite.

– Não creio que exista alguma justificativa para a falta de educação.

Era uma censura tanto a ela quanto ao homem que a havia insultado, refletiu Billie, incomodada. Luke era perspicaz. Estava deixando-a com raiva, mas isso o tornava interessante. Decidiu ser direta.

– E você? – perguntou. – Fica aí censurando meu comportamento e o de Anthony, mas também não colocou Elspeth em situação vulnerável hoje à noite, ficando com ela no seu carro até tarde?

Para surpresa de Billie, ele riu, satisfeito.

– Está certa, e eu sou um idiota metido a besta. Todos nós nos arriscamos.

– Essa é a verdade. – Ela estremeceu. – Não sei o que eu faria se fosse expulsa.

– Estudaria em outro lugar, acho.

Ela balançou a cabeça.

– Eu sou bolsista. Meu pai morreu e minha mãe é uma viúva sem um tostão. E se eu fosse expulsa por transgressão moral, teria poucas chances de conseguir outra bolsa. Por que você parece surpreso?

– Para ser honesto, preciso dizer que você não se veste como uma bolsista.

Billie ficou satisfeita por ele ter notado suas roupas.

– É o Prêmio Leavenworth – explicou.

– Uau. – O Leavenworth era um prêmio reconhecidamente generoso, e milhares de estudantes extraordinários se candidatavam a ele. – Você deve ser um gênio.

– Não sei – disse ela, satisfeita pelo respeito na voz de Luke. – Não sou inteligente o bastante para garantir que tenha um lugar onde passar a noite.

– Por outro lado, ser expulsa da faculdade não é a pior coisa do mundo. Algumas das pessoas mais inteligentes que existem abandonam os estudos e depois acabam se tornando milionárias.

– Para mim seria o fim do mundo. Não quero ser milionária, quero ajudar os doentes a se curarem.

– Você vai ser médica?

– Psicóloga. Quero entender como a mente funciona.

– Por quê?

– Ela é tão misteriosa e tão complicada... Coisas como lógica, o modo como pensamos... Imaginar algo que não estamos vendo... os animais não conseguem fazer isso. A capacidade de lembrar. Os peixes não têm memória, sabia disso?

Ele assentiu.

– E por que quase todo mundo consegue reconhecer uma oitava musical? – perguntou. – Duas notas, a frequência de uma sendo o dobro da frequência da outra. Como é que nosso cérebro sabe disso?

– Você também acha interessante! – exclamou Billie.

Estava satisfeita por ele compartilhar sua curiosidade.

– Seu pai morreu de quê? – indagou Luke.

Billie engoliu em seco. Uma dor súbita a dominou. Lutou contra as lágrimas. Era sempre assim: uma palavra qualquer e do nada vinha uma tristeza tão forte que ela mal conseguia falar.

– Sinto muito, de verdade – disse Luke. – Não queria deixá-la chateada.

– Não é culpa sua. – Ela respirou fundo. – Ele enlouqueceu. Num domingo de manhã, foi mergulhar no rio Trinity. O problema é que ele odiava água e não sabia nadar. Acho que queria morrer. O legista também pensou isso, mas o júri sentiu pena de nós e decidiu que tinha sido um acidente, de modo que recebemos o seguro de vida. Cem dólares. Vivemos com esse dinheiro durante um ano. – Ela respirou fundo. – Vamos mudar de assunto. Fale sobre a matemática.

– Bem... – Ele pensou por um momento. – A matemática é tão esquisita quanto a psicologia. Veja o número *pi*. Por que a relação entre a circunferência e o diâmetro é de 3,142? Por que não 6 ou 2,5? Quem tomou essa decisão e por quê?

– Você quer explorar o espaço sideral.

– Acho que é a aventura mais empolgante que a humanidade já teve.

– E eu quero mapear a mente. – Ela sorriu. O sofrimento da perda estava se afastando. – Sabe, nós temos uma coisa em comum: ambos temos grandes ideias.

Ele riu, depois freou o carro.

– Ei, estamos chegando a um cruzamento.

Ela acendeu a lanterna e olhou o mapa aberto sobre os joelhos.
– Vire à direita – disse.
Estavam se aproximando de Newport. O tempo havia passado depressa. Ela lamentou que a viagem estivesse chegando ao fim.
– Não faço ideia do que vou dizer ao meu primo – comentou.
– Como ele é?
– É um entendido.
– Entendido? Em quê?
– É homossexual.
Luke lançou-lhe um olhar espantado.
– Sei.
Ela não tinha paciência com homens que esperavam que as mulheres pisassem em ovos quando o assunto era sexo.
– Deixei você chocado de novo, não deixei?
Ele riu.
– Como diria você: essa é a verdade.
Billie riu. Era uma expressão texana. Ficou satisfeita por ele notar coisas simples sobre ela.
– Há uma bifurcação à frente – avisou Luke.
Ela consultou o mapa de novo.
– Você vai ter que parar, não estou encontrando.
Ele parou o carro e se inclinou para olhar o mapa à luz da lanterna. Estendeu a mão para virá-lo um pouco para si e seu toque foi quente na mão fria de Billie.
– Talvez estejamos aqui – disse, apontando.
Em vez de olhar o mapa, ela se pegou encarando Luke. O rosto dele tinha sombras intensas, iluminado apenas pela lua e pela luz indireta da lanterna. O cabelo lhe caía sobre o olho esquerdo. Depois de um momento, Luke sentiu o olhar dela e a fitou. Sem pensar, Billie levantou a mão e acariciou o rosto dele com a borda externa do dedo mindinho. Ele a encarou de volta e ela viu a perplexidade e o desejo em seus olhos.
– Para que direção nós vamos? – murmurou Billie.
Ele se afastou de repente e engrenou o carro.
– Vamos pegar... – Pigarreou. – Vamos pegar a esquerda.
Billie se perguntou o que diabo estava fazendo. Luke tinha passado a noite beijando a garota mais bonita do campus. Billie saíra com o colega de quarto dele. O que estava pensando?
O que sentia por Anthony nunca tinha sido forte, nem mesmo antes

do fracasso da noite. Mesmo assim, ela *estava* saindo com ele, então certamente não deveria ficar flertando com seu melhor amigo.

– Por que você fez isso? – perguntou Luke, raivoso.

– Não sei. Não planejei nada, só aconteceu. Vá mais devagar.

Ele virou numa curva depressa demais.

– Não quero me sentir assim com relação a você! – exclamou.

De repente ela ficou sem fôlego.

– Assim como?

– Deixe para lá.

A maresia invadiu o carro e Billie percebeu que estavam perto da casa do primo. Reconheceu a rua.

– Vire na próxima à esquerda – disse. – Se não for mais devagar, vai passar direto.

Luke diminuiu a velocidade e entrou numa estrada de terra.

Uma parte de Billie queria chegar ao destino, sair do carro e deixar para trás aquela tensão insuportável. A outra parte queria continuar ali dentro com Luke para sempre.

– Chegamos – disse.

Pararam diante de uma casa bem cuidada, de um andar, com beirais de lambrequim no telhado e uma luminária acima da porta. Os faróis do Ford iluminaram um gato sentado imóvel no parapeito de uma janela, olhando-os calmamente, indiferente ao turbilhão das emoções humanas.

– Vamos entrar – disse Billie. – Denny vai preparar um pouco de café para manter você acordado na viagem de volta.

– Não, obrigado. Só vou esperar aqui até você estar lá dentro em segurança.

– Você foi muito gentil comigo. Acho que não mereço.

Ela estendeu a mão para ele apertar.

– Amigos? – disse Luke, segurando sua mão.

Billie levantou a mão dele até o rosto, beijou-a e a encostou em sua face, fechando os olhos. Depois de um momento ouviu-o suspirar baixinho. Abriu os olhos e o viu encarando-a. A mão dele se moveu para a nuca dela, puxou-a para si e os dois se beijaram. Foi um beijo suave, lábios macios e respiração quente, as pontas dos dedos dele pousadas delicadamente em sua nuca. Billie segurou a lapela do casaco de tweed áspero e o puxou mais para perto. Se Luke a agarrasse agora, ela não resistiria, sabia disso. O pensamento a fez arder de desejo. Sentindo-se ousada, mordeu o lábio dele.

Escutou a voz de Denny:

– Quem está aí?

Ela se afastou de Luke e olhou para fora. Havia luzes acesas na casa e Denny estava junto à porta, usando um roupão de seda roxo.

Billie se virou de volta para Luke.

– Eu poderia me apaixonar por você em uns vinte minutos. Mas não creio que possamos ser amigos.

Ela o encarou por mais um momento, vendo nos olhos dele o mesmo conflito desesperado que sentia. Depois afastou o olhar, respirou fundo e saiu do carro.

– Billie? – disse Denny. – Pelo amor de Deus, o que você está fazendo aqui?

Ela atravessou o quintal, subiu na varanda e se jogou nos braços dele.

– Ah, Denny – murmurou. – Eu amo aquele homem, e ele pertence a outra mulher!

Denny deu um tapinha delicado nas costas dela.

– Ah, querida, eu *sei* como você se sente.

Billie ouviu o carro se mover e se virou para acenar. Enquanto o veículo passava, ela viu o rosto de Luke – e algo brilhando nas faces dele.

Então ele desapareceu na escuridão.

8H30

Empoleirada no topo do nariz pontudo do foguete Redstone *há uma espécie de gaiola grande com teto afilado e um mastro de bandeira atravessando o centro. Essa parte, com cerca de 4 metros de comprimento, contém o segundo, o terceiro e o quarto estágios do míssil – e o satélite propriamente dito.*

Os agentes secretos nos Estados Unidos nunca tinham sido tão poderosos quanto em janeiro de 1958.

O diretor da CIA, Allen Dulles, era irmão de John Foster Dulles, secretário de Estado de Eisenhower – assim a Agência possuía uma linha direta com a administração. Mas isso era apenas metade do motivo.

Abaixo de Dulles havia quatro subdiretores, mas apenas um deles era importante: o subdiretor de Planejamento. A Diretoria de Planejamento também era conhecida como SC (Serviços Clandestinos), e esse era o departamento que tinha organizado golpes contra governos que tendiam para a esquerda no Irã e na Guatemala.

A Casa Branca de Eisenhower tinha ficado maravilhada ao ver como esses golpes haviam sido baratos e sem derramamento de sangue, especialmente em comparação com o custo de uma guerra de verdade como a da Coreia. Como consequência, os homens da Diretoria de Planejamento desfrutavam de um prestígio enorme nos círculos do governo – ainda que não entre o público americano, que ficara sabendo pelos jornais que os dois golpes tinham sido obra de forças anticomunistas dos próprios países.

Dentro do Planejamento ficava a Divisão de Serviços Técnicos, comandada por Anthony Carroll. Ele fora contratado quando a CIA foi fundada, em 1947. Sempre havia almejado trabalhar em Washington – sua formação em Harvard tinha sido em política de governo –, e fora um astro no OSS durante a guerra. Destacado para Berlim no início dos anos 1950, organizara a escavação de um túnel desde o setor americano até um cabo telefônico na zona soviética e grampeara as comunicações da KGB. O túnel permaneceu sem ser descoberto por seis meses, durante os quais a CIA conseguiu inúmeras informações inestimáveis. Tinha sido o maior golpe de espionagem da Guerra Fria, e a recompensa de Anthony fora um cargo no alto escalão.

A Divisão de Serviços Técnicos era, em teoria, uma seção de treinamento. Havia uma casa de fazenda grande e velha na Virgínia onde os recrutas aprendiam a invadir casas e esconder microfones, usar códigos e tinta invisível, chantagear diplomatas e intimidar informantes. Mas "treinamento" também servia como um disfarce para ações secretas dentro dos Estados Unidos. O fato de a CIA ser proibida, por lei, a operar dentro do território americano não passava de uma pequena inconveniência. Praticamente tudo o que Anthony quisesse fazer, desde grampear telefones de dirigentes sindicais até testar drogas da verdade em prisioneiros, podia ser rotulado como exercício de treinamento.

A vigilância de Luke não era exceção.

Seis agentes experientes estavam reunidos na sala de Anthony. Era uma sala grande e simples, com móveis baratos da época da guerra: uma escrivaninha pequena, um arquivo de aço, uma mesa de cavaletes e um conjunto de cadeiras dobráveis. Sem dúvida o novo quartel-general em Langley estaria cheio de sofás macios e lambris de mogno, mas Anthony gostava da aparência espartana.

Pete Maxell passou aos agentes uma foto de Luke e uma descrição datilografada de suas roupas enquanto Anthony os orientava:

– Nosso alvo hoje é um funcionário de nível médio do Departamento de Estado com alto conhecimento de assuntos sigilosos. Ele está tendo algum tipo de colapso nervoso. Chegou de Paris na segunda-feira, dormiu no Carlton e teve uma bebedeira na terça. Ficou fora a noite toda de ontem e foi a um abrigo para sem-teto hoje de manhã. O risco de segurança é óbvio.

Um dos agentes, "Red" Rifenberg, levantou a mão.

– Pergunta.

– Vá em frente.

– Por que simplesmente não o pegamos e o questionamos sobre o que diabo está acontecendo?

– Vamos fazer isso no devido tempo.

A porta da sala de Anthony se abriu e Carl Hobart entrou. Era um homem gordo e careca, de óculos, chefe dos Serviços Especializados, que incluía, além dos Serviços Técnicos, o setor de Registros e Decodificação. Em teoria ele era o chefe imediato de Anthony. Anthony gemeu intimamente e rezou para Hobart não interferir no que ele estava fazendo, ainda mais naquele dia específico.

Anthony continuou com os informes:

– Antes de revelarmos nossas cartas, queremos ver o que o sujeito faz, aonde ele vai, com quem entra em contato, se é que entra. Num caso assim ele pode estar apenas tendo problemas com a mulher. Talvez esteja passando informações para o outro lado, seja por motivos ideológicos ou porque está sendo chantageado, e agora a tensão atingiu um ponto insuportável para ele. Se está envolvido em algum tipo de traição, precisamos de todas as informações possíveis *antes* de pegá-lo.

– O que é isso? – interrompeu Hobart.

Anthony se virou devagar para o chefe.

– Um pequeno exercício de treinamento. Estamos fazendo a vigilância de um diplomata suspeito.

– Passe para o FBI – disse Hobart abruptamente.

Durante a guerra, Hobart havia trabalhado no serviço de inteligência da Marinha. Para ele a espionagem era uma simples questão de descobrir onde o inimigo estava e o que ele fazia lá. Não gostava dos veteranos do OSS e de seus truques sujos. O racha tinha dividido a Agência. Os homens do OSS eram aventureiros. Tinham aprendido o serviço em tempo de guerra e nutriam pouco respeito por orçamentos e protocolos. Os burocratas ficavam furiosos com sua indiferença. E Anthony era o arquétipo do aventureiro: um sujeito audacioso e arrogante que se livrava das punições porque era bom demais nisso.

Anthony lançou um olhar frio para Hobart.

– Por quê?

– Pegar espiões comunistas nos Estados Unidos é trabalho do FBI, não nosso. Como você sabe perfeitamente.

– Precisamos seguir a pista até a fonte. Um caso assim pode nos levar a uma enorme quantidade de informações se trabalharmos direito. Mas os homens do FBI só estão interessados em obter publicidade por colocar comunistas na cadeira elétrica.

– É a lei!

– Você e eu sabemos que a lei é pura besteira.

– Não faz diferença.

Um ponto em comum aos grupos rivais dentro da CIA era o ódio pelo FBI e seu diretor megalomaníaco, J. Edgar Hoover. Por isso Anthony rebateu:

– De qualquer modo, quando foi a última vez que o FBI nos deu alguma coisa?

– A última vez foi nunca – respondeu Hobart. – Mas tenho outra tarefa para você hoje.

Anthony começou a ficar com raiva. O que aquele cretino estava querendo? Não era função dele designar serviços.

– Que tarefa?

– A Casa Branca ligou pedindo um relatório sobre modos de lidar com um grupo rebelde em Cuba. Vai haver uma reunião de alto nível ainda nesta manhã. Preciso que você e todo o seu pessoal experiente me coloque a par de tudo.

– Você está pedindo informações sobre Fidel Castro?

– Claro que não. Sei tudo sobre ele. O que eu preciso é de ideias práticas para lidar com a insurgência.

Anthony detestava esse tipo de abordagem indireta.

– Por que você não diz logo o que quer? Quer saber como acabar com eles.

– Talvez.

Anthony deu uma risada de escárnio.

– Bom, o que mais a gente faria? Abriria uma escola de catecismo para eles?

– Isso é decisão da Casa Branca. Nossa função é apresentar opções. Vocês podem me dar algumas sugestões.

Anthony manteve um ar de indiferença, mas por dentro estava preocupado. Não tinha tempo para distrações naquele dia e precisava de todos os seus melhores agentes para ficar de olho em Luke.

– Verei o que posso fazer – respondeu, esperando que Hobart se satisfizesse com uma garantia vaga.

Ele não se satisfez.

– Quero você na minha sala de reuniões, com todos os seus agentes mais experientes, às dez horas. E sem desculpas. – Com isso, se virou para sair.

Anthony tomou uma decisão.

– Não – falou.

Hobart deu meia-volta junto à porta.

– Isso não é um pedido. Esteja lá.

– Olhe para os meus lábios – disse Anthony.

Com relutância, Hobart olhou para o rosto dele.

Enunciando meticulosamente, Anthony disse:

– Vá se foder.

Um dos agentes deu uma risadinha.

A careca de Hobart ficou vermelha.

– Este assunto não terminou. Nem de longe.

Em seguida ele saiu e bateu a porta.

Todo mundo explodiu em gargalhadas.

– De volta ao trabalho – disse Anthony. – Simons e Betts estão com ele neste momento, mas devem ser substituídos em alguns minutos. Assim que eles entrarem em contato, quero que "Red" Rifenberg e Ackie Horwitz assumam a vigilância. Cada um vai fazer um turno de seis horas, com equipes de apoio sempre a postos. Por enquanto é só.

Os agentes saíram, mas Pete Maxell ficou. Tinha feito a barba e vestido o terno de sempre com uma gravata estreita da Madison Avenue. Agora seus dentes ruins e a marca de nascença vermelha na bochecha eram mais perceptíveis, como janelas quebradas numa casa nova. Ele era tímido e pouco sociável, talvez por causa da aparência, e era fiel a seus poucos amigos. Agora parecia preocupado quando indagou a Anthony:

– O senhor não está correndo risco com Hobart?

– Ele é um cretino.

– É o seu chefe.

– Não posso deixá-lo encerrar uma operação de vigilância importante.

– Mas o senhor mentiu para ele. Ele pode descobrir facilmente que Luke não é um diplomata vindo de Paris.

Anthony deu de ombros.

– Então eu conto outra história.

Pete pareceu em dúvida, mas assentiu e foi até a porta.

– Mas você está certo – acrescentou Anthony. – Estou me arriscando totalmente. Se alguma coisa der errado, Hobart não vai perder a chance de cortar minha cabeça.

– Foi o que eu pensei.

– Então é melhor garantirmos que nada dê errado.

Pete saiu. Anthony ficou olhando o telefone, obrigando-se a se acalmar e a manter a paciência. A política do departamento o enfurecia, mas homens como Hobart sempre tinham existido. Depois de cinco minutos o telefone tocou e ele atendeu.

– Carroll falando.

– Você andou irritando Carl Hobart de novo.

Era a voz arfante de um homem que havia fumado e bebido com entusiasmo durante a maior parte da vida.

– Bom dia, George.

George Cooperman era subchefe de Operações e colega de Anthony do tempo de guerra. Era o superior imediato de Hobart.

– Hobart deveria ficar fora do meu caminho.

– Venha à minha sala, seu jovem arrogante – disse George em tom amigável.

– Estou indo.

Anthony desligou. Abriu a gaveta da mesa e pegou um envelope contendo um grosso maço de cópias Xerox. Depois vestiu o sobretudo e se dirigiu ao escritório de Cooperman, que ficava no Prédio P, ao lado.

Cooperman era um homem alto e magro, de 50 anos e um rosto cheio de rugas prematuras. Estava com os pés em cima da mesa. Havia uma caneca de café gigantesca junto ao seu cotovelo e um cigarro em sua boca. Estava lendo o jornal *Pravda*, de Moscou. Tinha se formado em literatura russa em Princeton.

Ele largou o jornal.

– Por que você não pode ser gentil com aquele gordo cretino? – rosnou. Falava sem tirar o cigarro do canto da boca. – Sei que é difícil, mas você poderia fazer isso por mim.

Anthony sentou-se.

– A culpa é dele. Ele já deveria ter percebido que eu só o insulto quando ele fala comigo.

– Qual é a sua desculpa dessa vez?

Anthony jogou o envelope na mesa. Cooperman pegou-o e olhou as cópias Xerox.

– Plantas – falou. – De um foguete, acho. E daí?

– São altamente sigilosas. Peguei-as com o sujeito que está sendo vigiado. Ele é um espião, George.

– E você optou por não dizer isso a Hobart.

– Quero seguir o cara até ele revelar toda a rede de contatos, depois usar a operação dele para espalhar desinformações. Hobart entregaria o caso ao FBI, que jogaria o cara na cadeia, e a rede iria sumir.

– Bom, você está certo com relação a isso. Ainda assim, preciso de você nessa reunião. Eu vou ser o coordenador, mas você pode deixar sua equipe continuar com a vigilância. Se alguma coisa acontecer, eles podem tirar você da sala de reuniões.

– Obrigado, George.

– E escute: hoje você acabou com a dignidade de Hobart na frente de uma sala cheia de agentes, não foi?

– Acho que sim.

– Na próxima vez tente fazer isso com delicadeza, certo? – Cooperman pegou o *Pravda* de novo. Anthony se levantou para sair, levando as plantas. – E se certifique de que essa vigilância dê certo. Se você fizer merda depois de ter insultado o seu próprio chefe, talvez eu não consiga protegê-lo.

Anthony saiu.

Não voltou logo para sua sala. A fileira de prédios condenados que abrigavam aquela parte da CIA ocupava um terreno entre a Constitution Avenue e o parque com o lago refletindo a luz. As entradas de veículos ficavam do lado da rua, mas Anthony passou pelo portão dos fundos para o parque.

Caminhou pela avenida de olmos ingleses respirando o ar frio e puro, confortado pelas árvores antigas e pela presença da água. A manhã tivera alguns momentos ruins, mas ele resistira, contando uma mentira diferente para cada participante do jogo.

Chegou ao fim da avenida e parou na metade do caminho entre o Lincoln Memorial e o Washington Monument. Tudo isso é culpa de vocês, pensou, dirigindo-se aos dois grandes presidentes. Vocês fizeram os homens acreditarem que podiam ser livres. Estou lutando pelos seus ideais. Nem sei se ainda acredito em ideais, mas acho que sou teimoso demais para desistir. Vocês se sentem assim também?

Os presidentes não responderam, e depois de um tempo Anthony voltou ao Prédio Q.

Em sua sala encontrou Pete com a dupla que estivera seguindo Luke: Simons, com um sobretudo azul-marinho, e Betts, usando uma capa de chuva verde-oliva. Também estava presente a dupla que deveria tê-los substituído: Rifenberg e Horwitz.

– Que diabo aconteceu? – perguntou com um medo súbito. – Quem está com Luke?

Simons segurava o chapéu de feltro cinza, que se sacudiu quando sua mão tremeu.

– Ninguém – respondeu.

– O que aconteceu? – rugiu Anthony. – O que diabo aconteceu, seus idiotas?

Depois de um momento, Pete respondeu:

– Nós, hã... – Ele engoliu em seco. – Nós o perdemos.

Parte dois

9H

O Júpiter C foi construído para o Exército pela Corporação Chrysler. O grande motor do foguete que impele o primeiro estágio é fabricado pela North American Aviation, Inc. O segundo, o terceiro e o quarto estágios foram projetados e testados pelo Laboratório de Propulsão a Jato, em Pasadena.

Luke estava com raiva de si mesmo. Tinha lidado mal com a situação. Havia encontrado duas pessoas que provavelmente sabiam quem ele era – e perdido de novo.

Estava de volta ao bairro de classe baixa perto da igreja na H Street. O dia de inverno estava aos poucos clareando, fazendo as ruas parecerem mais sujas, os prédios mais velhos, as pessoas mais maltrapilhas. Viu dois vagabundos junto à porta de uma loja vazia, dividindo uma garrafa de cerveja. Estremeceu e passou rapidamente por eles.

Então percebeu que isso era estranho. Um alcoólatra quereria beber a qualquer hora. Mas, para Luke, a ideia de cerveja tão cedo era nauseante. Portanto, concluiu com enorme alívio, ele não podia ser alcoólatra.

Mas, se não era um bêbado, o que era?

Considerou o que sabia sobre si mesmo. Estava na casa dos 30 anos. Não fumava. Apesar das aparências, não era um alcoólatra. Em algum momento da vida tinha se envolvido em serviço clandestino. E sabia a letra de "Em Jesus Amigo Temos". Era ridiculamente pouco.

Estivera andando e procurando uma delegacia, mas não tinha encontrado nenhuma. Decidiu pedir informação. Um minuto depois, passando por um terreno baldio cercado por um tapume de ferro corrugado, viu um policial de uniforme passar por uma abertura no tapume e sair na calçada. Aproveitando a chance, perguntou:

– Onde fica a delegacia mais próxima?

O policial era um sujeito corpulento com bigode cor de areia. Olhou Luke com desprezo e disse:

– No porta-malas da minha viatura, se você não sumir da minha frente agora.

Luke ficou espantado com a linguagem violenta dele. Qual era o problema do sujeito? Mas estava cansado de ficar andando pela rua e precisava de informações, por isso insistiu:

– Só preciso saber onde fica a delegacia.
– Não vou avisar de novo, seu merda.
Luke ficou irritado. Quem ele achava que era?
– Eu só fiz uma pergunta, senhor – disse rispidamente.

O policial se moveu com uma velocidade surpreendente para um sujeito tão pesado. Agarrou Luke pelas lapelas do sobretudo e o empurrou pela abertura no tapume. Luke cambaleou e caiu num pedaço de concreto áspero, machucando o braço.

Para sua surpresa, não estava sozinho. Dentro do terreno havia uma mulher. Tinha o cabelo pintado de louro, maquiagem pesada e um casaco comprido aberto sobre um vestido solto. Usava sapatos de salto alto e meias rasgadas. Estava levantando a calcinha. Luke percebeu que ela era uma prostituta que tinha acabado de atender ao policial.

O sujeito passou pela abertura e deu um chute na barriga de Luke.

Luke ouviu a prostituta dizer:

– Pelo amor de Deus, Sid, o que ele fez, cuspiu na calçada? Deixe o coitado do homem em paz!

– O filho da puta precisa aprender a ter um pouco de respeito – disse o policial com a voz engrolada.

Pelo canto do olho Luke o viu pegar o cassetete e levantar. Enquanto o golpe vinha, Luke rolou de lado. Não foi rápido o suficiente e a ponta do cassetete resvalou em seu ombro esquerdo, entorpecendo o braço momentaneamente. O policial levantou o cassetete de novo.

Um circuito foi acionado no cérebro de Luke.

Em vez de rolar para longe, ele se jogou na direção do policial. O ímpeto do sujeito para a frente o fez despencar no chão e ele largou o cassetete. Luke deu um salto ágil. Enquanto o policial se levantava, Luke aproximou-se dele, movendo-se de modo que o sujeito não pudesse lhe dar um soco. Agarrou as lapelas do uniforme do policial, puxou-o com um movimento brusco e lhe deu uma cabeçada no rosto. Um estalo soou quando o nariz do policial se quebrou. Ele rugiu de dor.

Luke soltou as lapelas, fez uma pirueta sobre um dos pés e chutou o homem na lateral do joelho. Seus sapatos velhos não tinham a rigidez suficiente para quebrar ossos, mas o joelho tinha pouca resistência a um golpe desferido de lado, e o policial caiu.

Luke se perguntou onde diabo tinha aprendido a lutar assim.

O policial estava sangrando pelo nariz e pela boca, mas se apoiou no cotovelo esquerdo e sacou o revólver com a mão direita.

Antes que a arma saísse do coldre, Luke já estava em cima dele. Agarrou seu antebraço direito e bateu com a mão do homem violentamente no concreto. A arma se soltou de imediato. Então Luke puxou o policial para cima e torceu seu braço, fazendo-o virar de barriga para baixo. Dobrando o braço dele atrás das costas, Luke se deixou cair, pressionando os dois joelhos nas costas dele, fazendo o ar sair de seus pulmões. Por fim pegou o dedo indicador do policial e o dobrou totalmente para trás.

O policial gritou. Luke dobrou o dedo mais ainda. Ouviu-o estalar e o sujeito desmaiou.

– Você vai passar um bom tempo sem bater em mendigos – disse Luke. – Seu merda.

Levantou-se. Pegou a arma, ejetou todas as balas e as jogou longe, no terreno baldio.

A prostituta estava olhando para ele.

– Quem é você? Eliot Ness? – perguntou.

Luke a encarou de volta. Ela era magra e por trás da maquiagem tinha pele ruim.

– Não sei quem eu sou.

– Bom, você não é nenhum mendigo, isso é certo. Nunca vi um bebum que conseguisse dar conta de um saco de banha que nem o Sidney.

– Foi o que eu pensei.

– É melhor a gente dar o fora daqui. Ele vai ficar louco quando acordar.

Luke assentiu. Não estava com medo de Sidney, fosse ele louco ou não, mas em pouco tempo chegariam mais policiais, e Luke não podia ser encontrado ali. Passou pela abertura no tapume, saiu para a rua e se afastou rapidamente.

A mulher foi atrás, com os saltos altos fazendo barulho na calçada. Ele diminuiu o passo para deixar que ela o alcançasse, sentindo uma espécie de camaradagem. Os dois tinham sido maltratados pela mesma pessoa.

– Foi legal ver o Sidney encontrar alguém que não teve medo dele – disse ela. – Acho que lhe devo uma.

– De jeito nenhum.

– Bom, na próxima vez em que estiver com tesão, é por conta da casa.

Luke tentou não demonstrar repulsa.

– Qual é o seu nome?

– Dee-Dee.

Ele levantou uma sobrancelha.

– Bom, na verdade é Doris Dobbs – admitiu ela. – Mas que tipo de nome é esse para uma garota de programa?

– Eu me chamo Luke. Não sei meu sobrenome. Perdi a memória.
– Caramba. Isso deve fazer você se sentir meio... estranho.
– Desorientado.
– É. Era essa palavra que estava na ponta da minha língua.

Luke olhou para ela. Havia um semblante risonho no rosto de Dee-Dee. Percebeu que ela estava curtindo com a cara dele e gostou dela por causa disso.

– Não são só meu nome e meu endereço que eu não sei – explicou. – Não sei nem que tipo de pessoa eu sou.

– Como assim?

– Será que eu sou honesto? – Talvez fosse idiotice abrir o coração para uma prostituta no meio da rua, pensou, mas não tinha mais ninguém. – Será que sou um marido fiel, um pai amoroso e um trabalhador confiável? Ou sou algum tipo de criminoso? Odeio não saber.

– Querido, se é isso que está incomodando você, eu já sei que tipo de cara você é. Um criminoso iria pensar: será que eu sou rico? Será que eu bato em mulher? Será que as pessoas têm medo de mim?

Era um bom argumento. Luke assentiu. Mas não estava satisfeito.

– Uma coisa é querer ser uma boa pessoa, mas talvez eu não esteja à altura das coisas em que acredito.

– Bem-vindo à raça humana, querido. Todo mundo sente isso. – Ela parou junto de uma porta. – Foi uma noite longa. Vou ficar por aqui.

– Tchau.

Ela hesitou.

– Quer um conselho?

– Claro.

– Se quer que as pessoas parem de tratar você feito um merda, é melhor se arrumar. Faça a barba, penteie o cabelo, arranje um casaco que não pareça ter servido de tapete para um cavalo.

Luke percebeu que ela estava certa. Ninguém lhe daria atenção, muito menos o ajudaria a descobrir a própria identidade, enquanto parecesse um louco.

– Acho que você está certa. Obrigado. – Ele se virou.

– E arranje um chapéu! – gritou ela.

Ele tocou na cabeça, depois olhou em volta. Era a única pessoa na rua sem chapéu. Mas como um mendigo poderia conseguir uma roupa nova? O punhado de moedas no bolso não dava para comprar grandes coisas.

A resposta veio imediatamente à sua cabeça. Ou era uma pergunta fácil ou ele já estivera naquela situação. Iria a uma estação de trem. Em geral as estações viviam cheias de gente carregando mudas de roupa completas, junto com produtos para fazer a barba e outros artigos de toalete, tudo bem arrumado em malas.

Foi à esquina seguinte e verificou onde estava. A Street com 7th. Ao sair da Union Station de manhã cedo, tinha notado que estava perto da F com a 2nd.

Foi naquela direção.

10H

O primeiro estágio do míssil é ligado ao segundo por travas explosivas envolvidas em molas. Quando o motor principal se esgotar, as travas detonarão e as molas empurrarão para longe o primeiro estágio, agora redundante.

O Hospital Psiquiátrico de Georgetown era uma mansão vitoriana de tijolos vermelhos com uma extensão moderna, de telhado plano, nos fundos. Billie Josephson parou seu Ford Thunderbird vermelho no estacionamento e entrou correndo no prédio.

Detestava chegar tão tarde. Parecia desrespeitoso com seu trabalho e seus colegas. O que eles estavam fazendo era de importância vital. Devagar, dolorosamente, vinham aprendendo a entender os mecanismos da mente humana. Era como mapear um planeta distante, cuja superfície só podia ser vista através de aberturas irresistivelmente breves na camada de nuvens.

Estava atrasada por causa da mãe. Depois de Larry sair para a escola, Billie tinha ido comprar os comprimidos para o coração e ao voltar para casa encontrara Becky-Ma deitada na cama, totalmente vestida, respirando com dificuldade. O médico veio na mesma hora, mas não tinha nada de novo a dizer. O coração de Becky-Ma era fraco. Se ela estivesse com dificuldade para respirar, deveria se deitar. Precisava se lembrar de tomar os comprimidos. Qualquer tensão era prejudicial para ela.

Billie queria dizer: "E eu? A tensão não é prejudicial para mim também?" Mas em vez disso resolveu de novo pisar em ovos quando estivesse perto da mãe.

Parou no setor de internações e olhou o registro noturno. Um paciente novo tinha dado entrada tarde da noite no dia anterior, depois de ela sair: Joseph Bellow, esquizofrênico. O nome parecia familiar, mas ela não sabia por quê. Surpreendentemente, o paciente recebera alta durante a madrugada. Estranho.

Passou pela sala de passatempo a caminho de seu escritório. A TV estava ligada e um repórter numa praia arenosa dizia: "Aqui em Cabo Canaveral a pergunta que está na boca de todos é: 'Quando o Exército vai tentar lançar seu próprio foguete?' Deve ser nos próximos dias."

Os pacientes que participavam da pesquisa de Billie estavam sentados por ali, alguns assistindo à TV, outros jogando ou lendo, uns poucos fitando o nada com o olhar vazio. Ela acenou para Tom, um rapaz que não sabia o significado das palavras.

– Como vai, Tommy? – gritou.

Ele riu e acenou de volta. Era capaz de entender linguagem corporal e frequentemente reagia como se soubesse o que as pessoas estavam dizendo, por isso Billie tinha demorado meses para deduzir que ele não entendia uma só palavra.

Num canto, Marlene, uma alcoólatra, flertava com um jovem enfermeiro. Tinha 50 anos, mas não conseguia se lembrar de nenhum acontecido a partir dos 19. Achava que ainda era uma jovem e se recusava a acreditar que o "velho" que a amava e cuidava dela era seu marido.

Através da parede de vidro de uma sala de entrevistas Billie viu Ronald, um arquiteto brilhante que tinha sofrido ferimentos na cabeça durante um acidente de automóvel. Estava fazendo testes escritos. Seu problema era que tinha perdido a capacidade de lidar com números. Contava nos dedos com uma lentidão torturante, tentando somar três mais quatro.

Muitos pacientes tinham formas de esquizofrenia, uma incapacidade de se relacionar com o mundo real.

Alguns podiam ser ajudados por remédios, tratamento de eletrochoque ou as duas coisas, mas o trabalho de Billie era traçar os contornos exatos de suas deficiências. Estudando pequenas dificuldades mentais, estava delineando as funções da mente normal. Ronald, o arquiteto, era capaz de olhar para um conjunto de objetos numa bandeja e dizer se havia três ou quatro deles, mas se houvesse doze e ele precisasse contá-los, demorava muito tempo e podia errar. Isso fez Billie desconfiar de que a capacidade de identificar rapidamente quantos itens existem num conjunto pequeno é diferente da capacidade de contar.

Desse modo ela estava mapeando, devagar, as profundezas da mente, localizando a memória aqui, a linguagem ali, a matemática em outro lugar. E se a deficiência fosse relacionada a algum pequeno dano cerebral, Billie podia especular que a capacidade normal se localizava na parte do cérebro que havia sido destruída. Por fim, sua imagem conceitual das funções da mente seria mapeada num diagrama físico do cérebro humano.

No ritmo atual de progresso isso demoraria uns duzentos anos. Mas ela estava trabalhando sozinha. Com uma equipe de psicólogos, poderia evoluir muito mais rápido. Poderia ver o mapa completo enquanto ainda estivesse viva. Essa era a sua ambição.

Tinha sido um longo caminho desde a depressão que levara o pai ao suicídio.

Não existiam curas rápidas para doenças mentais. Mas a mente ainda era, em grande parte, um mistério para os cientistas. Ela seria muito mais bem entendida se Billie pudesse acelerar seu trabalho. E então, talvez, pessoas como seu pai poderiam ser ajudadas.

Subiu a escada até o andar seguinte, pensando no paciente misterioso. Joseph Bellow parecia Joe Blow, o tipo de nome que alguém poderia inventar. E por que ele recebera alta no meio da noite?

Chegou à sua sala e olhou pela janela para uma área de construção. Uma nova ala estava sendo acrescentada ao hospital, e um novo cargo seria criado junto com ela: diretor de pesquisa. Billie tinha se candidatado à vaga, mas um dos seus colegas, o Dr. Leonard Ross, também. Len era mais velho do que Billie, porém ela tinha mais experiência e mais trabalhos publicados: vários artigos e um livro, *Introdução à Psicologia da Memória*. Tinha certeza de que conseguiria vencer Len, mas não sabia quem mais poderia estar na disputa. E queria o cargo com todas as forças. Como diretora, teria outros cientistas trabalhando com ela.

Notou, no local da construção, entre os trabalhadores, um pequeno grupo de homens com roupas sociais – sobretudos de lã e chapéus de feltro em vez de macacões e capacetes. Pareciam estar fazendo uma visita. Olhando com mais atenção, viu que Len Ross estava com eles.

– Quem são aqueles homens a quem Len Ross está mostrando a obra? – perguntou à sua secretária.

– São da Fundação Sowerby.

Billie franziu a testa. A fundação ia financiar o novo cargo, e teria grande influência na escolha do vencedor da disputa. E ali estava Len, bancando o solícito com eles.

– Nós sabíamos que eles vinham hoje?

– Len disse que tinha mandado um recado. Ele passou hoje cedo para pegar você, mas você não estava aqui.

Billie tinha certeza de que não recebera recado algum. Len tinha deliberadamente deixado de avisá-la. E ela havia se atrasado.

– Droga – disse, com intensidade.

Saiu correndo para se juntar ao grupo na área da construção.

Só pensou de novo em Joseph Bellow depois de várias horas.

11H

Como o míssil foi montado às pressas, os estágios superiores usam um motor de foguete que estava em produção havia alguns anos, em vez de um modelo novo. Os cientistas escolheram uma pequena versão do foguete Sergeant, *muito bem testado. Os estágios superiores do míssil são alimentados por conjuntos desses pequenos foguetes, conhecidos como* Baby Sergeants.

Enquanto percorria as ruas que levavam à Union Station, Luke se pegou verificando a cada um ou dois minutos se estava sendo seguido.

Tinha despistado seus seguidores havia mais de uma hora, mas eles podiam estar procurando-o. A ideia o fez sentir-se temeroso e confuso. Quem eram eles e o que faziam? Seus instintos lhe diziam que eram maléficos. Caso contrário, por que vigiá-lo em segredo?

Balançou a cabeça para clareá-la. Especular sem ter nada como base era frustrante. Não fazia sentido tentar adivinhar. Precisava descobrir.

Primeiro tinha que cuidar da aparência. Seu plano era roubar uma mala de um passageiro. Tinha certeza de que já havia feito isso em algum momento da vida. Quando tentou se lembrar, palavras em francês lhe vieram à cabeça: "*La valise d'un type qui descend du train.*"

Não seria fácil. Suas roupas sujas e maltrapilhas se destacariam numa multidão de viajantes respeitáveis. Precisaria ser rápido se quisesse escapar. Mas não tinha alternativa. Dee-Dee, a prostituta, tinha razão. Ninguém ouviria o que um mendigo tinha a dizer.

Se fosse preso, a polícia jamais acreditaria que ele não era um vagabundo. Acabaria na cadeia. A ideia o fez tremer de medo. Não era a prisão em si que o amedrontava, e sim a perspectiva de semanas ou meses de ignorância e confusão, sem saber quem era e sem poder fazer nada para descobrir.

À frente, na Massachusetts Avenue, viu a arcada de granito branco da Union Station, como uma catedral românica transplantada da Normandia. Pensando adiante, deduziu que depois do roubo teria que desaparecer depressa. Precisava de um carro. A noção de como roubá-lo lhe veio à mente num instante.

Perto da estação, a rua tinha uma fileira de carros parados. A maior parte devia ser de passageiros que haviam ido pegar o trem. Diminuiu o passo enquanto um carro entrava numa vaga à sua frente. Era um Ford Fairlaine azul e branco, novo mas não ostentatório. Serviria bem. A partida era acionada por chave, não por manivela, mas seria fácil arrancar alguns fios de debaixo do painel e fazer uma ligação direta.

Imaginou como sabia disso tudo.

Um homem com sobretudo escuro saiu do Ford, tirou uma pasta do porta-malas, trancou o carro e foi para a estação.

Quanto tempo ele ficaria longe? Talvez tivesse que resolver algum negócio na estação e voltasse em alguns minutos. Então informaria o roubo do carro. Dirigindo-o por aí, Luke correria o risco de ser preso a qualquer momento. Isso não era bom. Precisava descobrir aonde o homem ia.

Seguiu-o para dentro da estação.

O interior grandioso, que naquela manhã mais cedo tinha parecido um templo sem uso, estava movimentado. Luke se sentiu exposto demais. Todas as outras pessoas pareciam muito limpas e bem-vestidas. A maioria desviava os olhos, mas algumas o encaravam com expressão de nojo ou desprezo. Ocorreu-lhe que ele poderia esbarrar no funcionário que o expulsara antes. Então haveria uma confusão. O sujeito certamente iria lembrar.

O dono do Ford entrou na fila num guichê de passagens. Luke também entrou. Olhou para o chão, sem encarar ninguém, esperando que ninguém o notasse.

A fila foi avançando e seu alvo chegou ao guichê.

– Filadélfia, retorno para o mesmo dia – disse ele.

Isso bastou para Luke. A Filadélfia ficava a horas de distância. O sujeito estaria fora da cidade o dia inteiro. O roubo de seu carro não seria denunciado antes que ele voltasse. Luke estaria seguro nele até a noite.

Saiu da fila e se afastou rapidamente.

Foi um alívio estar do lado de fora. Até os mendigos tinham o direito de andar nas ruas. Voltou à Massachusetts Avenue e encontrou o Ford estacionado. Para economizar tempo mais tarde, iria arrombá-lo agora. Olhou para um lado e outro da rua. Carros e pedestres passavam constantemente. O problema era que ele se parecia com um criminoso. Mas se esperasse até não haver ninguém por perto poderia ficar ali o dia inteiro. Só precisaria ser rápido.

Foi para a rua, deu a volta no carro e parou junto à porta do motorista. Pressionando as mãos contra o vidro da janela, fez força para baixo. Nada aconteceu. Sua boca ficou seca. Olhou rapidamente para os dois lados: ninguém estava prestando atenção por enquanto. Ficou nas pontas dos pés para acrescentar o peso do corpo à pressão contra o mecanismo da janela. Por fim o vidro deslizou lentamente para baixo.

Quando a janela estava aberta por completo, enfiou a mão por dentro e destrancou a porta. Abriu-a, levantou a janela e fechou a porta de novo. Agora estava pronto para uma fuga rápida.

Pensou em dar logo a partida no carro e deixar o motor ligado, mas isso poderia atrair a atenção de algum policial de passagem ou até mesmo de um pedestre curioso.

Voltou à Union Station. Estava constantemente preocupado com a possibilidade de um funcionário da estação notá-lo. Não precisava ser o sujeito com quem tinha esbarrado antes – qualquer funcionário meticuloso poderia decidir expulsá-lo, do mesmo modo que pegaria um papel de bala caído no chão. Luke fez o possível para passar despercebido. Não andava devagar nem rápido, tentava se manter perto das paredes, cuidava para não atravessar o caminho de nenhum dos passantes e nunca olhava ninguém nos olhos.

O melhor momento para roubar uma mala seria logo depois da chegada de um trem grande e apinhado, quando o saguão ficaria cheio de pessoas apressadas. Examinou o quadro de informações. Um expresso vindo de Nova York tinha previsão de chegada para dali a doze minutos. Seria perfeito.

Enquanto olhava o quadro de informações, verificando em que plataforma o trem chegaria, os pelos de sua nuca se eriçaram.

Olhou em volta. Devia ter visto alguma coisa com o canto do olho, algo que fizera soar um alerta instintivo. O que seria? Seu coração bateu mais rápido. De que estava com medo?

Tentando passar despercebido, afastou-se do quadro e parou junto à banca de jornais, examinando os periódicos do dia. Viu as manchetes:

FOGUETE DO EXÉRCITO SERÁ LANÇADO EM BREVE
ASSASSINO DE 10 PESSOAS É PRESO
DULLES TRANQUILIZA O GRUPO DE BAGDÁ
ÚLTIMA CHANCE EM CABO CANAVERAL

Depois de um momento olhou para trás por cima do ombro. Pouco mais de dez pessoas atravessavam o saguão entrecruzando-se, indo em direção a trens para os subúrbios ou descendo deles. Um número maior de pessoas estava sentado nos bancos de mogno ou de pé, esperando pacientemente: parentes ou motoristas aguardando para receber passageiros do trem de Nova York. Um maître estava do lado de fora do restaurante, na esperança de fregueses para um almoço cedo. Havia cinco carregadores num grupo, fumando...

E dois agentes.

Tinha quase certeza de que eram agentes. Ambos jovens, bem-vestidos com sobretudos e chapéus, os sapatos sociais muito brilhantes. Mas não era tanto a aparência, e sim a atitude, que os denunciava. Estavam alertas, examinando o saguão, estudando o rosto das pessoas por quem passavam, olhando para todos os lados... menos para o quadro de informações. A única coisa em que não estavam interessados era viajar.

Luke sentiu-se tentado a falar com eles. Na verdade, estava ávido por um simples contato com pessoas que o conhecessem. Ansiava por alguém que dissesse: "Oi, Luke, como vai? Que bom ver você de novo!"

Aqueles dois provavelmente diriam: "Somos agentes do FBI e você está preso." Luke percebeu que isso seria quase um alívio. Mas seus instintos o convenceram do contrário. Toda vez que pensava em confiar neles, perguntava-se por que iriam segui-lo disfarçadamente se não quisessem lhe fazer mal.

Deu-lhes as costas e se afastou, tentando manter a banca de jornais entre ele e os homens. Na sombra de um grande arco, se arriscou a olhar para trás. Os dois estavam atravessando o saguão aberto, indo do leste para oeste, cruzando seu campo de visão.

Quem diabo eles eram?

Saiu da estação, andou alguns metros pela arcada grandiosa na frente e entrou de novo no saguão principal. Chegou a tempo de ver as costas dos dois agentes indo para a saída oeste.

Olhou o relógio. Tinham se passado dez minutos. O expresso de Nova York chegaria em dois minutos. Apressou-se em direção ao portão e esperou, tentando passar despercebido.

Quando os primeiros passageiros saíram, a frieza baixou sobre ele. Olhou com atenção os recém-chegados. Era quarta-feira, meio da semana, de modo que havia muitos empresários e militares de uniforme, mas poucos turistas e apenas algumas mulheres e crianças. Procurou um homem mais ou menos da sua altura e seu peso.

À medida que os passageiros saíam aos montes pelo portão, as pessoas à espera avançavam, e se formou um engarrafamento. A multidão em volta do portão ficou mais densa, depois se espalhou, com pessoas empurrando umas às outras, irritadas. Luke viu um jovem do seu tamanho, mas ele estava usando um casaco de brim e um gorro de lã – provavelmente não tinha um terno de reserva na bolsa de lona. Luke também descartou um viajante idoso que tinha a altura certa mas era magro demais. Viu um homem que parecia ter o corpo ideal, mas só carregava uma pasta.

A essa altura pelo menos uma centena de passageiros havia saído, mas parecia haver um número muito maior chegando. O saguão ficou apinhado de pessoas impacientes. Então ele viu o homem que precisava. Tinha sua altura, seu peso e sua idade. O sobretudo cinza estava desabotoado, mostrando um paletó esporte de tweed e uma calça de flanela – o que significava que devia ter um terno na mala de couro marrom que levava na mão direita. Seu rosto tinha uma expressão ansiosa e ele andava depressa, como se atrasado para um compromisso.

Luke entrou no meio da multidão e abriu caminho empurrando, até estar logo atrás do homem.

A multidão estava densa e andava devagar, e o alvo de Luke se movia aos arrancos, parando e andando. Então a aglomeração de pessoas diminuiu um pouco e o homem entrou rapidamente num espaço aberto.

Nesse momento, Luke o fez tropeçar. Enganchou o pé com firmeza no tornozelo à sua frente. Enquanto o homem avançava, Luke fez força para cima, dobrando o joelho do sujeito.

O homem gritou e caiu para a frente. Soltou a pasta e a mala e estendeu as mãos à frente. Chocou-se contra as costas de uma mulher com casaco de pele e ela também tropeçou, soltando um gritinho, e caiu. O homem bateu no piso de mármore com uma pancada audível e o chapéu rolou para longe. Uma fração de segundo depois a mulher tombou sobre os dois joelhos, largando uma bolsa e uma mala de couro branca e chique.

Outros passageiros logo se juntaram em volta, tentando ajudar.

– Vocês estão bem? – perguntavam.

Luke pegou calmamente a mala de couro e se afastou depressa. Foi para a saída em arco mais próxima. Não olhou para trás, mas ficou atento a qualquer grito acusatório ou som de perseguição. Se ouvisse alguma coisa, estava preparado para correr – não desistiria das roupas limpas e tinha a sensação de que era capaz de correr mais rápido do que a maioria das pessoas, mesmo carregando uma mala. Suas costas pareciam um alvo enquanto ele se apressava em direção às portas.

Na saída, olhou para trás por cima do ombro. A multidão estava reunida no mesmo lugar. Não conseguia ver o sujeito que tinha feito tropeçar nem a mulher com casaco de pele. Mas um homem alto, com ar de autoridade, examinava o saguão atentamente, como se procurasse alguma coisa. De repente a cabeça dele se virou na direção de Luke.

Luke passou depressa pela porta.

Do lado de fora, foi andando pela Massachusetts Avenue. Um minuto depois, chegou ao Ford Fairlane. Foi automaticamente para o porta-malas, para esconder a mala roubada, mas estava fechado. Lembrou-se de ter visto o dono trancando-o. Olhou de novo para a estação. O homem alto vinha correndo pela pista circular, desviando-se de carros, indo na direção de Luke. Quem seria ele, um policial fora de serviço? Um detetive? Um enxerido?

Luke foi rapidamente para a porta do motorista, abriu-a e jogou a mala no banco de trás. Depois entrou e bateu a porta.

Enfiou a mão embaixo do painel e encontrou os fios dos dois lados da ignição. Puxou-os e os juntou. Nada aconteceu. Sentiu o suor brotar na testa, apesar do frio. Por que não estava funcionando? A resposta logo lhe ocorreu: fio errado. Tateou de novo embaixo do painel. Havia outro fio à direita da ignição. Puxou-o e o encostou no fio da esquerda.

O motor deu a partida.

Pisou no acelerador e o motor rugiu.

Engatou a alavanca de câmbio, soltou o freio de mão, acionou o pisca-alerta e saiu. O carro estava virado para a estação, então Luke fez um retorno e em seguida foi embora.

Um sorriso atravessou seu rosto. A não ser que tivesse muito azar, tinha uma muda completa de roupas na mala. Sentiu que havia começado a assumir o controle da própria vida.

Agora precisava de um local onde tomar banho e se trocar.

MEIO-DIA

O segundo estágio consiste em onze foguetes Baby Sergeant *dispostos num círculo em volta de um tubo central. O terceiro estágio tem três motores* Baby Sergeant *unidos por três aletas transversas. Em cima do terceiro estágio fica o quarto, um foguete único com o satélite na ponta.*

A contagem regressiva estava em x menos 630 minutos e Cabo Canaveral encontrava-se em uma agitação sem precedentes.

Os homens dos foguetes eram todos iguais: projetavam armas quando o governo queria, mas seu sonho era o espaço sideral. A equipe do *Explorer* tinha construído e lançado muitos mísseis, mas aquele seria o primeiro a vencer a gravidade terrestre e voar para além da atmosfera. Para a maior parte da equipe o lançamento daquela noite seria a realização das esperanças de toda uma vida. Elspeth se sentia da mesma forma.

Estavam baseados no Hangar D e no Hangar R, que ficavam lado a lado. O projeto padrão de hangar aeronáutico tinha sido considerado adequado para os mísseis: havia um grande espaço central onde os foguetes poderiam ser verificados, com alas de dois andares de cada lado para os escritórios e laboratórios menores.

Elspeth estava no Hangar R. Tinha uma máquina de escrever e uma mesa na sala de seu chefe, Willy Fredrickson, o diretor de lançamento, que passava quase o tempo inteiro em outro lugar. O serviço dela era preparar e distribuir o cronograma do lançamento.

O problema era que o cronograma mudava constantemente. Ninguém nos Estados Unidos já tinha lançado um foguete para o espaço. Novos problemas surgiam o tempo todo e os engenheiros não paravam de improvisar soluções para fazer um componente funcionar ou contornar um sistema. Ali a fita adesiva de alta aderência era chamada de "fita de míssil".

Então Elspeth fazia atualizações constantes no cronograma. Precisava se comunicar com todos os grupos da equipe e registrar mudanças de plano em seu bloco de anotações para depois as transferir para formulários datilografados, dos quais fazia cópias Xerox para distribuir. O serviço exigia que ela fosse a todos os lugares e soubesse de praticamente tudo. Quando havia um problema, ela era informada imediatamente. E também estava entre os primeiros a saber da solução. Seu cargo era de secretária, e ela tinha salário de secretária, mas ninguém poderia executar aquela função sem ter um diploma em ciências. Mas Elspeth não se ressentia da baixa remuneração. Era grata por ter um trabalho desafiador. Algumas de suas colegas de Radcliffe ainda anotavam coisas ditadas por homens com ternos de flanela cinza.

A atualização do meio-dia estava pronta. Elspeth pegou a pilha de papéis e saiu para distribuí-los. Estava bastante apressada, mas nesse dia específico isso estava sendo bom: fazia com que não se preocupasse constantemente com Luke. Se cedesse à própria inclinação, estaria ligando para Anthony em intervalos de alguns minutos, perguntando se havia alguma novidade. Mas seria idiotice. Ele iria contatá-la se algo desse errado, disse a si mesma. Enquanto isso, deveria se concentrar no trabalho.

Foi primeiro ao departamento de imprensa, onde os encarregados de relações públicas não largavam os telefones, ligando para repórteres de confiança e informando que haveria um lançamento naquela noite. O Exército queria jornalistas no local para testemunhar a vitória. Mas a informação só seria divulgada depois do fato. Os lançamentos costumavam ser adiados ou mesmo cancelados devido a imprevistos. Os homens dos mísseis tinham aprendido, pela experiência, que um adiamento de rotina para resolver problemas técnicos podia parecer um fracasso abjeto quando os jornais o divulgavam. Por isso, eles tinham um acordo com os principais meios de comunicação. Só os notificavam com antecedência sobre os lançamentos sob a condição de que nada seria publicado até que houvesse "fogo na cauda", o que significava que o motor do foguete tinha sido acionado.

Era um escritório onde só trabalhavam homens, e vários a encararam enquanto ela atravessava a sala e entregava um cronograma ao chefe de imprensa. Elspeth sabia que era bonita, com sua pele clara de viking e a constituição corporal alta e escultural; mas havia nela algo formidável – talvez o jeito decidido da boca ou a luz perigosa nos olhos verdes – que fazia os homens inclinados a assobiar ou a chamá-la de "querida" pensarem duas vezes.

No Laboratório de Lançamento de Mísseis encontrou cinco cientistas sem o paletó parados perto de uma bancada, olhando com preocupação uma chapa de metal que parecia ter passado por um incêndio.

– Boa tarde, Elspeth – disse o líder do grupo, Dr. Keller.

Falava com um forte sotaque inglês. Como a maioria dos cientistas, era um alemão capturado no fim da guerra e levado aos Estados Unidos para trabalhar no programa de mísseis.

Ela lhe entregou uma cópia da atualização e ele a pegou sem olhar. Elspeth apontou com a cabeça para o objeto na mesa.

– O que é isso?

– Uma aleta de jato.

Elspeth sabia que o primeiro estágio era guiado por aletas dentro da cauda.

– O que aconteceu com ela?

– O combustível em chamas desgasta o metal – explicou ele. Seu sotaque alemão ficava mais pronunciado quando ele se empolgava com o assunto. – Isso sempre acontece, até certo ponto. Mas com o combustível normal, de álcool, as aletas duram o suficiente para o que precisam fazer. Hoje, ao contrário, estamos usando um novo combustível à base de hidrazina, a hidina, que tem um tempo mais longo de queima e maior velocidade de exaustão, mas ele pode desgastar as aletas a tal ponto que elas se tornam ineficazes para guiar o foguete. – Ele abriu as mãos num gesto exasperado. – Não tivemos tempo de fazer testes suficientes.

– Acho que só preciso saber se isso vai adiar o lançamento. – Ela sentiu que não podia suportar um adiamento; o suspense estava quase matando-a.

– É o que estamos tentando decidir. – Keller olhou os colegas em volta. – E acho que nossa resposta vai ser: vamos correr o risco.

Os outros assentiram, soturnos.

Elspeth se sentiu aliviada.

– Vou manter os dedos cruzados – disse, virando-se para sair.

– Isso é tão útil quanto qualquer coisa que possamos fazer – observou Keller, e os outros deram uma risada pesarosa.

Ela saiu ao sol escaldante da Flórida. Os hangares ficavam numa clareira arenosa aberta na vegetação que cobria o cabo – palmeiras, carvalhos-anões e capim afiado capaz de cortar a pele se alguém andasse descalço por ali. Atravessou uma área cimentada e entrou no Hangar D, cuja sombra bem-vinda caiu em seu rosto como o toque de uma brisa fresca.

Na sala de telemetria, viu Hans Mueller, conhecido como Hank. Ele apontou para ela.

– Cento e trinta e cinco.

Era um jogo que os dois faziam. Ela precisava dizer o que havia de incomum no número.

– Muito fácil – respondeu Elspeth. – Pegue o primeiro dígito, some ao quadrado do segundo e ao cubo do terceiro e chegue ao número em que você pensou primeiro.

Ela lhe deu a equação: $1^1+3^2+5^3=135$

– Certo – disse ele. – E qual é o próximo número que segue o mesmo padrão? Ela se concentrou.

– Cento e setenta e cinco: $1^1+7^2+5^3=175$

– Correto! Você ganhou o grande prêmio. – Ele enfiou a mão no bolso e pescou uma moeda de 10 centavos.

Ela pegou-a.

– Vou lhe dar uma chance de ganhar a moeda de volta – disse. – Cento e trinta e seis.

– Ah. – Ele franziu a testa. – Espere aí. Some os cubos dos três dígitos: $1^3+3^3+6^3=244$. Agora repita o processo e você chega ao número em que pensou primeiro: $2^3+4^3+4^3=136$!

Ela devolveu a moeda e lhe entregou uma cópia da atualização do cronograma.

Quando saiu, seu olhar foi atraído para um telegrama preso à parede: JÁ TIVE MEU PEQUENO SATÉLITE, AGORA VOCÊ TEM O SEU. Mueller notou que ela o estava lendo.

– É da mulher do Stuhlinger – explicou. Stuhlinger era o chefe de pesquisas. – Ela teve um menininho.

Elspeth sorriu.

Encontrou Willy Fredrickson na sala de comunicações, junto com dois técnicos do Exército, testando a conexão por teletipo com o Pentágono. Seu chefe era um homem alto e magro, careca com uma borda de cabelos encaracolados na lateral da cabeça, como um monge medieval. O teletipo não estava funcionando e Willy estava frustrado, mas, quando pegou a atualização, lançou um olhar agradecido a Elspeth.

– Elspeth, você vale ouro.

Um instante depois duas pessoas se aproximaram de Willy: um jovem oficial do Exército segurando um gráfico e Stimmens, um dos cientistas.

– Temos um problema – disse o oficial. Ele entregou o gráfico a Willy e continuou: – A corrente de jato se moveu para o sul e está soprando a 146 nós.

O coração de Elspeth parou. Sabia o que isso significava. A corrente de jato era um vento de alta altitude na estratosfera, entre 9 mil e 12 mil metros. Normalmente não se estendia sobre Cabo Canaveral, mas podia se mover. E se fosse forte demais poderia tirar o míssil da rota.

– Está muito ao sul? – perguntou Willy.

– Cobrindo a Flórida toda – respondeu o oficial.

Willy se virou para Stimmens.

– Nós já levamos isso em conta, não é?

– Na verdade, não – respondeu Stimmens. – É tudo suposição, claro, mas achamos que o míssil suporta ventos de até 120 nós, não mais do que isso.

Willy se virou de volta para o oficial.

– Qual é a previsão para esta noite?

– Pode subir para 177 nós, e não há sinal de que a corrente de jato pode voltar para o norte.

– Merda. – Willy passou a mão pela careca. Elspeth sabia o que ele estava pensando. Talvez o lançamento tivesse que ser adiado para o dia seguinte. – Solte um balão meteorológico, por favor. Vamos checar a previsão do tempo de novo às cinco horas.

Elspeth fez uma anotação para acrescentar a reunião de revisão do clima em seu cronograma, depois saiu, desanimada. Eles eram capazes de resolver problemas de engenharia, mas não havia nada que pudessem fazer com relação ao clima.

Já do lado de fora, entrou num jipe e foi até o Complexo de Lançamento 26. A estrada era uma trilha poeirenta não pavimentada que passava no meio do mato baixo, e o jipe saltava nos buracos. Ela espantou um veado-de-cauda-branca que estava bebendo numa vala e o bicho partiu saltando para o meio dos arbustos. A vida selvagem era abundante ali, escondida no mato baixo. As pessoas diziam que havia jacarés e panteras na Flórida, mas Elspeth nunca tinha visto nenhum dos dois.

Parou diante da casamata e olhou para a Plataforma de Lançamento 26B, a 300 metros dali. A torre móvel era uma estrutura de perfuração de petróleo adaptada e coberta com tinta laranja resistente a ferrugem, para protegê-la da corrosão provocada pelo ar úmido e salgado da Flórida. Num dos lados ficava um elevador para acesso às plataformas. A construção era bastante sem graça, tendo sido pensada visando apenas à praticidade, observou Elspeth; era uma estrutura funcional montada sem nenhuma consideração pela beleza.

O longo lápis branco que era o foguete *Júpiter C* parecia preso no emaranhado de guindastes laranja como uma libélula numa teia de aranha. Os homens se referiam a ele no feminino, apesar da forma fálica, e Elspeth também pensava no foguete assim. Um véu de coberturas de lona escondera os estágios superiores de olhares curiosos desde que o foguete havia chegado, mas agora as coberturas tinham sido removidas e o míssil estava totalmente à mostra, com o sol brilhando na pintura impecável.

Os cientistas não eram muito diplomáticos, mas até eles sabiam que os olhos do mundo estavam voltados para eles. Quatro meses antes, a União Soviética havia assombrado o planeta lançando o primeiro satélite espacial, o *Sputnik*. Em todos os países onde o cabo de guerra entre o capitalismo e o comunismo continuava, desde a Itália até a Índia, passando por toda a América Latina, a África e a Indochina, a mensagem fora ouvida: a ciência comunista é melhor. Um mês depois, os soviéticos haviam lançado um segundo satélite, o *Sputnik 2*, com uma cadela a bordo. Os americanos ficaram arrasados. Hoje uma cadela, amanhã um homem.

O presidente Eisenhower prometera um foguete americano antes do fim do ano. Na primeira sexta-feira de dezembro, às 11h45, a Marinha dos Estados Unidos lançou seu foguete *Vanguard* diante da imprensa mundial. Ele subiu alguns metros, explodiu em chamas, tombou de lado e se despedaçou no concreto. É UM FRACASSONIK!, disse uma manchete.

O *Júpiter C* era a última esperança dos Estados Unidos. Não existia terceira opção. Se ele fracassasse, o país estaria fora da corrida espacial. A derrota de propaganda era a menor das consequências. O programa espacial americano estaria totalmente desordenado e a União Soviética controlaria o espaço sideral pelo futuro próximo.

Tudo depende deste foguete, pensou Elspeth.

Todos os veículos foram banidos da área de lançamento, a não ser os essenciais, como os caminhões de combustível, então ela deixou o carro e percorreu a pé o espaço aberto entre a casamata e a torre de lançamento, seguindo a linha de um tubo de metal que guardava os cabos ligando os dois locais. Presa na parte de trás da torre, no nível do solo, havia uma comprida cabine de aço, da mesma cor laranja, abrigando escritórios e maquinário. Elspeth entrou por uma porta de metal nos fundos.

O supervisor da torre, Harry Lane, estava sentado numa cadeira dobrável, usando capacete de proteção e botas de engenheiro, estudando uma planta de engenharia.

– Oi, Harry – disse ela, animada.

Ele resmungou. Não gostava de ver mulheres perto da torre, e nenhum senso de cortesia o impedia de deixar isso claro.

Ela largou uma atualização numa mesa de metal e saiu. Voltou à casamata, um prédio baixo e branco com janelas estreitas de vidro verde e grosso. As portas à prova de explosão estavam abertas e ela entrou. Havia três compartimentos: uma sala de instrumentação – que se estendia por toda a extensão do prédio – e duas salas de disparo, A à esquerda e B à direita, que seguiam em direção às duas plataformas de lançamento servidas por essa casamata. Elspeth entrou na Sala de Disparo B.

Os fortes raios de sol que entravam pelo vidro verde lançavam uma luz estranha em todo o lugar, de modo que parecia o interior de um aquário. Na frente das janelas, uma fileira de cientistas encontrava-se sentada diante de painéis de controle. Todos usavam camisa de mangas curtas, notou ela, como se fosse um uniforme. Tinham fones de ouvido com microfones, por meio dos quais podiam falar com os homens na plataforma de lançamento. Podiam olhar os painéis e ver o foguete através das janelas ou verificar as telas em cores que mostravam a mesma imagem. Ao longo da parede dos fundos da sala de disparo, uma fileira de máquinas de gráficos registravam temperaturas, pressões no sistema de combustível e atividades elétricas. No canto mais distante ficava uma balança mostrando o peso do míssil na plataforma. Havia um ar de urgência silenciosa enquanto os homens murmuravam nos microfones e trabalhavam nos painéis, girando um botão aqui, um interruptor ali, verificando constantemente os mostradores e contadores. Acima da cabeça deles um relógio de contagem regressiva mostrava os minutos que faltavam para a ignição. Enquanto Elspeth olhava, o ponteiro passou de 600 para 599.

Ela entregou a atualização e saiu do prédio. Voltando de jipe para o hangar, pensou em Luke e percebeu que tinha uma desculpa perfeita para ligar para Anthony. Falaria com ele sobre a corrente de jato, depois perguntaria por Luke.

Isso a animou. Ela entrou rapidamente no hangar e subiu a escada até sua sala. Discou o número da linha direta de Anthony e ele atendeu de imediato.

– O lançamento provavelmente será adiado até amanhã – avisou. – Há ventos fortes na estratosfera.

– Eu não sabia que existiam ventos lá em cima.

– Há um, chamado de corrente de jato. O adiamento não é definitivo, vai haver uma reunião de análise da previsão do tempo às cinco horas. E Luke?

– Avise o que decidirem na reunião, está bem?

– Claro. E Luke?

– Bom, temos um problema.

O coração dela parou.

– Que tipo de problema?

– Nós o perdemos.

Elspeth ficou gelada.

– O quê?

– Ele escapou dos meus homens.

– Deus nos ajude. Agora estamos encrencados.

1941

Luke chegou de volta a Boston ao amanhecer. Estacionou o velho Ford, entrou pela porta dos fundos na Casa Cambridge e subiu a escada de serviço até seu quarto. Anthony dormia profundamente. Luke lavou o rosto e caiu na cama com a roupa de baixo.

A próxima coisa que percebeu foi Anthony sacudindo-o.

– Luke! Acorde!

Abriu os olhos. Sabia que alguma coisa ruim havia acontecido, mas não conseguia lembrar o quê.

– Que horas são? – murmurou.

– Uma hora, e Elspeth está esperando você lá embaixo.

A menção ao nome de Elspeth acionou sua memória e ele lembrou qual era a calamidade. Não a amava mais.

– Ah, meu Deus – comentou.

– É melhor você descer e falar com ela.

Luke tinha se apaixonado por Billie Josephson. Esse era o desastre. Tiraria a vida de todos eles dos trilhos: a sua, a de Elspeth, a de Billie e a de Anthony.

– Merda – disse, e se levantou.

Tirou a roupa de baixo e tomou um banho frio. Quando fechou os olhos, viu Billie, os olhos escuros brilhando, a boca vermelha rindo, o pescoço branco. Colocou uma calça de flanela, um casaco de lã e tênis, depois desceu cambaleando.

Elspeth esperava no saguão, a única parte do prédio onde as garotas podiam entrar, a não ser pelas Tardes para as Damas, programadas especialmente para recebê-las. Era um salão espaçoso com lareira e poltronas confortáveis. Ela estava bonita como sempre, num vestido de lã azul e usando um chapéu grande. No dia anterior a visão teria animado o coração de Luke; hoje a noção de que ela havia se vestido para ele só o fez se sentir pior.

Ela riu ao vê-lo.

– Você parece um menininho que não consegue acordar!

Ele lhe deu um beijo no rosto e afundou numa poltrona.

– Demorei horas para chegar a Newport.

– Você obviamente esqueceu que íamos almoçar! – disse Elspeth em tom alegre.

Luke a observou. Ela era linda, mas ele não a amava. Não sabia se já a havia amado, mas tinha certeza de que agora não amava. Ele era o pior tipo de cafajeste. Ela estava tão animada, e ele iria arruinar sua felicidade. Não sabia como contar a ela. Estava tão envergonhado que seu coração chegava a doer.

Precisava dizer alguma coisa.

– Podemos cancelar o almoço? Eu nem fiz a barba.

Uma sombra de perturbação atravessou o rosto claro e orgulhoso de Elspeth e ele percebeu que ela sabia perfeitamente que havia algo errado. Mas sua resposta foi descontraída:

– Claro. Cavaleiros de armadura brilhante precisam do sono da beleza.

Ele disse a si mesmo que teria uma conversa séria com ela e seria totalmente honesto, mais tarde naquele mesmo dia.

– Desculpe ter feito você se arrumar toda por nada – falou em tom sofrido.

– Não foi por nada. Eu vi você. E seus colegas de alojamento pareceram gostar da minha roupa. – Ela se levantou. – De qualquer modo, o professor Durkham e a esposa vão dar uma festinha.

Luke se levantou e a ajudou a vestir o casaco.

– Podemos nos encontrar mais tarde.

Precisava contar a verdade a ela nesse dia. Seria maldade deixar para depois.

– Está bem – disse Elspeth, animada. – Pode me pegar às seis.

Em seguida jogou-lhe um beijo e saiu como uma estrela de cinema. Luke sabia que ela estava fingindo, mas era uma boa interpretação.

Voltou angustiado para o quarto. Anthony estava lendo o jornal de domingo.

– Fiz café – disse ele.

– Obrigado.

Luke se serviu de uma xícara.

– Estou em dívida com você – continuou Anthony. – Você salvou a pele de Billie ontem à noite.

– Você faria o mesmo por mim. – Luke bebeu um gole de café e começou a se sentir melhor. – Parece que tudo deu certo. Alguém falou alguma coisa hoje de manhã?

– Nada.

– Billie é uma garota ótima. – Luke sabia que era perigoso falar sobre ela, mas não podia evitar.

– Ela não é maravilhosa? – disse Anthony. Luke observou, consternado, a expressão de orgulho no rosto do colega. Anthony continuou: – Eu ficava me perguntando: por que ela não sairia comigo? Mas achava que não sairia. Não sei por quê, talvez por ela ser tão legal e bonita. E quando ela aceitou, nem acreditei nos meus ouvidos. Queria pedir a confirmação por escrito.

O exagero e a extravagância eram o modo que Anthony tinha de ser divertido, e Luke forçou um sorriso, mas em seu íntimo estava consternado. Roubar a namorada de alguém era desprezível em qualquer circunstância, mas o fato de Anthony estar claramente louco por Billie tornava tudo pior ainda.

Luke gemeu.

– Qual é o problema? – perguntou Anthony.

Luke decidiu contar metade da verdade.

– Não estou mais apaixonado por Elspeth. Acho que preciso terminar com ela.

Anthony pareceu chocado.

– Que pena. Vocês fazem um ótimo casal.

– Estou me sentindo um cafajeste.

– Não se crucifique. Acontece. Vocês não se casaram nem ficaram noivos.

– Não oficialmente.

Anthony levantou as sobrancelhas.

– Você fez o pedido?

– Não.

– Então não estão noivos, oficialmente ou não.

– Nós conversamos sobre quantos filhos queremos ter.

– Mesmo assim, não estão noivos.

– Acho que você tem razão, mas de qualquer modo me sinto um cafajeste.

Houve uma batida à porta e um homem que Luke nunca tinha visto entrou.

– Sr. Lucas e Sr. Carroll, não é?

Ele usava um terno barato, mas tinha modos altivos, e Luke supôs que fosse fiscal da faculdade.

Anthony se levantou de um salto.

– Sim – respondeu. – E o senhor deve ser o Dr. Útero, o famoso ginecologista. Graças a Deus o senhor chegou!

Luke não riu. O sujeito segurava dois envelopes brancos e Luke teve a sensação pessimista de que sabia o que eram.

– Sou o secretário do coordenador. Ele pediu que eu entregasse estas mensagens pessoalmente. – O homem entregou um envelope a cada um e saiu.

– Droga – disse Anthony quando a porta se fechou. Então abriu seu envelope. – Que merda.

Luke abriu o seu e leu o bilhete curto.

Caro Sr. Lucas,
Por favor faça a gentileza de vir à minha sala às três horas da tarde de hoje.
Atenciosamente,
Peter Ryder
Coordenador de estudantes

Essas cartas sempre significavam problemas de disciplina. Alguém tinha informado ao coordenador que uma mulher estivera ali na noite anterior. Anthony provavelmente seria expulso.

Luke nunca tinha visto o colega de quarto com medo – sua despreocupação sempre parecera inabalável –, mas agora ele estava pálido de choque.

– Não posso ir para casa – sussurrou ele.

Anthony nunca havia contado muita coisa sobre seus pais, mas Luke tinha uma vaga imagem de um pai violento e uma mãe sofredora. Agora supôs que a realidade fosse pior do que havia imaginado. Por um momento a expressão de Anthony era uma janela para um inferno particular.

Então houve uma batida à porta e Geoff Pidgeon, o gorducho e amável ocupante do quarto à frente, entrou.

– Eu acabei de ver o secretário do coordenador?

Luke balançou a carta.

– Exatamente.

– Sabe, eu não contei a ninguém que vi você com aquela garota.

– Mas quem contou? – perguntou Anthony. – O único dedo-duro na Casa é o Jenkins. – Paul Jenkins era um fanático religioso cuja missão de vida era reformar a moral dos homens de Harvard. – Mas ele está passando o fim de semana fora.

– Não, não está – explicou Pidgeon. – Mudou de planos.

– Então foi ele, aquele desgraçado – disse Anthony. – Vou estrangular o filho da puta com minhas próprias mãos.

Se Anthony fosse expulso, percebeu Luke de repente, Billie estaria livre. Sentiu vergonha desse pensamento egoísta quando a vida do amigo estava prestes a ser arruinada. Então percebeu que Billie também poderia ter problemas.

– Será que Elspeth e Billie também receberam notificações?

– Por que receberiam? – perguntou Anthony.

– Jenkins provavelmente sabe o nome das nossas namoradas. Ele tem um interesse lascivo por essas coisas.

– Se ele sabe o nome delas, com certeza delatou – disse Pidgeon. – Ele é assim.

– Elspeth está em segurança – afirmou Luke. – Ela não esteve aqui e ninguém pode provar que esteve. Mas Billie pode ser expulsa e perder a bolsa. Ela me explicou ontem à noite. Não vai poder estudar em lugar nenhum.

– Não posso me preocupar com Billie agora – disse Anthony. – Preciso pensar no que vou fazer.

Luke ficou em choque. Anthony havia colocado Billie naquela encrenca, e, segundo o código moral de Luke, ele deveria estar mais preocupado com ela do que consigo mesmo. Mas Luke viu um pretexto para falar com Billie e não pôde resistir. Suprimindo um sentimento de culpa, disse:

– Eu poderia ir até o alojamento das garotas, ver se Billie já voltou de Newport.

– Você faria isso? – perguntou Anthony. – Obrigado.

Pidgeon saiu. Anthony sentou-se na cama, fumando soturnamente, enquanto Luke fazia a barba e trocava de roupa o mais rápido que podia. Apesar da pressa, vestiu-se com capricho: camisa azul-clara, calça de flanela nova e seu paletó de tweed cinza predileto.

Eram duas horas quando chegou ao quadrado que formava o alojamento de Radcliffe. As construções de tijolos vermelhos ficavam em volta de um pequeno parque onde estudantes caminhavam aos pares. Tinha sido ali que beijara Elspeth pela primeira vez, lembrou, infeliz, à meia-noite de um sábado, no fim do encontro dos dois. Luke detestava homens volúveis, mas ali estava ele, fazendo a coisa que mais desprezava – e não conseguia evitar.

Uma empregada de uniforme o levou até o saguão do alojamento. Ele perguntou por Billie. A empregada sentou-se a uma mesa, pegou um tubo acústico do tipo usado em navios e chamou:

– Visita para a Srta. Josephson.

Billie desceu usando um casaco de caxemira cinza e uma saia xadrez. Estava linda, mas parecia angustiada, e Luke desejou tomá-la nos braços e oferecer consolo. Ela também tinha sido chamada à sala de Peter Ryder e disse que o homem que entregara a carta também havia deixado uma para Elspeth.

Levou-o para a sala de fumantes, onde as garotas tinham permissão de receber visitas masculinas.

– O que vou fazer? – perguntou. Seu rosto era aflição pura. Ela parecia uma viúva de luto.

Luke a achou mais encantadora ainda do que na véspera. Ansiava por lhe dizer que faria tudo dar certo, mas não conseguia pensar numa saída.

– Anthony poderia dizer que foi outra pessoa que esteve no quarto, mas precisaria apresentar a garota.

– Não sei o que vou dizer à minha mãe.

– Talvez Anthony pudesse pagar a uma mulher, você sabe, uma mulher das ruas, para dizer que era ela.

Billie balançou a cabeça.

– Eles não vão acreditar.

– E Jenkins diria que era a garota errada. Ele é o dedo-duro que denunciou vocês.

– Minha carreira acabou. – Com um sorriso amargo, ela acrescentou: – Terei que voltar para Dallas e ser secretária de um empresário de petróleo com botas de caubói.

Vinte e quatro horas antes, Luke era um homem feliz. Era difícil acreditar.

Duas jovens usando casaco e chapéu entraram na sala. Estavam com o rosto vermelho.

– Ouviram a notícia?

Luke não estava interessado em novidades. Balançou a cabeça.

– O que aconteceu? – perguntou Billie, distraída.

– Estamos em guerra!

Luke franziu a testa.

– O quê?

– É verdade – disse a segunda garota. – Os japoneses bombardearam o Havaí!

Luke mal conseguia acreditar.

– O Havaí? Por quê? O que há no Havaí?

– É verdade? – perguntou Billie.

– Todo mundo na rua está falando. As pessoas estão parando os carros.

Billie olhou para Luke.

– Estou com medo – disse.

Ele segurou sua mão. Queria dizer que cuidaria dela, não importava o que acontecesse.

Mais duas garotas entraram correndo, falando agitadas. Alguém desceu com um rádio e o ligou. Houve um silêncio cheio de expectativa enquanto esperavam que o aparelho esquentasse. Então escutaram a voz de um locutor: "O couraçado *Arizona* foi destruído e o *Oklahoma* afundou em Pearl Harbor. Os primeiros relatos dizem que mais de cem aviões americanos foram inutilizados no solo na Base Aérea Naval da Ilha Ford, no Campo Wheeler e no Campo Hickam. As baixas americanas estão estimadas em pelo menos 2 mil pessoas e há outras mil feridas."

Luke sentiu uma explosão de fúria.

– Dois mil mortos!

Mais garotas entraram na sala, falando agitadas, e as outras mandaram que calassem a boca. O locutor estava dizendo: "Não houve nenhum aviso do ataque japonês, que começou às 7h55 do horário local, pouco antes da uma da tarde na Costa Leste."

– Isso significa guerra, não é? – indagou Billie.

– Pode apostar que sim – respondeu Luke, com raiva. Sabia que era estúpido e irracional odiar todo um país, mas mesmo assim sentiu isso. – Eu gostaria de arrasar o Japão com bombas.

Ela apertou sua mão.

– Não quero que você vá para a guerra. – Havia lágrimas em seus olhos. – Não quero que se machuque.

O coração de Luke parecia a ponto de estourar.

– Fico feliz por você se sentir assim. – Ele deu um sorriso pesaroso. – O mundo está desmoronando e eu estou feliz. – Olhou para o relógio. – Acho que todos precisamos ir falar com o reitor, mesmo estando em guerra. – Então foi tomado por um pensamento e ficou em silêncio.

– O que foi? – perguntou Billie. – O que foi?

– Talvez *haja* um modo de você e Anthony ficarem em Harvard.

– Como?

– Me deixe pensar.

...

Elspeth estava nervosa, mas disse a si mesma que não precisava ter medo. Violara o toque de recolher na noite anterior, mas não fora apanhada. Tinha quase certeza de que aquilo não se relacionava com ela e Luke. Anthony e Billie é que estavam encrencados. Elspeth mal conhecia Billie, mas gostava de Anthony e tinha uma sensação terrível de que ele seria expulso.

Os quatro se encontraram do lado de fora da sala do coordenador.

– Tenho um plano – disse Luke. Mas antes que pudesse explicar, o reitor abriu a porta e os chamou para dentro. Luke só teve tempo de acrescentar: – Deixem que eu fale.

O coordenador, Peter Ryder, era um homem meticuloso, antiquado, usando um conjunto bem cortado de paletó e colete preto com calça de risca de giz cinza. O nó da gravata-borboleta era perfeito, as botas reluziam e o cabelo com brilhantina parecia tinta preta sobre um ovo cozido. Com ele estava uma solteirona grisalha chamada Iris Rayford, responsável por zelar pela moral das garotas de Radcliffe.

Sentaram-se num círculo de cadeiras, como se fosse uma aula de reforço. O coordenador acendeu um cigarro.

– Bom, rapazes, é melhor contarem a verdade, como cavalheiros. O que aconteceu no quarto de vocês ontem à noite?

Anthony ignorou a pergunta de Ryder e agiu como se estivesse encarregado dos procedimentos.

– Onde está Jenkins? – disse rapidamente. – É ele o dedo-duro, não é?

– Não foi pedido que mais ninguém se juntasse a nós – respondeu Peter.

– Mas um homem tem o direito de confrontar seu acusador.

– Isto não é um tribunal, Sr. Carroll – retrucou o coordenador, impaciente. – A Srta. Rayford e eu fomos encarregados de estabelecer os fatos. Os procedimentos disciplinares, se forem necessários, virão no devido tempo.

– Não tenho certeza se isso é aceitável – reagiu Anthony, altivo. – Jenkins deveria estar aqui.

Elspeth percebeu o que Anthony estava fazendo. Ele esperava que Jenkins ficasse com medo de repetir a acusação cara a cara. Se isso acontecesse, a faculdade talvez tivesse que abandonar a questão. Ela não achava que daria certo, mas valia a pena tentar.

Luke interrompeu a discussão com um gesto impaciente:

– Basta. – E se dirigiu ao coordenador: – Eu levei uma mulher à Casa ontem à noite, senhor.

Elspeth ficou boquiaberta. O que ele estava falando?

O coordenador franziu a testa.

– A informação que tenho é que foi o Sr. Carroll que convidou a mulher.

– Infelizmente o senhor está mal informado.

Elspeth não se conteve:

– Não é verdade!

Luke lançou-lhe um olhar que a fez ficar gelada.

– A Srta. Twomey estava em seu alojamento à meia-noite, como o livro da vigia noturna mostrará.

Elspeth o encarou. O livro *mostraria* isso, porque uma amiga tinha forjado a assinatura dela. Ela percebeu que era melhor calar a boca antes de ficar encrencada. Mas o que Luke estava aprontando?

Anthony se perguntava a mesma coisa. Olhando perplexo para o amigo, disse:

– Luke, não sei o que você está fazendo, mas...

– Deixem-me contar a história – interrompeu Luke. Anthony pareceu em dúvida e Luke acrescentou: – Por favor.

Anthony deu de ombros.

O coordenador disse com sarcasmo:

– Por favor, continue, Sr. Lucas. Mal posso esperar.

– Eu conheci a moça no Dew Drop Inn – começou Luke. – Ela é garçonete lá. Seu nome é Angela Carlotti.

O coordenador claramente não acreditava em nenhuma palavra daquilo.

– Disseram que a pessoa vista na Casa Cambridge era a Srta. Bilhah Josephson, presente aqui.

– Não, senhor – insistiu Luke no mesmo tom de certeza inabalável. – A Srta. Josephson é nossa amiga, mas estava fora da cidade. Passou a noite na casa de um parente em Newport, Rhode Island.

– O parente confirmará isso? – perguntou a Srta. Rayford, dirigindo-se a Billie.

Billie lançou um olhar perplexo para Luke e disse:

– Sim, Srta. Rayford.

Elspeth encarou Luke. Será que ele pretendia mesmo sacrificar a própria carreira para salvar Anthony? Era loucura! Luke era um amigo leal, mas isso era levar a amizade longe demais.

– Você pode nos apresentar essa... garçonete? – perguntou o coordenador.

Ele pronunciou "garçonete" com desgosto, como se dissesse "prostituta".

– Sim, senhor, posso.

O homem ficou surpreso.

– Muito bem.

Elspeth estava atônita. Será que Luke tinha subornado uma garota da cidade para fingir ser cúmplice? Se sim, isso jamais funcionaria. Jenkins juraria que era a mulher errada.

– Mas não pretendo trazê-la aqui – acrescentou Luke.

– Ah – disse o coordenador. – Nesse caso o senhor torna difícil aceitar sua história.

Agora Elspeth estava atordoada. Luke tinha contado uma história implausível e não havia como sustentá-la. De que adiantava?

– Não creio que a prova da Srta. Carlotti seja necessária – retrucou ele.

– Peço permissão para discordar, Sr. Lucas.

Então Luke soltou sua bomba:

– Vou abandonar a faculdade hoje à noite, senhor.

– Luke! – exclamou Anthony.

– Não adiantará nada sair por conta própria antes de ser expulso – afirmou o coordenador. – Ainda haverá uma investigação.

– Nosso país está em guerra.

– Sei disso, rapaz.

– Vou entrar para o Exército amanhã de manhã, senhor.

– Não! – gritou Elspeth.

Pela primeira vez o coordenador ficou sem palavras. Encarou Luke boquiaberto.

Elspeth percebeu que Luke tinha sido inteligente. A faculdade não poderia abrir um processo disciplinar contra um rapaz que estava arriscando a vida pelo país. E, se não houvesse investigação, Billie estaria livre.

Uma névoa de sofrimento obscureceu sua visão. Luke tinha sacrificado tudo – para salvar Billie.

A Srta. Rayford ainda poderia exigir o testemunho do primo de Billie, mas ele provavelmente mentiria por ela. O fato era que Radcliffe não poderia esperar que Billie apresentasse a garçonete Angela Carlotti.

Mas agora nada disso importava para Elspeth. Ela só conseguia pensar que tinha perdido Luke.

Peter Ryder estava murmurando que faria seu relatório e deixaria a decisão para terceiros. A Srta. Rayford fez questão de anotar ostensivamente o endereço do primo de Billie. Mas era tudo parte de um teatro. Eles tinham sido passados para trás e sabiam disso.

Por fim os alunos foram dispensados.

Assim que a porta se fechou, Billie irrompeu em lágrimas.

– Não vá para a guerra, Luke!

– Você salvou minha vida – falou Anthony. Em seguida abraçou Luke. – Nunca vou esquecer isso. Nunca. – Anthony se afastou de Luke e segurou a mão de Billie. – Não se preocupe – disse a ela. – Luke é inteligente demais para ser morto.

Luke se virou para Elspeth. Quando a encarou, encolheu-se e ela percebeu que sua fúria devia ser nítida. Mas não se importava. Encarou-o por um longo momento, depois levantou a mão e lhe deu um tapa no rosto com muita força. Ele soltou um gemido involuntário de dor e surpresa.

– Seu filho da puta – disse ela.

Depois se virou e saiu andando.

13H

Cada motor Baby Sergeant tem 1,20 metro de comprimento, 15 centímetros de diâmetro e 27 quilos. Seu motor queima durante apenas seis segundos e meio.

Luke estava procurando uma rua residencial tranquila. Washington lhe era totalmente estranha, como se ele nunca tivesse estado ali. Ao se afastar da Union Station, tinha escolhido uma direção aleatória e ido para oeste. A rua o levou mais para o centro da cidade, um lugar de paisagens impressionantes e prédios governamentais grandiosos. Talvez fosse lindo, mas ele achou intimidante. Porém sabia que, se continuasse indo em linha reta, acabaria chegando a um lugar onde famílias normais viviam em casas comuns.

Atravessou um rio e se viu num subúrbio charmoso, de ruas estreitas arborizadas. Passou por um prédio com uma placa em que se lia "Hospital Psiquiátrico de Georgetown" e supôs que o bairro se chamasse Georgetown. Entrou numa rua ladeada por árvores e com casas modestas. Achou promissor. As pessoas ali não deviam ter empregadas em tempo integral, de modo que havia uma boa chance de ele encontrar um local vazio.

Luke virou numa esquina e a rua terminou abruptamente num cemitério. Ele parou o Ford roubado virado para a mesma direção de onde tinha vindo, para o caso de precisar fugir rapidamente.

Precisava de ferramentas simples, como um formão ou uma chave de fenda e um martelo. Provavelmente havia um pequeno kit de ferramentas no porta-malas – só que ele estava trancado. Poderia arrombar a fechadura se arranjasse um pedaço de arame. Caso contrário, precisaria ir até uma loja de ferragens e comprar ou roubar o material necessário.

Levou a mão ao banco de trás e pegou a mala roubada. Remexendo nas roupas, encontrou uma pasta contendo papéis. Pegou um clipe de papel e fechou a mala.

Levou uns trinta segundos para abrir o porta-malas. Como esperava, havia algumas ferramentas numa caixa de lata perto do macaco. Escolheu a maior chave de fenda. Não havia martelo, mas encontrou uma pesada chave-inglesa que serviria. Colocou-as no bolso da velha capa de chuva e fechou o porta-malas.

Tirou a mala roubada de dentro do carro, fechou a porta e virou a esquina.

Sabia que estava visível demais, um mendigo maltrapilho andando num bairro de classe alta com uma mala cara. Se os intrometidos do local ligassem para a polícia e os policiais não tivessem muita coisa para fazer no momento, ele poderia ficar encrencado em poucos minutos. Por outro lado, se tudo desse certo ele poderia estar de banho tomado, barbeado e vestido como um cidadão respeitável em meia hora.

Chegou à primeira casa da rua. Atravessou um pequeno quintal na frente e bateu à porta.

...

Rosemary Sims viu um belo carro azul e branco passar lentamente pela frente da sua casa e se perguntou de quem seria. Os Brownings podiam ter comprado um carro novo – tinham bastante dinheiro para isso. Ou o Sr. Cyrus, que era solteirão e não precisava economizar. Caso contrário, pensou, devia pertencer a algum estranho.

Ainda tinha visão boa e podia enxergar boa parte da rua sentada em sua confortável poltrona perto da janela no segundo andar, especialmente no inverno, quando as árvores ficavam sem folhas. Por isso viu o estranho alto quando ele virou a esquina. E "estranho" era a palavra certa. O homem não usava chapéu, a capa de chuva tinha se rasgado e os sapatos estavam amarrados com barbante para não se desfazerem. Mas ele carregava uma mala que parecia nova.

Ele foi à porta da Sra. Britsky e bateu. Ela era viúva e morava sozinha, mas não era boba: dispensaria o estranho num instante, a Sra. Sims sabia. De fato, a Sra. Britsky olhou pela janela e sinalizou para ele ir embora, com um gesto veemente.

Então ele foi à casa ao lado, da Sra. Loew, e bateu. Ela abriu a porta. Era uma mulher alta, de cabelo preto, orgulhosa demais na opinião da Sra. Sims. Trocou algumas palavras com o estranho e em seguida bateu a porta.

Ele foi à casa seguinte, aparentemente pretendendo fazer a mesma coisa ao longo da rua. A jovem Jeannie Evans veio à porta com a bebezinha Rita no colo. Ela enfiou a mão no bolso do avental e deu alguma coisa ao homem, provavelmente algumas moedas. Então ele era mendigo.

O velho Sr. Clarke chegou à porta vestido com seu roupão de banho e pantufas. O estranho não conseguiu nada com ele.

O dono da próxima casa, o Sr. Bonetti, estava no trabalho, e sua mulher, Angelina, grávida de sete meses, tinha saído alguns minutos antes carregando uma sacola de pano, obviamente indo para a loja. O estranho não conseguiria nada ali.

• • •

Àquela altura, Luke tivera tempo de examinar as portas, que eram todas iguais. Tinham fechaduras Yale, do tipo com uma lingueta na porta e um soquete metálico no portal. A fechadura era acionada por uma chave pelo lado de fora e uma maçaneta por dentro.

Cada porta tinha uma janelinha de vidro fosco na altura da cabeça. Ele poderia quebrar o vidro e enfiar a mão pelo buraco para tentar alcançar a maçaneta. Mas uma janela quebrada seria visível da rua, então ele decidiu usar a chave de fenda.

Olhou para um lado e outro da rua. Tivera azar, precisando bater em cinco portas até encontrar uma casa vazia. Naquele ponto ele podia ter atraído a atenção de alguém, mas não viu ninguém. De qualquer modo, não tinha opção. Precisava correr o risco.

• • •

A Sra. Sims deu as costas para a janela e pegou o telefone ao lado da poltrona. Devagar e cuidadosamente, discou o número da delegacia de polícia local, que sabia de cor.

• • •

Luke precisava ser rápido.

Enfiou a ponta da chave de fenda entre a porta e o batente, na altura da fechadura. Depois bateu no cabo da chave de fenda com a extremidade pesada da chave inglesa, tentando forçar a ponta no soquete da fechadura.

O primeiro golpe não deu certo, e a chave de fenda ficou presa contra o aço da fechadura. Luke moveu a chave de fenda, tentando encontrar um modo de enfiá-la. Usou a chave-inglesa de novo, desta vez com mais força. A chave de fenda continuou sem entrar no soquete. Luke sentiu o suor brotar na testa apesar do tempo frio.

Disse a si mesmo para permanecer calmo. Já tinha feito aquilo antes. Quando? Não fazia ideia. Não era importante. A técnica funcionava, tinha certeza.

Balançou a chave de fenda outra vez, e pareceu que um canto da ferramenta tinha encontrado uma reentrância. Bateu de novo com a chave-inglesa, com o máximo de força possível. A chave de fenda afundou 2 centímetros.

Ele empurrou o cabo de lado, pressionando a lingueta da fechadura para fora do soquete. Para seu alívio profundo, a porta se abriu.

O dano ao batente era pequeno demais para ser visto da rua.
Entrou rapidamente e fechou a porta.

...

Quando Rosemary Sims terminou de discar o número, olhou de novo pela janela, mas o estranho havia sumido.
Aquilo tinha sido rápido.
A polícia atendeu. Confusa, ela desligou sem dizer nada.
Por que ele tinha parado subitamente de bater às portas? Para onde tinha ido? Quem era?
Sorriu. Tinha algo para ocupar os pensamentos o dia inteiro.

...

Era o lar de um casal jovem. O lugar estava mobiliado com uma mistura de presentes de casamento e peças de brechó. Havia um sofá novo e um grande aparelho de TV na sala, mas na cozinha as coisas ainda estavam sendo guardadas em caixotes de laranja. Uma carta fechada, sobre o aquecedor da sala, era destinada ao Sr. G. Bonetti.
Não havia indícios de crianças. Provavelmente o Sr. e a Sra. Bonetti trabalhavam e ficariam fora o dia inteiro. Mas ele não podia contar com isso.
Foi rapidamente para o andar de cima. Havia três quartos, apenas um mobiliado. Jogou a mala na cama bem-arrumada. Dentro, encontrou um terno de risca de giz azul dobrado cuidadosamente, uma camisa branca e uma gravada listrada conservadora. Havia meias escuras, roupas de baixo limpas e um par de sapatos sociais pretos que pareciam apenas um pouco maiores do que seu número.
Tirou as próprias roupas imundas e as chutou para um canto. Estar nu na casa de estranhos lhe deu uma sensação sinistra. Pensou em não tomar banho, mas sabia que estava fedendo.
Atravessou o patamar minúsculo até o banheiro. Estar embaixo da água quente e se ensaboar inteiro era fantástico. Quando saiu, parou e prestou atenção. A casa estava silenciosa.
Enxugou-se com uma toalha de banho cor-de-rosa da Sra. Bonetti – outro presente de casamento, supôs – e vestiu uma cueca, a calça, meias e sapatos da mala roubada. Estar vestido pelo menos pela metade aceleraria sua fuga se algo desse errado enquanto estivesse fazendo a barba.

O Sr. Bonetti usava um barbeador elétrico, mas Luke preferia lâminas. Encontrou na mala um aparelho desse tipo e um pincel. Ensaboou o rosto e se barbeou rapidamente.

O Sr. Bonetti não tinha nenhuma colônia, mas talvez houvesse alguma na mala. Depois de feder como um porco durante toda a manhã, Luke gostou da ideia de cheirar bem. Encontrou uma bela nécessaire de couro e abriu o zíper. Não havia colônia dentro – mas encontrou 100 dólares em notas de 20, muito bem dobradas: dinheiro de emergência. Pôs o dinheiro no bolso, decidido a pagar ao homem um dia.

Afinal de contas, o sujeito não era um colaborador.

E o que diabo isso significava?

Outro mistério. Vestiu a camisa, a gravata e o paletó. Caíram bem: tinha escolhido uma vítima do seu tamanho e peso. As roupas eram de boa qualidade. A etiqueta na mala informava um endereço no Central Park South, Nova York. Luke supôs que o dono fosse um figurão do mundo corporativo que fora a Washington para alguns dias de reuniões.

Havia um espelho de corpo inteiro atrás da porta do quarto. Ele não tinha olhado o próprio reflexo desde que acordara, de manhã cedo, no banheiro masculino da Union Station, quando ficara chocado demais ao ver um mendigo imundo encarando-o de volta.

Foi até o espelho, preparando-se.

Viu um homem alto e em forma, de 30 e poucos anos, cabelo preto e olhos azuis; uma pessoa normal, parecendo exausta. Um sentimento de alívio o dominou.

Veja esse sujeito, pensou. O que você diria que ele faz para viver?

Suas mãos eram macias, e agora que estavam limpas não pareciam as de um trabalhador braçal. Tinha uma pele lisa, de quem vivia em lugares fechados e não havia passado muito tempo exposto a um clima ruim. O cabelo era bem-cortado. O homem no espelho parecia confortável nas roupas de executivo.

Não era policial, definitivamente.

Não havia chapéu nem sobretudo na mala. Luke sabia que chamaria atenção sem as duas coisas num dia frio de janeiro. Imaginou se poderia encontrá-las na casa. Valia a pena demorar alguns segundos extras para procurar.

Abriu o armário. Não havia muita coisa lá dentro. A Sra. Bonetti tinha três vestidos. O marido tinha um paletó esporte para os fins de semana e um terno preto que provavelmente usava na igreja. Não havia sobretudo – o Sr. Bonetti devia estar usando um, e não poderia se dar ao luxo de ter dois –, mas havia uma capa de chuva leve. Luke pegou-a no cabide. Seria melhor do que nada. Vestiu-a. Era um número menor do que o seu, mas dava para usar.

Não havia chapéu no armário, mas havia uma boina de tweed que Bonetti provavelmente usava com o paletó esporte no sábado. Luke o experimentou. Era pequeno demais. Precisaria comprar um chapéu com parte do dinheiro da nécessaire. Mas a boina serviria por uma hora ou duas...

Ouviu um barulho no andar de baixo. Imobilizou-se, prestando atenção.

– O que aconteceu com a minha porta? – Era a voz de uma mulher jovem.

– Parece que alguém tentou invadir! – respondeu outra voz, semelhante.

Luke praguejou baixinho. Tinha ficado tempo demais.

– Nossa, acho que você tem razão!

– Talvez você devesse chamar a polícia.

A Sra. Bonetti não tinha saído para trabalhar, afinal de contas. Provavelmente havia ido às compras. Encontrara uma amiga na loja e a convidara para tomar um café em casa.

– Não sei... Parece que os ladrões não entraram.

– Como você sabe? É melhor ver se alguma coisa foi roubada.

Luke percebeu que precisava sair dali rápido.

– O que há para roubar? Joias de família?

– E a TV?

Luke abriu a janela do quarto e olhou para o quintal da frente. Não havia uma árvore nem uma calha de chuva que ele pudesse usar para descer.

– Não há nada fora do lugar – ouviu a Sra. Bonetti dizer. – Acho que eles não entraram.

– E lá em cima?

Movendo-se silenciosamente, Luke foi até o patamar que dava no banheiro. Nos fundos da casa não havia nada, a não ser a possibilidade de saltar para um pátio cimentado e quebrar as pernas.

– Vou olhar.

– Você não está com medo?

Houve um risinho nervoso.

– Estou. Mas o que podemos fazer? Vamos parecer bem idiotas se chamarmos a polícia e não houver ninguém lá.

Luke ouviu passos nos degraus. Parou atrás da porta do banheiro.

Os passos subiram a escada, atravessaram o patamar e entraram no quarto. A Sra. Bonetti deu um gritinho.

– De quem é essa mala? – ouviu a amiga da Sra. Bonetti perguntar.

– Nunca vi antes!

Luke saiu silenciosamente do banheiro. Podia ver a porta aberta do quarto, mas não as mulheres. Desceu a escada nas pontas dos pés, sentindo-se grato pelo carpete.

– Que tipo de ladrão de residências traz bagagem?
– Vou chamar a polícia agora mesmo. Isso é assustador.

Luke abriu a porta e saiu.

Sorriu. Tinha conseguido.

Fechou a porta em silêncio e se afastou rapidamente.

...

A Sra. Sims franziu a testa, perplexa. O homem que saiu da casa do Sr. Bonetti estava com a capa de chuva preta do Sr. Bonetti e a boina de tweed cinza que ele usava para assistir aos jogos dos Redskins, mas era maior do que o Sr. Bonetti e as roupas não lhe cabiam direito.

Olhou-o percorrer a rua e virar a esquina. O homem precisaria voltar: a rua não tinha saída. Um minuto depois o carro azul e branco que ela vira antes virou a esquina depressa demais. Então a Sra. Sims percebeu que o homem que tinha saído da casa era o mendigo que ela estivera vigiando. Devia ter invadido a casa e roubado as roupas do Sr. Bonetti!

Enquanto o carro passava, ela memorizou o número da placa.

13H30

Os motores Sergeant passaram por trezentos testes estáticos, cinquenta testes de voo e 290 disparos do sistema de ignição sem falhar.

Anthony estava sentado na sala de reuniões, fumegando de impaciência e frustração.

Luke continuava à solta em Washington. Ninguém sabia o que ele poderia aprontar. Mas Anthony estava preso ali, ouvindo um carreirista do Departamento de Estado falar sem parar sobre a necessidade de combater rebeldes que se reuniam nas montanhas de Cuba. Anthony sabia tudo sobre Fidel Castro e Che Guevara. Eles tinham menos de mil homens sob seu comando. Claro que poderiam ser apagados do mapa, mas não havia sentido em fazer isso. Se Fidel fosse morto, outro tomaria seu lugar.

O que Anthony queria era ir para a rua e procurar Luke.

Ele e seu pessoal tinham mandado avisos para a maioria das delegacias de polícia no distrito de Colúmbia. Tinham pedido para os policiais ligarem com detalhes de algum incidente envolvendo bêbados ou mendigos, qualquer menção a um criminoso falando como um professor universitário ou qualquer coisa fora do comum. Os oficiais ficavam satisfeitos em colaborar com a CIA: gostavam de pensar que poderiam se envolver com espionagem internacional.

O homem do Departamento de Estado terminou de falar e uma mesa-redonda se iniciou. Anthony sabia que o único modo de impedir que alguém como Fidel Castro assumisse o controle era o presidente dos Estados Unidos apoiar um governo reformista moderado. Felizmente para os comunistas, não havia perigo de isso acontecer.

A porta se abriu e Pete Maxell entrou. Assentiu num gesto de desculpas para o homem à cabeceira da mesa, George Cooperman, depois sentou-se ao lado de Anthony e lhe entregou uma pasta contendo um maço de relatórios policiais.

Havia algo incomum em praticamente todas as delegacias. Uma mulher linda, presa por bater carteiras no Jefferson Memorial, era, no fim das contas, um homem; alguns beatniks tinham tentado abrir uma jaula e libertar uma águia no zoológico; um homem de Wesley Heights tinha tentado sufocar a mulher com uma pizza com queijo extra; um caminhão de entregas que pertence a um editor religioso tinha abandonado a carga em Petworth e o tráfego na Georgia Avenue estava engarrafado devido a uma avalanche de Bíblias.

Era possível que Luke tivesse saído de Washington, mas Anthony achava improvável. Ele não tinha dinheiro para pagar uma passagem de ônibus ou trem. Podia roubar, claro, mas por que se daria esse trabalho? Não tinha aonde ir. Sua mãe morava em Nova York e ele tinha uma irmã em Baltimore, mas não sabia disso. Não tinha motivo para viajar.

Enquanto lia rapidamente os relatórios, Anthony entreouvia seu chefe, Carl Hobart, falar sobre o embaixador dos Estados Unidos em Cuba, Earl Smith, que tinha trabalhado incansavelmente para sabotar os líderes religiosos e outros que desejavam fazer reformas em Cuba por meios pacíficos. Às vezes Anthony se perguntava se Smith não seria na verdade um agente do Kremlin, mas provavelmente era apenas idiota.

Um relatório policial atraiu seu olhar e ele o mostrou a Pete.

– Isso está certo? – sussurrou, incrédulo.

Pete assentiu.

– Um mendigo espancou um policial na esquina da A Street com a 7th Street.

– Um *mendigo* espancou um *policial*?

– E não fica longe do bairro onde perdemos Luke de vista.

– Pode ser ele! – exclamou Anthony, empolgado. Carl Hobart, que estava falando, lançou-lhe um olhar irritado. Anthony baixou a voz de novo para um sussurro: – Mas por que ele atacaria o policial? Ele roubou alguma coisa, a arma do policial, por exemplo?

– Não, mas o espancou direitinho. O sujeito deu entrada no hospital com um dedo quebrado na mão direita.

Um tremor atravessou Anthony como um choque elétrico.

– É ele! – disse em voz alta.

– Pelo amor de Deus! – falou Carl Hobart.

George Cooperman reagiu bem-humorado:

– Anthony, ou cale a porra da boca ou vá conversar lá fora, está bem?

Anthony se levantou.

– Desculpe, George. Volto num instante. – Em seguida saiu da sala e Pete foi atrás. – É ele – repetiu Anthony quando a porta se fechou. – Essa era a marca registrada dele durante a guerra. Ele costumava fazer isso com os caras da Gestapo: quebrava o dedo de apertar o gatilho.

Pete pareceu perplexo.

– Como você sabe?

Anthony percebeu que tinha feito besteira. Pete acreditava que Luke era um diplomata que tivera um colapso nervoso. Anthony não havia dito que conhecia Luke pessoalmente. Xingou a si mesmo pelo descuido.

– Eu não lhe contei tudo – disse, forçando um tom casual. – Trabalhei com ele no OSS.

Pete franziu a testa.

– E ele virou diplomata depois da guerra. – Lançou um olhar astuto para Anthony. – Ele não está apenas tendo problemas com a esposa, não é?

– Não. Tenho certeza de que a coisa é mais séria.

Pete aceitou a explicação.

– Parece um desgraçado de sangue-frio. Quebrar o dedo de uma pessoa assim...

– De sangue-frio? – Anthony nunca havia pensado em Luke desse modo, apesar de ele ter um lado implacável. – Acho que ele era, no fim das contas. – Tinha encobertado o erro, pensou com alívio. Mas ainda precisava encontrar Luke. – A que horas essa briga aconteceu?

– Às nove e meia.

– Merda. Há mais de quatro horas. Ele pode estar em qualquer lugar da cidade.

– O que vamos fazer?

– Mande alguns homens à A Street com a foto de Luke. Veja se consegue alguma pista de para onde ele pode ter ido. Fale com o policial também.

– Certo.

– E se descobrir alguma coisa, não hesite em invadir essa reunião estúpida.

– Entendido.

Anthony voltou para a sala. George Cooperman, colega de Anthony do tempo da guerra, falava com impaciência:

– Se mandássemos um punhado de sujeitos durões das Forças Especiais, conseguiríamos varrer o exército de Fidel em menos de 48 horas.

– Poderíamos manter a operação em segredo? – perguntou, nervoso, o homem do Departamento de Estado.

– Não – respondeu George. – Mas poderíamos disfarçá-la como um conflito local, como fizemos no Irã e na Guatemala.

– Desculpem se for uma pergunta idiota – disse Hobart –, mas por que é segredo o que fizemos no Irã e na Guatemala?

– Não queremos divulgar nossos métodos, obviamente – esclareceu o homem do Departamento de Estado.

– Desculpe, mas isso é idiotice – declarou Hobart. – Os russos sabem que fomos nós. Os iranianos e os guatemaltecos sabem que fomos nós. Raios, na Europa os jornais disseram abertamente que fomos nós! Ninguém foi enganado, a não ser a população dos Estados Unidos. Agora, por que queremos mentir para *ela*?

– Se tudo fosse revelado, o Congresso abriria um inquérito – respondeu George, com irritação crescente. – Os malditos políticos iriam perguntar se tínhamos o direito, se era legal e o que foi feito dos pobres agricultores iranianos de merda e os colhedores de banana *cucarachas*.

– Talvez não sejam perguntas tão ruins – insistiu Hobart, teimoso. – Nós fizemos de fato algum bem na Guatemala? É difícil diferenciar entre o regime de Armas e um punhado de gângsteres.

George perdeu as estribeiras.

– Para o inferno com isso! – gritou. – Não estamos aqui para alimentar iranianos famintos nem dar liberdades civis aos camponeses latino-americanos, pelo amor de Deus. Nosso trabalho é promover os interesses americanos, e *foda-se* a democracia!

Houve uma pausa momentânea e em seguida Carl Hobart disse:

– Obrigado, George. Fico feliz por você ter deixado isso claro.

14H

Cada motor Sergeant tem um sistema de ignição que consiste em dois detonadores elétricos, ligados em paralelo, e um rocambole de oxidante metálico envolto em plástico. Os sistemas de ignição são tão sensíveis que precisam ser desconectados caso uma tempestade elétrica chegue a menos de 20 quilômetros de Cabo Canaveral, para evitar um disparo por acidente.

Numa loja de roupas masculinas em Georgetown Luke comprou um chapéu de feltro cinza e macio e um sobretudo de lã azul-marinho. Saiu da loja usando-os e finalmente sentiu que podia encarar o mundo.

Agora estava pronto para cuidar de seus problemas. Primeiro precisava aprender algumas coisas sobre memória. Queria saber o que provocava amnésia, se havia vários tipos de amnésia e quanto tempo um quadro desses poderia durar. Mais importante, precisava de informações sobre tratamentos e curas.

Aonde as pessoas iam em busca de informações? A uma biblioteca. Como era possível encontrar uma biblioteca? Consultando um mapa. Comprou um mapa da cidade de Washington na banca de jornais perto da loja de roupas masculinas. A Biblioteca Pública Central estava em destaque, no cruzamento das avenidas Nova York e Massachusetts, do outro lado da cidade. Foi de carro para lá.

Era um prédio clássico e grandioso, erguendo-se como um templo grego. No frontão sobre as colunas da entrada estavam gravadas as palavras:

CIÊNCIA – POESIA – HISTÓRIA

Luke hesitou no topo da escadaria, depois se lembrou de que agora era de novo um cidadão normal, e entrou.

O efeito de sua nova aparência era imediatamente visível. Uma bibliotecária grisalha atrás do balcão se levantou e perguntou:

– Em que posso ajudá-lo, senhor?

Luke ficou pateticamente grato por ser tratado com tanta educação.

– Gostaria de ver alguns livros sobre memória – respondeu.

– Ficam na seção de psicologia, vou mostrar onde é. – Ela o levou por uma escadaria grandiosa até o andar seguinte e apontou para um canto.

Luke olhou ao longo da estante. Havia uma enorme quantidade de livros sobre psicanálise, desenvolvimento infantil e percepção, mas nenhum deles era útil para ele. Pegou um volume grosso intitulado *O cérebro humano* e folheou, mas não havia muita coisa sobre memória, e o que havia parecia técnico demais. O livro tinha algumas equações e informações estatísticas, que ele achou bastante fáceis de entender. Boa parte do restante tinha como pressuposto um conhecimento de biologia humana que ele não possuía.

Seu olhar foi atraído por um volume intitulado *Uma introdução à psicologia da memória*, de Bilhah Josephson. Isso parecia mais promissor. Pegou o livro e encontrou um capítulo sobre distúrbios da memória. Leu: "O distúrbio comum em que o paciente 'perde a memória' é conhecido como 'amnésia global'."

Ficou animado. Não era a única pessoa com quem isso havia acontecido.

"Um paciente assim não conhece a própria identidade e não reconhecerá seus pais nem os filhos. Mas lembra-se de muitas outras coisas. Pode ser capaz de dirigir um carro, falar idiomas, desmontar um motor e dizer qual é o nome do primeiro-ministro do Canadá. O distúrbio seria chamado mais apropriadamente de 'amnésia autobiográfica'."

Era exatamente isso que havia acontecido com ele. Ainda era capaz de verificar se estava sendo seguido e dar partida num carro roubado sem usar a chave.

A Dra. Josephson continuava delineando sua teoria de que o cérebro continha vários reservatórios diferentes de memória, como se fossem arquivos separados, para tipos diversos de informação.

"A memória autobiográfica registra eventos que vivemos pessoalmente. Esses são rotulados segundo o tempo e o lugar: geralmente sabemos não só o que aconteceu, mas quando e onde.

"A memória semântica de longo prazo guarda o conhecimento geral, como a capital da Romênia e como resolver equações do segundo grau.

"A memória de curto prazo é onde guardamos um número de telefone durante os poucos segundos entre olhar no catálogo e discar."

Ela dava exemplos de pacientes que tinham perdido um arquivo mas mantido outros, como acontecera com Luke. Ele sentiu um alívio profundo e gratidão pela autora do livro ao perceber que o que lhe acontecera era um fenômeno psicológico bem estudado.

Então teve uma inspiração súbita. Estava com 30 e poucos anos, por isso devia ter tido alguma profissão durante pelo menos uma década. Seu conhecimento profissional ainda devia estar na cabeça, alojado na memória semântica de longo prazo. Devia ser capaz de usá-la para descobrir que tipo de trabalho fazia. E esse seria o ponto de partida para descobrir sua identidade!

Erguendo o olhar do livro, tentou pensar em que tipo de habilidades teria. Não levou em conta as aptidões de agente secreto, porque já havia decidido, a julgar pela pele macia de quem vivia em espaços fechados, que não era um policial. Que outro conhecimento especial possuía?

Era dificílimo dizer. Acessar a memória não era como abrir a geladeira e poder ver o conteúdo com um simples olhar. Era mais como usar um catálogo de biblioteca: precisava saber o que estava procurando. Sentiu-se frustrado e disse a si mesmo para ter paciência e pensar.

Se fosse advogado, será que seria capaz de lembrar milhares de leis? Se fosse médico, será que deveria ser capaz de olhar para alguém e dizer "Você está com apendicite"?

Não ia dar certo. Pensando nos últimos minutos, a única pista que notou era que tinha entendido com facilidade as equações e estatísticas em *O cérebro humano*, apesar de ficar perplexo com os outros aspectos da psicologia. Era possível que tivesse uma profissão que envolvesse lidar com números: contador ou corretor de seguros, talvez. Ou podia ser professor de matemática.

Encontrou a seção de matemática e olhou ao longo das estantes. Um livro chamado *Teoria dos números* atraiu sua atenção. Folheou-o durante um tempo. Era apresentado com clareza, mas um pouco datado...

De repente ergueu os olhos. Tinha descoberto alguma coisa. Ele entendia a teoria dos números.

Essa era uma pista importante. A maioria das páginas do livro continha mais equações do que texto. Não tinha sido escrito para um leigo curioso. Era uma obra acadêmica. E ele a entendia. Devia ser algum tipo de cientista.

Com otimismo crescente, localizou a estante de química e pegou o livro *Engenharia de polímeros*. Achou compreensível, mas não fácil. Em seguida passou para a física e tentou *Um simpósio sobre o comportamento dos gases frios e muito frios*. Era fascinante, como ler um bom romance.

Estava estreitando as possibilidades. Seu trabalho envolvia matemática e física. Mas que ramo da física? Gases frios eram interessantes, mas ele não sentia que tivesse tanto conhecimento sobre eles quanto o autor do livro. Examinou as prateleiras e parou em geofísica, lembrando-se da manchete de jornal que dizia "Lua dos Estados Unidos Permanece em Terra". Pegou o *Princípios de projetos de foguetes*.

Era um texto simples, mas mesmo assim havia um erro na primeira página. Continuando a ler, encontrou mais dois...

– É isso! – disse em voz alta, dando um susto em um estudante que estava lendo um texto de biologia ali perto.

Se era capaz de reconhecer erros num livro teórico, devia ser especialista. Ele era um cientista de foguetes.

Imaginou quantos cientistas desse tipo existiriam nos Estados Unidos. Supôs que algumas centenas. Foi rapidamente ao balcão de informações e falou com a bibliotecária grisalha:

– Existe algum tipo de catálogo geral de cientistas?

– Claro – respondeu ela. – Você está procurando o *Dicionário de cientistas americanos*, bem no início da seção de ciências.

Encontrou-o facilmente. Era um livro pesado, mas mesmo assim era possível que incluísse absolutamente todos os cientistas do país. Deviam ser apenas os proeminentes, pensou. Ainda valia a pena dar uma olhada. Sentou-se a uma mesa e examinou o índice remissivo, buscando alguém chamado Luke. Precisou controlar a impaciência e se obrigar a procurar com cuidado.

Encontrou um biólogo chamado Luke Parfitt, um arqueólogo chamado Lucas Dimittry e um farmacologista chamado Luc Fontainebleu, mas nenhum físico.

Ao verificar pela segunda vez, examinou a lista de geofísicos e astrônomos, mas não encontrou nenhum nome que fosse alguma variação de Luke. Claro, pensou frustrado, ele nem ao menos tinha certeza de que seu nome era Luke. Era como Pete o havia chamado. Pelo que sabia, seu nome verdadeiro poderia ser Percival.

Ficou decepcionado, mas não estava pronto para desistir.

Pensou em outra abordagem. Em algum lugar, havia pessoas que o conheciam. O nome Luke podia não ser dele, mas o rosto era. O *Dicionário de cientistas americanos* tinha fotos dos mais proeminentes, como o Dr. Wernher von Braun. Mas Luke achou que deveria ter amigos e colegas capazes de reconhecê-lo, se conseguisse encontrá-los. E agora sabia onde começar a procurar: já que alguns de seus conhecidos deviam ser cientistas de foguetes.

E onde seria possível encontrar cientistas? Numa universidade.

Procurou "Washington, D.C." na enciclopédia. O verbete incluía uma lista das universidades da cidade. Escolheu a Universidade de Georgetown porque estivera em Georgetown antes e sabia como voltar para lá. Procurou a localização do lugar em seu mapa e viu que a universidade possuía um campus grande ocupando pelo menos cinquenta quarteirões. Provavelmente teria um grande departamento de física com dezenas de professores. Sem dúvida, algum deles deveria conhecê-lo.

Cheio de esperança, saiu da biblioteca e voltou para o carro.

14h30

Os sistemas de ignição não eram projetados originalmente para ser disparados no vácuo. Para o foguete Júpiter eles precisaram ser redesenhados de modo que: 1) todo o motor é lacrado num invólucro estanque; 2) para o caso de o invólucro se romper, o sistema de ignição em si também fica num invólucro lacrado; e 3) o sistema de ignição deve disparar num vácuo de qualquer modo. Essa segurança múltipla é uma aplicação de um princípio de projeto chamado de "redundância".

Houve uma pausa para o café na reunião sobre Cuba e Anthony voltou correndo ao Edifício Q para se atualizar, rezando para que sua equipe tivesse descoberto alguma coisa, qualquer pista do paradeiro de Luke.

Pete o recebeu na escada.

– Há algo esquisito – disse ele.

O coração de Anthony deu um salto esperançoso.

– Diga!

– Um informe da polícia de Georgetown. Uma dona de casa voltou das compras e descobriu que sua casa foi invadida e o chuveiro foi usado. O invasor desapareceu deixando para trás uma mala e uma pilha de roupas velhas e imundas.

Anthony ficou animado.

– Finalmente, uma novidade! Me passe o endereço.

– Você acha que é ele?

– Tenho certeza! Ele não aguentou mais parecer um mendigo, por isso invadiu uma casa vazia, tomou banho, fez a barba e vestiu roupas decentes. Isso é característico: ele odiaria ficar malvestido.

Pete ficou pensativo.

– Parece que você o conhece muito bem.

Anthony percebeu que tinha se descuidado de novo.

– Não, não conheço – disse rispidamente. – Li o dossiê dele.

– Desculpe. – Depois de um momento, Pete continuou: – Por que será que ele deixou coisas para trás?

– Imagino que a dona de casa tenha voltado antes que ele tivesse terminado.

– E a reunião sobre Cuba?

Anthony parou uma secretária que estava passando.

– Por favor, ligue para a sala de reuniões no Edifício P e diga ao Sr. Hobart que estou com dor de estômago, e que o Sr. Maxell precisou me levar para casa.

– Dor de estômago – disse ela com o rosto inexpressivo.

– Isso. – Anthony foi andando. Por cima do ombro, gritou: – A não ser que você pense em alguma coisa melhor.

Saiu do prédio com Pete em seu encalço e os dois entraram em seu velho Cadillac amarelo.

– Talvez a situação exija uma abordagem delicada – disse a Pete enquanto seguiam para Georgetown. – A boa notícia é que Luke deixou algumas pistas. Nosso problema é que não temos cem homens para segui-las. Então, meu plano é fazer o Departamento de Polícia de Washington trabalhar para nós.

– Boa sorte. – Pete estava cético. – O que devo fazer?

– Seja gentil com os policiais e deixe que eu fale.

– Acho que consigo.

Anthony dirigiu em alta velocidade e encontrou o endereço no relatório policial. Era uma casa pequena numa rua calma. Havia uma viatura parada do lado de fora.

Antes de entrar na casa, olhou para o lado oposto da rua, examinando as residências. Depois de um momento, achou o que estava procurando: um rosto numa janela de um andar de cima, observando-o. Era uma mulher idosa, de cabelo branco. Ela não se afastou da janela quando o olhar dos dois se cruzou; em vez disso, encarou-o com curiosidade explícita. Era exatamente disso que ele precisava: uma xereta. Sorriu e fez uma saudação. Ela inclinou a cabeça em resposta.

Ele lhe deu as costas e se aproximou da casa invadida. Podia ver arranhões e algumas lascas soltas no portal, onde a fechadura tinha sido forçada – um serviço bem feito, profissional, sem danos desnecessários, pensou. Combinava com Luke.

A porta foi aberta por uma jovem bonita que esperava um bebê – para breve, supôs ele. Ela levou Anthony e Pete à sala de estar, onde havia dois homens sentados no sofá, bebendo café e fumando. Um deles era um policial uniformizado. O outro, um rapaz com terno barato de tecido lustroso, provavelmente era um detetive. Na frente dos dois havia uma mesinha de centro com pés palito e tampo de fórmica vermelho. Uma mala estava aberta sobre a mesa.

Anthony se apresentou. Mostrou sua identificação aos policiais. Não queria que a Sra. Bonetti – e todos os seus amigos e vizinhos – soubessem que a CIA estava interessada no caso, por isso disse:

– Somos colegas desses policiais.

O detetive se chamava Lewis Hite.

– Vocês sabem algo sobre isso? – perguntou, desconfiado.

– Acho que podemos ter alguma informação que irá ajudar. Mas primeiro preciso que me digam o que sabem.

Hite abriu os braços num gesto desconcertado.

– Temos uma mala que pertence a um cara chamado Rowley Anstruther Junior, de Nova York. Ele invadiu a casa da Sra. Bonetti, tomou um banho de chuveiro e foi embora, deixando a mala. Vai entender!

Anthony examinou a mala. Era de couro marrom, de boa qualidade, nem metade do espaço ocupada. Examinou o conteúdo. Havia camisas e cuecas limpas, mas nenhum sapato, nenhuma calça ou paletó.

– Parece que o Sr. Anstruther chegou de Nova York hoje – disse ele.

Hite assentiu, mas a Sra. Bonetti perguntou num tom de admiração:

– Como o senhor sabe?

Anthony sorriu.

– O detetive Hite vai lhe dizer. – Ele não queria ofender Hite ficando sob os holofotes.

– A mala contém cuecas limpas, mas nenhuma peça suja – explicou Hite. – O sujeito não se trocou, de modo que provavelmente não dormiu fora. Isso significa que saiu de casa hoje de manhã.

– Acredito que algumas roupas velhas também tenham sido deixadas para trás – disse Anthony.

O policial uniformizado, que se chamava Lonnie, se pronunciou:

– Eu peguei. – Ele levantou uma caixa de papelão que estava ao lado do sofá. – Uma capa de chuva – falou, mexendo no conteúdo. – Camisa, calça, sapatos.

Anthony reconheceu as roupas. Eram os trapos que Luke estivera usando.

– Não creio que tenha sido o Sr. Anstruther que esteve nesta casa – disse. – Acho que a mala foi roubada hoje de manhã, provavelmente na Union Station. – Ele olhou para o policial uniformizado. – Lonnie, pode ligar para a delegacia mais perto da estação e perguntar se algum roubo assim foi informado? Isto é, se a Sra. Bonetti nos permitir usar o telefone.

– Claro – disse ela. – Fica no corredor.

– O relatório do roubo deve listar o conteúdo da mala – acrescentou Anthony. – Acho que você vai descobrir que ele inclui um terno e um par de sapatos que não estão aqui agora. – Todos olhavam para ele atônitos. – Por favor, anote a descrição do terno.

– Certo. – O policial foi para o corredor.

Anthony sentia-se bem. Tinha conseguido assumir o comando da investigação sem ofender a polícia. O detetive Hite olhou-o como se esperasse instruções.
– O Sr. Anstruther deve ser um homem de 1,85 metro, 1,87 metro de altura, cerca de 90 quilos, atlético – disse. – Lewis, se você analisar o tamanho dessas camisas, vai ver que o colarinho é número 16 e a manga é 35.

– São mesmo, já verifiquei – atalhou Hite.

– Eu deveria imaginar que você já saberia. – Anthony o lisonjeou com um sorriso irônico. – Temos uma foto do homem que acreditamos ter roubado a mala e invadido esta casa. – Anthony assentiu para Pete, que entregou um maço de fotografias a Hite. – Não sabemos o nome dele – mentiu. – Tem 1,85 metro de altura, pesa 90 quilos, é atlético e pode fingir que perdeu a memória.

– E qual é a história por trás? – Hite estava intrigado. – Esse cara queria as roupas de Anstruther e veio aqui para se trocar?

– Algo assim.

– Mas por quê?

Anthony pareceu pesaroso.

– Sinto muito, não posso dizer.

Hite ficou satisfeito.

– É confidencial, hein? Sem problema.

Lonnie voltou.

– Está totalmente certo com relação ao roubo. Union Station, onze e meia, hoje de manhã.

Anthony assentiu. Tinha deixado os dois policiais muito impressionados.

– E o terno?

– Risca de giz, azul-marinho.

Anthony se virou para o detetive.

– Então vocês podem distribuir uma foto e uma descrição das roupas que ele está usando.

– Você acha que ele ainda está na cidade?

– Acho.

Anthony não tinha tanta certeza assim, mas não conseguia pensar em algum motivo para Luke ir embora de Washington.

– Imagino que ele esteja de carro.

– Vamos descobrir. – Anthony se virou para a Sra. Bonetti. – Qual é o nome da senhora de cabelos brancos que mora do outro lado da rua, a umas duas casas daqui?

– Rosemary Sims.
– Ela passa muito tempo olhando pela janela?
– Nós a chamamos de Rosie Enxerida.
– Ótimo. – Ele se virou para o detetive. – Vamos dar uma palavrinha com ela?
– Vamos.

Atravessaram a rua e bateram à porta da Sra. Sims. Ela a abriu imediatamente – estava esperando no saguão.

– Ele entrou lá parecendo um mendigo e saiu vestido nos trinques!

Anthony fez um gesto indicando que Hite deveria fazer as perguntas.

– Ele estava de carro, Sra. Sims? – disse o detetive.
– Estava, um carro bonito, azul e branco. Achei que não era de ninguém que mora nesta rua. – Ela olhou para os dois com ar maroto. – Sei o que os senhores vão me perguntar agora.
– Por acaso a senhora viu o número da placa? – falou Hite.
– Vi – respondeu ela, triunfante. – Eu anotei.

Anthony sorriu.

15H

Os estágios superiores do míssil estão contidos num tubo de alumínio com base de magnésio. O tubo do estágio superior está apoiado em rolamentos, permitindo que ele gire durante o voo. Ele fará cerca de 550 rotações por minuto para aumentar a precisão.

Na 37th Street, no fim da O Street, os portões de ferro da Universidade de Georgetown estavam abertos. Em três lados de um gramado lamacento havia prédios góticos de pedra cinza e rústica, e estudantes e professores iam apressados de um prédio ao outro usando casacos grossos. Enquanto se aproximava lentamente de carro, Luke imaginou que alguém poderia olhar para ele, reconhecê-lo e dizer: "Ei, Luke! Aqui!"

Então seu pesadelo terminaria.

Muitos professores usavam colarinho clerical e Luke percebeu que aquela devia ser uma universidade católica. E também parecia ter apenas homens.

Imaginou se ele seria católico.

Parou à frente da entrada principal, um pórtico de três arcos com a inscrição "Healy Hall". Dentro, encontrou um balcão de recepção e a primeira mulher que via ali. Ela lhe informou que o departamento de física ficava diretamente abaixo de onde ele estava Orientou-o a sair e descer um lance de escada embaixo do pórtico. Luke sentiu que se aproximava do cerne do mistério, como um caçador de tesouros penetrando nas câmaras de uma pirâmide egípcia.

Seguindo as orientações da recepcionista, encontrou um laboratório grande, com bancadas no centro e portas dos dois lados, que levavam a salas menores. A uma bancada, um grupo de homens trabalhava com os componentes de um espectrógrafo de micro-ondas. Todos usavam óculos. A julgar pela idade deles, Luke imaginou que eram professores e alunos de pós-graduação. Alguns poderiam facilmente ser pessoas que ele conhecia. Aproximou-se com um olhar de expectativa.

Um dos homens mais velhos o encarou, mas não houve qualquer sinal de reconhecimento.

– Posso ajudá-lo?

– Espero que sim – respondeu Luke. – Há um departamento de geofísica aqui?

– Por Deus, não. Nesta universidade até a física é considerada uma matéria menor.

Os outros riram.

Luke deu a todos a chance de observá-lo, mas ninguém pareceu reconhecê-lo. Tinha escolhido mal, pensou, desanimado; provavelmente deveria ter ido à Universidade George Washington.

– E de astronomia?

– Bom, sim, claro. Os céus, nós estudamos. Nosso observatório é famoso.

O ânimo de Luke melhorou.

– Onde fica?

O homem apontou para uma porta na parte de trás do laboratório.

– Vá até o outro lado do prédio. De lá o senhor vai vê-lo do outro lado do campo de beisebol.

Em seguida, voltou a atenção para a bancada.

Luke percorreu um corredor escuro e sujo que seguia por toda a extensão do prédio. Ao ver um homem encurvado e com ar professoral, usando um paletó de tweed e vindo na direção oposta, olhou-o nos olhos, pronto para abrir um sorriso caso o sujeito o reconhecesse. Mas uma expressão nervosa surgiu no rosto do homem e ele passou rapidamente.

Sem se abalar, Luke continuou seu caminho, oferecendo o mesmo olhar a todos que pudessem ser cientistas, mas ninguém mostrava qualquer sinal de reconhecimento. Ao sair do prédio viu quadras de tênis e um vislumbre do rio Potomac. A oeste, do outro lado do campo de esportes, avistou uma cúpula branca.

Aproximou-se com ansiedade crescente. No teto plano de uma pequena construção de dois andares havia um grande observatório giratório, com uma cúpula deslizante. Era uma instalação cara que indicava um departamento de astronomia sério. Luke entrou no prédio.

As salas ficavam em volta de uma enorme coluna central que sustentava o peso gigantesco da cúpula. Luke abriu uma porta e viu uma biblioteca vazia. Tentou outra e deparou com uma mulher atraente, mais ou menos da sua idade, sentada atrás de uma máquina de escrever.

– Bom dia – disse ele. – O professor está?

– Quer dizer, o padre Heyden?

– Hã... sim.

– E o senhor é...?

– Hã... – Estupidamente, Luke não tinha previsto que precisaria informar seu nome. Agora sua hesitação fez com que a secretária levantasse os olhos, desconfiada. – Ele não me conhece. Isto é... ele vai me reconhecer, espero, mas não pelo nome.

A suspeita dela aumentou.

– Mesmo assim, o senhor tem um nome.

– Luke. Professor Luke.

– De que universidade o senhor é, professor Luke?

– Hã... Nova York.

– Alguma instituição específica de ensino avançado, dentre as muitas de Nova York?

O coração de Luke parou. Em seu entusiasmo, não tinha se planejado para aquela interação, e agora viu que estava colocando tudo a perder. Quando você está num buraco, o melhor a fazer é parar de cavar, pensou. Desfez o sorriso amigável.

– Não vim aqui para ser interrogado – disparou. – Só diga ao padre Heyden que o professor Luke, físico de foguetes, está aqui e gostaria de dar uma palavra com ele, está bem?

– Infelizmente não será possível – respondeu ela com firmeza.

Luke saiu batendo a porta. Sentia mais raiva de si mesmo do que da secretária, que estava apenas evitando que o chefe fosse incomodado por um maluco. Decidiu dar uma olhada por ali, abrindo portas até que alguém o reconhecesse ou até ser expulso. Foi para o segundo andar. O prédio parecia deserto. Subiu uma escada de madeira sem corrimão e entrou no observatório. Também estava vazio. Ficou parado admirando o grande telescópio giratório com seu complexo sistema de engrenagens, uma verdadeira obra-prima da engenharia, e se perguntou o que diabo faria em seguida.

A secretária subiu a escada. Ele se preparou para uma discussão, mas, em vez disso, ela perguntou com simpatia:

– O senhor está com algum problema, não está?

A gentileza dela lhe deu um nó na garganta.

– É muito constrangedor – respondeu ele. – Eu perdi a memória. Sei que trabalho na área de foguetes e esperava encontrar alguém que me reconhecesse.

– Não há ninguém aqui agora. O professor Larkley está dando uma palestra sobre combustíveis de foguetes no Instituto Smithsonian, como parte do Ano Geofísico Internacional, e todos os professores foram para lá.

Luke sentiu uma onda de esperança. Em vez de um geofísico, ele poderia encontrar uma sala cheia deles.

– Onde fica o Instituto Smithsonian?

– No centro da cidade, bem no National Mall, perto da 10th Street.

Ele tinha dirigido por Washington o suficiente naquele dia para saber que o lugar não ficava longe.

– A que horas é a palestra?

– Começou às três.

Luke olhou o relógio. Eram três e meia. Se corresse, conseguiria chegar às quatro.

– Smithsonian – repetiu.

– Na verdade é no Prédio de Aeronaves, pelos fundos.

– A senhora sabe quantas pessoas estarão na palestra?

– Cerca de 120.

Certamente uma delas devia conhecê-lo!

– Obrigado! – disse, em seguida desceu correndo a escada e saiu do prédio.

15h30

A rotação do tubo do segundo estágio estabiliza a rota de voo criando uma média das variações entre os onze pequenos motores de foguetes agrupados.

Billie estava furiosa com Len Ross por tentar bajular o pessoal da Fundação Sowerby. O cargo de diretor de pesquisas deveria ser preenchido por quem fosse melhor cientista – e não pelo mais adulador. Ainda estava irritada naquela tarde quando a secretária do administrador chefe ligou e pediu que ela fosse à sala dele.

Charles Silverton era contador, mas entendia as necessidades dos cientistas. O hospital pertencia a um grupo cuja meta era compreender e aliviar as doenças mentais. Ele considerava que seu trabalho era garantir que os problemas administrativos e financeiros não distraíssem o corpo médico de seus objetivos. Billie gostava dele.

Seu escritório fora a sala de jantar da mansão vitoriana original, e ainda tinha a lareira e os relevos no teto. Ele indicou uma cadeira para Billie.

– Você falou com o pessoal da Fundação Sowerby hoje cedo? – perguntou.

– Falei – disse Billie. – Len estava mostrando o lugar a eles e eu me juntei ao grupo. Por quê?

Len não respondeu à pergunta.

– Você acha que pode ter dito alguma coisa que os ofendesse?

Ela franziu a testa, perplexa.

– Não creio. Nós só falamos sobre a ala nova.

– Sabe, eu realmente queria que você ficasse com o cargo de diretora de pesquisas.

Ela ficou alarmada.

– Não estou gostando de você usar o verbo no passado!

– Len Ross é um cientista competente – prosseguiu ele –, mas você é excepcional. Realizou mais coisas do que ele e é dez anos mais nova.

– A Fundação vai apoiar Len para o cargo?

Ele hesitou, sem graça.

– Infelizmente eles estão insistindo nisso como condição para nos conceder a verba.

– De jeito nenhum! – Billie estava pasma.

– Você conhece alguém ligado à Fundação?

– Conheço. Um dos meus amigos mais antigos é conselheiro. O nome dele é Anthony Carroll, é padrinho do meu filho.

– Por que ele faz parte do conselho? Com que ele trabalha?

– Trabalha no Departamento de Estado, mas a mãe dele é muito rica e ele está envolvido em várias instituições de caridade.

– Ele tem alguma coisa contra você?

Por um momento, Billie voltou no tempo. Tinha ficado furiosa com Anthony depois da catástrofe que fizera Luke sair de Harvard, e os dois terminaram o namoro. Mas ela o perdoara devido ao modo como ele se comportara com Elspeth. Elspeth tinha entrado em depressão, deixando o trabalho acadêmico de lado, e corria o risco de não conseguir se formar. Andava atordoada, um fantasma pálido de cabelos ruivos e compridos, emagrecendo mais e mais a cada dia e faltando às aulas. Foi Anthony que a resgatou. Os dois ficaram íntimos, ainda que o relacionamento fosse mais de amizade do que amoroso. Estudaram juntos e ela conseguiu passar. Anthony recuperou o respeito de Billie e os dois eram amigos desde então.

– Fiquei meio com raiva dele em 1941, mas nós fizemos as pazes há muito tempo – disse ela a Charles.

– Talvez alguém no conselho admire o trabalho de Len.

Billie pensou sobre isso.

– A abordagem de Len é diferente da minha. Ele é freudiano, procura explicações psicanalíticas. Se um paciente perde subitamente a capacidade de ler, ele presume que a pessoa tem um medo inconsciente da literatura, um medo que está sendo suprimido. Eu sempre procuro algum dano no cérebro como a causa mais provável.

– Então talvez haja no conselho um freudiano ferrenho que esteja contra você.

– Acho que sim. – Billie suspirou. – Eles podem fazer isso? Parece injusto demais.

– Sem dúvida é incomum. Normalmente as fundações fazem questão de não interferir em decisões que exijam expertise profissional. Mas não existe lei contra isso.

– Bom, não vou aceitar de cabeça baixa. Que motivo eles alegaram?

– Recebi um telefonema informal do presidente. Ele disse que o conselho acha que Len é mais qualificado.

Billie balançou a cabeça.

– Tem que haver outra explicação.

– Por que não pergunta ao seu amigo?

– É exatamente isso que vou fazer.

15H45

Foi usado um estroboscópio para determinar exatamente onde deveriam ser postos os pesos de modo que o tubo giratório ficasse perfeitamente balanceado – caso contrário, a gaiola interna vibraria dentro da estrutura externa, fazendo com que todo o conjunto se desintegrasse.

Luke tinha olhado seu mapa de Washington antes de sair do campus da Universidade de Georgetown. O instituto ficava num parque chamado National Mall. Ele olhou seu relógio enquanto seguia pela K Street. Estaria no Smithsonian em cerca de dez minutos. Presumindo que levasse mais cinco para encontrar o auditório, deveria chegar no fim da palestra. Então descobriria quem ele era.

Fazia quase onze horas que tinha acordado para aquele horror. No entanto, como não conseguia se lembrar de nada anterior às cinco da manhã, parecia que aquela situação tinha durado toda a sua vida.

Virou à direita na 9th Street, indo para o sul na direção do National Mall, cheio de esperança. Alguns instantes depois, ouviu uma sirene da polícia soltar um bipe e seu coração parou.

Olhou pelo retrovisor. Uma viatura estava atrás dele, com as luzes piscando. Havia dois policiais no banco da frente. Um deles apontou para o meio-fio à direita e formou com os lábios a palavra:

– Pare.

Luke ficou arrasado. Quase havia conseguido.

Será que tinha cometido alguma pequena violação de trânsito e eles queriam multá-lo? Ainda que fosse só isso, eles pediriam sua habilitação, e ele não tinha nenhum tipo de identificação. De qualquer modo, o que estava fazendo não era uma pequena violação de trânsito. Estava dirigindo um carro roubado. Tinha calculado que o roubo não seria informado até que o dono voltasse da Filadélfia mais tarde, à noite, mas algo dera errado. Eles pretendiam prendê-lo.

Mas primeiro precisariam pegá-lo.

Entrou em modo de fuga. À frente, na rua de mão única, havia um caminhão comprido. Sem pensar duas vezes, pisou fundo no acelerador e começou a ultrapassá-lo.

Os policiais ligaram a sirene e foram atrás.

Luke entrou na frente do caminhão, acelerando. Agora agindo pelo instinto, puxou o freio de mão e girou o volante com força para a direita.

O Ford fez uma derrapagem longa, girando. O caminhão desviou para a esquerda, forçando a viatura para a extrema esquerda da rua.

Luke colocou o carro em ponto morto para que o motor não morresse. Parou virado para a contramão. Engatou a marcha de novo e pisou no acelerador, indo contra o tráfego na rua de mão única.

Os automóveis desviavam desesperadamente à esquerda e à direita para evitar uma colisão de frente. Luke virou à direita para desviar de um ônibus, depois passou de raspão num furgão, mas continuou em frente em meio a um coro de buzinas indignadas. Um velho Lincoln anterior à guerra subiu na calçada e bateu num poste de luz. Um motociclista perdeu o controle e caiu da moto. Luke esperou que ele não tivesse se machucado muito.

Chegou ao cruzamento seguinte e virou à direita numa avenida larga. Seguiu rapidamente por dois quarteirões, avançando sinais vermelhos, depois olhou pelo retrovisor. Não havia sinal da viatura.

Virou de novo, agora em direção ao sul. Estava perdido, mas sabia que o National Mall ficava ao sul. Agora que a viatura havia sumido, seria mais seguro dirigir normalmente. Mas eram quatro horas e ele estava mais longe do Smithsonian do que cinco minutos antes. Se demorasse demais, os participantes da palestra iriam embora. Pisou no acelerador de novo.

A rua onde ele estava não tinha saída, e Luke foi obrigado a virar à direita. Tentou prestar atenção nos nomes das ruas enquanto acelerava, ultrapassando veículos mais lentos. Estava na D Street. Depois de um minuto chegou à 7th Street e virou para o sul.

Sua sorte mudou. Todos os sinais de trânsito estavam verdes. Alcançou a Seventy atravessando a Constitution Avenue e chegou ao parque.

Do outro lado do gramado, à sua direita, viu um grande prédio vermelho-escuro que parecia um castelo de conto de fadas. Era exatamente onde o mapa dizia que o museu ficava. Parou o carro e olhou o relógio: 16h05. A plateia devia estar saindo. Xingou e saltou do carro.

Correu pelo gramado. A secretária tinha dito que o auditório era no Prédio de Aeronaves, pelos fundos. Aquilo ali era a frente ou os fundos? Parecia a frente. A lateral do prédio era um caminho que passava por um pequeno jardim. Seguiu por ele e saiu numa ampla avenida de mão-dupla. Ainda correndo, encontrou um portão de ferro elaborado que dava na entrada dos fundos do museu. À direita, ao lado de um gramado, ficava o que parecia um antigo hangar de aviões. Entrou.

Olhou em volta. Aeronaves de vários tipos estavam suspensas no teto: antigos biplanos, um jato da época da guerra e até a esfera de um balão de ar quente. No nível do chão havia vitrines com insígnias aeronáuticas, roupas de voo, câmeras fotográficas aéreas e fotos. Luke foi falar com um guarda uniformizado.

– Vim para a palestra sobre combustíveis de foguetes.

– Tarde demais – respondeu o homem, olhando o relógio. – São 16h10, a palestra acabou.

– Onde foi? Talvez eu ainda consiga encontrar o palestrante.

– Acho que ele foi embora.

Luke o encarou com intensidade e falou lentamente:

– Só responda à porra da pergunta. Onde foi a palestra?

O homem pareceu amedrontado.

– No fim do corredor – disse depressa.

Luke correu por toda a extensão do prédio. No fim, um auditório fora improvisado com um púlpito, um quadro-negro e fileiras de cadeiras. Boa parte da plateia tinha ido embora e funcionários já empilhavam os assentos de metal na lateral da sala. Mas um pequeno grupo de quase dez pessoas permanecia num canto, falando em torno de um homem de cabelo branco que devia ser o palestrante.

O ânimo de Luke diminuiu. Alguns minutos antes, mais de cem cientistas de sua área tinham estado ali. Agora só havia um punhado, e era possível que nenhum o conhecesse.

O homem de cabelo branco olhou para ele, depois voltou para os outros. Era impossível saber se tinha reconhecido Luke ou não. Estava falando e continuou sem se interromper:

– O nitrometano é quase impossível de ser manuseado. Não podemos ignorar as questões de segurança.

– É possível tornar os procedimentos seguros se o combustível for suficientemente bom – disse um rapaz com terno de tweed.

O assunto era familiar para Luke. Uma variedade espantosa de combustíveis para foguetes tinha sido testada, muitos mais poderosos do que a combinação padrão de álcool e oxigênio líquido, mas todos tinham problemas.

Um homem com sotaque sulista disse:

– E a dimetil-hidrazina assimétrica? Ouvi dizer que estão testando no Laboratório de Propulsão a Jato em Pasadena.

– Funciona, mas é um veneno mortal – atalhou Luke.

Todos se viraram para ele. O homem de cabelo branco franziu a testa, parecendo ligeiramente irritado com a interrupção por parte de um estranho.

Então o jovem com terno de tweed falou, soando chocado:

– Meu Deus, o que você está fazendo em Washington, Luke?

Luke ficou tão feliz que poderia chorar.

Parte três

16H15

Um programador por fita no tubo varia a velocidade de rotação dos estágios superiores entre 450 e 750 rpm para evitar vibrações de ressonância que poderiam fazer com que o míssil se rompa no espaço.

Luke descobriu que não conseguia falar. A emoção do alívio era tão forte que pareceu apertar sua garganta. Durante todo o dia tinha se obrigado a permanecer calmo e racional, mas agora estava à beira de um colapso.

Os outros cientistas retomaram a discussão sem perceber sua angústia, a não ser o jovem com terno de tweed, que pareceu preocupado.

– Ei, você está bem? – perguntou.

Luke assentiu. Depois de um momento, conseguiu dizer:

– Podemos conversar?

– Claro, claro. Há uma salinha atrás da mostra dos Irmãos Wright. O professor Larkley a usou mais cedo. – Os dois foram em direção a uma porta. – Eu organizei essa palestra, por sinal. – Ele conduziu Luke a uma sala pequena e sóbria, com duas cadeiras, uma mesa e um telefone. Sentaram-se. – O que está acontecendo?

– Perdi a memória.

– Meu Deus!

– Amnésia autobiográfica. Ainda me lembro dos meus conhecimentos científicos, e foi assim que consegui encontrar vocês, mas não sei nada sobre mim mesmo.

O jovem pareceu perplexo.

– Você sabe quem eu sou? – perguntou ele.

Luke balançou a cabeça.

– Diabos, não tenho certeza nem do meu próprio nome.

– Uau. – O sujeito ficou desnorteado. – Nunca vi nada parecido na vida real.

– Preciso que você me diga o que sabe sobre mim.

– Acho que precisa mesmo. Há... por onde começo?

– Você me chamou de Luke.

– Todo mundo chama você de Luke. Você é o Dr. Claude Lucas, mas acho que nunca gostou do nome Claude. Eu me chamo Will McDermot.

Luke fechou os olhos, dominado pelo alívio e pela gratidão. Agora sabia o próprio nome.

– Obrigado, Will.

– Não sei nada sobre sua família. Só me encontrei com você algumas vezes, em conferências científicas.

– Você sabe onde eu moro?

– Acho que em Huntsville, Alabama. Você trabalha para a Agência de Mísseis Balísticos do Exército, que fica no Arsenal Redstone, em Huntsville. Mas você é civil, não um oficial. Seu chefe se chama Wernher von Braun.

– Não consigo nem dizer como é bom saber essas coisas!

– Fiquei surpreso ao vê-lo porque sua equipe está prestes a lançar um foguete que vai levar um satélite americano para o espaço pela primeira vez. Estão todos em Cabo Canaveral. E, segundo dizem, o lançamento pode ser hoje à noite.

– Eu li no jornal hoje de manhã. Meu Deus, eu trabalhei naquilo?

– Trabalhou. O *Explorer*. É o lançamento mais importante da história do programa espacial americano, especialmente depois do sucesso do *Sputnik* russo e do fracasso do *Vanguard* da Marinha.

Luke estava empolgado. Apenas algumas horas antes tinha imaginado que era um mendigo bêbado. Agora era um cientista no auge da carreira.

– Mas eu deveria estar lá para o lançamento!

– Exatamente... Então você tem alguma ideia do motivo para não estar?

Luke balançou a cabeça.

– Acordei hoje cedo no banheiro masculino da Union Station. Não faço ideia de como cheguei lá.

Will deu-lhe um sorriso conspiratório.

– Pelo visto a festa ontem foi ótima!

– Deixe-me fazer uma pergunta séria: esse é o tipo de coisa que eu faço? Fico bêbado a ponto de apagar?

– Não conheço você o suficiente para saber. – Will franziu a testa. – Mas ficaria surpreso se isso fosse verdade. Você sabe como nós, cientistas, somos. Nossa ideia de festa é ficar sentados bebendo café e falando sobre trabalho.

Isso fez sentido para Luke.

– Ficar bêbado simplesmente não parece muito interessante.

Mas ele não tinha outra explicação para aquela confusão em que tinha se transformado sua vida. Quem era Pete? Por que estava sendo seguido? E quem eram os homens procurando por ele na Union Station?

Pensou em falar sobre isso com Will e decidiu que pareceria estranho demais. Will poderia começar a pensar que ele estava louco. Em vez disso, falou:

– Vou ligar para Cabo Canaveral.

– Ótima ideia. – Will pegou o telefone na mesa e discou zero. – Aqui é Will McDermot. Posso fazer uma ligação interurbana por este telefone? Obrigado.

Ele entregou o telefone a Luke, que perguntou o número no setor de informações e discou.

– Aqui é o Dr. Lucas. – Sentiu uma alegria extraordinária em poder informar o próprio nome: não tinha imaginado que seria tão satisfatório. – Gostaria de falar com alguém da equipe de lançamento do *Explorer*.

– Eles estão nos Hangares D e R – disse o telefonista. – Por favor, espere na linha.

Um instante depois, uma voz disse:

– Segurança do Exército, coronel Hide falando.

– Aqui é o Dr. Lucas...

– Luke! Até que enfim! Onde diabo você está?

– Em Washington.

– E o que você está fazendo aí? Estamos ficando loucos por aqui! A Segurança do Exército está atrás de você, o FBI também... até a CIA!

Isso explicava os dois agentes procurando na Union Station, pensou Luke.

– Escute, aconteceu uma coisa estranha. Eu perdi a memória. Estive andando esse tempo todo pela cidade tentando descobrir quem eu era. Finalmente, encontrei uns físicos que me reconheceram.

– Isso é extraordinário. Como isso aconteceu, pelo amor de Deus?

– Eu esperava que o senhor pudesse me dizer, coronel.

– Você costuma me chamar de Bill.

– Bill.

– Certo. Bem, vou dizer o que sei. Na segunda-feira de manhã, você saiu dizendo que precisava ir a Washington. Pegou um avião na Patrick.

– Patrick?

– Base Patrick, da Força Aérea, perto de Cabo Canaveral. Marigold fez as reservas...

– Quem é Marigold?

– Sua secretária em Huntsville. Ela também reservou sua suíte de sempre no Carlton, em Washington.

Havia uma nota de inveja na voz do coronel e Luke pensou brevemente sobre aquela "suíte de sempre", mas tinha perguntas mais importantes.

– Eu contei a alguém qual era o objetivo da viagem?

– Marigold marcou um encontro seu com o general Sherwood no Pentágono às dez da manhã de ontem, mas você não apareceu.

– Dei algum motivo para querer ver o general?

– Aparentemente, não.

– Qual é a área de responsabilidade dele?

– Segurança do Exército, mas além disso ele é amigo da sua família, por isso a reunião poderia ser sobre qualquer coisa.

Devia ser algo importantíssimo, refletiu Luke, para fazê-lo sair de Cabo Canaveral logo antes do lançamento de um foguete.

– O lançamento vai acontecer hoje à noite?

– Não. Estamos com problemas climáticos. Foi adiado para amanhã às dez e meia da noite.

Luke se perguntou o que diabo estivera fazendo.

– Eu tenho algum amigo aqui em Washington?

– Claro. Um deles está me ligando de hora em hora. Bern Rothsten. – Hide leu um número de telefone.

Luke o escreveu num bloco de rascunho.

– Vou ligar para ele agora mesmo.

– Primeiro você deveria falar com sua mulher.

Luke ficou paralisado, sem fôlego. Mulher, pensou. Tenho uma mulher. Imaginou como ela seria.

– Você ainda está aí? – perguntou Hide.

Luke começou a respirar de novo.

– Hã, Bill...

– Sim?

– Qual é o nome dela?

– Elspeth. O nome da sua mulher é Elspeth. Vou transferir você para o telefone dela. Fique na linha.

Luke sentiu um bolo no estômago. Isso era ridículo, pensou. Ela era sua mulher.

– Aqui é Elspeth. Luke, é você?

Ela tinha uma voz calorosa, grave, com dicção precisa e sem sotaque específico. Luke imaginou uma mulher alta e confiante.

– Sim, aqui é o Luke – falou. – Eu perdi a memória.

– Eu estava tão preocupada... Você está bem?

Luke sentiu uma gratidão patética por alguém que se importava com ele.

– Acho que agora estou – disse.

– O que aconteceu, afinal?

– Realmente não sei. Acordei hoje de manhã no banheiro masculino da Union Station e passei o dia tentando descobrir quem eu sou.

– Todo mundo está procurando você. Onde você está agora?

– No Smithsonian, no Prédio de Aeronaves.

– Alguém está cuidando de você?

Luke sorriu para Will McDermot.

– Um colega cientista está me ajudando. E estou com o número de Bern Rothsten. Mas não preciso de ninguém cuidando de mim. Estou bem. Só perdi a memória.

Will McDermot se levantou, sem graça, e sussurrou:

– Vou lhe dar privacidade. Espero lá fora.

Luke assentiu, agradecido.

– Então você não lembra por que foi para Washington com tanta pressa? – estava dizendo Elspeth.

– Não. Obviamente não contei a você, não é?

– Você disse que era melhor que eu não soubesse. Fiquei desesperada. Liguei para um velho amigo nosso em Washington, Anthony Carroll. Ele é da CIA.

– Ele fez alguma coisa?

– Ligou para você no Carlton, na segunda-feira à noite, e você combinou de encontrar com ele para o café da manhã na terça, mas não apareceu. Ele está procurando por você o dia inteiro. Vou ligar para ele agora e dizer que está tudo bem.

– Obviamente alguma coisa aconteceu comigo entre a noite de segunda e à manhã de terça.

– Você deveria procurar um médico, fazer alguns exames.

– Estou me sentindo bem. Mas há um monte de coisas que quero saber. Nós temos filhos?

– Não.

Luke sentiu uma tristeza que parecia familiar, como a dor entorpecida de um ferimento antigo.

– Estamos tentando ter um filho desde que nos casamos, há quatro anos, mas não tivemos sucesso – explicou Elspeth.

– Meus pais são vivos?

– Sua mãe, sim. Ela mora em Nova York. Seu pai morreu há cinco anos.

Luke sentiu uma onda súbita de tristeza que parecia vir de lugar nenhum. Tinha perdido a lembrança do pai e jamais iria vê-lo de novo. Parecia algo insuportavelmente triste.

– Você tem dois irmãos e uma irmã, todos mais novos – continuou Elspeth. – A caçula, Emily, é a sua favorita. É dez anos mais nova do que você e mora em Baltimore.

– Você tem o número de telefone deles?
– Claro. Espere um instante que vou pegar.
– Eu gostaria de falar com eles, não sei por quê. – Luke ouviu um soluço abafado do outro lado da linha. – Você está chorando?

Elspeth fungou.

– Estou bem. – Imaginou-a pegando um lenço na bolsa. – De repente fiquei me sentindo muito mal por você – disse, lacrimosa. – Deve ter sido horrível.

– Houve alguns momentos ruins.

– Vou lhe dar os números. – Ela os leu em voz alta.

– Nós somos ricos? – perguntou Luke depois de anotar os números de telefone.

– Seu pai era um banqueiro bem-sucedido. Deixou bastante dinheiro para você. Por quê?

– Bill Hide disse que eu estou hospedado na minha "suíte de sempre" no Carlton.

– Antes da guerra o seu pai era conselheiro da administração Roosevelt e gostava de levar a família junto quando ia a Washington. Vocês sempre ficavam no Carlton. Acho que você está mantendo a tradição.

– Então você e eu não vivemos com o que o Exército me paga.

– Não, mas em Huntsville tentamos manter o mesmo nível de vida dos seus colegas.

– Eu poderia continuar fazendo perguntas o dia inteiro. O que quero mesmo é descobrir como isso aconteceu comigo. Você viria para cá hoje à noite?

Houve um momento de silêncio.

– Meu Deus, por quê?

– Para resolver esse mistério comigo. Seria bom ter ajuda. E companhia.

– Você deveria deixar isso para lá e vir para cá.

Isso era impensável.

– Não posso deixar isso para lá. Preciso saber do que se trata. É estranho demais para ignorar.

– Luke, não posso sair de Cabo Canaveral agora. Estamos prestes a lançar o primeiro satélite americano, pelo amor de Deus! Não posso abandonar a equipe num momento assim.

– Imagino que não. – Ele entendia, mas mesmo assim ficou magoado com a recusa. – Quem é Bern Rothsten?

– Ele estudou em Harvard com você e Anthony Carroll. Agora é escritor.

– Parece que ele tentou falar comigo. Talvez saiba o que aconteceu.

– Ligue para mim mais tarde, está bem? Vou estar no Starlite hoje à noite.

– Certo.

– Cuide-se, Luke, por favor – disse ela, séria.

– Vou me cuidar, prometo.

Então ele desligou.

Ficou sentado em silêncio por um momento. Sentia-se exaurido emocionalmente. Parte dele queria ir para o hotel e se deitar. Mas estava curioso demais. Pegou o telefone de novo e ligou para o número que Bern Rothsten havia deixado.

– Aqui é Luke Lucas – disse quando atenderam.

Bern tinha uma voz grave e traços de sotaque nova-iorquino.

– Luke, graças a Deus! O que diabo aconteceu com você?

– Todo mundo está me perguntando isso. A resposta é que não tenho certeza de nada, a não ser de que perdi a memória.

– Perdeu a memória?

– É.

– Ah, merda. Você sabe como isso aconteceu?

– Não. Esperava que você tivesse alguma pista.

– Talvez tenha.

– Por que você tentou falar comigo?

– Estava preocupado. Você me ligou na segunda-feira. Disse que vinha para cá, que queria me ver e que me ligaria do Carlton. Mas não ligou.

– Alguma coisa aconteceu comigo na segunda à noite.

– É. Escute, há uma pessoa para quem você precisa ligar. A Dra. Billie Josephson é uma especialista em memória famosa no mundo todo.

O nome não lhe era estranho.

– Acho que vi o livro dela na biblioteca.

– Ela também é minha ex-mulher e uma velha amiga sua.

Bern deu o número a Luke.

– Vou ligar agora. Bern...

– Sim?

– Eu perdi a memória e por acaso uma velha amiga minha é uma especialista em memória conhecida mundialmente. Não é uma tremenda coincidência?

– Não é mesmo? – retrucou Bern.

16h45

O estágio final, contendo o satélite, tem 2 metros de comprimento e apenas 15 centímetros de diâmetro, e pesa pouco mais de 14 quilos. Tem a forma de um cano de chaminé.

Billie havia marcado uma consulta de uma hora com um paciente, um jogador de futebol que tinha sofrido uma concussão ao colidir com um oponente. Era um caso interessante porque ele conseguia se lembrar de tudo até uma hora antes da partida, e nada depois disso até o momento em que se viu parado na lateral do campo de costas para o jogo, imaginando como havia chegado ali.

Billie estava distraída durante a sessão, pensando na Fundação Sowerby e em Anthony Carroll. Quando terminou a consulta com o jogador e ligou para Anthony, estava frustrada e impaciente. Teve sorte e o encontrou no escritório na primeira tentativa.

– Anthony – disse abruptamente –, o que diabo está acontecendo?

– Um monte de coisas – respondeu ele. – O Egito e a Síria concordaram em se fundir, as saias estão ficando mais curtas e Roy Campanella quebrou o pescoço num acidente de carro e talvez nunca mais possa jogar pelos Dodgers de novo.

Billie controlou o impulso de gritar com ele.

– Eu fui reprovada para o cargo de diretora de pesquisas aqui do hospital – disse, forçando-se a manter a calma. – Len Ross ficou com a vaga. Você sabia disso?

– É, acho que sabia.

– Não consigo entender. Achei que eu poderia perder para alguém de fora altamente qualificado. Sol Weinberg, de Princeton, ou alguém desse nível. Só que todo mundo sabe que eu sou melhor do que Len.

– Sabe?

– Anthony, por favor! Você mesmo sabe. Caramba, você me encorajou a seguir essa linha de pesquisa há anos, no fim da guerra, quando nós...

– Certo, certo, eu lembro – interrompeu ele. – Esse material ainda é confidencial, você sabe.

Ela não acreditava que as coisas que eles faziam na guerra ainda podiam ser segredos importantes. Mas isso não importava.

– Então por que eu não consegui a vaga?

– E eu deveria saber?

Ela sentiu que aquilo era humilhante, mas sua necessidade de entender suplantava o constrangimento.

– A Fundação está insistindo no nome dele.

– Acho que eles têm esse direito.

– Anthony, me diga!

– Dizer o quê?

– Você faz parte da Fundação. É muito incomum um conselho interferir nesse tipo de escolha. Normalmente deixam a decisão a cargo dos especialistas. Você deve saber por que eles deram esse passo excepcional.

– Bom, não, não sei. E suponho que o passo ainda não tenha sido dado. Certamente não houve uma reunião para decidir isso. Eu saberia.

– Charles foi muito claro.

– Não duvido que seja verdade, infelizmente para você. Mas não é o tipo de coisa que seria decidida às claras. É mais provável que o diretor e um ou dois membros do conselho tenham conversado enquanto tomavam um drinque no clube. Um deles deve ter ligado para Charles e dado a ordem. Charles não pode se dar ao luxo de contrariá-los, por isso concordou. É assim que essas coisas funcionam. Só estou surpreso por Charles ter sido tão sincero com você.

– Acho que ele ficou chocado. Não consegue entender por que fariam uma coisa dessas. Achei que você poderia saber.

– Provavelmente é alguma coisa idiota. Len Ross é casado? Tem filhos?

– Sim, é casado e tem quatro filhos.

– O diretor não concorda com mulheres ganhando altos salários quando há homens tentando sustentar uma família.

– Pelo amor de Deus! Eu tenho um filho e uma mãe idosa para sustentar!

– Eu não disse que era justo. Escute, Billie, preciso desligar. Desculpe. Falo com você mais tarde.

– Está bem.

Quando desligou, ela ficou olhando o telefone, tentando entender os próprios sentimentos. A conversa lhe pareceu falsa, e ela se perguntou por quê. Era perfeitamente plausível que Anthony soubesse sobre maquinações entre os outros membros do conselho da Fundação. Então por que Billie não acreditava nele? Pensando bem, percebeu que ele tinha sido evasivo, o que não era do seu feitio. No fim das contas, Anthony havia contado o pouco que sabia, mas com relutância. Tudo isso junto dava uma impressão muito clara.

Ele estava mentindo.

17H

O foguete de quarto estágio é feito de titânio leve em vez de aço inoxidável. A economia de peso permite que o míssil carregue 1 quilo a mais de equipamento científico, algo crucial.

Quando Anthony desligou, o telefone tocou de novo logo em seguida. Atendeu e ouviu a voz de Elspeth, parecendo assustada.

– Pelo amor de Deus, fiquei esperando quinze minutos!
– Eu estava falando com Billie, ela...
– Deixe para lá. Acabei de falar com Luke.
– Meu Deus, como assim?
– Cale a boca e ouça! Ele estava no Smithsonian, no Prédio de Aeronaves, com um grupo de físicos.
– Estou indo para lá.

Anthony largou o telefone e correu para a porta. Pete o viu e foi atrás. Foram para o estacionamento e entraram no carro de Anthony.

O fato de Luke ter falado com Elspeth deixou Anthony desalentado, porque significava que tudo estava desmoronando. Talvez pudesse dar um jeito se conseguisse falar com Luke antes de qualquer outra pessoa. Demoraram quatro minutos para chegar à esquina da Independence Avenue com a 10th Street. Deixaram o carro perto da entrada dos fundos do museu e correram para o velho hangar que abrigava o Prédio de Aeronaves.

Havia um telefone público perto da entrada, mas nenhum sinal de Luke.

– Vamos nos separar – disse Anthony. – Você vai para a direita e eu vou para a esquerda.

Caminhou em meio à exposição, examinando os rostos dos homens que olhavam as vitrines e as aeronaves penduradas no teto. Encontrou Pete na outra extremidade do prédio, e ele fez um gesto de mãos vazias.

Havia alguns banheiros e escritórios de um lado. Pete verificou o toalete masculino e Anthony procurou dentro dos escritórios. Luke devia ter ligado de um daqueles telefones, mas não estava mais lá.

Pete saiu do banheiro masculino.

– Nada – disse.

– Isso é uma catástrofe.

Pete franziu a testa.

– Uma catástrofe? Esse cara é mais importante do que você deu a entender?

– É – respondeu Anthony. – Ele pode ser o homem mais perigoso dos Estados Unidos.

– Meu Deus.

Perto da parede dos fundos Anthony viu cadeiras empilhadas e um púlpito. Um rapaz com terno de tweed estava falando com dois homens de macacão. Anthony lembrou-se de Elspeth ter dito que Luke estava com um grupo de físicos. Talvez ainda pudesse conseguir uma pista.

Aproximou-se do jovem.

– Com licença, houve alguma reunião aqui? – perguntou.

– Sim, o professor Larkley deu uma palestra sobre combustíveis de foguetes – respondeu o rapaz. – Meu nome é Will McDermot. Eu organizei a palestra como parte do Ano Geofísico Internacional.

– O Dr. Claude Lucas esteve aqui?

– Esteve. O senhor é amigo dele?

– Sou.

– Sabia que ele perdeu a memória? Até eu dizer o nome dele, ele não sabia nem isso.

Anthony conteve um palavrão. Tivera medo disso desde o momento que Elspeth contara que tinha falado com Luke. Agora ele sabia quem era.

– Preciso localizar o Dr. Lucas com urgência – disse Anthony.

– Que pena, vocês se desencontraram por pouco.

– Ele disse aonde ia?

– Não. Tentei convencê-lo a procurar um médico, fazer alguns exames, mas ele insistiu que estava bem. Achei que ele parecia muito chocado...

– Sim, obrigado, agradeço muito pela ajuda.

Anthony se virou e se afastou rapidamente. Estava furioso.

Lá fora, na Independence Avenue, viu uma viatura. Dois policiais estavam verificando um carro parado do outro lado da rua. Anthony se aproximou e viu que o veículo era um Ford Fairlane azul e branco.

– Olhe só isso – disse a Pete.

Verificou a placa. Era o carro que Rosie Enxerida tinha visto da janela de casa, em Georgetown.

Ele mostrou sua identificação da CIA aos policiais.

– Vocês acabaram de ver esse carro estacionado em local proibido? – perguntou.

O mais velho dos dois respondeu:

– Não, nós vimos um homem dirigindo o carro na 9th Street. Mas ele escapou.

– Vocês o deixaram escapar? – perguntou Anthony, incrédulo.

– Ele deu meia-volta e fugiu na contramão! – exclamou o policial mais novo. – É um tremendo motorista, quem quer que seja.

– Alguns minutos depois, vimos o carro parado aqui, mas o homem sumiu.

Anthony teve vontade de bater a cabeça oca dos dois uma na outra. Em vez disso, falou:

– O fugitivo pode ter roubado outro carro por aqui e conseguido escapar. – Ele pegou um cartão de visitas na carteira. – Se souberem de alguma ocorrência assim por aqui, podem ligar para este número?

O policial mais velho olhou o cartão.

– Com certeza farei isso, Sr. Carroll – garantiu.

Anthony e Pete voltaram ao Cadillac amarelo e foram embora.

– O que você acha que ele vai fazer agora? – perguntou Pete.

– Não sei. Ele pode ir direto para o aeroporto e pegar um voo para a Flórida; pode ir para o Pentágono; pode ir para o hotel. Diabos, pode decidir visitar a mãe em Nova York. Talvez a gente precise se espalhar demais. Anthony ficou em silêncio, pensando, enquanto estacionava e entrava no Prédio Q. Ao chegar à sua sala disse: – Quero dois homens no aeroporto, dois na Union Station, dois na estação de ônibus. Quero mais dois homens no escritório ligando para todos os familiares de Luke, amigos e conhecidos, para perguntar se têm previsão de vê-lo ou se tiveram notícias dele. Quero que você vá com dois agentes ao Carlton. Pegue um quarto e depois fique de tocaia no saguão. Vou me juntar a vocês lá, mais tarde.

Pete saiu e Anthony fechou a porta.

Pela primeira vez naquele dia, Anthony estava apavorado. Agora que Luke conhecia a própria identidade, não havia como saber o que mais poderia descobrir. Aquele projeto deveria ter sido o maior triunfo de Anthony, mas estava se transformando numa trapalhada capaz de acabar com a sua carreira.

Capaz de acabar com a sua vida.

Se conseguisse encontrar Luke, ainda poderia consertar as coisas. Mas precisaria tomar medidas drásticas. Não seria mais suficiente simplesmente vigiá-lo. Precisaria resolver o problema de uma vez por todas.

Com o coração pesado, foi até a foto do presidente Eisenhower pendurada na parede. Puxou um dos lados da moldura e a imagem se abriu nas dobradiças, revelando um cofre. Girou a combinação, abriu a porta e pegou sua arma.

Era uma Walther P38 automática, o tipo de pistola usado pelo Exército alemão na Segunda Guerra Mundial. Anthony a havia ganhado antes de ir para o Norte da África. Também tinha um silenciador que fora projetado especialmente pelo OSS para encaixar na arma.

A primeira vez que havia matado um homem tinha sido com aquela arma.

Albin Moulier era um traidor que havia entregado membros da Resistência francesa à polícia. Ele merecia morrer – os cinco homens da célula concordaram com isso. Fizeram um sorteio em um estábulo abandonado a quilômetros de distância, tarde da noite, à luz de uma única lâmpada que lançava sombras dançantes nas paredes de pedra áspera. Anthony poderia ter se recusado a participar, já que era o único estrangeiro, mas perderia o respeito dos outros, então insistiu em tentar a sorte junto com eles. E pegou a palha mais curta.

Albin estava amarrado à roda enferrujada de um arado quebrado, nem ao menos com os olhos vendados, ouvindo a discussão e vendo o sorteio. Sujou as calças quando eles declararam a sentença de morte e gritou ao ver Anthony pegar a Walther. Os gritos ajudaram: fizeram com que Anthony quisesse matá-lo rapidamente, só para acabar com o barulho. Ele atirou em Albin à queima-roupa, entre os olhos, uma única bala. Depois os outros disseram que ele tinha agido bem, sem hesitação nem arrependimento, como um homem.

Anthony ainda via Albin em seus sonhos.

Tirou o silenciador do cofre, colocou no cano da pistola e apertou com força. Vestiu o sobretudo longo, de pelo de camelo, com bolsos internos fundos. Pôs a arma com o cabo para baixo no lado direito, com o silenciador apontando para cima. Deixando o casaco aberto, puxou a arma pelo silenciador com a mão esquerda e a passou para a mão direita. Depois moveu com o polegar a trava de segurança do lado esquerdo para a posição de disparo. Todo o processo demorou cerca de um segundo. O silenciador deixava a arma pesada. Talvez fosse mais fácil carregar as duas partes separadamente, mas era possível que ele não tivesse tempo de encaixar o silenciador antes de atirar. Daquele jeito era melhor.

Abotoou o sobretudo e saiu.

18H

O satélite tem a forma de uma bala, em vez do formato esférico. Em teoria, uma esfera seria mais estável, mas na prática o satélite precisa ter antenas se projetando dele, para comunicação por rádio, e elas estragam a forma redonda.

Luke pegou um táxi para o Hospital Psiquiátrico de Georgetown e informou seu nome na recepção, dizendo que tinha hora marcada com a Dra. Josephson.

Ela tinha sido encantadora ao telefone: preocupada com ele, feliz em ouvir sua voz, intrigada ao saber que ele havia perdido a memória, ansiosa para vê-lo quanto antes. Falava com sotaque sulista e parecia que uma gargalhada estava sempre borbulhando no fundo de sua garganta.

Ela desceu correndo a escada. Era uma mulher baixa, com jaleco branco, grandes olhos castanhos e as faces ruborizadas de empolgação.

– Que ótimo ver você! – exclamou, e o envolveu num abraço.

Luke sentiu o impulso de retribuir aquele entusiasmo e apertá-la com força. Com medo de fazer algo ofensivo, ficou parado com as mãos no ar, como se estivesse sendo contido.

Ela riu.

– Você não lembra como eu sou – disse. – Relaxe, sou quase inofensiva.

Luke deixou os braços pesarem em volta dos ombros dela. O corpo pequeno era macio e curvilíneo sob o jaleco.

– Venha, vou mostrar minha sala – disse ela, então o conduziu pela escada acima.

Enquanto atravessavam um largo corredor, uma mulher de cabelos brancos e roupão de banho disse:

– Doutora! Gostei do seu namorado!

Billie riu.

– Você pode ficar com ele depois, Marlene.

Billie tinha uma sala pequena, com uma mesa simples e um arquivo de aço, mas havia decorado o lugar com flores e uma impressionante pintura abstrata, de cores fortes. Ofereceu uma xícara de café a Luke e abriu um pacote de biscoitos, depois perguntou sobre a amnésia.

Fez anotações enquanto ele respondia às perguntas. Fazia doze horas que Luke não comia nada, e devorou todos os biscoitos. Billie sorriu.

– Quer mais? Tem outro pacote.

Ele balançou a cabeça.

– Bom, acho que é um quadro bastante claro – disse ela por fim. – Você está com amnésia global, mas fora isso parece mentalmente saudável. Não posso avaliar seu estado físico porque não sou esse tipo de médica, e é meu dever aconselhá-lo a fazer um exame físico assim que puder. – Ela sorriu. – Mas você parece bem. Só um pouco abalado.

– Existe cura para esse tipo de amnésia?

– Não, não existe. Em geral o processo é irreversível.

Isso foi um baque forte. Luke tinha esperado que tudo pudesse voltar à sua mente de uma hora para outra.

– Meu Deus – murmurou.

– Não fique desanimado – disse Billie com gentileza. – As pessoas que sofrem disso mantêm todas as faculdades e podem reaprender o que esqueceram, de modo que em geral conseguem recuperar os fios da vida e viver normalmente. Você vai ficar bem.

Mesmo enquanto ouvia a notícia horrível, Luke se pegou concentrando a atenção primeiro nos olhos dela, que pareciam reluzir com solidariedade, depois na boca expressiva, em seguida nos cachos escuros que brilhavam à luz da luminária. Queria que ela continuasse falando para sempre.

– O que pode ter provocado a amnésia? – perguntou.

– A primeira possibilidade a considerar é um dano cerebral. Mas não há sinal de ferimento e você disse que não está com dor de cabeça.

– Isso mesmo. Então o que mais pode ser?

– Existem várias alternativas – explicou ela, paciente. – O quadro pode ser provocado por estresse prolongado, um choque súbito ou drogas. Também pode ser efeito colateral de alguns tratamentos para esquizofrenia envolvendo uma combinação de eletrochoque e medicamentos.

– Há algum modo de saber o que me afetou?

– Não de forma conclusiva. Você disse que estava de ressaca hoje de manhã. Se não foi devido a bebidas alcoólicas, podem ter sido os efeitos de alguma droga. Mas você não vai ter uma resposta definitiva falando com médicos. Precisa descobrir o que aconteceu entre ontem à noite e hoje de manhã.

– Bom, pelo menos sei o que estou procurando. Choque, drogas ou tratamento para esquizofrenia.

– Você não é esquizofrênico; tem uma boa noção da realidade. Qual é seu próximo passo?

Luke se levantou. Relutava em deixar a companhia daquela mulher fascinante, mas ela havia dito tudo o que sabia.

– Vou procurar Bern Rothsten. Acho que ele pode ter alguma ideia.

– Está de carro?

– Pedi para o táxi esperar.

– Vou levar você até a porta.

Enquanto desciam a escada, Billie segurou o braço dele de forma afetuosa.

– Há quanto tempo você se divorciou de Bern? – perguntou Luke

– Há cinco anos. O suficiente para ficarmos amigos de novo.

– É uma pergunta estranha, mas preciso fazer. Você e eu já namoramos?

– Ah, nossa... – disse Billie. – Claro que sim.

1943

No dia em que a Itália se rendeu, Billie esbarrou em Luke no saguão do Prédio Q.

A princípio não soube quem ele era. Viu um homem magro, de cerca de 30 anos, num terno grande demais, e seu olhar passou por ele sem o reconhecer. Então ele falou:

– Billie? Não se lembra de mim?

Ela conhecia a voz, claro, e isso fez seu coração bater mais depressa. Quando olhou de novo o homem que havia dito aquelas palavras, deu um gritinho de horror. O rosto dele parecia o de uma caveira. Seu cabelo, que havia sido brilhoso, estava opaco. O colarinho da camisa era largo demais e o paletó parecia estar pendurado num cabide. Os olhos eram os de um velho.

– Luke! – exclamou ela. – Você está péssimo!

– Nossa, obrigado – respondeu ele com um sorriso de cansaço.

– Desculpe – emendou ela rapidamente.

– Não precisa se desculpar. Perdi um pouco de peso, eu sei. Não há muita comida no lugar de onde eu estou vindo.

Billie queria abraçá-lo, mas se conteve, sem saber se ele gostaria.

– O que você está fazendo aqui? – perguntou ele.

Ela respirou fundo.

– Um curso de treinamento: mapas, rádio, armas de fogo, combate sem armas.

Ele deu um sorriso forçado.

– Você não está vestida para lutar jiu-jítsu.

Billie ainda adorava se vestir com elegância, apesar da guerra. Estava usando um conjunto amarelo-claro de bolero curto, uma ousada saia na altura dos joelhos e um chapéu grande que parecia um prato emborcado. Não podia se dar ao luxo de comprar roupas da última moda com o salário do Exército, claro: ela mesma tinha feito a roupa, usando uma máquina de costura emprestada. Seu pai havia ensinado todos os filhos a costurar.

– Vou interpretar isso como um elogio – disse com um sorriso, começando a superar o choque. – Onde você esteve?

– Você tem um minuto para conversarmos?

– Claro.

Ela deveria estar numa aula de criptografia, mas deixaria aquilo para lá.

– Vamos lá fora – disse.

Era uma tarde quente de setembro. Luke tirou o paletó e o pendurou no ombro enquanto caminhavam pelo espelho d'água.

– Como você veio parar no OSS?

– Anthony Carroll – respondeu ela. O OSS, Escritório de Serviços Estratégicos, era considerado glamouroso e as vagas ali eram muito desejadas. – Ele usou a influência da família para entrar aqui e agora é assistente pessoal de Bill Donovan. – O general Donovan era chefe do escritório. – Fazia um ano que eu estava servindo de motorista para um general, levando-o de um lado para outro em Washington, por isso fiquei feliz em ser transferida para cá. Anthony usou a posição dele para trazer todos os velhos amigos de Harvard. Elspeth está em Londres, Peg no Cairo e eu imagino que você e Bern estavam por trás das linhas inimigas em algum lugar.

– Na França – disse Luke.

– Como foi?

Ele acendeu um cigarro. Era um hábito novo – não fumava na época de Harvard –, e ele tragou a fumaça de tabaco para os pulmões como se fosse o sopro da vida.

– O primeiro homem que matei era francês – disse abruptamente.

Era dolorosamente óbvio que ele precisava falar sobre isso.

– Conte o que aconteceu – pediu ela.

– Ele era um policial, um gendarme. Chamava-se Claude, como eu. Na verdade não era um mau sujeito. Era antissemita, porém não mais do que os franceses comuns, ou um monte de americanos, por sinal. Ele entrou por acaso numa casa de fazenda onde meu grupo estava reunido. Não havia dúvida do que estávamos fazendo: tínhamos mapas na mesa e fuzis empilhados num canto, e Bern estava mostrando aos franceses como montar uma bomba-relógio. – Luke deu um riso estranho, sem humor. – O idiota tentou prender todos nós. Não que isso fizesse qualquer diferença. Ele precisava morrer, independentemente do que fizesse.

– O que você fez? – sussurrou Billie.

– Levei-o para fora e lhe dei um tiro na nuca.

– Ah, meu Deus.

– Ele não morreu imediatamente. Demorou cerca de um minuto.

Billie pegou a mão dele e a apertou. Luke continuou segurando-a e os dois caminharam em volta do comprido lago estreito, de mãos dadas. Ele contou outra história, sobre uma mulher da Resistência que fora capturada e torturada, e Billie chorou. A tarde esfriou e os detalhes sinistros continuaram a se derramar: carros explodidos, oficiais alemães assassinados, camaradas da Resistência mortos em tiroteios e famílias judias levadas para destinos desconhecidos, segurando as mãos dos filhos confiantes.

Estavam andando havia duas horas quando ele tropeçou. Ela o segurou e impediu que ele caísse.

– Meu Deus, estou cansado demais – disse Luke. – Estou dormindo muito mal.

Ela chamou um táxi e o levou ao hotel onde ele estava hospedado.

Era o Carlton. Geralmente o Exército não admitia esse tipo de luxo, mas ela lembrou que a família de Luke era rica. Ele estava numa suíte. Havia um piano de cauda na sala e uma extensão de telefone no banheiro – algo que Billie nunca tinha visto.

Ela ligou para o serviço de quarto e pediu uma canja de galinha, ovos mexidos, pãezinhos quentes e uma jarra de leite gelado. Luke se sentou no sofá e começou a contar outra história, dessa vez uma engraçada, sobre a sabotagem de uma fábrica que fazia panelas para o Exército alemão.

– Entrei naquela oficina enorme de metalurgia e havia umas cinquenta mulheres gigantescas, musculosas, pondo carvão na fornalha e martelando os moldes. Gritei: "Saiam do prédio! Nós vamos explodi-lo!" Mas as mulheres riram de mim! Não queriam sair, e continuaram trabalhando. Não acreditaram.

Antes que ele pudesse terminar a história, a comida chegou.

Billie assinou a conta, deu uma gorjeta ao garçom e colocou os pratos na mesa de jantar. Quando se virou, Luke estava dormindo.

Acordou-o apenas por tempo suficiente para levá-lo ao quarto e colocá-lo na cama.

– Não vá embora – murmurou ele, e fechou os olhos de novo.

Billie tirou as botas dele e afrouxou-lhe a gravata. Uma brisa suave soprava pela janela aberta: ele não precisava de cobertores.

Ela se sentou na beira da cama e ficou olhando-o durante um tempo, lembrando-se daquela longa viagem de carro de Cambridge a Newport, quase dois anos antes. Acariciou o rosto dele com a borda externa do dedo mindinho, como tinha feito naquela noite. Ele não se mexeu.

Tirou o chapéu e os sapatos, pensou por um momento e tirou o bolero e a saia. Depois, de lingerie e meias, deitou-se na cama. Envolveu os ombros ossudos de Luke com os braços, colocou a cabeça dele contra o seio e ficou abraçando-o.

– Agora está tudo bem – disse. – Durma quanto quiser. Quando você acordar ainda estarei aqui.

• • •

A noite caiu e a temperatura baixou. Billie fechou a janela e puxou um lençol por cima dos dois. Logo depois da meia-noite, com os braços envolvendo o corpo quente de Luke, ela caiu no sono.

Ao amanhecer, depois de ter dormido por doze horas, Luke se levantou de repente e foi ao banheiro. Voltou dois minutos depois e deitou de novo na cama. Tinha tirado o terno e a camisa e estava só com a roupa de baixo. Abraçou-a.

– Esqueci de lhe dizer uma coisa muito importante – falou.

– O quê?

– Na França eu pensava em você o tempo todo. Todo dia.

– É mesmo? – sussurrou ela. – Verdade?

Ele não respondeu. Tinha voltado a dormir.

Billie ficou nos braços de Luke, pensando nele na França arriscando a vida e se lembrando dela. Ficou tão feliz que achou que seu coração fosse explodir.

Às oito da manhã, foi para a sala da suíte, telefonou para o Prédio Q e disse que estava doente. Em mais de um ano no Exército, aquele era o primeiro dia que faltava. Tomou banho e lavou o cabelo, depois se vestiu. Pediu café e flocos de milho ao serviço de quarto. O garçom a chamou de Sra. Lucas. Ficou feliz por não ser uma garçonete, já que uma mulher notaria que ela não estava usando aliança.

Pensou que o cheiro de café acordaria Luke, mas isso não aconteceu. Leu o *Washington Post* de cabo a rabo, até o caderno de esportes. Estava escrevendo uma carta para a mãe em Dallas, num papel timbrado do hotel, quando ele saiu cambaleando do quarto. Estava com a roupa de baixo, o cabelo escuro revolto, o queixo acinzentado com a barba que crescia. Sorriu para ele, feliz por ele ter acordado.

Luke pareceu confuso.

– Quanto tempo eu dormi?

– Umas dezoito horas.

Billie não sabia o que ele estava pensando. Estaria satisfeito em vê-la? Sem graça? Querendo que ela fosse embora?

– Meu Deus. Não durmo assim há um ano. – Ele esfregou os olhos. – Você ficou aqui o tempo todo? Está parecendo fresca como uma margarida.

– Tirei um cochilo.

– Você ficou a noite toda?

– Você pediu.

Luke franziu a testa.

– Acho que lembro... – Ele balançou a cabeça. – Nossa, sonhei um bocado. – Foi até o telefone. – Alô, serviço de quarto? Queria pedir uma bisteca malpassada com três ovos, gema mole. E suco de laranja, torrada e café.

Billie franziu a testa. Nunca havia passado a noite com um homem, por isso não sabia o que esperar de manhã, mas aquilo a desapontou. Era tão pouco romântico que se sentiu quase insultada. Lembrou-se dos irmãos acordando – eles também saíam do quarto com a barba crescida, rabugentos e esfomeados. Mas, recordou, geralmente melhoravam depois de comer.

– Espere um instante – disse Luke ao telefone. Olhou para Billie. – Quer alguma coisa?

– Um pouco de chá gelado.

Ele repetiu o pedido e desligou.

Sentou-se ao lado dela no sofá.

– Falei bastante ontem.

– É verdade.

– Por quanto tempo?

– Umas cinco horas sem parar.

– Desculpe.

– Não precisa se desculpar. Não importa o que fizer, não se desculpe. – Lágrimas brotaram nos olhos dela. – Nunca vou me esquecer disso.

Ele segurou as mãos dela.

– Que bom que nos encontramos de novo.

O coração de Billie deu um salto.

– Também acho.

Isso era mais do que ela havia esperado.

– Eu gostaria de beijar você, mas estou usando a mesma roupa há 24 horas.

Billie foi invadida por uma sensação súbita, como uma mola se quebrando, e percebeu a umidade entre as pernas. Estava chocada consigo mesma – isso nunca havia acontecido tão depressa.

Mas se conteve. Não tinha decidido até onde queria que aquilo fosse. Tivera a noite toda para tomar uma decisão, mas não havia nem pensado nisso. Agora estava com medo de que, assim que o tocasse, fosse perder o controle. E depois?

A guerra havia trazido um certo relaxamento em relação à moral em Washington, mas ela não fazia parte daquilo. Apertou as mãos com força no colo.

– Certamente não pretendo beijá-lo até você estar vestido.

Ele lhe lançou um olhar cético.

– Está com medo de fazer algo comprometedor?

Billie se encolheu ante a ironia na voz de Luke.

– O que quer dizer com isso?

Ele deu de ombros.

– Nós acabamos de passar a noite juntos.

Ela se sentiu magoada e indignada.

– Eu fiquei porque você pediu! – protestou.

– Está bem, não precisa ficar com raiva.

Mas seu desejo por ele havia se transformado, num instante, em uma fúria igualmente intensa.

– Você estava caindo de exaustão e eu o coloquei na cama – disse, exasperada. – Depois pediu que eu não fosse embora, por isso fiquei.

– Agradeço.

– Então não fale como se eu tivesse agido como uma... prostituta!

– Não foi isso que eu quis dizer.

– Foi, sim! Você sugeriu que eu já estava em uma posição tão comprometedora que qualquer outra coisa que fizesse não teria importância.

Luke deu um suspiro profundo.

– Bom, não foi minha intenção. Meu Deus, você está fazendo um tremendo estardalhaço por causa de um comentário despreocupado.

– Despreocupado demais.

O problema era que ela *estava* numa situação comprometedora.

Houve uma batida à porta.

Os dois se olharam.

– Acho que é o serviço de quarto – disse Luke.

Ela não queria que um garçom a visse com um homem despido.

– Vá para o banheiro.

– Está bem.

– Antes, me dê seu anel.

Ele olhou para a mão esquerda. Estava usando um anel gravado, de ouro, no dedo mindinho.

– Por quê?

– Para que o garçom pense que sou casada.

– Mas eu nunca tiro esse anel.

Isso a deixou com mais raiva ainda.

– Saia da minha frente – sibilou.

Ele foi para o quarto. Billie abriu a porta da suíte e uma garçonete empurrou o carrinho para dentro.

– Aí está, senhorita – disse ela.

Billie ficou vermelha. Havia um insulto contido naquele "senhorita". Ela assinou a conta, mas não deu gorjeta.

– Pronto – falou, e deu as costas.

A garçonete saiu. Billie ouviu a água correndo no chuveiro. Estava exausta. Tinha passado horas sob o poder de uma profunda paixão romântica e em alguns minutos tudo havia azedado. Normalmente Luke era muito gentil, porém tinha se transformado num brutamonte. Como isso podia ter acontecido?

Qualquer que fosse o motivo, ele a fizera parecer uma mulher barata. Em um ou dois minutos sairia do banheiro, pronto para sentar-se e comer com ela como se fossem marido e mulher. Mas não eram, e ela estava se sentindo cada vez mais desconfortável.

Bom, pensou, se eu não estou gostando, por que ainda estou aqui? Era uma boa pergunta.

Pôs o chapéu. Era melhor sair com o pouco de dignidade que restava.

Pensou em escrever um bilhete para ele. O som do chuveiro parou. Ele estava prestes a reaparecer, cheirando a sabonete, usando um roupão, o cabelo molhado e os pés descalços, pronto para comer. Não havia tempo para um bilhete.

Billie saiu da suíte e fechou a porta silenciosamente.

...

Nas quatro semanas seguintes, viu-o quase todos os dias.

A princípio Luke ia ao Prédio Q para sessões de informes diários. Procurava Billie na hora do almoço e os dois comiam juntos no refeitório ou levavam sanduíches para o parque. O comportamento de Luke voltou à cortesia relaxada que lhe era característica, fazendo Billie se sentir respeitada e tratada com consideração. A irritação pelo modo como ele agira no Carlton passou. Talvez, pensou ela, ele também nunca tivesse passado a noite com uma amante e, também como ela, não tivesse certeza da etiqueta. Ele a havia tratado de modo casual, como trataria a irmã – e talvez a irmã fosse a única jovem que o tivesse visto de cueca.

No fim da semana ele a convidou para irem ao cinema, e eles assistiram ao filme *Jane Eyre* no sábado à noite. No domingo foram andar de canoa no Potomac. Havia um espírito de atrevimento no ar de Washington. A cidade estava cheia de rapazes indo para o front ou voltando para casa de licença, homens para quem a morte violenta era um acontecimento cotidiano. Eles queriam jogar, beber, dançar e fazer amor, porque talvez nunca mais tivessem outra chance. Os bares estavam apinhados, e uma garota solteira não precisava passar uma noite sequer sozinha se não quisesse. Os Aliados estavam ganhando a guerra, mas essa alegria era maculada diariamente com notícias de parentes, vizinhos e amigos de faculdade mortos e feridos na linha de frente.

Luke ganhou um pouco de peso e começou a dormir melhor. A expressão assombrada sumiu dos olhos. Ele comprou algumas roupas que lhe caíam bem – camisas de manga curta, calças brancas e um terno de flanela azul-marinho que usava para os encontros à noite. Um pouco de sua jovialidade retornou.

Ele e Billie tinham longas conversas. Ela lhe explicou que o estudo da psicologia humana acabaria eliminando as doenças mentais e ele lhe falou que os homens poderiam ir à Lua. Eles relembraram o fatídico fim de semana em Harvard que havia mudado a vida dos dois. Falaram da guerra e de quando ela poderia terminar: Billie achava que os alemães não durariam muito mais, agora que a Itália havia caído, mas Luke acreditava que demoraria anos para tirar os japoneses do Pacífico. Às vezes eles saíam com Anthony e Bern e discutiam política em bares, como tinham feito quando estavam na faculdade e o mundo era diferente. Num fim de semana Luke foi a Nova York visitar a família e Billie sentiu tanta saudade dele que ficou doente. Jamais se cansava dele, jamais chegava perto de se entediar. Ele era sensível, espirituoso e inteligente.

Brigavam umas duas vezes por semana. Todas as brigas seguiam o padrão da primeira discussão que haviam tido, na suíte do hotel dele. Luke dizia alguma coisa arbitrária ou tomava uma decisão sobre os planos para a noite sem consultá-la, ou presumia que sabia mais sobre algum assunto: rádio, automóveis ou tênis. Ela protestava de forma acalorada e ele a acusava de reagir com exagero. Billie ficava cada vez mais furiosa enquanto tentava fazê-lo entender o que havia de errado com sua atitude, e ele começava a se sentir uma testemunha hostil num julgamento. No calor da discussão, Billie exagerava ou fazia alguma afirmação absurda, ou dizia algo que sabia não ser verdadeiro. Então ele a acusava de falsidade e dizia que conversar com ela não levaria a nada, porque era capaz de dizer qualquer coisa para vencer uma discussão. Então ele ia embora, mais convencido do que nunca de que estava certo. Depois de alguns minutos ela ficava angustiada. Procurava-o, pedia para esquecerem tudo e voltarem a ser amigos. A princípio ele ficava inflexível, então ela dizia alguma coisa que o fazia rir e ele acabava cedendo.

Mas durante muito tempo Billie não foi ao hotel dele, e quando o beijava era apenas um casto roçar de lábios, sempre em locais públicos. Mesmo assim, um turbilhão de emoções a invadia sempre que o tocava, e ela sabia que não poderia avançar mais sem ir até o final.

O setembro ensolarado virou um outubro frio e Luke foi convocado para uma missão.

Recebeu a notícia numa sexta-feira à tarde. Estava esperando Billie no saguão do Prédio Q quando ela saiu, no fim do dia. Pelo rosto dele, ela viu que algo ruim havia acontecido.

– O que foi? – perguntou imediatamente.

– Vou voltar para a França.

Ela ficou consternada.

– Quando?

– Parto de Washington na segunda-feira de manhã. Bern também.

– Pelo amor de Deus, você já não fez sua parte?

– Não me importo com o perigo. Só não quero deixar você.

Lágrimas brotaram nos olhos de Billie. Ela engoliu em seco.

– Dois dias.

– Preciso fazer as malas.

– Eu ajudo.

Foram para o hotel.

Assim que passaram pela porta ela o agarrou pelo suéter, puxou-o para baixo e inclinou o rosto para ser beijada. Desta vez não houve nada de casto. Ela passou a ponta da língua pelos lábios dele, depois abriu a boca para receber a sua.

Tirou o casaco. Estava usando um vestido com listras verticais azuis e brancas e gola branca.

– Toque os meus seios – pediu.

Ele pareceu espantado.

– Por favor – implorou ela.

As mãos de Luke pousaram sobre os seios pequenos. Ela fechou os olhos e se concentrou na sensação.

Os dois se afastaram, e ela o encarou com avidez, memorizando seu rosto. Queria jamais se esquecer do azul específico dos olhos, da mecha de cabelos escuros que caía na testa, da curva do maxilar, da maciez dos lábios.

– Quero uma foto sua – disse. – Você tem?

– Não ando com fotos minhas – respondeu ele, rindo. Com um sotaque de Nova York, acrescentou: – Quem está achando que eu sou, o Frank Sinatra?

– Você deve ter uma foto sua em algum lugar.

– Devo ter alguma foto de família. Deixe-me procurar.

Ele foi para o quarto.

Ela o seguiu.

A velha bolsa de couro preto estava num suporte para malas. Devia estar naquele mesmo lugar durante aquelas quatro semanas, Billie supôs. Ele pegou uma moldura de prata que se abria como um livrinho. Dentro havia duas fotos, uma de cada lado. Luke tirou uma e entregou a ela.

Tinha sido tirada três ou quatro anos antes e mostrava um Luke mais jovem e mais pesado, com camisa polo. Com ele estava um casal mais velho, presumivelmente os pais, além de dois garotos gêmeos de cerca de 15 anos e uma menininha. Todos estavam em roupas de praia.

– Não posso ficar com isso, é a foto da sua família – disse Billie, mesmo querendo-a de todo o coração.

– Quero que você fique com ela. Esse sou eu, sou parte da minha família.

Era isso que Billie amava nele.

– Você a levou para a França?

– Levei.

A foto era tão importante para ele que Billie mal suportava privá-lo dela – mas isso a tornava ainda mais preciosa para ela.

– Mostre a outra – pediu.

– O quê?

– Há duas fotos naquela moldura.

Ele pareceu relutante, mas a abriu. A segunda foto tinha sido recortada do anuário de Radcliffe. Era uma foto de Billie.

– Você levou isso para a França também?

Ela mal conseguia respirar, a garganta apertada.

– Levei.

Billie irrompeu em lágrimas. Era insuportável. Ele havia recortado a foto dela do anuário e a carregado, junto com a foto da família, durante todo o tempo em que sua vida tinha corrido perigo. Billie não fazia ideia de que era tão importante para ele.

– Por que você está chorando? – perguntou Luke.

– Porque você me ama.

– É verdade. Eu tinha medo de dizer. Me apaixonei por você naquele fim de semana de Pearl Harbor.

A paixão dela se transformou em raiva.

– Como você pode dizer isso, seu desgraçado? Você me abandonou!

– Se nós dois tivéssemos ficado juntos na época, isso destruiria Anthony.

– Para o diabo Anthony! – Billie deu um soco no peito dele, mas Luke não pareceu sentir. – Como você pôde colocar a felicidade de Anthony à frente da minha, seu filho da puta?

– Seria desonroso.

– Mas você não vê? Nós poderíamos estar juntos há dois anos! – As lágrimas escorreram pelo rosto dela. – Agora só temos dois dias, só dois malditos dias!

– Então pare de chorar e me beije de novo.

Billie envolveu o pescoço dele com os braços e puxou sua cabeça para baixo. As lágrimas dela escorreram entre os lábios dos dois e entraram em suas bocas. Luke começou a abrir o vestido dela.

– Por favor, rasgue-o – disse ela, impaciente.

Ele puxou com força e os botões voaram, deixando o vestido aberto até a cintura. Outro puxão o abriu completamente. Ela o tirou e ficou apenas de calcinha e meias.

Ele pareceu solene.

– Tem certeza de que é isso que você quer?

Billie sentiu medo de ele ficar paralisado por dúvidas morais.

– Eu preciso, preciso, por favor, não pare! – gritou.

Luke a empurrou suavemente de costas para a cama. Ela se deitou e ele ficou por cima dela, apoiando o peso nos cotovelos. Encarou-a.

– Nunca fiz isso antes.

– Tudo bem – disse ela. – Eu também não.

...

A primeira vez acabou depressa, mas uma hora depois eles queriam de novo, e dessa vez demoraram mais. Billie revelou que queria fazer tudo, dar-lhe todo o prazer com que ele tivesse sonhado, realizar cada ato de intimidade sexual. Fizeram amor durante todo o fim de semana, frenéticos de desejo e tristeza, sabendo que poderiam jamais se ver de novo.

Depois de Luke ir embora na segunda-feira de manhã, Billie chorou durante dois dias.

Dois meses depois, descobriu que estava grávida.

18h30

Os cientistas só podem imaginar os extremos de calor e frio que o satélite sofrerá no espaço enquanto se move da escuridão profunda da sombra da Terra para a claridade do sol direto. Para suavizar os efeitos dessa mudança de temperatura, o cilindro é coberto parcialmente com óxido de alumínio brilhante, em tiras de 3 milímetros de largura, para refletir os raios escaldantes do sol, e isolado com fibra de vidro, para protegê-lo do frio extremo do espaço.

– Sim, nós namoramos – disse Billie enquanto desciam a escada.

A boca de Luke ficou seca. Imaginou-se segurando a mão dela, olhando seu rosto por cima de uma mesa à luz de velas. Sentiu-se culpado, sabendo que tinha uma esposa, mas não conseguia se lembrar dela, e Billie estava ali ao seu lado, falando animadamente, sorrindo e com um cheiro de sabonete perfumado.

Chegaram à porta do prédio e pararam.

– Nós estávamos apaixonados? – perguntou Luke olhando-a com intensidade, estudando sua expressão.

Até ali fora fácil ler o rosto dela, mas de repente o livro se fechou e ele só conseguia ver a capa em branco.

– Ah, claro – disse ela, e ainda que seu tom fosse leve, a voz estava levemente embargada. – Eu achava que você era o único homem do mundo.

Como ele podia ter deixado uma mulher daquela escapar? Parecia uma tragédia pior do que perder todas as memórias.

– Mas você descobriu que isso não era verdade.

– Agora tenho idade suficiente para saber que não existe príncipe encantado – retrucou ela –, só um monte de homens com mais ou menos defeitos. Às vezes eles usam armadura brilhante, mas ela sempre tem pontos enferrujados.

Luke queria saber tudo, cada detalhe, mas havia perguntas demais.

– Então você se casou com Bern.

– É.

– Como ele é?

– Inteligente. Um homem precisa ser inteligente. Caso contrário eu fico entediada. E forte, também, forte a ponto de me desafiar.

Ela deu o sorriso de alguém com o coração enorme.

– O que aconteceu de errado?

– Conflito de valores. Parece abstrato, mas Bern arriscou a vida pela causa da liberdade em duas guerras, a Guerra Civil Espanhola e depois a Segunda Guerra Mundial. E, para ele, a política estava acima de todo o resto.

Havia uma pergunta que Luke desejava fazer mais do que qualquer outra. Não conseguia pensar num modo delicado e casual, por isso perguntou com todas as letras:

– Você está namorando alguém agora?

– Estou. O nome dele é Harold Brodsky.

Luke se sentiu idiota. Claro que Billie tinha um namorado. Era uma mulher linda, divorciada, de 30 e poucos anos; os homens deviam fazer fila para sair com ela. Deu um sorriso triste.

– Ele é o príncipe encantado?

– Não, mas é inteligente, me faz rir e é louco por mim.

A inveja deu uma facada no coração de Luke. Que homem sortudo, pensou.

– E imagino que ele compartilhe os seus valores.

– Compartilha. A coisa mais importante da vida dele é o filho. Ele é viúvo. E depois disso vem o trabalho acadêmico.

– E qual é esse trabalho?

– A química do iodo. Eu sinto a mesma coisa a respeito do meu trabalho. – Billie sorriu. – Posso não ser mais fascinada pelos homens, mas acho que ainda sou idealista com relação a desvendar os mistérios da alma humana.

Isso trouxe Luke de volta à sua crise imediata. A lembrança foi como um golpe inesperado, chocante e doloroso.

– Eu gostaria que você pudesse desvendar o mistério da minha mente.

Billie franziu a testa, intrigada, e, apesar do peso dos seus problemas, Luke notou como ela ficava linda quando o nariz se enrugava.

– É estranho – disse Billie. – Talvez você tenha sofrido um dano craniano que não deixou traços visíveis, mas nesse caso é surpreendente não continuar com dor de cabeça.

– Não sinto nenhuma dor.

– Você não é alcoólatra nem viciado em drogas, dá para saber só de olhar. Se sofreu algum choque terrível ou estava sob estresse prolongado, eu provavelmente saberia, por você ou por nossos amigos em comum.

– E com isso resta...?

Ela balançou a cabeça.

– Você certamente não é esquizofrênico, de modo que não pode ter recebido a combinação de medicamentos e eletroterapia que poderia provocar...

Ela parou de repente, parecendo perplexa. Estava boquiaberta, com os olhos arregalados.

– O que foi? – perguntou Luke.

– Acabei de me lembrar de Joe Blow.

– Quem é ele?

– Joseph Bellow. O nome ficou na minha mente, porque achei que fosse inventado.

– E?

– Ele deu entrada no hospital ontem no fim da tarde, depois de eu ter saído. E recebeu alta de madrugada, o que foi muito estranho.

– O que havia de errado com ele?

– Era esquizofrênico. – Ela empalideceu. – Ah, merda.

Luke começou a entender o que Billie estava pensando.

– Então esse paciente...

– Vamos verificar a ficha dele.

Ela se virou e subiu correndo a escada. Os dois se apressaram pelo corredor e entraram numa sala onde estava escrito Sala de Registros. Não havia ninguém lá dentro. Billie acendeu a luz.

Abriu uma gaveta com a etiqueta "A-D", folheou o arquivo e puxou uma pasta.

– Homem branco, 1,85 de altura, 80 quilos, 37 anos – leu em voz alta.

A suposição de Luke se confirmou.

– Você acha que era eu.

Ela assentiu.

– O paciente recebeu o tratamento que provoca amnésia global.

– Meu Deus. – Luke ficou consternado e intrigado ao mesmo tempo. Se ela estava certa, alguém tinha feito aquilo com ele deliberadamente. E explicava por que ele fora seguido, presumivelmente por alguém que desejava garantir que o tratamento havia funcionado. – Quem fez isso?

– Meu colega, o Dr. Leonard Ross, recebeu o paciente. Len é psiquiatra. Eu gostaria de saber o motivo que ele deu para autorizar o tratamento. Normalmente um paciente deveria ser mantido sob observação durante algum tempo, em geral dias, antes de receber qualquer tratamento. E não consigo imaginar a justificativa médica para dar alta ao paciente logo depois, mesmo com o consentimento de parentes. Isso desobedece totalmente ao regulamento.

– Parece que Ross vai ficar encrencado.

Billie suspirou.

– Provavelmente não. Se eu reclamar, as pessoas vão me acusar de ressentimento. Vão dizer que estou com raiva porque ele foi escolhido para o cargo que eu queria, de diretora de pesquisas do hospital.

– Quando isso aconteceu?

– Hoje.

Luke ficou perplexo.

– Ross foi promovido *hoje*?

– É. Imagino que não seja coincidência.

– Claro que não! Ele foi subornado. Prometeram a promoção em troca de fazer esse tratamento irregular.

– Não acredito nisso. Quer dizer, acredito, sim. Ele é um fraco.

– Mas ele é instrumento de outra pessoa. Um superior na hierarquia do hospital deve tê-lo obrigado a fazer isso.

– Não. – Billie balançou a cabeça. – O grupo que injeta verba para esse cargo, a Fundação Sowerby, insistiu que Ross ficasse com a vaga. Meu chefe me contou. Não conseguimos deduzir por quê. Agora eu sei.

– Tudo se encaixa. Mas continua sendo espantoso. Alguém da Fundação queria que eu perdesse a memória?

– Posso imaginar quem. Anthony Carroll. Ele é do conselho.

O nome pareceu familiar a Luke. Ele lembrou que Anthony era o homem da CIA mencionado por Elspeth.

– Isso ainda não responde à pergunta: por quê?

– Mas agora temos a quem perguntar – disse Billie, e pegou o telefone.

Enquanto ela discava, Luke tentou organizar as ideias. Na última hora tivera uma série de choques. Ficara sabendo que não recuperaria a memória. Que tinha sido apaixonado por Billie e que a perdera, e não conseguia entender como podia ter sido tão idiota. Agora havia descoberto que sua amnésia fora causada deliberadamente e que alguém da CIA era responsável por isso. Mas ainda não fazia ideia do motivo.

– Preciso falar com Anthony Carroll – disse Billie ao telefone. – Aqui é a Dra. Josephson. – Seu tom era veemente. – Certo, então diga-lhe que preciso falar com ele urgentemente. – Ela olhou o relógio. – Peça para ele ligar para a minha casa exatamente daqui a uma hora. – Seu rosto ficou subitamente sombrio. – Não tente me enrolar, eu sei que você pode passar uma mensagem para ele a qualquer hora do dia ou da noite, onde quer que ele esteja. – Ela bateu o telefone.

Viu o olhar de Luke e pareceu sem graça.

– Desculpe – disse. – O sujeito falou: "Vou ver o que posso fazer." Como se estivesse me fazendo uma porcaria de um favor.

Luke se lembrou de Elspeth comentando que Anthony Carroll era um velho amigo que tinha estudado em Harvard com ele e Bern.

– Esse tal de Anthony... Eu achava que ele era meu amigo.

– É. – Billie assentiu com uma expressão preocupada. – Eu também.

19h30

O problema da temperatura é um obstáculo fundamental para o voo espacial tripulado. Para avaliar a eficácia do isolamento, o Explorer leva quatro termômetros: três no casco exterior, para medir a temperatura do invólucro, e um dentro do compartimento mecânico, para informar a temperatura interna. O objetivo é manter o nível entre 5 e 21 graus Celsius – uma variação confortável para a sobrevivência humana.

Bern morava na Massachusetts Avenue, com vista para o desfiladeiro do Rock Creek, num bairro de casarões e embaixadas. Seu apartamento tinha uma decoração ibérica, com ornamentados móveis coloniais espanhóis, formas retorcidas em madeira escura. As paredes brancas continham pinturas de paisagens ensolaradas. Luke se lembrou de Billie ter dito que Bern havia lutado na Guerra Civil Espanhola.

Era fácil imaginar Bern como um guerreiro. Seu cabelo escuro estava ficando ralo e a barriga pendia um pouco sobre o cinto, mas havia uma dureza em seu rosto e uma expressão sombria nos olhos cinzentos. Luke se perguntou se um homem tão franco e direto como ele acreditaria na história estranha que precisava contar.

Bern apertou calorosamente a mão de Luke e lhe deu um café forte numa xícara pequena. Sobre o console do gramofone havia uma foto com moldura prateada de um homem de meia-idade com uma camisa rasgada segurando um fuzil. Luke pegou-a.

– Largo Benito – explicou Bern. – O maior homem que já conheci. Lutei com ele na Espanha. Meu filho se chama Largo, mas Billie o chama de Larry.

Bern provavelmente considerava a guerra na Espanha o melhor tempo da vida dele. Luke se perguntou, com inveja, qual teria sido a melhor época de sua vida.

– Acho que devo ter lembranças incríveis de alguma coisa – disse, desanimado.

Bern o olhou incisivamente.

– Que diabo está acontecendo, meu velho?

Luke sentou-se e relatou o que ele e Billie tinham descoberto no hospital.

– O que eu acho que aconteceu é o seguinte – acrescentou. – Não sei se você vai acreditar, mas vou dizer mesmo assim, porque espero que você me dê alguma luz sobre esse mistério.

– Vou fazer o que puder.

– Eu cheguei a Washington na segunda-feira, logo antes do lançamento do foguete, para me encontrar com um general do Exército com algum objetivo misterioso que não quis contar a ninguém. Minha mulher estava preocupada comigo e ligou para Anthony, pedindo que ficasse de olho em mim. Eu e ele combinamos de tomar café da manhã juntos na terça-feira.

– Faz sentido. Anthony é o seu amigo mais antigo. Vocês já eram colegas de quarto quando eu os conheci.

– O que vou dizer agora é mais especulação que qualquer coisa. Eu me encontrei com Anthony para o café, antes de ir ao Pentágono. Ele pôs algo no meu café para me fazer dormir, depois me levou de carro ao Hospital Psiquiátrico de Georgetown. Deve ter dado um jeito de tirar Billie do caminho ou talvez tenha esperado até ela ir para casa no fim do dia. De qualquer modo, ele se certificou de que ela não me visse e me registrou com um nome falso. Usando a posição de conselheiro da Fundação Sowerby, convenceu Len a me dar drogas que destruíram minha memória.

Luke fez uma pausa, esperando que Bern dissesse que aquilo era ridículo, impossível, invenção de uma imaginação fértil. Mas ele não fez isso. Para surpresa de Luke, Bern disse simplesmente:

– Pelo amor de Deus, por quê?

Luke começou a sentir-se melhor. Se Bern acreditasse nele, poderia ajudar.

– Por enquanto vamos nos concentrar em como, e não em por quê.

– Está bem.

– Para encobrir os rastros, ele me tirou do hospital, me vestiu com roupas esfarrapadas, presumivelmente enquanto eu ainda estava inconsciente por conta das drogas, e me largou na Union Station, junto com um colega cujo serviço era me convencer de que eu vivia daquele jeito, e ao mesmo tempo ficar de olho em mim e garantir que a amnésia tinha dado certo.

Agora Bern parecia cético.

– Mas ele devia saber que você descobriria a verdade cedo ou tarde.

– Não necessariamente. Não toda a verdade, pelo menos. Claro, ele precisava calcular que, depois de alguns dias ou semanas, eu descobriria minha identidade. Mas achou que eu ainda acreditaria que tinha tido uma bebedeira. Algumas pessoas têm amnésia quando bebem demais, pelo menos é o que dizem. Se eu achasse difícil acreditar e começasse a fazer perguntas por aí, não descobriria nada. Billie provavelmente teria se esquecido do paciente misterioso, e Ross teria destruído os registros.

Bern assentiu, pensativo.

– É um plano arriscado, mas com boa chance de sucesso. No serviço clandestino geralmente isso é o melhor que se pode esperar.

– Fico surpreso por você não estar mais cético.

Bern deu de ombros.

– Você tem algum motivo para aceitar essa história com tanta facilidade? – pressionou Luke.

– Todos nós fizemos trabalho secreto. Essas coisas acontecem.

Luke teve certeza de que Bern estava escondendo alguma coisa. Não podia fazer nada além de implorar.

– Bern, se há mais alguma coisa que você saiba, pelo amor de Deus, diga. Eu preciso de toda a ajuda que puder conseguir.

Bern pareceu angustiado.

– Há uma coisa. Mas é segredo, e não quero deixar ninguém encrencado.

O coração de Luke deu um salto de esperança.

– Diga, por favor. Estou desesperado.

Bern olhou-o com intensidade.

– Acho que está, mesmo. – Respirou fundo. – Certo, lá vai. Perto do fim da guerra, Billie e Anthony trabalharam num projeto especial do OSS, o Comitê do Soro da Verdade. Na época você e eu não sabíamos disso, mas descobri mais tarde, quando me casei com Billie. Eles estavam procurando drogas para usar em prisioneiros interrogados. Fizeram testes com mescalina, barbituratos, escopolamina e *cannabis*. Os testes eram feitos em soldados supostamente simpatizantes do comunismo. Billie e Anthony foram para campos militares em Atlanta, Memphis e Nova Orleans. Ganhavam a confiança do soldado suspeito, davam um baseado a ele e esperavam para ver se ele entregaria os segredos.

Luke riu.

– Então um bocado de soldados ganhou um barato de graça!

Bern assentiu.

– Naquele ponto a situação toda era meio cômica. Depois da guerra, Billie voltou para a faculdade e escreveu sua dissertação de doutorado sobre os efeitos de várias drogas legais, como a nicotina, no estado mental das pessoas. Quando finalmente se tornou professora, continuou a trabalhar na mesma área, concentrando-se em como as drogas e outros fatores afetavam a memória.

– Não para a CIA.

– Era o que eu pensava. Mas estava errado.

– Meu Deus.

– Em 1950, quando Roscoe Hillenkoetter era diretor, a Agência começou um projeto com o codinome Bluebird, e Hillenkoetter autorizou o uso de verbas não registradas, de modo que não houvesse rastros em forma de documentos. Eles financiaram toda uma série de pesquisas legítimas em universidades, canalizando o dinheiro através de fundações para esconder a fonte verdadeira. E financiaram o trabalho de Billie.

– O que ela achava dessas coisas todas?

– Brigávamos muito por causa disso. Eu dizia que era errado, que a CIA estava planejando fazer lavagem cerebral nas pessoas. Ela dizia que todo conhecimento científico podia ser usado para o bem ou para o mal, que estava fazendo uma pesquisa valiosa e que não se importava com quem pagasse a conta.

– Foi por isso que vocês se divorciaram?

– Mais ou menos. Eu estava escrevendo um programa de rádio chamado *História de Detetive*, mas queria fazer cinema. Em 1952, escrevi um roteiro sobre uma agência secreta do governo que fazia lavagem cerebral em pessoas que não suspeitavam de nada. Jack Warner comprou o roteiro. Mas eu não contei a Billie.

– Por quê?

– Eu sabia que a CIA faria com que o filme fosse cancelado.

– Eles podem fazer isso?

– Pode apostar a sua vida que sim. – O filme foi lançado em 1953. Frank Sinatra fez o papel do cantor de boate que testemunha um assassinato político, depois tem a memória apagada por um processo secreto. Joan Crawford interpretou a agente dele. Foi um sucesso enorme. Minha carreira estava feita: recebi uma avalanche de ofertas milionárias por parte dos estúdios.

– E Billie?

– Eu a levei à estreia.

– Imagino que ela tenha ficado com raiva.

Bern deu um sorriso triste.

– Ela ficou enlouquecida, me acusou de ter usado informações confidenciais que soube por ela. Teve certeza de que a CIA iria cancelar suas verbas, arruinar sua pesquisa. Foi o fim do nosso casamento.

– Foi isso que Billie quis dizer quando falou que vocês tiveram um conflito de valores.

– Ela está certa. Billie deveria ter se casado com você. Nunca entendi direito por que ela não fez isso.

O coração de Luke parou de bater. Ele ficou curioso para saber por que Bern tinha dito aquilo. Mas deixou a pergunta para depois.

– De qualquer modo, voltando a 1953, presumo que a CIA não tenha cancelado as verbas dela.

– Não. – Bern soou amargurado. – Em vez disso, destruíram minha carreira.

– Como?

– Fui submetido a uma investigação de lealdade. Claro, eu tinha sido comunista até o fim da guerra, por isso era um alvo fácil. Fui incluído na lista negra de Hollywood e não consegui de volta nem o trabalho no rádio.

– Qual foi o papel de Anthony nisso?

– Segundo Billie, ele fez o máximo para me proteger, mas foi voto vencido. – Bern franziu a testa. – Depois do que você acabou de me contar, fico imaginando se isso era verdade.

– O que você fez?

– Passei por alguns anos ruins, depois pensei em *Os gêmeos terríveis*.

Luke ergueu uma sobrancelha.

– É uma série de livros infantis. – Ele apontou para uma estante. As capas brilhantes faziam um borrão de cor. – Você inclusive já os leu, para o filho da sua irmã.

Luke ficou feliz por ter um sobrinho – ou talvez vários. Gostava da ideia de ler em voz alta para eles.

Havia coisas demais que precisava descobrir sobre si mesmo.

Fez um gesto com a mão indicando o apartamento caro.

– Os livros devem fazer sucesso.

Bern assentiu.

– Escrevi a primeira história sob pseudônimo e usei um agente solidário às vítimas da caça às bruxas de McCarthy. O livro virou um best-seller e desde então escrevi dois por ano.

Luke se levantou e pegou um livro na estante e leu: "O que é mais grudento? Mel ou chocolate derretido? Os gêmeos precisavam saber. Por isso fizeram a experiência que deixou sua mãe tão furiosa."

Sorriu. Podia imaginar crianças adorando esse tipo de coisa. Depois ficou triste.

– Elspeth e eu não temos filhos.

– Não sei por quê. Você sempre quis tanto...

– Tentamos, mas não conseguimos. – Luke fechou o livro. – Eu sou feliz no casamento?

Bern suspirou.

– Já que você perguntou... Não.

– Por quê?

– Havia alguma coisa errada, mas você não sabia o que era. Uma vez ligou para mim, para pedir conselhos, mas não consegui ajudar.

– Agora há pouco você disse que Billie deveria ter se casado comigo.

– Vocês dois eram loucos um pelo outro.

– E o que aconteceu?

– Realmente não sei. Depois da guerra vocês tiveram uma briga enorme. Não sei muito bem sobre o que foi.

– Preciso perguntar a Billie.

– Acho que sim.

Luke recolocou o livro na estante.

– De qualquer modo, agora entendi por que você não reagiu com incredulidade total à minha história.

– É. Acho que Anthony fez isso.

– Consegue imaginar por quê?

– Não faço a mínima ideia.

20H

Se as variações de temperatura forem maiores do que o esperado, é possível que os transistores de germânio sobreaqueçam, que as baterias de mercúrio congelem e que o satélite não consiga transmitir os dados de volta para a Terra.

Billie estava sentada diante da penteadeira, retocando a maquiagem. Achava que os olhos eram sua melhor característica e sempre dedicava atenção especial a eles, usando delineador preto, sombra cinza e um pouco de rímel. Tinha deixado a porta do quarto aberta e agora ouvia tiros no aparelho de TV lá embaixo: Larry e Becky-Ma estavam assistindo ao seriado *Caravana*.

Não estava com vontade de sair. Os acontecimentos do dia tinham despertado sentimentos fortes. Estava furiosa por não ter conseguido o cargo que desejava, perplexa com o que Anthony havia feito e confusa e ameaçada por descobrir que a antiga química entre ela e Luke continuava poderosa e perigosa como sempre. Pegou-se repensando em seu relacionamento com Anthony, Luke, Bern e Harold, imaginando se tinha tomado as decisões certas na vida. Depois de tudo o que havia acontecido, a perspectiva de passar a noite assistindo a *Kraft Theater* na TV com Harold parecia sem graça, por mais que ela gostasse dele.

O telefone tocou.

Ela pulou do banco e atravessou o quarto até a extensão junto da cama, mas Larry já havia atendido no corredor. Ela escutou a voz de Anthony dizer:

– Aqui é da CIA. Washington está prestes a ser invadida por um exército de repolhos saltadores.

Larry riu.

– Tio Anthony, é você!

– Se um repolho se aproximar de você, não tente argumentar com ele. Repito: não tente argumentar com ele.

– Repolhos não falam!

– O único modo de enfrentá-los é matando-os a pancadas usando fatias de pão.

– Você está inventando isso! – exclamou Larry, gargalhando.

– Anthony, estou na extensão – interrompeu Billie.

– Vá vestir seu pijama, está bem, Larry? – disse Anthony.

– Está bem – respondeu Larry, e desligou.

A voz de Anthony mudou.

– Billie?

– Estou aqui.

– Você pediu que eu ligasse, com urgência. Imagino que tenha dado um ataque com o funcionário de serviço.

– É. Anthony, que diabo você está aprontando?

– Você precisaria fazer uma pergunta mais específica...

– Não me enrole, pelo amor de Deus. Eu percebi que você estava mentindo na última vez que nos falamos, mas na hora eu não sabia o que estava acontecendo. Agora sei. Sei o que você fez com Luke no meu hospital ontem à noite.

Houve silêncio.

– Quero uma explicação – exigiu Billie.

– Não posso falar sobre isso pelo telefone. Se pudermos nos encontrar daqui a uns dias...

– Para o inferno. – Ela não deixaria que ele adiasse. – Quero que você me conte agora mesmo.

– Você sabe que eu não posso...

– Você pode fazer absolutamente tudo o que quiser, então não finja que não pode.

– Você deveria confiar em mim – protestou Anthony. – Somos amigos há vinte anos.

– É, e você me colocou numa baita encrenca no nosso primeiro encontro.

A voz de Anthony estava divertida quando ele disse:

– Ainda está com raiva por causa daquilo?

Billie relaxou um pouco.

– Claro que não. Quero confiar em você. Você é padrinho do meu filho.

– Vamos nos encontrar amanhã e eu explico tudo.

Ela quase concordou, mas depois se lembrou do que ele tinha feito.

– Você não confiou em mim ontem à noite, não foi? Agiu pelas minhas costas, no meu hospital.

– Eu disse que posso explicar...

– Você deveria ter explicado *antes* de me enganar. Diga a verdade ou vou procurar o FBI assim que desligar o telefone. Pode escolher.

Era perigoso ameaçar homens – isso os deixava obstinados. Mas ela sabia como a CIA odiava e temia interferências do FBI, sobretudo quando a Agência estava atuando além dos limites da legalidade, ou seja, na maior parte do tempo. Os agentes federais, que resguardavam com ciúme seu direito exclusivo de caçar espiões dentro dos Estados Unidos, adorariam a chance de investigar atos ilegítimos por parte da CIA em solo americano. Se o que Anthony estava fazendo estivesse estritamente dentro da legalidade, a ameaça de Billie era vazia. Mas se ele estivesse ultrapassando os limites da lei, ficaria com medo.

Ele suspirou.

– Bom, eu estou num telefone público e suponho que seja improvável que sua linha esteja grampeada. – Fez uma pausa. – Talvez você ache isso difícil de acreditar.

– Tente.

– Bom, aí vai. Luke é um espião, Billie.

Por um momento ela ficou perplexa. Depois, disse:

– Não seja ridículo.

– Ele é comunista, um agente de Moscou.

– Pelo amor de Deus! Se você acha que vou acreditar nisso...

– Não estou nem aí se você acredita ou não. – De repente o tom de Anthony ficou áspero. – Há anos ele vem revelando segredos sobre foguetes para os soviéticos. Como você acha que eles conseguiram colocar o *Sputnik* em órbita enquanto o nosso satélite ainda estava na bancada do laboratório? Eles não estão cientificamente à nossa frente, pelo amor de Deus! Eles estão contando com todas as nossas pesquisas, além das deles. E Luke é o responsável.

– Anthony, nós dois conhecemos Luke há vinte anos. Ele nunca se interessou por política!

– Esse é o melhor disfarce de todos.

Billie hesitou. Seria verdade? Sem dúvida um espião esperto fingiria não ter interesse em política, nem mesmo em ser republicano.

– Mas Luke não trairia seu país.

– As pessoas fazem isso. Lembre-se de que, quando ele estava com a Resistência francesa, trabalhou com os comunistas. Claro, na época eles estavam do nosso lado, mas obviamente ele continuou depois da guerra. Na minha opinião, o motivo para ele não ter se casado com você foi porque isso entraria em conflito com o serviço dele junto aos soviéticos.

– Ele se casou com Elspeth.

– É, mas os dois nunca tiveram filhos.

Billie sentou-se na escada, atônita.

– Você tem alguma prova do que está falando?

– Eu tenho provas, no plural: plantas secretas que ele deu a um conhecido oficial da KGB.

Agora Billie estava perplexa, sem saber em que acreditar.

– Mas mesmo que tudo isso seja verdade, por que você apagou a memória dele?

– Para salvar a vida dele.

Agora ela estava completamente atarantada.

– Não entendi.

– Billie, nós íamos matá-lo.

– Quem ia matá-lo?

– Nós, a CIA. Você sabe que o Exército está para lançar nosso primeiro satélite. Se esse foguete fracassar, os russos dominarão o espaço sideral num futuro próximo, assim como os ingleses dominaram a América do Norte por duzentos anos. Você precisa entender que Luke era a pior ameaça ao poder e ao prestígio dos Estados Unidos desde a guerra. A decisão de eliminá-lo foi tomada uma hora depois de descobrirmos sobre ele.

– Por que não julgá-lo simplesmente como espião?

– E fazer com que o mundo inteiro saiba que nossa segurança é tão fraca que os soviéticos têm acesso a todos os nossos segredos sobre foguetes há anos? Pense no que isso faria com a influência americana, especialmente em todos os países subdesenvolvidos que estão flertando com Moscou. Essa opção nem foi considerada.

– Então o que aconteceu?

– Eu os convenci a fazer essa tentativa. Fui direto ao topo. Ninguém sabe o que estou fazendo, a não ser o diretor da CIA e o presidente. E teria dado certo se Luke não fosse um filho da mãe tão cheio de recursos. Eu poderia tê-lo salvado *e* mantido a situação toda em segredo. Se ao menos ele tivesse acreditado que perdeu a memória depois de uma noite de bebedeira e ficasse vivendo como mendigo por algum tempo, eu conseguiria ter mantido tudo sob controle. Nem ele saberia quais segredos entregou.

Billie teve um momento de egoísmo.

– Você não hesitou em prejudicar minha carreira.

– Para salvar a vida de Luke? Achei que você não iria querer que eu hesitasse.

– Não seja tão blasé, esse sempre foi o seu pior defeito.

– De qualquer modo, Luke estragou meu plano. Com a sua ajuda. Ele está com você agora?

– Não.

Billie sentiu os pelos da nuca se eriçarem.

– Preciso falar com ele antes que ele provoque mais algum dano. Onde ele está?

Instintivamente, Billie mentiu:

– Não sei.

– Você não esconderia nada de mim, não é?

– Claro que esconderia. Você já disse que sua organização queria matar Luke. Seria idiotice minha dizer onde ele está, se eu soubesse. Mas não sei.

– Billie, escute. Eu sou a única esperança dele. Se quiser salvar a vida dele, peça para ele me ligar.

– Vou pensar – disse ela, mas Anthony já havia desligado.

20H30

O compartimento mecânico não tem portas nem escotilhas de acesso. Para trabalhar com o equipamento interno, os engenheiros em Cabo Canaveral precisam levantar toda a cobertura. Isso é incômodo, mas poupa um peso precioso, fator crítico na luta para se livrar da gravidade da Terra.

Luke pousou o telefone com a mão trêmula.
– Pelo amor de Deus, o que ela falou? – perguntou Bern. – Você está pálido como um fantasma!
– Anthony disse que eu sou um agente soviético.
Bern estreitou os olhos.
– E...?
– Quando a CIA descobriu, eles iam me matar, mas Anthony os convenceu de que seria igualmente eficaz apagar minha memória.
– É uma história vagamente possível – comentou Bern com calma.
Luke estava arrasado.
– Meu Deus, será que é verdade?
– Claro que não.
– Você não pode ter certeza.
– Posso, sim.
Luke mal ousava ter esperanças.
– Por quê?
– Porque eu *fui* um agente soviético.
Luke o encarou. E agora aquilo?
– Nós dois poderíamos ter sido agentes, sem que um soubesse do outro – disse.
Bern balançou a cabeça.
– Você acabou com a minha carreira.
– Como?
– Quer mais um café?
– Não, obrigado, estou ficando tonto.
– Você está péssimo. Quando foi a última vez que comeu?
– Billie me deu uns biscoitos. Esqueça isso, está bem? Diga o que sabe.
Bern se levantou.

– Vou fazer um sanduíche, antes que você desmaie.

Luke percebeu que estava faminto.

– Parece ótimo.

Foram para a cozinha. Bern abriu a geladeira e pegou um pacote de pão de centeio, mostarda, um pouco de carne enlatada e uma cebola. Luke começou a salivar.

– Foi na guerra – começou Bern enquanto passava manteiga em quatro fatias de pão. – A Resistência francesa estava dividida entre degaullistas e comunistas, e eles manobravam pela posição no pós-guerra. Roosevelt e Churchill queriam garantir que os comunistas não ganhassem uma eleição. Assim, os degaullistas estavam recebendo todas as armas e munições.

– O que eu achava disso?

Bern alternou camadas de carne enlatada, mostarda e cebola entre as fatias de pão.

– Você não tinha opiniões definidas com relação à política francesa. Só queria derrotar os nazistas e ir para casa. Mas eu tinha outro objetivo. Queria equilibrar as coisas.

– Como?

– Informei aos comunistas sobre um material bélico que estávamos esperando e que chegaria por paraquedas, de modo que eles pudessem nos emboscar e roubar tudo. – Ele balançou a cabeça, pesaroso. – Eles fizeram uma merda gigantesca. Deveriam esbarrar conosco quando estivéssemos voltando para a base, aparentemente por acaso, e exigir uma divisão amigável. Em vez disso, nos atacaram no ponto de entrega assim que o material bateu no chão. Aí você soube que tínhamos sido traídos, e eu era o suspeito óbvio.

– O que eu fiz?

– Me ofereceu um acordo. Eu precisava parar de trabalhar para Moscou imediatamente e você nunca contaria a ninguém o que eu tinha feito.

– E...?

Bern deu de ombros.

– Nós dois cumprimos a promessa. Mas não creio que você tenha me perdoado. Depois daquilo nossa amizade nunca mais foi a mesma.

Um gato siamês cinza apareceu do nada e miou, e Bern jogou um pedaço de carne no chão. O gato comeu delicadamente e lambeu as patas.

– Se eu fosse comunista, teria acobertado você – observou Luke.

– Com certeza.

Luke começou a acreditar na própria inocência.

– Mas eu posso ter virado comunista depois da guerra.

– De jeito nenhum. É algo que acontece quando a pessoa é jovem ou não acontece mais.

Fazia sentido.

– Posso ter me tornado espião em troca de dinheiro.

– Você não precisa de dinheiro. Sua família é rica.

Era verdade. Elspeth havia lhe dito isso.

– Então Anthony está enganado.

– Ou mentindo. – Bern partiu os sanduíches e os colocou em dois pratos diferentes um do outro. – Refrigerante?

– Sim.

Bern pegou duas garrafas de Coca-Cola na geladeira e as abriu. Entregou a Luke um prato e uma garrafa, pegou os seus e voltou para a sala à frente dele.

Luke sentia-se como um lobo faminto. Terminou o sanduíche em poucas mordidas. Bern ficou olhando, divertido.

– Aqui, tome o meu – disse.

Luke balançou a cabeça.

– Não, obrigado.

– Ande, pode pegar. Estou mesmo precisando fazer dieta.

Luke pegou o sanduíche de Bern e o devorou.

– Se Anthony está mentindo – disse Bern –, qual é o *verdadeiro* motivo para ele fazer com que você perdesse a memória?

Luke engoliu.

– Deve ter a ver com minha partida súbita de Cabo Canaveral na segunda-feira.

Bern assentiu.

– Caso contrário, seria coincidência demais.

– Eu devo ter descoberto alguma coisa muito importante, tão importante que precisei correr para o Pentágono, para contar a eles.

Bern franziu a testa.

– Por que você não contou o que descobriu ao pessoal em Cabo Canaveral?

Luke pensou.

– Deve ser porque não confiava em ninguém lá.

– Certo. Então, antes de você ir ao Pentágono, Anthony o interceptou.

– Isso. Talvez eu tenha confiado nele e contado o que tinha descoberto.

– E aí?

– Ele achou a informação tão importante que precisou apagar minha memória para garantir que o segredo não fosse revelado.

– Fico imaginando o que diabo seria.

– Quando eu descobrir, vou entender o que aconteceu comigo.

– Por onde você pretende começar?

– Acho que o primeiro passo é ir ao meu quarto de hotel e olhar minhas coisas. Talvez encontre uma pista.

– Se Anthony apagou sua memória, deve ter examinado suas coisas também.

– Ele teria destruído qualquer pista óbvia, mas pode haver algo que ele não tenha achado relevante. De qualquer modo, preciso verificar.

– E depois?

– O único outro local para olhar seria em Cabo Canaveral. Vou voltar para lá hoje à noite... – Ele olhou o relógio. Passava das nove horas. – Ou amanhã de manhã.

– Venha dormir aqui.

– Por quê?

– Não sei. Não gosto da ideia de você ficar sozinho à noite. Vá ao Carlton, pegue suas coisas e volte para cá. Eu o levo ao aeroporto de manhã.

Luke assentiu.

– Você está sendo um grande amigo – disse, sem jeito.

Bern deu de ombros.

– Nós nos conhecemos há muito tempo.

Luke não aceitou o argumento:

– Você acabou de dizer que depois daquele incidente na França nossa amizade nunca mais foi a mesma.

– É verdade. – Bern lhe deu um olhar sincero. – Sua atitude foi a de que se alguém o traía uma vez, não teria a chance de trair duas.

– Acredito – disse Luke, pensativo. – Mas eu estava errado, não é?

– É. Estava.

21h30

O compartimento mecânico costuma superaquecer antes do lançamento. A solução desse problema é característica da grosseira porém eficaz engenharia do projeto Explorer, *feito às pressas. Um recipiente de gelo seco é preso eletromagneticamente à parte de fora do foguete. Um termostato aciona um ventilador sempre que o compartimento aquece. Logo antes do lançamento o ímã é desconectado e o mecanismo de resfriamento cai no chão.*

O Cadillac Eldorado amarelo de Anthony estava parado na K Street entre a 15th e a 16th, atrás de uma fila de táxis esperando para ser chamados pelo porteiro do Carlton. Dentro do carro, Anthony tinha uma visão clara da entrada de veículos em curva e do pórtico iluminado. Pete estava no hotel, no quarto que tinha reservado, esperando um telefonema de um dos agentes que procuravam Luke por toda a cidade.

Uma parte de Anthony esperava que nenhum deles ligasse, que de algum modo Luke escapasse. Assim, pelo menos, Anthony poderia evitar a decisão mais dolorosa de sua vida. Já outra parte dele estava desesperada para descobrir o paradeiro de Luke e lidar com ele.

Luke era um velho amigo, um homem bom, marido fiel e cientista fantástico. No fim das contas, isso não fazia diferença. Durante a guerra todos tinham matado homens bons que calhavam de estar do lado errado. Na Guerra Fria, Luke estava do lado errado. O que tornava tudo tão difícil era o fato de conhecê-lo.

Pete saiu apressado do prédio. Anthony baixou a janela.

– Ackie ligou – disse Pete. – Luke está no apartamento de Bernard Rothsten, na Massachusetts Avenue.

– Até que enfim – retrucou Anthony.

Tinha posicionado agentes do lado de fora do prédio de Bern e da casa de Billie, prevendo que Luke poderia procurar a ajuda dos velhos amigos, e teve uma satisfação lúgubre por estar certo.

– Quando ele sair, Ackie vai segui-lo de moto – acrescentou Pete.

– Ótimo.

– Você acha que ele vem para cá?

– Talvez. Vou esperar. – Havia mais dois agentes no saguão do hotel, que alertariam Anthony caso Luke entrasse por outra porta. – A outra grande possibilidade é o aeroporto.

– Temos quatro homens lá.

– Certo. Acho que cobrimos todas as rotas de fuga.

Pete assentiu.

– Vou voltar ao telefone.

Anthony pensou no que aconteceria em seguida. Luke devia estar confuso e inseguro, cauteloso mas ansioso para fazer perguntas a Anthony. Anthony tentaria ficar a sós com ele em algum lugar. Assim que isso acontecesse, depois de apenas alguns segundos Anthony teria a chance de sacar a arma do bolso interno do sobretudo.

Luke faria uma última tentativa desesperada para salvar a própria vida. Não era de sua natureza aceitar a derrota. Ele pularia em cima de Anthony, mergulharia pela janela ou correria para a porta. Anthony manteria a frieza. Já tinha matado antes, e controlaria o nervosismo. Seguraria a arma com firmeza e puxaria o gatilho, apontando para o peito de Luke e disparando várias vezes, certo de que iria pará-lo. Luke cairia. Anthony chegaria mais perto dele, verificaria a pulsação e, se necessário, daria o golpe de misericórdia. E assim seu velho amigo estaria morto.

Não haveria nenhum problema com relação a isso. Anthony tinha a prova dramática da traição de Luke, as plantas com anotações feitas com a letra dele. Anthony na verdade não podia provar que elas tinham sido tiradas de um agente soviético, mas sua palavra bastava para a CIA.

Abandonaria o corpo em algum lugar. Ele seria encontrado, claro, e haveria uma investigação. Cedo ou tarde a polícia descobriria que a CIA estivera interessada na vítima e começaria a fazer perguntas. Mas a Agência tinha experiência em se livrar de suspeitas. Diriam à polícia que a ligação da CIA com a vítima era assunto de segurança nacional e, portanto, altamente confidencial, mas que não tinha nada a ver com o assassinato.

Qualquer um que questionasse isso – policial, jornalista, político – seria alvo de uma investigação de lealdade. Amigos, vizinhos e parentes seriam interrogados por agentes que se refeririam de modo sombrio a suspeitas de afiliação ao comunismo. A investigação jamais seria concluída, mas mesmo assim destruiria a credibilidade da pessoa.

Uma agência secreta podia fazer qualquer coisa, pensou com uma confiança repulsiva.

Um táxi parou na entrada do hotel e Luke saiu. Usava um sobretudo azul-marinho e chapéu cinza, que devia ter comprado ou roubado durante o dia. Do outro lado da rua, Ackie Horwitz chegou em sua moto. Anthony saiu do carro e foi para a entrada do hotel.

Luke parecia exausto, mas tinha uma expressão determinada. Depois de pagar o taxista, olhou para Anthony, mas não o reconheceu. Disse ao motorista para ficar com o troco e depois entrou no hotel. Anthony o seguiu.

Os dois tinham a mesma idade, 37 anos. Tinham se conhecido em Harvard aos 18, mais da metade da vida antes.

Era espantoso que a situação tivesse chegado àquele ponto, pensou Anthony. Que tivesse chegado àquele ponto.

...

Luke sabia que tinha sido seguido desde o prédio de Bern por um homem numa moto. Agora estava tenso, com todos os nervos em alerta.

O saguão do Carlton parecia uma sala de estar grandiosa, cheia de reproduções de móveis franceses. Na direção da entrada, o balcão de recepção e o do concierge ficavam em alcovas de modo a não estragar o retângulo perfeito do espaço. Duas mulheres com casaco de pele conversavam com um grupo de homens de smoking perto da entrada do bar. Carregadores usando libré e recepcionistas de casaca preta trabalhavam com eficiência silenciosa. Era um lugar luxuoso, projetado para acalmar os nervos de viajantes irritados. Não adiantou para Luke.

Examinando o salão, rapidamente identificou dois homens que pareciam agentes. Um deles estava sentado num sofá elegante lendo um jornal, o outro estava de pé junto ao elevador, fumando um cigarro. Nenhum dos dois parecia pertencer ao lugar. Estavam com roupas de trabalho – capa de chuva e terno –, e havia um ar diurno nas camisas e gravatas. Definitivamente não tinham saído para uma noitada em restaurantes e bares caros.

Pensou em sair de novo imediatamente – mas como isso iria ajudá-lo? Aproximou-se da recepção, disse seu nome e pediu a chave de seu quarto. Enquanto se virava, foi abordado por um estranho.

– Ei, Luke! – falou o sujeito.

Era o homem que tinha entrado no hotel atrás dele. Não aparentava ser um agente, mas Luke havia notado vagamente suas características: era alto, mais ou menos da altura de Luke, e podia parecer distinto, só que estava vestido com descuido. O caro sobretudo de pelo de camelo era velho e estava gasto, os sapatos pareciam jamais ter sido engraxados e ele precisava cortar o cabelo. Mas falava com autoridade.

– Infelizmente não sei quem você é – disse Luke. – Perdi a memória.

– Anthony Carroll. Que bom que finalmente encontrei você! – exclamou ele, estendendo a mão para Luke apertar.

Luke ficou tenso. Não sabia se Anthony era amigo ou inimigo. Apertou a mão dele.

– Tenho um monte de perguntas para você – falou.

– E estou pronto para responder a todas.

Luke parou, encarando-o, imaginando por onde começar. Anthony não parecia o tipo de homem que trairia um velho amigo. Tinha um rosto franco e inteligente; não era bonito, mas sem dúvida era interessante. Finalmente, Luke perguntou:

– Por que diabo você fez isso comigo?

– Precisei fazer – respondeu Anthony. – Para o seu próprio bem. Eu estava tentando salvar a sua vida.

– Não sou um espião.

– Não é tão simples assim.

Luke examinou Anthony, tentando adivinhar o que estaria se passando na mente dele. Não conseguia decidir se ele estava dizendo a verdade. Anthony parecia sincero. Não havia sinal de malícia em seu rosto. Mesmo assim, Luke teve certeza de que ele estava escondendo alguma coisa.

– Ninguém acredita na sua história, de que eu trabalhava para Moscou.

– Ninguém quem?

– Nem Bern nem Billie.

– Eles não sabem de tudo.

– Eles me conhecem.

– Eu também conheço.

– O que você sabe que eles dois não sabem?

– Vou lhe contar. Mas não podemos conversar aqui. O que tenho para dizer é confidencial. Vamos ao meu escritório? Fica a cinco minutos daqui.

Luke não iria ao escritório de Anthony com ele, não antes que várias perguntas fossem respondidas de modo satisfatório. Mas podia ver que o saguão não era um bom local para uma conversa altamente confidencial.

– Vamos ao meu quarto – disse.

Isso iria afastá-lo dos outros agentes mas o deixaria no controle: Anthony não conseguiria dominá-lo sozinho.

Anthony hesitou, depois pareceu se decidir.

– Está bem.

Atravessaram o saguão e entraram no elevador. Luke verificou o número de seu quarto na chave: 530.

– Quinto andar – disse ao ascensorista.

O homem fechou a porta e virou a alavanca.

Subiram em silêncio. Luke olhou as roupas de Anthony: o sobretudo velho, o terno amarrotado, a gravata comum. Surpreendentemente, Anthony conseguia usar as roupas desalinhadas com uma espécie de insolência despreocupada.

De repente Luke viu que o tecido macio do sobretudo afundava ligeiramente do lado direito. Havia um objeto pesado no bolso.

Sentiu um frio de medo. Tinha cometido um erro grave.

Não havia pensado que Anthony estaria armado.

Tentando manter o rosto inexpressivo, pensou freneticamente. Será que Anthony poderia atirar nele ali mesmo no hotel? Se esperasse até chegarem ao quarto, ninguém veria. E o barulho? A arma podia ter um silenciador.

Quando o elevador parou no quinto andar, Anthony desabotoou o sobretudo.

Para sacar depressa, pensou Luke.

Saíram. Luke não sabia para que lado ir, mas Anthony virou à direita, confiante. Já devia ter estado em seu quarto.

Luke suava dentro do sobretudo. Sentia que esse tipo de coisa já lhe havia acontecido antes, mas muito tempo atrás. Desejou ter ficado com a arma do policial cujo dedo tinha quebrado. Mas às nove horas da manhã não fazia ideia das coisas em que estava envolvido – achava que tinha simplesmente perdido a memória.

Tentou se obrigar a ficar calmo. Ainda era um homem contra outro. Anthony estava com a arma, mas Luke tinha adivinhado as intenções dele. A situação estava mais ou menos equilibrada.

Seguindo pelo corredor com o coração disparado, procurou alguma coisa com a qual acertar Anthony: um vaso pesado, um cinzeiro de vidro, uma pintura com moldura rígida. Não havia nada.

Precisava fazer alguma coisa antes de entrarem no quarto.

Será que podia tentar desarmar Anthony? Talvez conseguisse, mas era arriscado. A arma poderia disparar facilmente durante a luta, e era impossível saber para que direção ela estaria apontada no momento crucial.

Chegaram à porta e Luke pegou a chave. Uma gota de suor escorreu por seu rosto. Se entrasse, estaria morto.

Destrancou a porta e a abriu.

– Pode entrar – disse, ficando de lado para Anthony passar primeiro.

Anthony hesitou, então passou por Luke.

Luke enganchou o pé no tornozelo direito de Anthony, encostou as duas mãos nas escápulas dele e empurrou com força. Anthony saiu voando. Chocou-se numa mesa pequena de estilo regencial, derrubando um vaso grande de narcisos. Em desespero, agarrou um abajur de latão com cúpula de seda cor-de-rosa, mas o abajur caiu junto com ele.

Luke fechou a porta e partiu a toda a velocidade pelo corredor. O elevador tinha ido embora. Passou pela porta de incêndio, chegou à escada e desceu correndo. No andar de baixo, trombou com uma arrumadeira carregando uma pilha de toalhas.

– Desculpe! – gritou enquanto a mulher soltava um berro e as toalhas voavam para todos os lados.

Alguns segundos depois, chegou ao pé da escada. Viu-se num corredor estreito. De um lado, subindo um curto lance de escada e passando por um pequeno arco, era possível ver o saguão.

...

Antes mesmo de entrar no quarto à frente de Luke, Anthony soube que isso era um erro. Mas Luke não tinha deixado escolha. Felizmente, Anthony não estava muito ferido. Depois de um instante de atordoamento, recuperou-se. Foi até a porta e a abriu. Olhando para fora, viu Luke disparando pelo corredor. Enquanto ia atrás dele, Luke se virou para o lado e desapareceu, presumivelmente na escada.

Anthony o seguiu, correndo o mais depressa que conseguia, mas temeu não alcançá-lo – Luke estava pelo menos em tão boa forma quanto ele. Será que Curtis e Malone, no saguão, teriam o bom senso de prendê-lo?

No andar de baixo, foi atrapalhado momentaneamente por uma arrumadeira ajoelhada no chão, recolhendo toalhas caídas. Anthony supôs que Luke teria se chocado com ela. Praguejou e diminuiu o passo para passar em volta. De repente, ouviu o elevador chegando. Seu coração deu um salto: talvez estivesse com sorte.

Um casal bem-vestido saiu, aparentemente embriagado depois de uma comemoração no restaurante. Anthony passou por eles entrando no elevador.

– Térreo! Depressa! – ordenou.

O homem fechou a porta com força e girou a alavanca. Anthony ficou olhando impotente para os números de andares que iam diminuindo, iluminando-se numa sucessão vagarosa. O elevador chegou ao térreo. A porta deslizou e ele saiu.

...

Luke saiu no saguão ao lado das portas do elevador. Seu coração deu um salto. Os dois agentes que ele tinha visto antes estavam parados diante da porta principal, bloqueando a saída. Um instante depois o elevador ao lado se abriu e Anthony apareceu.

Precisava tomar uma decisão rápida: lutar ou fugir.

Não queria enfrentar três homens de uma vez. Eles certamente iriam dominá-lo. A segurança do hotel entraria em cena. Anthony mostraria sua identificação da CIA e todos fariam o que ele quisesse. Luke acabaria preso.

Virou-se e disparou de volta pelo corredor, indo para as profundezas do hotel. Ouviu os passos de Anthony indo atrás dele. Devia haver uma entrada dos fundos – os suprimentos não poderiam ser entregues pelo saguão principal.

Passou por uma cortina e se viu num pequeno pátio decorado como um café mediterrâneo ao ar livre. Alguns casais dançavam numa pequena pista. Passando atabalhoadamente entre as mesas, chegou a uma porta. Um corredor estreito se estendia à esquerda. Disparou por ele. Achou que devia estar perto dos fundos do hotel, mas não conseguia ver uma saída.

Emergiu numa espécie de copa, onde algumas pessoas davam os últimos retoques em pratos de comida. Garçons uniformizados esquentavam comida em *réchauds* e arrumavam pratos em bandejas. No meio do cômodo havia uma escada para o andar de baixo. Luke abriu caminho entre os garçons e se dirigiu para lá, ignorando a voz que gritava:

– Senhor! Senhor! O senhor não pode descer aí!

Enquanto Anthony corria atrás dele, a mesma voz disse, indignada:

– O que é isso? Estamos na Union Station por acaso?

No porão ficava a cozinha principal, um purgatório suarento onde dezenas de chefs cozinhavam para centenas de pessoas. Jatos de gás chamejavam, ondas de vapor subiam, panelas borbulhavam. Garçons gritavam para cozinheiros e cozinheiros gritavam para seus ajudantes. Estavam ocupados demais para prestar atenção em Luke ziguezagueando entre as geladeiras e os fogões, as pilhas de pratos e as caixas de legumes.

Nos fundos da cozinha, encontrou uma escada. Achou que ela daria na entrada de serviço. Se não desse, ele ficaria acuado. Arriscou-se e subiu correndo. Lá em cima, empurrou uma porta dupla e saiu no ar frio da noite.

Viu-se num pátio escuro. Uma lâmpada fraca acima da porta mostrava lixeiras gigantescas e caixotes de madeira empilhados que deviam ter contido frutas. Cinquenta metros à direita havia uma cerca alta com um portão fechado e, depois, uma rua que de acordo com seu senso de direção devia ser a 15th.

Correu para o portão. Ouviu a porta atrás dele se abrir com um estrondo e supôs que Anthony havia saído. E estavam sozinhos.

Chegou ao portão. Estava trancado com um grande cadeado de aço. Se ao menos um pedestre estivesse passando, Anthony ficaria com medo de atirar. Mas não havia ninguém.

Com o coração martelando no peito, começou a escalar a cerca. Ao chegar lá em cima, ouviu o estalo discreto de uma pistola com silenciador. Não sentiu nada. Ele era um alvo móvel a 50 metros, no escuro: era um tiro difícil, mas não impossível. Jogou-se por cima do topo. A pistola soou de novo. Ele cambaleou e caiu no chão. Ouviu um terceiro disparo abafado. Saltou de pé e saiu correndo. Não escutou mais nenhum barulho da arma.

Na esquina, olhou para trás. Anthony não estava à vista.

Tinha escapado.

...

As pernas de Anthony estavam fracas. Apoiou uma das mãos na parede fria para se firmar. O pátio cheirava a legumes em decomposição. Sentia-se respirando podridão.

Aquela era a coisa mais difícil que já havia feito. Em comparação, matar Albin Moulier tinha sido fácil. Ao apontar a arma para Luke enquanto ele saltava por cima de uma cerca de arame, quase não tinha conseguido puxar o gatilho.

Aquele havia sido o pior resultado possível. Luke continuava vivo – e, tendo sido alvo de tiros, estava totalmente alerta, decidido a descobrir a verdade.

A porta da cozinha se abriu de repente, e Malone e Curtis apareceram. Anthony enfiou a arma discretamente de volta no bolso interno.

– Pulem a cerca, vão atrás dele – ordenou, ofegando.

Mas sabia que eles não pegariam Luke.

Quando os dois estavam fora de vista, Anthony começou a procurar as cápsulas disparadas.

22H30

O projeto do foguete se baseia na bomba V2 usada contra Londres durante a guerra. O motor inclusive parece o mesmo. Os acelerômetros, relés e giroscópios são todos da V2. A bomba dos propulsores usa peróxido de hidrogênio depois que ele passa por um catalisador de cádmio, liberando energia que impulsiona uma turbina – e isso também vem da V2.

Harold Brodsky fazia um bom dry martíni e a torta de atum da Sra. Riley estava tão gostosa quanto fora prometido. De sobremesa Harold serviu torta de cereja e sorvete. Billie sentiu-se culpada. Ele estava se esforçando para agradar a ela, mas a mente dela permanecia em Luke e em Anthony, no passado deles três e na atual confusão atordoante.

Enquanto Harold fazia o café, ela ligou para casa e verificou se tudo estava bem com Larry e sua mãe. Então Harold sugeriu que fossem para a sala assistir TV. Pegou uma garrafa de conhaque francês caro e serviu doses generosas em duas taças grandes. Será que estava tentando aumentar a própria coragem ou diminuir a resistência dela?, pensou Billie. Inalou os vapores do conhaque mas não bebeu.

Harold também estava pensativo. Normalmente era um homem falante, espirituoso e inteligente, e em geral ela ria muito quando estava com ele, mas esta noite ele estava preocupado.

Viram um seriado de ação chamado *Run, Joe, Run!*. Jan Sterling interpretava uma garçonete envolvida com o ex-gângster Alex Nichol. Billie não conseguia se interessar pelos perigos fictícios na tela. Sua mente voltava para o mistério do que Anthony havia feito com Luke. No OSS eles tinham violado todo tipo de leis, e Anthony continuava no serviço clandestino, mas mesmo assim Billie ficou chocada por ele ter ido tão longe. Sem dúvida regras diferentes deviam se aplicar aos tempos de paz.

E qual seria o motivo dele? Bern tinha ligado e contado sobre a confissão que fizera a Luke, e isso havia confirmado o que os instintos de Billie lhe diziam: Luke não podia ser espião. Mas será que Anthony acreditava nisso? Caso contrário, qual seria o verdadeiro motivo para o que ele tinha feito?

Harold desligou a TV e se serviu de mais uma dose de conhaque.

– Estive pensando no nosso futuro – disse.

O coração de Billie ficou pesado. Ele iria pedi-la em casamento. Se tivesse feito isso no dia anterior, ela teria aceitado. Mas agora não conseguia nem pensar no assunto.

Ele segurou sua mão.

– Eu amo você. Nós nos damos bem, temos os mesmos interesses e cada um de nós tem um filho. Mas não é por isso. Acho que eu ia querer casar com você mesmo se você fosse uma garçonete que mascasse chiclete e gostasse de Elvis Presley.

Billie riu.

– Sou louco por você, simplesmente por ser você – continuou ele. – Sei que é verdade porque já me aconteceu antes, uma vez, com Lesley. Eu a amava de todo o coração até que ela foi tirada de mim. Por isso não tenho dúvida. Eu amo você e quero que fiquemos juntos para sempre. – Ele a encarou. – O que você acha disso?

Ela suspirou.

– Gosto de você. Gostaria de ir para a cama com você, acho que seria ótimo. – Ele levantou as sobrancelhas ao ouvir isso, mas não interrompeu. – E não consigo deixar de pensar como a vida seria mais fácil se eu tivesse alguém com quem dividir as dificuldades.

– Isso é bom.

– Ontem isso teria bastado. Eu teria dito sim, eu te amo, vamos nos casar. Mas hoje encontrei uma pessoa do meu passado e lembrei como era estar apaixonada aos 21 anos. – Ela olhou para ele com uma expressão franca. – Não me sinto do mesmo modo com relação a você, Harold.

Ele não ficou totalmente desencorajado.

– Quem se sente, na sua idade?

– Talvez você esteja certo.

Ela desejou poder ser louca e inconsequente de novo. Mas era um desejo estúpido para uma mulher divorciada com um filho de 7 anos. Para ganhar tempo, levou a taça de conhaque aos lábios.

A campainha soou.

O coração de Billie deu um salto.

– Quem será? – disse Harold, irritado. – Espero que Sidney Bowman não esteja querendo pegar o macaco do meu carro emprestado a esta hora da noite.

Ele se levantou e foi até o saguão.

Billie sabia quem era. Pousou o conhaque intocado e se levantou.

Escutou a voz de Luke à porta.

– Preciso falar com Billie.

Ela se perguntou por que estava incrivelmente satisfeita.

– Não sei se ela quer ser incomodada agora – retrucou Harold.

– É importante.

– Como você sabia que ela estava aqui?

– A mãe dela me contou. Desculpe, Harold, não tenho tempo para embromação agora.

Billie ouviu uma pancada seguida por um grito de protesto de Harold e supôs que Luke tinha entrado na casa à força. Foi à porta da sala e olhou pelo corredor.

– Calma aí, Luke – disse ela. – Esta é a casa de Harold. – Luke estava com o sobretudo rasgado e tinha perdido o chapéu, e parecia muito abalado. – O que aconteceu?

– Anthony atirou em mim.

Billie ficou chocada.

– Anthony? Meu Deus, o que deu nele? Ele atirou em *você*?

Harold pareceu amedrontado.

– Que história de tiro é essa?

Luke o ignorou.

– Está na hora de contar às autoridades o que está acontecendo. Vou ao Pentágono. Quer ir comigo?

– Claro – respondeu ela.

Pegou o casaco no cabide do saguão.

– Billie! – disse Harold. – Pelo amor de Deus, nós estávamos no meio de uma conversa muito importante.

– Preciso mesmo de você – insistiu Luke.

Billie hesitou. Aquilo era muito difícil para Harold. Ele vinha planejando aquele momento havia algum tempo. Mas a vida de Luke estava correndo perigo.

– Desculpe – disse a Harold. – Preciso ir.

Ela ergueu o rosto para que ele o beijasse, mas Harold se virou.

– Não fique assim – pediu Billie. – Falo com você amanhã.

– Saiam da minha casa, os dois – reagiu Harold, furioso.

Billie saiu, com Luke atrás, e Harold bateu a porta com força.

23H

O Programa Júpiter custou 40 milhões de dólares em 1956 e 140 milhões em 1957. Em 1958 espera-se que a quantia passe de 300 milhões.

Anthony encontrou alguns artigos de escritório na mesa do quarto em que Pete estava. Pegou um envelope. Tirou do bolso três balas amassadas e três cápsulas, disparadas contra Luke. Colocou-as no envelope e lacrou, depois enfiou no bolso. Iria se livrar daquilo na primeira oportunidade.

Estava fazendo controle de danos. Tinha muito pouco tempo, mas precisava ser meticuloso. Precisava apagar todos os traços do incidente. O trabalho ajudou a distrair sua mente do desprezo amargo que estava sentindo por si mesmo.

O subgerente de serviço entrou no quarto parecendo furioso. Era um homem pequeno e bem-arrumado, careca.

– Sente-se, por favor, Sr. Suchard – disse Anthony, e mostrou a ele sua identificação da CIA.

– CIA! – exclamou o homenzinho, e sua indignação começou a arrefecer.

Anthony pegou um cartão de visita em sua carteira.

– Aí está escrito Departamento de Estado, mas o senhor pode me encontrar nesse número, se for necessário.

Suchard manuseou o cartão como se ele pudesse explodir.

– O que posso fazer pelo senhor, Sr. Carroll?

Ele tinha um leve sotaque que Anthony supôs que poderia ser suíço.

– Primeiro quero me desculpar pelo pequeno transtorno que tivemos antes.

Suchard assentiu, afetado. Não diria que não tinha sido um problema.

– Felizmente poucos hóspedes notaram. Só o pessoal da cozinha e alguns garçons viram o senhor perseguindo o cavalheiro.

– Ainda bem que não perturbamos demais seu belo hotel, mesmo se tratando de uma questão de segurança nacional.

Suchard levantou as sobrancelhas com surpresa.

– Segurança nacional?

– Claro que não posso lhe dar os detalhes...

– Claro.

– Mas espero contar com sua discrição.

Os profissionais hoteleiros se orgulhavam da discrição, e Suchard assentiu vigorosamente.

– Claro.

– Talvez nem seja necessário informar o incidente ao seu gerente.

– Talvez...

Anthony pegou um maço de cédulas.

– O Departamento de Estado tem uma pequena verba para compensar qualquer problema nessas situações. – Ele tirou uma nota de 20 dólares. Suchard a aceitou. – E se algum funcionário parecer descontente, quem sabe... – Contou mais quatro notas de 20 e as entregou.

Era um suborno gigantesco para um subgerente.

– Obrigado, senhor – disse Suchard. – Tenho certeza de que poderemos atender ao seu pedido.

– Se alguém fizer perguntas, seria melhor não dizer nada.

– Claro. – Suchard se levantou. – Se houver mais alguma coisa...

– Eu entro em contato.

Então Anthony fez um gesto dispensando-o e Suchard foi embora.

Pete entrou.

– O chefe de segurança do Exército em Cabo Canaveral é o coronel Bill Hide. Ele está hospedado no Starlite – disse ele, entregando a Anthony um pedaço de papel com um número de telefone, antes de sair de novo.

Anthony ligou para o número e foi transferido para o quarto de Hide.

– Aqui é Anthony Carroll, CIA, Divisão de Serviços Técnicos – apresentou-se.

Hide falava de um jeito vagaroso, não muito militar, e parecia ter bebido um pouco.

– Bem, o que posso fazer pelo senhor, Sr. Carroll?

– Estou ligando para falar do Dr. Lucas.

– Ah, é?

O coronel parecia levemente hostil e Anthony achou melhor amaciá-lo.

– Eu sei que é tarde, mas gostaria de um conselho seu, se puder me conceder um momento de atenção, coronel.

Hide ficou mais simpático:

– Claro, tudo o que eu puder fazer.

Assim estava melhor.

– Acho que o senhor sabe que o Dr. Lucas vem se comportando de modo estranho, o que é preocupante num cientista que possui informações sigilosas.

– Certamente.

Anthony queria que Hide se sentisse no controle.

– O que o senhor diria sobre o estado mental dele?

– Na última vez em que estivemos juntos ele parecia normal, mas nos falamos há algumas horas e ele disse que tinha perdido a memória.

– Há mais do que isso. Ele roubou um carro, invadiu uma casa, brigou com um policial... coisas assim.

– Meu Deus, é pior do que eu tinha pensado.

Hide estava acreditando na história, pensou Anthony com alívio. Foi em frente:

– Achamos que ele não está agindo de forma racional, mas o senhor o conhece melhor do que nós. O que diria que está acontecendo? – Anthony prendeu o fôlego, torcendo pela resposta certa.

– Caramba, acho que ele está sofrendo algum tipo de transtorno. – Era exatamente nisso que Anthony queria que Hide acreditasse. Mas agora o coronel achava que a ideia tinha sido dele próprio, e começou a tentar convencer Anthony. – Veja bem, Sr. Carroll, o Exército não empregaria um maluco num projeto altamente confidencial. Normalmente Luke é tão são quanto o senhor ou eu mesmo. Obviamente alguma coisa o desestabilizou.

– Ele parece achar que está sendo vítima de algum tipo de conspiração, mas o senhor acha que não deveríamos necessariamente acreditar nisso.

– Com certeza.

– Então deveríamos deixar isso para lá. Quero dizer, não deveríamos alertar o Pentágono.

– Por Deus, não – disse Hide, preocupado. – Na verdade, é melhor eu ligar para lá e alertá-los de que ele parece ter enlouquecido.

– Como o senhor quiser.

Pete entrou e Anthony levantou um dedo pedindo que ele esperasse. Suavizou a voz e disse ao telefone:

– Por coincidência, sou um velho amigo do Dr. e da Sra. Lucas. Tentarei convencer Luke a procurar ajuda psiquiátrica.

– Parece uma boa ideia.

– Bem, obrigado, coronel. O senhor me tranquilizou, e seguiremos na linha que o senhor sugeriu.

– De nada. Se houver mais alguma coisa que queira perguntar ou conversar comigo, ligue a qualquer hora.

– Farei isso. – Anthony desligou.

– Ajuda psiquiátrica? – perguntou Pete.

– Isso foi só para tranquilizar o sujeito.

Anthony analisou a situação. Não havia nenhuma prova ali no hotel. Tinha garantido que o Pentágono não acreditasse em nada que Luke porventura dissesse. Agora só restava o hospital de Billie.

Levantou-se.

– Volto em uma hora – disse. – Quero que você fique aqui. Mas não no saguão. Pegue Malone e Curtis e suborne um garçom do serviço de quarto para deixar você entrar no quarto do Luke. Tenho a sensação de que ele vai voltar.

– E se ele voltar?

– Não deixe que ele fuja de novo. Faça o que for necessário.

MEIA-NOITE

O míssil Júpiter C usa hidina, um combustível secreto de alta potência, 12% mais poderoso do que o propulsor a álcool utilizado no míssil Redstone padrão. É uma substância tóxica, corrosiva, uma mistura de UDMH – dimetil-hidrazina assimétrica – e dietilenotriamina.

Billie entrou com o Thunderbird vermelho no estacionamento do Hospital Psiquiátrico de Georgetown e desligou o motor. O coronel Lopez, do Pentágono, parou ao lado num Ford Fairlane verde-oliva.

– Ele não acreditou numa palavra do que eu disse – falou Luke, furioso.

– Você não pode culpá-lo – argumentou Billie. – O subgerente do Carlton disse que ninguém foi perseguido pela cozinha, e não há cápsulas de bala no chão da área de carga.

– Anthony limpou as provas.

– Eu sei, mas o coronel Lopez não sabe.

– Graças a Deus você veio comigo.

Saíram do carro e entraram no prédio com o coronel, um hispânico cheio de paciência, com um rosto inteligente. Billie assentiu para o recepcionista e guiou os dois escada acima. Seguiram por um corredor até o escritório de registros.

– Vou mostrar ao senhor a ficha de um homem chamado Joseph Bellow, cujas características físicas combinam com as de Luke – explicou ela.

O coronel assentiu.

– O senhor verá que ele foi admitido na terça-feira, foi tratado e recebeu alta às quatro da manhã de quarta. O senhor deve entender que é muito incomum um paciente esquizofrênico receber tratamento sem ficar em observação antes. E não preciso lhe dizer que não se dá alta a um paciente de um hospital psiquiátrico às quatro horas da manhã.

– Entendo – disse Lopez, em um tom neutro.

Billie abriu a gaveta, pegou a pasta de Bellow, colocou-a na mesa e a abriu. Estava vazia.

– Ah, meu Deus – disse.

Luke olhou a pasta de papelão, incrédulo.

– Eu mesmo vi esses documentos há menos de seis horas!

Lopez se levantou com ar cansado.

– Bom, acho que é isso.

Luke teve uma sensação de pesadelo, de que estava vivendo num mundo surreal em que as pessoas podiam fazer o que quisessem com ele, atirar nele e apagar sua memória, e ele jamais poderia provar que isso havia acontecido.

– Talvez eu seja esquizofrênico – disse em tom sombrio.

– Bom, eu não sou – retrucou Billie. – E eu também vi a ficha.

– Mas ela não está aqui agora – observou Lopez.

– Espere – disse Billy. – O livro de registros vai provar que ele deu entrada aqui. Fica na recepção.

Ela fechou a gaveta com força.

Desceram ao saguão.

– Deixe-me ver o livro de registros, por favor, Charlie – pediu Billie ao recepcionista.

– Agora mesmo, Dra. Josephson. – O rapaz negro atrás do balcão procurou por um momento. – Ora, onde será que foi parar?

– Meu Deus – murmurou Luke.

O rosto do recepcionista foi invadido pelo constrangimento.

– Sei que estava aqui há algumas horas.

Billie ficou furiosa.

– Diga uma coisa, Charlie. O Dr. Ross esteve aqui esta noite?

– Sim, senhora. Ele saiu há alguns minutos.

Ela assentiu.

– Na próxima vez em que o vir, pergunte onde está o livro de registros. Ele sabe.

– Vou perguntar mesmo.

Billie deu as costas para o balcão.

– Deixe-me perguntar uma coisa, coronel – disse Luke, com raiva. – Antes de nos falarmos esta noite, outra pessoa falou com o senhor sobre mim?

Lopez hesitou.

– Falou.

– Quem?

– Acho que o senhor tem o direito de saber – respondeu ele, relutante. – Recebemos um telefonema de um tal coronel Hide, de Cabo Canaveral. Ele disse que a CIA estava vigiando o senhor e que informaram que o senhor estava se comportando de modo irracional.

Luke assentiu, sombrio.

– Anthony, de novo.

– Droga, não consigo pensar em mais nada que possamos fazer para convencer o senhor – falou Billie. – E realmente não o culpo por não acreditar em nós, porque não temos nenhuma prova.

– Eu não falei que não acredito – disse Lopez.

Luke ficou espantado e olhou para o coronel com esperança renovada.

– Eu poderia acreditar que o senhor imaginou que um homem da CIA o perseguiu pelo hotel Carlton e atirou contra o senhor no beco – continuou Lopez. – Até poderia aceitar que o senhor e a Dra. Josephson conspiraram para fingir que existia uma ficha médica que desapareceu. Mas não acredito que o Charlie aqui faça parte da conspiração. Deve haver um livro de registros diários, e ele sumiu. Não creio que vocês o tenham roubado. Por que fariam isso? Quem? Alguém tem alguma coisa a esconder.

– Então o senhor acredita em mim? – perguntou Luke.

– O que há para acreditar? O senhor não sabe do que se trata. Eu também não. Mas sem dúvida alguma coisa está acontecendo. E acredito que deve ter a ver com o tal foguete que estamos para lançar.

– O que o senhor vai fazer?

– Vou pedir um alerta de segurança total em Cabo Canaveral. Já estive lá, sei que eles são negligentes. Amanhã de manhã não vão nem saber o que aconteceu.

– Mas e Anthony?

– Tenho um amigo na CIA. Vou contar sua história e dizer que não sei se é verdadeira ou falsa, mas que estou preocupado.

– Isso não vai nos levar muito longe! – protestou Luke. – Precisamos saber o que está acontecendo, por que apagaram minha memória!

– Concordo – disse Lopez. – Mas não posso fazer mais nada. O resto é por sua conta.

– Meu Deus – suspirou Luke. – Então estou sozinho.

– Não – reagiu Billie. – Você não está sozinho.

Parte quatro

1H

O novo combustível se baseia num gás que afeta o sistema nervoso e é muito perigoso. Ele é transportado para Cabo Canaveral num trem especial equipado com nitrogênio para encobri-lo em caso de escapamento. Uma gota na pele é absorvida instantaneamente, chega à corrente sanguínea e é fatal. Os técnicos dizem: "Se sentir cheiro de peixe, corra o mais rápido que puder."

Billie dirigia depressa, usando com confiança o câmbio manual de três marchas do Thunderbird. Luke olhava, admirado. Passaram rapidamente pelas ruas silenciosas de Georgetown, atravessaram o riacho até o centro de Washington e foram para o Carlton.

Luke sentia as energias renovadas. Sabia quem era seu inimigo, tinha uma amiga a seu lado e entendia o que precisava fazer. Estava perplexo com o que acontecera, mas estava decidido a decifrar o mistério e impaciente para seguir adiante.

Billie parou na esquina mais próxima à entrada.

– Eu vou primeiro – falou. – Se houver alguém suspeito no saguão, saio imediatamente. Quando você me vir tirar o casaco, vai saber que o caminho está livre.

Luke não gostou muito desse plano.

– E se Anthony estiver lá?

– Ele não vai atirar em mim.

Ela saiu do carro.

Luke pensou em argumentar, mas depois decidiu não fazer isso. Provavelmente Billie estava certa. Imaginou que Anthony tinha revistado seu quarto no hotel e destruído qualquer coisa que achasse que seria uma prova do segredo que tanto queria guardar. Mas Anthony também precisava manter as aparências, sustentar a versão de que Luke tinha perdido a memória depois de uma bebedeira. Por isso Luke esperava encontrar a maior parte das suas coisas intactas. Isso iria ajudá-lo a se reorientar. E poderia haver uma pista que Anthony não tivesse percebido.

Aproximaram-se separados do hotel, Luke permanecendo do lado oposto da rua. Olhou Billie entrar, apreciando o passo elegante e o movimento do casaco. Podia ver o saguão através das portas de vidro. Um porteiro se aproximou dela imediatamente, desconfiado de uma mulher glamorosa que chegava sozinha tarde da noite. Viu-a mexer a boca para falar e adivinhou o que ela estaria dizendo: "Sou a Sra. Lucas, meu marido já vai chegar." Em seguida ela tirou o casaco.

Luke atravessou a rua e entrou no hotel.

Para tranquilizar o porteiro, disse:

– Preciso dar um telefonema antes de subirmos, querida.

Havia um telefone interno no balcão da recepção, mas ele não queria que o carregador ouvisse a conversa. Ao lado do balcão havia uma saleta com um telefone público numa cabine fechada, com assento. Luke entrou. Billie o acompanhou e fechou a porta. Os dois estavam muito próximos. Ele colocou uma moeda na fenda e ligou para o hotel. Inclinou o fone de modo que Billie pudesse ouvir. Por mais tenso que estivesse, Luke achou deliciosamente empolgante ficar tão perto de Billie.

– Sheraton-Carlton, bom dia.

Já era mesmo o dia seguinte, percebeu ele. A madrugada de quinta-feira. Fazia 24 horas que estava acordado, mas não sentia sono. Estava tenso demais.

– Quarto 530, por favor.

A telefonista hesitou.

– Senhor, já passa de uma da manhã. É uma emergência?

– O Dr. Lucas pediu que eu ligasse, independentemente da hora.

– Tudo bem.

Houve uma pausa, depois um som de chamada. Luke estava totalmente consciente do corpo quente de Billie no vestido roxo de seda. Precisou resistir à vontade de passar o braço pelos ombros estreitos e bonitos e enlaçá-la.

Depois de quatro toques estava quase achando que o quarto estava vazio – então atenderam. Isso queria dizer que Anthony, ou um dos homens dele, estava esperando. Isso era uma chateação, mas Luke sentiu-se melhor sabendo a localização do inimigo.

– Alô? – disse uma voz.

O tom era inseguro. Não era Anthony, mas podia ser Pete.

Luke fez uma voz meio bêbada.

– Ei, Ronnie, aqui é o Tim. Está todo mundo esperando você!

O homem grunhiu, irritado.

– Um bêbado – murmurou, como se falasse com outra pessoa. – Quarto errado, meu chapa.

– Ih, desculpe, espero não ter acordado... – Luke parou enquanto desligavam o telefone.

– Tem alguém lá – disse Billie.

– Talvez mais de uma pessoa.

– Sei como fazê-los sair. – Ela deu um sorriso forçado. – Fiz isso em Lisboa, durante a guerra. Venha.

Saíram da cabine. Luke notou Billie pegando discretamente uma caixa de fósforos num cinzeiro perto do elevador. O ascensorista os levou ao quinto andar.

Encontraram o quarto 530 e passaram rapidamente por ele. Billie abriu uma porta sem identificação que descobriram ser um armário de roupas de cama.

– Perfeito – disse ela em voz baixa. – Há algum alarme de incêndio aí perto?

Luke procurou e viu um alarme que podia ser acionado quebrando-se um vidro com o pequeno martelo pendurado junto.

– Ali.

– Ótimo – disse ela.

No armário, lençóis e cobertores estavam bem-arrumados em pilhas, guardados em prateleiras de ripas de madeira. Billie desdobrou um cobertor e o largou no chão. Fez o mesmo com vários outros, até formar uma pequena montanha de tecido. Luke soube o que ela ia fazer antes mesmo que ela pegasse um pedido de café da manhã numa maçaneta e o acendesse com um fósforo. Quando o papel pegou fogo, Billie encostou a chama na pilha de cobertores.

– É por isso que a gente nunca deve fumar na cama – comentou.

Enquanto as chamas subiam, Billie colocou mais roupas de cama em cima. Seu rosto estava vermelho de calor e empolgação e ela parecia mais atraente do que nunca. Em pouco tempo havia uma fogueira intensa. A fumaça saiu do armário e começou a encher o corredor.

– É hora de dar o alarme – disse ela. – Não queremos que ninguém se machuque.

– Certo – concordou Luke, e de novo a frase lhe veio à mente: *Eles não são colaboradores.*

Mas agora ele a entendia. Na Resistência, explodindo fábricas e armazéns, devia viver preocupado com a hipótese de franceses inocentes se ferirem.

Pegou o martelinho pendurado numa corrente perto do alarme. Quebrou o vidro com uma pancada leve e pressionou o grande botão vermelho dentro da caixa. Um instante depois uma campainha alta soou no corredor.

Luke e Billie recuaram, afastando-se do elevador, até mal conseguirem ver a porta do quarto de Luke através da fumaça.

A porta mais próxima deles se abriu e uma mulher de camisola saiu. Ao ver a fumaça, gritou e correu para a escada. De outro quarto emergiu um homem só de camisa com um lápis na mão – obviamente estivera trabalhando até tarde. Logo depois, um jovem casal enrolado em lençóis apareceu, aparentemente tendo sido interrompidos ao fazer amor, seguidos por um homem de olhos remelentos usando um pijama cor-de-rosa amarrotado. Em alguns instantes o corredor estava cheio de gente tossindo e correndo desajeitadamente através da fumaça, em direção à escada.

A porta do quarto 530 se abriu lentamente.

Luke viu um homem alto sair para o corredor. Espiando através da fumaça, viu que ele tinha uma grande marca de nascença no rosto: era Pete. Luke recuou para não ser reconhecido. Pete hesitou, depois pareceu tomar uma decisão e se juntou às pessoas que corriam para a escada. Mais dois homens saíram e foram atrás dele.

– O caminho está livre – disse Luke.

Ele e Billie entraram no quarto e Luke fechou a porta para manter a fumaça do lado de fora. Tirou o sobretudo.

– Ah, meu Deus – disse Billie. – É o mesmo quarto.

...

Ela espiou ao redor, com os olhos arregalados.

– Não acredito – disse. Sua voz estava baixa e ele mal podia ouvir. – É a mesma suíte.

Luke ficou parado, olhando-a. Ela estava tomada por uma emoção forte.

– O que aconteceu aqui? – perguntou ele finalmente.

Billie balançou a cabeça, pensativa.

– É difícil pensar que você não lembra. – Ela deu alguns passos. – Havia um piano de cauda naquele canto. Imagine, um piano num quarto de hotel! – Ela olhou o interior do banheiro. – E um telefone ali dentro. Eu nunca tinha visto um telefone num banheiro.

Luke esperou. O rosto dela mostrava tristeza e outra coisa que ele não conseguia identificar.

– Você se hospedou aqui na época da guerra – disse Billie finalmente. Então acrescentou: – Nós fizemos amor aqui.

Ele olhou para o quarto.

– Naquela cama, imagino.

– Não só na cama. – Ela deu um risinho, depois ficou solene outra vez. – Nós éramos tão jovens...

A ideia de fazer amor com aquela mulher encantadora era insuportavelmente empolgante.

– Meu Deus, eu gostaria de poder lembrar – disse, e sua voz parecia densa de desejo.

Para sua surpresa, Billie ficou ruborizada.

Luke se virou de lado e pegou o telefone. Ligou para a telefonista do hotel. Queria garantir que o fogo não tivesse chance de se espalhar. Depois de uma longa espera, atenderam.

– Aqui é o Sr. Davies. Fui eu que toquei o alarme – disse rapidamente. – O incêndio é num armário de roupas perto do quarto 540. – E desligou sem esperar resposta.

Billie estava olhando ao redor – tinha superado o momento de emoção.

– Suas roupas estão aqui – falou.

Ele foi da sala para o quarto. Na cama havia um blazer cinza de tweed e uma calça de flanela preta, parecendo ter voltado da lavanderia. Supôs que os tivesse usado no voo e mandado para passar. No chão havia um par de sapatos sociais marrons. Um cinto de couro de crocodilo estava bem enrolado dentro de um dos sapatos.

Abriu a gaveta da mesinha de cabeceira e encontrou uma carteira, um talão de cheques e uma caneta-tinteiro. O mais interessante era uma agenda fina com uma lista de telefones na parte de trás. Folheou rapidamente as páginas e encontrou a semana atual.

Domingo, 26
Ligar para Alice (1928)

Segunda-feira, 27
Comprar short de natação
8h30. Reunião ápice, hotel Vanguard

Terça-feira, 28
8h. Café da manhã c/ A.C., café Hay Adams

Billie ficou ao lado para ver o que ele estava lendo. Pôs a mão em seu ombro. Era um gesto casual, mas o toque deu a Luke um arrepio de prazer.

– Alguma ideia de quem pode ser Alice? – perguntou ele.

– Sua irmã mais nova.

– Quantos anos?

– Sete anos mais nova do que você, então... 30.

– Portanto ela nasceu em 1928. Acho que falei com ela no dia do aniversário. Eu poderia ligar agora e perguntar se disse alguma coisa fora do comum.

– Boa ideia.

Luke sentia-se bem. Estava reconstruindo a vida.

– Devo ter ido para a Flórida sem minha roupa de banho.

– Quem pensa em nadar em janeiro, em pleno inverno?

– Então eu anotei um lembrete para comprar um short na segunda-feira. Naquela manhã fui ao Vanguard às oito e meia.

– O que é uma reunião ápice?

– Acho que deve ter a ver com a curva seguida pelo míssil em voo. Não me lembro de trabalhar nisso, claro, mas sei que é um cálculo importante e complicado que precisa ser feito. O segundo estágio tem que ser disparado exatamente no ápice, para colocar o satélite em órbita permanente.

– Você poderia descobrir quem mais estava na reunião e falar com essas pessoas.

– Vou fazer isso.

– Então, na terça, você tomou café da manhã com Anthony no Hay Adams.

– Depois disso não há mais compromissos anotados na agenda.

Ele virou as páginas até o final. Havia números de telefone de Anthony, Billie e Bern, de sua mãe e de Alice, e vinte ou trinta outros que não significavam nada para ele.

– Alguma coisa chama sua atenção? – perguntou a Billie.

Ela balançou a cabeça.

Havia algumas pistas que mereciam ser seguidas, mas nenhuma óbvia. Era o que ele havia esperado, mas mesmo assim ficou frustrado. Pôs a agenda no bolso e olhou em volta. Uma mala de couro preta um pouco surrada estava aberta num suporte. Remexeu dentro dela e encontrou camisas e cuecas limpas, um caderno preenchido até a metade com cálculos matemáticos e um exemplar de bolso de *O velho e o mar*, com um canto dobrado na página 143.

Billie olhou no banheiro. Produtos de barba, nécessaire e escova de dentes.

Luke abriu todos os armários e gavetas do quarto e Billie fez o mesmo na sala. Ele encontrou apenas um sobretudo preto de lã e um chapéu de feltro da mesma cor num armário.

– Nada! – gritou. – E você?

– Seus recados telefônicos estão aqui na mesa. De Bern, de um tal coronel Hide e de alguém chamado Marigold.

Luke supôs que Anthony teria lido os recados, avaliado que eram inofensivos e decidido que não havia necessidade de criar suspeitas destruindo-os.

– Você sabe quem é Marigold? – perguntou Billie.

Luke pensou por um momento. Tinha ouvido o nome em algum momento do dia. Lembrou.

– É minha secretária em Huntsville. O coronel Hide disse que ela fez minhas reservas de voo.

– Será que você disse a ela o objetivo da viagem?

– Duvido. Não contei a ninguém em Cabo Canaveral.

– Ela não está em Cabo Canaveral. E talvez você confie na sua secretária mais do que em qualquer pessoa.

Luke assentiu.

– Tudo é possível. Vou verificar. É a pista mais promissora até agora.

Ele pegou a agenda e olhou de novo os números de telefone na parte de trás.

– Bingo – disse. – Marigold, casa.

Sentou-se à mesa e discou. Imaginou quanto tempo teria antes que Pete e os outros agentes voltassem.

Billie pareceu ler sua mente e começou a colocar suas coisas na bolsa de couro preta.

Quem atendeu foi uma mulher sonolenta com um arrastado sotaque do Alabama. Pela voz, Luke supôs que ela seria negra.

– Desculpe ligar tão tarde – disse ao bocal. – É Marigold quem está falando?

– Dr. Lucas! Graças a Deus o senhor ligou. Como o senhor está?

– Bem, acho, obrigado.

– O que aconteceu, afinal? Ninguém sabia onde o senhor estava, e agora ouvi dizer que o senhor perdeu a memória. É verdade?

– É.

– Mas como isso aconteceu?

– Não sei, mas espero que você consiga me ajudar a descobrir.

– Se eu puder...

– Eu gostaria de saber por que de repente decidi ir a Washington na segunda-feira. Eu contei a você?

– Nem uma palavra, e eu estava bem curiosa.

Era a resposta que Luke esperava, mas mesmo assim ficou desapontado.

– Eu disse alguma coisa que tenha lhe dado uma dica?

– Não.

– *O que* eu falei?

– Que precisava ir a Washington com escala em Huntsville, e pediu que eu fizesse reservas em voos da MATS.

MATS era a linha aérea militar, e Luke supôs que tivesse o direito de usá-la a serviço do Exército. Mas havia uma coisa que ele não entendia.

– Eu fiz escala em Huntsville? Ninguém tinha mencionado isso.

– O senhor disse que queria parar aqui umas duas horas.

– Por que será?

– Depois o senhor disse uma coisa meio estranha. Pediu que eu não contasse a ninguém que o senhor vinha a Huntsville.

– Ah. – Luke teve certeza de que essa era uma pista importante. – Então era uma visita secreta?

– Era. E eu guardei o segredo. Fui interrogada pela segurança do Exército e pelo FBI e não revelei isso a ninguém, porque o senhor falou para não contar. Eu não sabia se estava agindo certo ou não, mas achei melhor fazer o que o senhor pediu. Fiz certo?

– Meu Deus, Marigold, não sei. Mas agradeço a lealdade. – O alarme de incêndio parou de tocar. Luke percebeu que seu tempo estava acabando. – Agora preciso desligar – disse. – Obrigado pela ajuda.

– Bom, pode contar comigo. Agora se cuide, hein?

Ela desligou.

– Pus suas coisas na mala – disse Billie.

– Obrigado. – Luke pegou seu sobretudo preto e o chapéu no armário e os vestiu. – Agora vamos dar o fora daqui antes que os agentes voltem.

...

Pegaram o carro e foram para uma lanchonete que ficava aberta a noite toda, a alguns quarteirões do prédio do FBI, na esquina de Chinatown, e pediram café.

– A que horas será o primeiro voo para Huntsville? – perguntou Luke.

– Precisamos ver o guia oficial de linhas aéreas.

Luke olhou em volta. Viu dois policiais comendo rosquinhas, quatro estudantes bêbados pedindo hambúrgueres e duas mulheres malvestidas que podiam ser prostitutas.

– Acho que eles não mantêm o guia atrás do balcão, aqui.

– Aposto que Bern tem um. É o tipo de coisa que os escritores adoram. Eles vivem pesquisando.

– Ele deve estar dormindo.

Billie se levantou.

– Então vou acordá-lo. Você tem uma moeda?

– Claro.

Luke ainda tinha um bolso cheio das moedas que havia roubado no dia anterior.

Billie foi até o telefone público ao lado dos banheiros. Luke bebericou seu café, olhando-a. Enquanto falava ao telefone, ela sorriu e inclinou a cabeça, charmosa com uma pessoa que havia acabado de acordar. Estava encantadora, e Luke ardeu de desejo.

Ela voltou à mesa.

– Ele está vindo, e vai trazer o livro.

Luke olhou o relógio. Eram duas da manhã.

– Provavelmente vou direto daqui para o aeroporto. Espero que haja um voo cedo.

Billie franziu a testa.

– Existe um prazo?

– Acho que sim. Eu fico me perguntando: o que poderia fazer com que eu largasse tudo e corresse para Washington? Só pode ser algo relacionado ao foguete. E o que poderia ser, senão uma ameaça ao lançamento?

– Sabotagem?

– É. E, se eu estiver certo, preciso provar antes das dez e meia da noite de hoje.

– Quer que eu vá a Huntsville com você?

– Você precisa cuidar de Larry.

– Posso deixá-lo com Bern.

Luke balançou a cabeça.

– Acho que não... Obrigado.

– Você sempre foi um filho da mãe independente.

– Não é isso. – Ele queria que ela entendesse. – Adoraria que você fosse comigo. Esse é o problema. Eu gostaria *demais*.

Billie estendeu a mão por cima da mesa de plástico e segurou a dele.

– Tudo bem – disse.

– É tudo muito confuso, sabe? Eu sou casado com outra pessoa, mas não sei o que sinto por ela. Como ela é?

Billie balançou a cabeça.

– Não posso falar com você sobre Elspeth. Você mesmo precisa redescobri-la.

– É, acho que sim.

Billie levou a mão dele aos lábios e deu um beijo suave.

Luke engoliu em seco.

– Eu sempre gostei tanto assim de você ou isso é novo?

– Não é novo.
– Parece que a gente se dá muito bem.
– Não. Nós brigamos feito cão e gato. Mas nos adoramos.
– Você disse que já dormimos juntos. Naquele quarto.
– Pare com isso.
– Foi bom?
Ela o encarou com lágrimas nos olhos.
– Foi maravilhoso.
– Então por que não sou casado com você?
Ela começou a chorar, soluços baixos que sacudiam seu corpo.
– Porque... – Ela enxugou o rosto e respirou fundo, depois começou a chorar de novo. Por fim, disse bruscamente: – Você ficou tão furioso que não falou comigo durante cinco anos.

1945

Os pais de Anthony tinham uma fazenda de cavalos perto de Charlottesville, Virgínia, a duas horas de Washington. Era uma grande casa branca com estrutura de madeira e alas amplas que continham dezenas de quartos. Havia estábulos e quadras de tênis, um lago e um riacho, pastagens e bosques. A mãe de Anthony tinha herdado a fazenda do pai, junto com cinco milhões de dólares.

Luke chegou lá na sexta-feira depois da rendição do Japão. A Sra. Carroll o recebeu à porta. Era uma loura nervosa que parecia ter sido linda. Levou-o a um quarto pequeno e limpíssimo com piso de tábuas enceradas e uma cama alta e antiquada.

Ele tirou o uniforme – agora era major – e vestiu um blazer preto de caxemira e uma calça cinza de flanela. Enquanto estava dando o nó na gravata, Anthony enfiou a cabeça pela porta do quarto.

– Drinques na sala de estar, quando você estiver pronto – disse ele.

– Já vou. Qual é o quarto de Billie?

Uma expressão preocupada cruzou o rosto de Anthony.

– As garotas estão na outra ala, infelizmente. O almirante é antiquado com relação a essas coisas.

O pai dele tinha passado a vida na Marinha.

– Sem problema – disse Luke, dando de ombros.

Nos últimos três anos havia se movimentado à noite pela Europa ocupada: seria capaz de encontrar no escuro o quarto de sua amada.

Quando desceu, às seis horas, encontrou todos os velhos amigos esperando. Além de Anthony e Billie, estavam ali Elspeth, Bern e Peg, a namorada de Bern. Luke tinha passado boa parte da guerra com Bern e Anthony, e cada licença com Billie, mas não via Elspeth nem Peg desde 1941.

O almirante lhe entregou um martíni e ele bebeu um gole satisfatório. Se havia um momento para comemorar, era aquele. A conversa era ruidosa e animada. A mãe de Anthony observava com uma expressão vagamente satisfeita e o pai dele terminava os drinques mais depressa do que todo mundo.

Luke os observou durante todo o jantar, comparando-os com os jovens promissores que tinham se preocupado tanto, quatro anos antes, com a possibilidade de ser expulsos de Harvard. Elspeth estava terrivelmente magra depois de três anos à base de rações mínimas em Londres durante a guerra – até seus seios magníficos pareciam menores. Peg, que tinha sido uma garota desmazelada e de coração grande, agora estava vestida com elegância, mas o rosto muito bem maquiado parecia endurecido e cínico. Aos 27 anos, Bern parecia uma década mais velho. Aquela havia sido sua segunda guerra. Ele fora ferido três vezes e tinha a expressão abatida de alguém que vira sofrimento demais, o seu e de outras pessoas.

Anthony havia se saído melhor. Tinha visto alguma ação, mas passara a maior parte da guerra em Washington. Sua confiança, seu otimismo e seu humor excêntrico haviam sobrevivido intactos.

Billie também parecia pouco mudada. Tinha conhecido dificuldades e privações na infância, e talvez por isso a guerra não a tivesse afetado. Passara dois anos como agente secreta em Lisboa, e Luke sabia – ainda que os outros não soubessem – que ela havia matado um homem lá, cortando a garganta dele com eficiência silenciosa no pátio atrás do café onde ele venderia segredos ao inimigo. Mas Billie ainda era um pequeno feixe de energia radiante, alegre num momento e feroz no outro. O rosto que mudava constantemente era um estudo do qual Luke jamais se cansava.

Era uma sorte notável ainda estarem todos vivos. A maioria dos grupos como o deles tinha perdido pelo menos um amigo.

– Deveríamos fazer um brinde – disse ele, erguendo sua taça de vinho. – Aos que sobreviveram. E aos que não sobreviveram.

Todos beberam, e Bern complementou:

– Eu tenho outro. Aos homens que destruíram a máquina de guerra nazista: o Exército Vermelho.

Todos beberam de novo, mas o almirante pareceu contrariado.

– Acho que chega de brindes – disse ele.

A simpatia de Bern pelo comunismo ainda era forte, mas Luke tinha certeza de que ele não trabalhava mais para Moscou. Os dois haviam feito um acordo e Luke acreditava que Bern cumprira a promessa. Ainda assim, o relacionamento entre eles jamais havia sido o mesmo. Depois que se perdia a confiança em alguém, era difícil demais recuperá-la. Luke ficava triste cada vez que se lembrava da camaradagem compartilhada por ele e Bern, mas sentia que era impossível voltar aos velhos tempos.

O café foi servido na sala de estar. Luke distribuiu as xícaras. Enquanto oferecia creme e açúcar a Billie, ela disse em voz baixa:

– Ala leste, segundo andar, última porta à esquerda.

– Creme?

Ela levantou uma sobrancelha.

Ele conteve uma risada e continuou andando.

Às dez e meia, o almirante insistiu que os homens fossem para a sala de bilhar. Bebidas fortes e charutos cubanos aguardavam num aparador. Luke não quis beber mais: estava ansioso para encontrar sob os lençóis o corpo quente e ávido de Billie, e a última coisa que desejava era cair no sono.

O almirante se serviu de uma generosa dose de uísque e levou Luke à outra extremidade da sala para lhe mostrar suas armas num armário com porta de vidro trancada. A família de Luke não costumava caçar, por isso ele não se interessava por armas. Também acreditava que armas e álcool eram uma combinação perigosa. Mas fingiu interesse para ser educado.

– Eu conheço e respeito sua família, Luke – disse o almirante enquanto os dois examinavam um fuzil Enfield. – Seu pai é um grande homem.

– Obrigado.

Isso parecia o preâmbulo de um discurso ensaiado. O pai dele tinha passado a guerra ajudando a comandar o Departamento de Administração de Preços, mas o almirante provavelmente ainda pensava nele como um banqueiro.

– Você terá que pensar na sua família quando escolher uma esposa, meu rapaz – continuou o almirante.

– Sim, senhor, farei isso.

Luke se perguntou o que estaria se passando na cabeça do velho.

– Quem se tornar a Sra. Lucas terá um lugar garantido no alto escalão da sociedade americana. Você deve escolher uma jovem que possa ocupá-lo.

Luke começou a ver aonde a conversa ia. Irritado, recolocou o fuzil abruptamente no suporte.

– Terei isso em mente, almirante – disse e se virou.

O sujeito pôs a mão em seu braço, impedindo que ele se afastasse.

– O que quer que você faça, não desperdice a própria vida.

Luke o olhou furioso. Estava decidido a não perguntar aonde o almirante queria chegar. Pensou que sabia a resposta, e seria melhor se ela não fosse dita.

Mas o homem estava determinado.

– Não se prenda àquela judiazinha. Ela não é digna de você.

Luke trincou os dentes.

– Se o senhor não se incomodar, isto é uma coisa que eu preferiria discutir com o meu pai.

– Mas o seu pai não sabe sobre ela, não é?

Luke ficou vermelho. O almirante tinha razão. Luke e Billie não tinham conhecido os pais um do outro.

Não houvera tempo. Os dois só conseguiram estar juntos em momentos roubados durante a guerra. Mas esse não era o único motivo. No fundo do coração de Luke, uma voz baixa e cruel dizia que uma garota de uma família judia pobre não era o que os pais considerariam uma esposa adequada para ele. Eles iriam aceitá-la, tinha certeza – na verdade, acabariam amando-a por todos os motivos pelos quais o próprio Luke a amava. A princípio poderiam ficar um pouco desapontados. Por isso Luke queria apresentá-la a eles nas circunstâncias certas, numa ocasião tranquila em que eles tivessem tempo para conhecê-la.

O fato de a insinuação do almirante ter um quê de verdade deixou Luke mais furioso ainda. Com uma agressividade mal controlada, disse:

– Com todo o respeito, permita-me *alertá-lo* de que essas observações são pessoalmente ofensivas para mim.

Houve um silêncio na sala, mas a ameaça velada de Luke não surtiu efeito nenhum no almirante bêbado.

– Entendo, filho, mas eu vivi mais do que você e sei do que estou falando.

– Perdão, mas o senhor não conhece as pessoas envolvidas.

– Ah, mas acho que sei mais sobre a dama em questão do que você.

Algo no tom do almirante pareceu um alerta, mas Luke estava com raiva suficiente para ignorá-lo.

– Não sabe porra nenhuma – disparou.

Bern tentou intervir:

– Ei, pessoal, calma, está bem? Vamos jogar um pouco de sinuca.

Mas agora nada podia fazer com que o almirante parasse.

– Veja, filho, eu sou homem também, então entendo você – disse com uma suposta intimidade que desagradou a Luke. – Desde que você não leve as coisas a sério demais, não há nada de mal em comer uma vagabundinha, todos nós...

Ele não terminou a frase. Luke colocou as duas mãos no peito dele e o empurrou. O almirante cambaleou para trás, os braços balançando, e seu copo de uísque saiu voando. Ele tentou recuperar o equilíbrio, mas não conseguiu e caiu sentado no tapete.

– Agora, cale essa boca imunda, antes que eu a feche à força! – gritou Luke.

Pálido, Anthony agarrou o braço do amigo.

– Luke, pelo amor de Deus, o que você acha que está fazendo?

Bern entrou entre os dois e o almirante caído.

– Calma, vocês dois.

– Calma porra nenhuma – disparou Luke. – Que tipo de homem convida alguém à sua casa e insulta a namorada da pessoa? Já é hora de alguém dar uma lição de bons modos a esse velho idiota.

– Ela é uma vagabunda – disse o almirante, sentado. – Eu sei disso melhor do que ninguém. – Sua voz subiu até um rugido. – Eu paguei pelo aborto que ela fez!

Luke ficou atônito.

– Aborto?

– Isso mesmo, aborto. – O almirante lutou para se levantar. – Anthony a engravidou e eu paguei mil dólares para ela se livrar do bastardinho. – Sua boca se retorceu num riso maligno de triunfo. – Agora diga que não sei do que estou falando.

– O senhor está mentindo.

– Pergunte a Anthony.

Luke olhou para Anthony, que balançou a cabeça.

– O filho não era meu. Eu disse ao meu pai que era, para ele me dar os mil dólares. Mas era seu filho, Luke.

O rosto de Luke assumiu um tom forte de vermelho. O velho almirante bêbado o tinha feito completamente de idiota. Era ele que não sabia de nada. Achava que conhecia Billie, mas ela havia escondido dele uma coisa dessa importância. Ele tinha gerado um filho e sua namorada fizera um aborto. Outras pessoas sabiam, mas ele não. Sentia-se humilhado.

Saiu intempestivamente da sala. Atravessou o corredor e chegou à sala de estar. Só a mãe de Anthony estava ali: as garotas deviam ter ido para a cama. A Sra. Carroll viu o rosto dele e disse:

– Luke, querido, há alguma coisa errada?

Ele a ignorou e saiu batendo a porta.

Subiu correndo a escada e seguiu pela ala leste. Encontrou o quarto de Billie e entrou sem bater.

Ela estava deitada nua na cama, lendo, a cabeça pousada na mão, o cabelo cacheado caindo para a frente como uma onda quebrando. Por um momento, a visão o deixou sem fôlego. A luz de um abajur na mesa de cabeceira pintava uma aura dourada ao redor do corpo dela, desde o ombro estreito, seguindo pelo quadril e descendo por uma perna esguia até a unha vermelha do dedão. Mas a beleza apenas o deixou com mais raiva.

Ela o olhou com um sorriso feliz, depois ficou com o rosto sombrio ao ver sua expressão.

– Você já me enganou? – gritou ele.

Ela sentou-se, amedrontada.

– Não, nunca!

– Aquele almirante desgraçado disse que pagou para você fazer um aborto.

O rosto dela empalideceu.

– Ah, não.

– É verdade? – gritou Luke. – Responda!

Ela assentiu, começou a chorar e enterrou o rosto nas mãos.

– Então você me enganou.

– Desculpe. – Ela soluçou. – Eu queria ter o seu filho, queria de todo o coração. Mas não podia falar com você. Você estava na França e eu não sabia se iria voltar. Precisava decidir sozinha. – Ela ergueu a voz. – Foi o pior momento da minha vida!

Luke estava atordoado.

– Eu gerei um filho – disse.

O humor dela mudou num instante.

– Não seja piegas – retrucou com escárnio. – Você não foi sentimental com relação ao seu esperma quando trepou comigo, portanto não comece agora. É tarde demais.

Isso o feriu.

– Você devia ter me contado. Mesmo se não conseguisse se comunicar comigo na época, deveria ter contado na primeira oportunidade, assim que eu voltei para casa de licença.

Ela suspirou.

– É, eu sei. Mas Anthony achou que eu não deveria contar a ninguém, e não é difícil convencer uma garota a manter algo assim em segredo. Ninguém precisaria saber, se não fosse aquele desgraçado do almirante Carroll.

Luke estava furioso com a calma com que ela falava sobre a traição, como se a única coisa que ela tivesse feito de errado fosse ser descoberta.

– Não posso viver com isso – disse.

A voz dela saiu num sussurro:

– Como assim?

– Depois de você ter me enganado, e em relação a algo tão importante, como posso confiar em você de novo?

Ela pareceu angustiada.

– Você vai dizer que está tudo acabado. – Quando ele não respondeu, Billie continuou: – Dá para ver, eu conheço você bem demais. Estou certa, não estou?

– Está.

Ela começou a chorar de novo.

– Seu idiota! – falou por entre as lágrimas. – Você não sabe de nada, não é? Não aprendeu nada com a guerra.

– A guerra me ensinou que nada é tão importante quanto a lealdade.

– Que besteira. Você ainda não aprendeu que, quando as pessoas estão sob pressão, todas estão dispostas a mentir.

– Até para quem elas amam?

– Mais ainda para quem amam, porque se importam demais com essas pessoas. Por que você acha que dizemos a verdade aos sacerdotes, psiquiatras e estranhos que conhecemos no trem? Porque nós não os amamos, por isso não nos importamos com o que eles porventura pensem.

Ela era de uma plausibilidade enfurecedora. Mas Luke desprezava essas desculpas fáceis.

– Essa não é a minha filosofia de vida.

– Sorte sua – disse Billie com amargura. – Você vem de um lar feliz, nunca conheceu a privação nem a rejeição, tem montes de amigos. Você passou por uma guerra, mas não ficou aleijado nem foi torturado e não tem imaginação suficiente para ser um covarde. Nada de ruim jamais aconteceu com você. Claro, você não mente. Pelo mesmo motivo que o Sr. Carroll não rouba latas de sopa.

Ela era incrível: tinha se convencido de que ele é que estava errado! Era impossível falar com alguém capaz de se enganar daquela forma. Enojado, Luke se virou para ir embora.

– Se é isso que você pensa de mim, deve estar feliz porque nosso relacionamento acabou.

– Não, não estou feliz. – Lágrimas escorriam pelo rosto dela. – Eu te amo, nunca amei outro homem. Desculpe se o enganei, mas não vou morrer de culpa porque tomei uma decisão ruim num momento de crise.

Ele não queria que ela morresse de culpa. Não queria que ela fizesse absolutamente nada. Só queria se afastar dela e dos amigos, do almirante Carroll e daquela casa odiosa.

Em algum lugar no fundo da mente uma voz lhe dizia que ele estava jogando fora a coisa mais preciosa que já tivera, e alertava que aquela conversa lhe causaria um pesar tão profundo que torturaria sua alma durante anos. Mas Luke estava furioso demais, humilhado demais e ferido demais para ouvir.

Foi até a porta.

– Não vá embora – implorou ela.

– Vá para o inferno – disse ele, e saiu.

2H30

O novo combustível e um tanque de combustível maior elevaram o empuxo do Júpiter até uma força de 38 toneladas e aumentaram o tempo de queima de 121 segundos para 155 segundos.

— Na época Anthony era um verdadeiro amigo para mim – contou Billie. – Eu estava desesperada. Mil dólares! Não conseguiria arranjar essa quantia em lugar nenhum. Ele pegou o dinheiro com o pai e assumiu a culpa. Ele era um homem de verdade. Por isso é tão difícil entender o que está fazendo agora.
— Não acredito que terminei com você. Eu não entendi o que você havia passado?
— Não foi tudo culpa sua – respondeu Billie, cansada. – Na época eu achei que era, mas agora consigo enxergar meu papel nessa confusão.
Parecia que ter contado a história a havia exaurido.
Ficaram em silêncio durante um tempo, emudecidos pelo arrependimento. Luke se perguntou se Bern demoraria para chegar de Georgetown, depois seus pensamentos voltaram para a história que Billie lhe contara.
— Não gosto muito do que descobri sobre mim – revelou, depois de alguns instantes. – Eu realmente perdi meus dois melhores amigos, você e Bern, só porque fui rancoroso e teimoso demais?
Billie hesitou, depois riu.
— Por que usar meias palavras? É, foi exatamente isso que aconteceu. – Ela riu de novo. – Você pode ser tão egocêntrico! – disse em tom amigável. – Eu não casei com Bern porque você me abandonou. Casei com ele porque ele é um dos melhores homens do mundo. É inteligente, gentil e bom de cama. Demorei anos para esquecer você, mas, quando consegui, me apaixonei por Bern.
— E você e eu ficamos amigos de novo?
— Lentamente. Sempre amamos você, todos nós, ainda que você fosse um filho da mãe teimoso. Escrevi para você quando Larry nasceu, e você foi me ver. Depois, no ano seguinte, Anthony deu uma festa enorme quando fez 30 anos e você apareceu. Estava de novo em Harvard, fazendo o doutorado, e o restante de nós estava em Washington. Anthony, Elspeth e Peg trabalhando na CIA, eu fazendo pesquisa na Universidade George Washington e Bern escrevendo

roteiros para o rádio. Mas você vinha à cidade umas duas vezes por ano e nós nos encontrávamos.

– Quando me casei com Elspeth?

– Em 1954. O ano em que me divorciei de Bern.

– Você sabe por que me casei com ela?

Billie hesitou. A resposta deveria ser fácil, pensou Luke. Ela deveria ter dito "Porque você a amava, claro!", mas não disse.

– Sou a pessoa errada para responder a essa pergunta – falou enfim.

– Vou perguntar a Elspeth.

– Eu gostaria que você fizesse isso.

Ele a encarou. Havia um tom cortante nessa última frase. Luke estava pensando em como decifrar o significado quando um Lincoln Continental branco parou do lado de fora, Bern desceu e entrou na lanchonete.

– Desculpe termos acordado você – falou Luke.

– Não precisa se desculpar. Billie não acredita que quando alguém está dormindo você deve deixá-lo dormir. Se ela está acordada, então todo mundo também deveria estar. Você saberia disso se não tivesse perdido a memória. Aqui. – Ele jogou uma brochura grossa na mesa. A capa dizia: Guia Oficial de Linhas Aéreas – publicação mensal. Luke pegou-o.

– Procure a Capital Airlines, eles voam para o sul – disse Billie.

Luke encontrou as páginas certas.

– Tem um voo que sai às 6h55. Daqui a apenas quatro horas. – Ele analisou com mais atenção. – Merda, para em cada cidadezinha em Dixie e chega a Huntsville às 14h23, hora local.

Bern colocou um par de óculos e leu por cima do ombro dele.

– O voo seguinte só sai às nove, mas faz menos paradas e é um Viscount, então você chegaria a Huntsville mais cedo, um pouco antes do meio-dia.

– Vou no voo das nove, mas não gosto da ideia de ficar em Washington mais tempo do que preciso – comentou Luke.

– Você tem mais dois problemas – disse Bern. – O primeiro é que acho que Anthony vai mandar os homens dele para o aeroporto.

Luke franziu a testa.

– Talvez eu pudesse sair daqui de carro e pegar um voo em algum lugar no caminho. – Ele olhou o quadro de horários. – A primeira parada do voo que sai mais cedo é num lugar chamado Newport News. Onde diabo fica isso?

– Perto de Norfolk, na Virgínia – respondeu Billie.

– Ele pousa lá às 8h02. Será que eu consigo chegar a tempo?

– São 320 quilômetros – disse Billie. – Digamos que quatro horas. Podemos chegar com uma hora de folga.

– Mais, se vocês forem no meu carro – observou Bern. – Ele chega a 180 por hora.

– Você me emprestaria seu carro?

Bern sorriu.

– Já salvamos a vida um do outro. Um carro não é nada.

Luke assentiu.

– Obrigado.

– Mas você tem um segundo problema – disse Bern.

– Qual é?

– Eu fui seguido até aqui.

3h

O tanque de combustível contém defletores para impedir que o líquido chacoalhe. Sem eles, a movimentação do líquido é tão violenta que fez com que um míssil de teste, o Júpiter 1B, *se desintegrasse depois de 93 segundos de voo.*

Anthony estava sentado ao volante de seu Cadillac amarelo a um quarteirão de distância da lanchonete. Tinha parado junto à traseira de um caminhão, de modo que seu carro inconfundível ficasse escondido quase por completo, mas podia ver claramente a lanchonete e o trecho de calçada iluminado pela luz que se derramava das janelas. Parecia um local frequentado por policiais: havia duas viaturas paradas do lado de fora, junto com o Thunderbird vermelho de Billie e o Continental branco de Bern.

Ackie Horwitz estivera posicionado diante do prédio de Bern Rothsten, com instruções de não sair de lá a não ser que Luke aparecesse; mas quando Bern saiu no meio da noite, Ackie teve o bom senso de desobedecer às ordens e segui-lo de motocicleta. Assim que Bern chegou à lanchonete, Ackie ligou para o Prédio Q e alertou Anthony.

Agora Ackie saiu da lanchonete com sua roupa de couro, de motociclista, com um copo de café numa das mãos e uma barra de chocolate na outra. Chegou junto à janela de Anthony.

– Lucas está lá dentro – avisou.

– Eu sabia – disse Anthony com satisfação malévola.

– Mas ele trocou de roupa. Agora está de sobretudo preto e chapéu preto.

– Ele perdeu o outro chapéu no Carlton.

– Rothsten está com ele. E a mulher.

– Quem mais?

– Quatro policiais contando piadas grosseiras, um cara com insônia lendo a primeira edição do *Washington Post* de amanhã e o cozinheiro.

Anthony assentiu. Não podia fazer nada com Luke na presença dos policiais.

– Vamos esperar aqui até que ele saia, depois vamos segui-lo. Desta vez não vamos perdê-lo.

– Certo.

Ackie foi até a motocicleta, estacionada atrás do carro de Anthony, e se sentou para tomar seu café.

Anthony começou a pensar à frente. Eles alcançariam Luke numa rua silenciosa, onde o dominariam e em seguida o levariam para um esconderijo da CIA em Chinatown. A essa altura Anthony se livraria de Ackie. Depois mataria Luke.

Sentia uma determinação gélida. Tinha sofrido um momento de fraqueza emocional no Carlton, mas depois endurecera o coração, decidindo não pensar em amizade e traição até que tudo acabasse. Sabia que estava fazendo a coisa certa. Cuidaria dos arrependimentos depois de cumprir com o dever.

A porta da lanchonete se abriu.

Billie saiu primeiro. As luzes fortes estavam atrás dela, por isso Anthony não pôde ver seu rosto, mas reconheceu o corpo pequeno e o andar característico. Em seguida saiu um homem de sobretudo preto e chapéu da mesma cor: Luke. Os dois foram até o Thunderbird vermelho. A figura com capa que vinha atrás entrou no Lincoln branco.

Anthony deu partida.

O Thunderbird se afastou, seguido pelo Lincoln. Anthony esperou alguns segundos e foi atrás. Ackie o seguiu na motocicleta.

Billie foi para oeste e o pequeno comboio também. Anthony permaneceu um quarteirão e meio atrás, mas as ruas estavam desertas, de modo que eles certamente perceberiam que estavam sendo seguidos. Anthony sentiu que não havia mais sentido em disfarçar: era a hora de mostrar as cartas.

Chegaram à 14th Street e pararam num sinal vermelho. Anthony se aproximou do Lincoln de Bern. Quando o sinal abriu, o Thunderbird de Billie disparou à frente enquanto o Lincoln continuou parado.

Praguejando, Anthony deu ré por alguns metros, em seguida engatou a primeira e pisou no acelerador. O grande carro disparou adiante. Ele desviou do Lincoln parado e partiu atrás dos outros.

Billie ziguezagueou pelas ruas atrás da Casa Branca, avançando sinais vermelhos, ignorando placas que proibiam virar e seguindo na contramão. Anthony fazia o mesmo, tentando desesperadamente se manter atrás dela, mas o Cadillac não era capaz de acompanhar a capacidade de manobra do Thunderbird, e ela se afastou.

Ackie passou por Anthony e ficou atrás de Billie. Mas enquanto ela aumentava a distância em relação a Anthony, Ackie supôs que o plano dela era primeiro se livrar do Cadillac dando voltas e rodando, depois chegar a uma via expressa e deixar a motocicleta para trás, visto que o veículo de duas rodas não conseguiria se igualar à velocidade máxima do Thunderbird.

Então a sorte interveio. Depois de fazer uma curva cantando pneus, Billie chegou a uma área inundada. A água jorrava de um bueiro junto ao meio-fio e toda a largura da rua estava submersa em cerca de 5 centímetros. Ela perdeu o controle do carro. A traseira do Thunderbird girou num arco amplo e o veículo fez um semicírculo. Ackie passou em volta dela, a moto derrapou, ele caiu e rolou na água, mas se levantou imediatamente. Anthony pisou no freio do Cadillac e parou derrapando no cruzamento. O Thunderbird ficou atravessado na rua, com a traseira a 2 centímetros de um carro estacionado. Anthony parou atravessado à frente dele, bloqueando-o. Billie não tinha como sair.

Ackie já estava junto à porta do motorista do Thunderbird. Anthony correu para o lado do carona.

– Saia do carro! – gritou, sacando a arma do bolso interno.

A porta se abriu e a figura de sobretudo e chapéu pretos saltou.

Anthony viu imediatamente que não era Luke, e sim Bern.

Ele se virou e olhou na direção de onde tinham vindo. Não havia sinal do Lincoln branco.

A fúria borbulhou dentro dele. Os dois tinham trocado de casaco e Luke havia escapado no carro de Bern.

– Seu idiota! – gritou para Bern. Sentiu vontade de atirar nele ali mesmo. – Você não sabe o que fez!

Bern estava numa calma enfurecedora.

– Então diga, Anthony. O que eu fiz?

Anthony virou as costas e enfiou a arma de volta no sobretudo.

– Espere um minuto – disse Bern. – Você precisa se explicar. O que fez com Luke é ilegal.

– Não preciso explicar merda nenhuma a você – cuspiu Anthony.

– Luke não é espião.

– Como você sabe?

– Eu sei.

– Não acredito.

Bern o encarou com um olhar profundo.

– Claro que acredita. Você sabe perfeitamente que Luke não é agente soviético. Então por que diabo está fingindo que ele é?

– Vá para inferno – disse Anthony, e se afastou.

• • •

Billie morava em Arlington, um bairro de subúrbio arborizado perto da margem do Potomac que ficava na Virgínia. Anthony percorreu a rua dela inteira de carro. Enquanto passava pela casa, viu do outro lado da rua um sedã Chevrolet preto, pertencente à CIA. Virou uma esquina e estacionou.

Billie chegaria em casa nas próximas horas. Ela sabia aonde Luke tinha ido. Mas não contaria a Anthony. Não confiava mais nele. Permaneceria leal a Luke – a não ser que Anthony a colocasse sob uma pressão extraordinária.

Então era isso que ele faria.

Será que estava louco? Uma vozinha em sua cabeça ficava perguntando se a corrida valia o prêmio. Havia alguma justificativa para o que estava prestes a fazer? Afastou as dúvidas da mente. Tinha escolhido o próprio destino muito tempo atrás e não seria desviado dele, nem mesmo por Luke.

Abriu o porta-malas do carro e tirou uma maleta de couro preta, do tamanho de um livro de capa dura, e uma minilanterna. Depois seguiu para o Chevrolet. Sentou-se no banco do carona ao lado de Pete e ficou olhando as janelas escuras da casinha de Billie. Pensou que aquela ia ser a pior coisa que já tinha feito na vida.

Olhou para Pete.

– Você confia em mim? – perguntou.

O rosto desfigurado de Pete se retorceu num sorriso sem graça.

– Que tipo de pergunta é essa? Sim, confio em você.

A maioria dos agentes jovens via Anthony como um herói, mas Pete tinha um motivo extra para ser leal a ele. Anthony havia descoberto uma informação sobre Pete que poderia fazer com que ele fosse demitido – o fato de ele ter sido preso por usar os serviços de uma prostituta –, mas a manteve em segredo. Para lembrar Pete disso, falou:

– Se eu fizesse alguma coisa que parecesse errada, você continuaria me apoiando?

Pete hesitou. Quando falou, sua voz estava embargada de emoção.

– Deixe-me dizer uma coisa. – Ele olhou em frente, através do para-brisa, para a rua iluminada pelas luzes dos postes. – Você tem sido um pai para mim, isso é tudo.

– Vou fazer uma coisa da qual você não vai gostar. Preciso que você acredite que é a coisa certa.

– Estou dizendo: pode contar comigo.

– Vou entrar – disse Anthony. – Buzine se alguém chegar.

Ele seguiu lentamente pela entrada de veículos, deu a volta na garagem e foi até a porta dos fundos. Apontou a lanterna acesa pela janela da cozinha. A mesa e as cadeiras, tão familiares, se destacavam no escuro.

Tinha vivido uma vida de mentiras e traição, mas aquilo, pensou com uma onda de desprezo contra si mesmo, era o mais baixo que já havia descido.

A porta da cozinha tinha uma fechadura antiquada, com a chave do lado de dentro. Anthony poderia abri-la até mesmo usando um lápis. Pôs a lanterna na boca, depois abriu a maleta de couro e pegou uma ferramenta que parecia uma sonda dental. Enfiou-a na fechadura, empurrando a chave interna para fora. Ela caiu no tapete sem emitir nenhum som. Ele girou a sonda e destrancou a porta.

Entrou silenciosamente na casa escura. Sabia o caminho. Primeiro verificou a sala, depois o quarto de Billie. Ambos estavam vazios. Em seguida olhou o de Becky-Ma. Ela estava dormindo, com o aparelho de surdez na mesinha de cabeceira. Por fim, entrou no quarto de Larry.

Apontou a lanterna para o menino adormecido, sentindo-se nauseado de culpa. Sentou-se na beira da cama e acendeu a luz.

– Ei, Larry, acorde – disse. – Ande.

Os olhos do menino se abriram. Depois de um momento de desorientação, ele sorriu.

– Tio Anthony!

– Hora de levantar.

– Que horas são?

– É cedo.

– O que a gente vai fazer?

– É surpresa – respondeu Anthony.

4h30

O combustível dispara na câmara de combustão do motor do foguete a uma velocidade de cerca de 30 metros por segundo. A queima se inicia no instante em que os fluidos se encontram. Logo o calor da chama evapora os líquidos. A pressão chega a várias centenas de psi e a temperatura alcança 2.700 graus Celsius.

— Você está apaixonada por Luke, não está? – perguntou Bern a Billie. Estavam no carro dela, do lado de fora do prédio dele. Billie não queria entrar: estava impaciente para chegar em casa e ver Larry e Becky-Ma.

– Apaixonada? – perguntou em tom evasivo. – Eu?

Não tinha certeza de quanto queria contar ao ex-marido. Eles eram amigos, mas não íntimos.

– Tudo bem – disse ele. – Há muito tempo percebi que você deveria ter se casado com Luke. Não creio que você tenha parado de amá-lo. Você também me amava, mas era um tipo diferente de amor.

Era verdade. Seu amor por Bern era um sentimento suave, calmo. Com ele jamais tinha sentido o furacão de paixão que a engolfava quando estava com Luke. E quando se perguntava o que sentia por Harold – o afeto calmo ou o redemoinho de empolgação –, a resposta era deprimentemente óbvia. Pensar em Harold lhe dava um sentimento de prazer agradável, mas pequeno. Tinha pouca experiência com homens – os únicos com quem havia dormido tinham sido Luke e Bern –, mas o instinto lhe dizia que com Harold jamais experimentaria o que sentia com Luke: um desejo sexual que a deixava fraca e impotente.

– Luke é casado – disse. – Com uma mulher linda. – E pensou por um momento. – Você acha Elspeth sensual?

Bern franziu a testa.

– É difícil dizer. Acho que ela poderia ser, com o cara certo. Para mim ela parece fria, mas Elspeth nunca teve olhos para mais ninguém a não ser Luke.

– Mas isso não tem importância. Luke é fiel. Ele ficaria com ela mesmo se ela fosse um iceberg, só pelo senso de dever. – Billie fez uma pausa. – Preciso lhe dizer uma coisa.

– Estou ouvindo.

– Obrigada. Por não dizer "Eu avisei". Agradeço seu comedimento.

Bern riu.

– Você está falando da briga enorme que tivemos.

Ela assentiu.

– Você disse que meu trabalho poderia ser usado para fazer lavagem cerebral nas pessoas. Agora sua previsão se realizou.

– Mesmo assim, eu estava errado. Seu trabalho precisava ser feito. Precisamos entender o cérebro humano. As pessoas podem usar o conhecimento para fazer o mal, mas não podemos conter o progresso científico. Mas, vem cá, você tem alguma teoria sobre o que Anthony está aprontando?

– O melhor em que pude pensar é que Luke talvez tenha descoberto algum espião lá em Cabo Canaveral e veio a Washington contar ao Pentágono. Mas o espião é na verdade um agente duplo, trabalhando para nós, de modo que Anthony está desesperado para proteger o sujeito.

Bern balançou a cabeça.

– Não faz tanto sentido. Anthony poderia ter cuidado disso simplesmente contando a Luke que o espião era duplo. Não precisava apagar a memória dele.

– É verdade, você tem razão. E Anthony *atirou* em Luke há algumas horas. Sei que esse trabalho de agente secreto costuma subir à cabeça dos homens, mas não acredito que a CIA mataria um cidadão americano para proteger um agente duplo.

– Claro que mataria – disse Bern. – Mas não seria necessário. Anthony poderia simplesmente ter confiado em Luke.

– Você tem uma teoria melhor?

– Não.

Billie deu de ombros.

– Não sei se isso ainda tem alguma importância. Anthony enganou e traiu os amigos. Quem liga para o motivo? Qualquer que seja o propósito estranho que o levou a isso, nós o perdemos. E ele era um bom amigo.

– A vida é uma merda. – Bern beijou o rosto dela e saiu do carro. – Se tiver notícias de Luke amanhã, ligue para mim.

– Está bem.

Bern entrou no prédio e Billie foi embora.

Atravessou a Memorial Bridge, passou perto do National Cemetery e seguiu pelas ruas do subúrbio até sua casa. Entrou de ré na entrada para carros, hábito que tinha adquirido porque em geral estava com pressa ao sair. Entrou em casa, pendurou o casaco no cabide no saguão e subiu imediatamente, desabotoando o vestido e puxando-o por cima da cabeça. Jogou-o numa cadeira, chutou os sapatos para longe e foi olhar Larry.

Quando viu a cama vazia, gritou.

Olhou no banheiro, depois no quarto de Becky-Ma.

– Larry! – berrou a plenos pulmões. – Onde você está?

Desceu a escada correndo e entrou em todos os cômodos. Ainda com a roupa de baixo, saiu da casa e olhou na garagem e no quintal. Voltando para dentro, entrou de novo em todos os aposentos, abrindo armários e olhando embaixo das camas, procurando em cada espaço com tamanho suficiente para conter um menino de 7 anos.

Ele tinha sumido.

Becky-Ma saiu do quarto com uma expressão de horror no rosto enrugado.

– O que aconteceu? – perguntou, trêmula.

– Cadê Larry? – gritou Billie.

– Pensei que ele estava na cama – respondeu ela, com a voz se transformando num gemido de sofrimento ao perceber o que acontecera.

Billie ficou parada um momento, ofegando, lutando contra o pânico. Em seguida entrou no quarto de Larry e o examinou.

O quarto estava arrumado, sem sinais de luta. Olhando no armário, viu que o pijama azul de ursinhos que ele tinha usado na noite anterior estava bem dobrado numa prateleira. As roupas que ela havia separado para a escola tinham sumido. Independentemente do que tivesse acontecido, ele se vestira antes de sair. Parecia ter ido com alguém de confiança.

Anthony.

A princípio sentiu alívio. Anthony não faria mal a Larry. Mas pensou de novo. Não faria mesmo? Também tinha acreditado que ele não faria mal a Luke, mas ele havia atirado no amigo. Não tinha mais como saber o que Anthony faria. No mínimo Larry devia ter sentido medo ao ser acordado àquela hora, obrigado a se vestir e sair de casa sem ver a mãe.

Precisava pegá-lo de volta rapidamente.

Desceu a escada correndo para ligar para Anthony. Antes de chegar ao telefone, ele tocou. Ela atendeu desesperada.

– Sim?

– Aqui é Anthony.

– Como você pôde fazer isso? – gritou ela. – Como você pôde ser tão cruel?

– Preciso saber onde Luke está – disse ele com frieza. – É muito importante.

– Ele foi... – Ela parou.

Se desse a informação, não lhe restaria trunfo nenhum.
— Foi para onde?
Billie respirou fundo.
— Onde está Larry?
— Comigo. Ele está bem, não se preocupe.
Isso a enfureceu.
— Como eu poderia não me preocupar, seu filho da puta?
— Só diga o que eu preciso saber e tudo vai ficar bem.
Ela queria confiar nele, responder e acreditar que ele levaria Larry para casa, mas resistiu ferozmente à tentação.
— Escute. Quando eu vir o meu filho, digo onde Luke está.
— Você não confia em mim?
— Isso é alguma piada?
Anthony suspirou.
— Certo. Encontre-se comigo no Jefferson Memorial.
Billie sentiu uma pequena onda de triunfo.
— Quando?
— Às sete horas.
Ela olhou o relógio. Passava das seis.
— Estarei lá.
— Billie...
— O quê?
— Vá sozinha.
— Está bem.
Ela desligou.
Becky-Ma estava parada ao lado, parecendo frágil e velha.
— O que foi? — perguntou. — O que está acontecendo?
Billie tentou dar uma impressão de calma.
— Larry está com Anthony. Vou pegá-lo agora. Não precisamos mais nos preocupar.
Ela foi para o segundo andar e se vestiu, depois pegou o banquinho da penteadeira e o colocou na frente do guarda-roupa. Subiu nele e pegou uma maleta lá de cima. Colocou-a na mesa e abriu.
Desenrolou um pano revelando uma Colt .45 automática.
Todos tinham recebido armas daquele tipo durante a guerra. Ela havia guardado a sua como suvenir, mas algum instinto a fazia limpá-la e lubrificá-la regularmente. Achava que depois que alguém atira contra você, você

jamais se sente seguro de novo se não tiver uma arma de fogo em algum lugar por perto.

Liberou com o polegar a trava do lado esquerdo do cabo, atrás do gatilho, e tirou o pente. Havia uma caixa de balas na maleta. Colocou sete no pente, empurrando-as uma a uma contra a mola, depois deslizou o pente de volta para dentro do cabo até sentir que ele travou. Moveu o cursor para posicionar uma bala na câmara.

Virou-se e viu Becky-Ma parada junto à porta, encarando a arma.

Olhou em silêncio para a mãe por um momento.

Depois saiu correndo de casa e entrou no carro.

6H30

O primeiro estágio contém aproximadamente 25 toneladas de combustível. Ele será totalmente usado em dois minutos e 35 segundos.

Era um prazer dirigir o Lincoln Continental de Bern, um carro esguio, longo, com velocidade de cruzeiro de 160 quilômetros por hora, que voava sem esforço pelas estradas desertas da Virgínia ainda adormecida. Ao sair de Washington, Luke sentiu que deixava o pesadelo para trás, e sua viagem durante a madrugada tivera o ar empolgante de uma fuga.

Ainda estava escuro quando chegou a Newport News e parou no pequeno estacionamento ao lado do prédio fechado do aeroporto. Não havia nenhuma luz a não ser a lâmpada solitária de uma cabine telefônica perto da entrada. Desligou o motor e ouviu o silêncio. A noite estava límpida, e o aeroporto, iluminado pelas estrelas. Os aviões parados pareciam peculiares, como cavalos dormindo de pé.

Fazia mais de 24 horas que Luke não dormia, e sentia um cansaço insuportável, mas sua mente estava a mil. Estava apaixonado por Billie. Agora que se encontrava a mais de 300 quilômetros de distância dela, podia admitir. Mas o que isso significava? Ele sempre a havia amado? Ou seria uma paixão de um dia, repetição do sentimento que tinha desenvolvido por ela tão rapidamente em 1941? E quanto a Elspeth? Por que havia se casado com ela? Tinha perguntado isso a Billie e ela se recusara a responder. "Vou perguntar a Elspeth", ele dissera.

Olhou o relógio. Faltava mais de uma hora para a decolagem. Bastante tempo. Saiu do carro e foi até a cabine telefônica.

Ela atendeu depressa, como se já estivesse acordada. A telefonista do hotel avisou que a cobrança seria acrescentada à conta, e ela disse:

– Claro, claro, complete a ligação.

De repente ele ficou sem jeito.

– Ah, bom dia, Elspeth.

– Que bom que você ligou! Eu estava morrendo de preocupação. O que está acontecendo?

– Não sei nem por onde começar.

– Você está bem?

– Agora estou. Basicamente, Anthony me fez perder a memória me dando uma combinação de choques elétricos e drogas.

– Santo Deus. Por que ele faria uma coisa dessas?

– Ele diz que sou um espião soviético.

– Isso é um absurdo.

– Foi o que ele disse a Billie.

– Então você esteve com Billie?

Luke ouviu o tom de hostilidade na voz de Elspeth.

– Ela tem sido gentil – disse ele, defensivo.

Lembrou-se de que tinha pedido para Elspeth ir a Washington ajudá-lo, mas ela havia se recusado.

Elspeth mudou de assunto:

– De onde você está ligando?

Ele hesitou. Seus inimigos podiam facilmente ter grampeado o telefone dela.

– Acho melhor não dizer, para o caso de alguém estar escutando.

– Certo, entendi. O que você vai fazer agora?

– Preciso descobrir o que Anthony queria que eu esquecesse.

– Como você vai fazer isso?

– Prefiro não contar pelo telefone.

A voz dela saiu exasperada:

– Bom, é uma pena que você não possa me contar nada.

– Na verdade eu liguei para perguntar algumas coisas.

– Certo, pode dizer.

– Por que não podemos ter filhos?

– Não sabemos. No ano passado você foi a um especialista em fertilidade, mas ele não descobriu nada errado. Há algumas semanas me consultei com uma médica em Atlanta. Ela fez alguns exames. Estamos esperando os resultados.

– Pode me dizer como nós acabamos nos casando?

– Eu seduzi você.

– Como?

– Fingi que estava com sabonete no olho, para fazer você me beijar. É o truque mais velho do mundo, e fico sem graça pensando que você caiu nele.

Luke não sabia se ela estava sendo divertida, cínica ou as duas coisas.

– Me conte quais eram as circunstâncias quando eu fiz o pedido.

– Bom, passamos anos sem nos ver, depois nos reencontramos em 1954, em Washington. Eu ainda estava na CIA. Você trabalhava no Laboratório de Propulsão a Jato em Pasadena, mas foi para o casamento da Peg. Nós nos sentamos juntos no café da manhã. – Elspeth fez uma pausa, lembrando, e ele esperou pacientemente. Quando ela retomou a narrativa, sua voz estava mais suave. – Nós começamos a conversar e o assunto nunca terminava, foi como se treze anos não tivessem se passado e ainda fôssemos dois jovens universitários com a vida toda pela frente. Eu precisava ir embora cedo: era regente na Orquestra Jovem da 16th Street, e nós tínhamos um ensaio. Você foi comigo...

1954

Todas as crianças da orquestra eram pobres e a maioria era negra. O ensaio acontecia num salão de igreja em um bairro miserável. Os instrumentos eram doados, emprestados ou comprados em lojas de penhores. Eles estavam ensaiando a abertura de uma ópera de Mozart, *As bodas de Fígaro*. Contra todas as probabilidades, tocavam bem.

O motivo era Elspeth. Ela era uma professora meticulosa, corrigindo cada nota errada e cada passo em falso no andamento com infinita paciência. Alta, de vestido amarelo, regia a orquestra com enorme entusiasmo, os cabelos ruivos esvoaçando, as mãos longas e elegantes conduzindo a música com gestos apaixonados.

O ensaio durou duas horas e Luke ficou sentado o tempo todo, hipnotizado. Dava para ver que todos os garotos eram loucos por Elspeth e que todas as garotas queriam ser como ela.

– Essas crianças têm tanto talento quanto qualquer garoto rico com um Steinway na sala de estar – disse ela no carro, depois. – Mas eu entro em várias encrencas.

– Por quê, pelo amor de Deus?

– Sou chamada de amante de crioulos. E isso praticamente acabou com minha carreira na CIA.

– Não entendo.

– Qualquer um que trate os negros como seres humanos sofre suspeitas de ser comunista. Por isso nunca passei de secretária. Não que seja uma grande perda: as mulheres nunca chegam a um posto mais alto do que o de agente simples.

Ela o levou ao lugar onde morava, um apartamento pequeno e bem-arrumado, com poucas peças de mobília angulosa e moderna. Luke preparou martínis e Elspeth começou a fazer espaguete na cozinha minúscula. Ele contou a ela sobre seu trabalho.

– Fico muito feliz por você – disse ela com grande entusiasmo. – Você sempre quis explorar o espaço sideral. Mesmo em Harvard, quando nós namorávamos, você costumava falar disso.

Ele sorriu.

– E naquela época a maioria das pessoas achava isso um sonho idiota de escritores de ficção científica.

– Acho que ainda não podemos ter certeza se vai acontecer.

– Acho que podemos, sim – retrucou ele, sério. – Todos os maiores problemas foram resolvidos por cientistas alemães durante a guerra. Eles construíram foguetes que podiam ser disparados na Holanda e cair em Londres.

– Eu estava lá, e me lembro. Chamávamos de bombas vibratórias. – Ela estremeceu brevemente. – Uma delas quase me matou. Eu estava indo para o escritório durante um ataque aéreo porque precisava passar informações para um agente que seria largado na Bélgica algumas horas depois. Ouvi uma bomba explodir atrás de mim. Ela faz um ruído horrível, então vem o som de vidro quebrando e alvenaria desmoronando, e uma espécie de vento cheio de poeira e pedacinhos de pedra. Eu sabia que, se me virasse para olhar, entraria em pânico e me jogaria no chão em posição fetal, com os olhos fechados. Por isso olhei direto em frente e continuei andando.

Luke ficou comovido com a imagem da jovem Elspeth caminhando pelas ruas escuras enquanto bombas caíam em volta, e sentiu-se grato por ela ter sobrevivido.

– Você é uma mulher muito corajosa – murmurou.

Ela deu de ombros.

– Não me senti corajosa, só apavorada.

– Em que você pensou?

– Você não consegue adivinhar?

Ele lembrou que, sempre que estava à toa, Elspeth pensava em matemática.

– Números primos?

Ela riu.

– Números de Fibonacci.

Luke assentiu. O matemático Fibonacci havia imaginado um casal de coelhos que tinham dois filhotes por mês, que começavam a se reproduzir na mesma proporção um mês depois do nascimento, e se perguntou quantos pares de coelhos haveria depois de um ano. A resposta era 144, mas o número de pares de coelhos a cada mês era a sequência de números mais famosa da matemática: 1, 1, 2, 3, 5, 8, 13, 21, 34, 55, 89, 144... Sempre seria possível descobrir o número seguinte somando os dois anteriores.

– Quando cheguei ao escritório, tinha alcançado o quadragésimo número de Fibonacci – disse Elspeth.

– Você lembra qual é?

– Claro: 102.334.105. Então nossos mísseis se baseiam na bomba vibratória alemã?

– Mais no foguete *V2*, para ser exato. – Luke não deveria falar sobre seu trabalho, mas aquela era Elspeth, e de qualquer modo ela provavelmente atuava num nível de segurança mais alto do que o dele. – Estamos construindo um foguete que pode decolar no Arizona e explodir em Moscou. E, se conseguirmos fazer isso, podemos voar até a Lua.

– Então é só a mesma coisa, numa escala maior?

Ela demonstrou mais interesse nos foguetes do que qualquer outra mulher que ele havia conhecido.

– É. Precisamos de motores maiores, combustível mais eficiente, melhores sistemas de orientação, esse tipo de coisa. Nenhum desses problemas é intransponível. Além do mais, agora os cientistas alemães estão trabalhando para nós.

– Acho que ouvi falar nisso. – Ela mudou de assunto: – E a vida em geral? Está namorando alguém?

– Agora, não.

Ele tinha namorado várias mulheres desde o rompimento com Billie, nove anos antes, e tinha dormido com algumas, mas a verdade, que ele não queria contar a Elspeth, era que nenhuma tinha sido importante.

Houvera uma mulher que ele poderia ter amado, uma jovem alta, de olhos castanhos e cabelos revoltos. Ela tinha o tipo de energia e *joie de vivre* que ele amava em Billie. Haviam se conhecido em Harvard enquanto ele fazia o doutorado. Uma noite, ao caminharem juntos no pátio da universidade, ela segurou a mão dele e disse: "Eu sou casada." Depois o beijou e seguiu andando. Foi o mais próximo que ele havia chegado de entregar seu coração a alguém que não fosse Billie.

– E você? – perguntou a Elspeth. – Peg se casou, Billie já está se divorciando. Você está meio atrasada.

– Ah, você sabe como são as mulheres que trabalham para o governo...

A frase era um clichê de jornal. Eram tantas as mulheres jovens que trabalhavam para o governo em Washington que ultrapassavam o número de homens solteiros numa relação de cinco para um. Como consequência, eram estereotipadas como sexualmente frustradas e desesperadas para sair com alguém. Luke não acreditava que Elspeth fosse assim, mas, se ela queria evitar responder à sua pergunta, tinha esse direito.

Ela pediu que ele olhasse o fogão enquanto ia ao banheiro. Havia uma panela grande de espaguete e uma menor, com molho de tomate fervendo. Ele tirou o paletó e a gravata, depois mexeu o molho com uma colher de pau. O martíni o havia deixado meio tonto, o cheiro da comida era bom e ele estava com uma mulher de quem gostava de verdade. Sentiu-se feliz.

Ouviu Elspeth chamar com uma nota de desamparo pouco característica:

– Luke, pode vir aqui?

Ele entrou no banheiro. O vestido de Elspeth estava pendurado atrás da porta e ela estava usando um sutiã tomara que caia, cor de pêssego, uma anágua da mesma cor, meias e sapatos. Apesar de estar mais vestida do que se estivesse na praia, Luke achou incrivelmente sensual vê-la com as roupas de baixo. Ela estava com a mão no rosto.

– Droga, entrou sabonete no meu olho – disse Elspeth. – Pode tentar lavar?

Luke abriu a torneira de água fria.

– Abaixe o rosto – falou, incitando-a com a mão esquerda entre as escápulas.

A pele clara das costas de Elspeth era macia e quente ao toque. Ele pegou água com a mão direita e jogou no olho dela.

– Está melhorando – disse ela.

Luke continuou lavando seu olho até Elspeth dizer que a ardência havia passado. Depois ele secou seu rosto com uma toalha limpa.

– Seu olho ficou meio vermelho, mas acho que está bem.

– Devo estar horrível.

– Não. – Ele a encarou. O olho dela estava vermelho e o cabelo daquele lado tinha partes molhadas, mas mesmo assim ela estava tão estonteante quanto no primeiro dia em que a tinha visto, mais de dez anos antes. – Você está absolutamente linda.

A cabeça de Elspeth ainda estava inclinada para cima, apesar de ele ter terminado de secar seu rosto. Os lábios encontravam-se separados num sorriso. Beijá-la foi a coisa mais fácil do mundo. Ela retribuiu o beijo, a princípio hesitando, mas depois levou as mãos à nuca de Luke, puxou seu rosto para baixo e o beijou com força.

O sutiã se comprimiu contra o peito dele. Devia ter sido algo sensual, mas o arame era tão rígido que o arranhou através do algodão fino da camisa. Depois de um momento ele se afastou, sentindo-se ridículo.

– O que foi? – perguntou ela.

Ele tocou levemente o sutiã e disse, rindo:

– Machuca.

– Coitadinho – falou ela, fingindo pena.

Elspeth levou a mão às costas e abriu o sutiã com um movimento rápido. Ele caiu no chão.

Luke havia tocado os seios dela algumas vezes, muitos anos antes, mas nunca os tinha visto. Eram brancos e redondos, e os mamilos claros estavam rijos de excitação. Ela envolveu o pescoço dele com os braços e comprimiu o corpo contra o dele. Os seios eram macios e quentes.

– Pronto – disse ela. – É assim que deve ser a sensação.

Depois de um tempo ele a levou para o quarto e a colocou na cama. Elspeth chutou os sapatos para longe. Ele tocou a anágua e perguntou:

– Posso?

Ela deu uma risadinha.

– Ah, Luke, você é tão educado!

Ele riu. Era uma coisa meio boba, mas não sabia como agir. Elspeth levantou os quadris e ele puxou a anágua. A calcinha também era cor de pêssego, combinando com o resto da roupa de baixo.

– Não precisa perguntar se pode – disse ela. – Só tire.

Quando fizeram amor, foi lento e intenso. Ela ficava puxando a cabeça dele e beijando seu rosto enquanto ele se movia, entrando e saindo dela.

– Eu queria isso há tanto tempo – sussurrou ela no seu ouvido.

E depois gritou de prazer várias vezes, e se recostou exausta.

Logo Elspeth caiu num sono profundo, mas Luke ficou acordado, pensando na vida.

Sempre quisera ter uma família. Para ele, a felicidade era uma casa grande e ruidosa cheia de crianças, amigos e bichos de estimação. Mas ali estava, com 33 anos e solteiro, e o tempo parecia passar cada vez mais depressa. Desde a guerra a carreira tinha sido sua prioridade, disse a si mesmo. Tinha voltado à faculdade, para compensar os anos perdidos. Mas esse não era o verdadeiro motivo pelo qual não tinha se casado. A verdade era que apenas duas mulheres haviam tocado seu coração: Billie e Elspeth. Billie o havia enganado, mas Elspeth estava ali, ao seu lado. Olhou o corpo voluptuoso à luz fraca do Dupont Circle, lá fora. Será que haveria algo melhor do que passar todas as noites daquele jeito, com uma mulher inteligente, corajosa, maravilhosa com crianças e, além de tudo, incrivelmente linda?

De manhã ele se levantou e fez o café. Levou-o para o quarto numa bandeja e encontrou Elspeth sentada na cama, parecendo sonolenta e apetitosa. Sentou-se na beira da cama e segurou a mão dela.

– Quer casar comigo?

O sorriso de Elspeth desapareceu e ela pareceu perturbada.

– Ah, meu Deus – falou. – Posso pensar?

7H

Os gases do escapamento passam pelo bocal do foguete como um copo de café quente sendo derramado na garganta de um boneco de neve.

Anthony foi até o Jefferson Memorial com Larry sentado no banco da frente, entre ele e Pete. Ainda estava escuro e a área encontrava-se deserta. Virou o carro e parou de modo que os faróis ficassem visíveis a qualquer outro veículo que se aproximasse.

O monumento era formado por um círculo duplo de colunas com uma cobertura em cúpula. Ficava numa plataforma alta acessível por degraus na parte de trás.

– A estátua tem quase 6 metros de altura e pesa quase 5 toneladas – disse a Larry. – É feita de bronze.

– Onde ela fica?

– Daqui não dá para ver, mas fica dentro daquelas colunas.

– A gente devia ter vindo de dia – resmungou Larry.

Anthony já havia levado Larry para passear antes. Tinham ido à Casa Branca, ao zoológico, ao Smithsonian... Almoçavam cachorro-quente e tomavam sorvete à tarde, e Anthony comprava um brinquedo para Larry antes de levá-lo de novo para casa. Sempre se divertiam. Anthony gostava do afilhado. Mas hoje Larry sabia que algo não estava certo. Era cedo demais, ele queria ver a mãe e provavelmente sentia a tensão no carro.

Anthony abriu a porta.

– Fique aqui um segundo, Larry, enquanto eu falo com Pete – disse.

Os dois homens saíram. A respiração deles virava névoa no ar frio.

– Vou esperar aqui – disse Anthony a Pete. – Você leva o garoto e mostra o monumento a ele. Fique deste lado, para que ela o veja quando chegar.

– Certo – respondeu Pete com a voz fria e abrupta.

– Estou odiando fazer isso – disse Anthony. Na verdade não se importava nem um pouco. Larry estava contrariado, e Billie, completamente aterrorizada, mas eles superariam, e Anthony não permitiria que o sentimentalismo o atrapalhasse. – Não vamos fazer mal nem ao garoto nem à mãe dele – acrescentou, tentando tranquilizar Pete. – Mas ela vai nos contar para onde Luke foi.

– E aí nós devolvemos o garoto.

– Não.

– Não? – A expressão de Pete estava oculta na escuridão, mas sua voz demonstrou assombro. – Por quê?

– Para o caso de precisarmos de outras informações dela mais tarde.

Pete ficou incomodado, mas cederia, pelo menos por enquanto, pensou Anthony, e abriu a porta do carro.

– Venha, Larry. O tio Pete vai lhe mostrar a estátua.

Larry saiu. Com uma educação cuidadosa, disse:

– Depois, acho que eu gostaria de ir para casa.

A respiração de Anthony ficou presa na garganta. Larry era corajoso demais. Após um momento, Anthony respondeu numa voz calma:

– Vamos ver com a mamãe. Agora vá.

O menino segurou a mão de Pete e os dois deram a volta no monumento, indo para a escadaria na parte de trás. Um minuto depois apareceram na frente das colunas, iluminados pelos faróis do carro.

Anthony olhou o relógio. Dali a dezesseis horas o foguete teria decolado e tudo terminaria, de um modo ou de outro. Dezesseis horas eram muita coisa, tempo suficiente para Luke causar danos ilimitados. Anthony precisava colocar as mãos nele depressa.

Billie já deveria ter chegado. Ele sentiu uma pontada de dúvida. Certamente ela apareceria, não? Estava apavorada demais para chamar a polícia ou pensar em qualquer estratégia, Anthony tinha certeza.

Estava certo. Alguns instantes depois outro carro estacionou. Anthony não conseguia ver a cor, mas era um Ford Thunderbird. Parou a 20 metros do seu Cadillac e uma figura pequena e magra desceu, deixando o motor ligado.

– Olá, Billie – disse Anthony.

Ela olhou para ele, depois para o monumento, e viu Pete e Larry na frente das colunas, virados para o interior do círculo. Ficou imóvel.

Anthony foi até ela.

– Não tente nada dramático. Isso prejudicaria Larry.

– Não fale em prejudicá-lo, seu filho da puta.

A voz dela falhou com a tensão. Estava à beira das lágrimas.

– Eu precisava fazer isso.

– Ninguém *precisa* fazer uma coisa assim.

A hostilidade dela não era nem um pouco surpreendente, mas ao mesmo tempo seu desprezo o feriu.

– Você conhece a citação de Thomas Jefferson que aparece dentro desse monumento, em letras de 60 centímetros de altura? Ela diz: "Jurei no altar de Deus hostilidade eterna contra toda forma de tirania sobre a mente do homem." É por esse motivo que estou fazendo isso.

– Para o diabo com os seus motivos. Você perdeu de vista qualquer ideal que já teve. Nada de bom pode sobreviver a esse tipo de traição.

Era perda de tempo discutir com ela.

– Onde está Luke? – perguntou abruptamente.

Houve uma pausa longa. Por fim, ela revelou:

– Luke pegou um voo para Huntsville.

Anthony soltou um suspiro profundo de satisfação. Tinha conseguido o que precisava.

E também ficou surpreso com a resposta.

– Por que Huntsville?

– É onde o Exército projeta os foguetes.

– Eu sei. Mas por que ele iria para lá hoje? É na Flórida que tudo está acontecendo.

– Não sei.

Anthony tentou decifrar o rosto dela, mas estava escuro demais para ver.

– Acho que você está escondendo alguma coisa.

– Não me interessa o que você acha. Vou pegar meu filho e ir embora.

– Não vai, não. Vamos ficar com ele por um tempo.

A voz de Billie foi um grito de angústia:

– Por quê? Eu contei para onde Luke foi!

– Talvez você possa nos ajudar de outros modos.

– Não é justo!

– Você vai sobreviver.

Então ele se virou.

E esse foi o seu erro.

...

Billie de certa forma esperara aquilo.

Enquanto Anthony ia para o carro, ela o atacou. Com o ombro direito, acertou-o na cintura. Ela pesava apenas 55 quilos e ele devia ter uns 25 a mais, porém Billie tinha a surpresa e a fúria a seu favor. Ele cambaleou e tombou para a frente, caindo de quatro. Grunhiu de surpresa e dor.

Billie tirou a Colt do bolso do casaco.

Enquanto Anthony tentava se levantar, ela o golpeou de novo, desta vez pela lateral. Ele caiu no chão, rolando. Quando se virou, ela se abaixou sobre um dos joelhos, ao lado dele, e enfiou o cano da arma em sua boca. Sentiu um dente quebrar. Anthony se imobilizou.

Billie destravou a arma. Fitou os olhos dele e viu medo. Ele não tinha esperado aquilo. Um fio de sangue apareceu no seu queixo.

Billie ergueu os olhos. Larry e o homem ainda estavam virados para o monumento, sem perceber a briga. Ela voltou a atenção para Anthony.

– Vou tirar a arma da sua boca – disse, ofegando. – Se você se mexer, eu o mato. Se ainda estiver vivo, vai chamar seu colega e fazer o que eu mandar. – Ela tirou o cano da boca de Anthony e a apontou para o olho esquerdo dele. – Agora. Chame.

Anthony hesitou.

Ela encostou o cano da pistola na pálpebra dele.

– Pete! – gritou Anthony.

Pete olhou em volta. Houve uma pausa. Ele perguntou, confuso:

– Onde você está?

Anthony e Billie estavam fora do alcance dos faróis.

– Mande ele ficar onde está – ordenou ela.

Anthony se manteve calado. Billie pressionou a arma contra o olho dele.

– Fique onde está! – gritou Anthony a Pete.

Pete pôs a mão na testa, tentando enxergar na escuridão, procurando de onde tinha vindo a voz.

– O que está acontecendo? Não estou enxergando você.

Billie gritou:

– Larry, aqui é a mamãe. Entre no nosso carro!

Pete agarrou o braço de Larry.

– O homem não quer me deixar ir! – gritou o menino.

– Fique calmo! O tio Anthony vai mandar o homem soltar você.

Ela pressionou o cano da arma com mais força no olho de Anthony.

– Está bem! – gritou Anthony. Ela aliviou a pressão. Ele falou: – Deixe o garoto ir!

– Tem certeza? – perguntou Pete.

– Faça o que estou mandando, pelo amor de Deus. Ela está apontando uma arma para mim!

– Certo!

Pete soltou o braço de Larry.

O menino correu para a parte de trás do monumento e reapareceu segundos depois, no nível do chão. Disparou na direção de Billie.

– Não venha para cá – disse ela, esforçando-se para manter a voz calma. – Entre no carro, depressa.

Larry correu para o Thunderbird e entrou, batendo a porta.

Com um movimento rápido, Billie acertou Anthony com a arma dos dois lados do rosto, com o máximo de força que pôde. Ele gritou de dor, mas, antes que pudesse se mover, ela enfiou a arma de novo em sua boca. Ele ficou imóvel, gemendo.

– Lembre-se disso se algum dia tentar sequestrar uma criança de novo – sibilou ela.

Ela se levantou, tirando a arma da boca dele.

– Fique parado – ordenou.

Em seguida recuou para o carro, mantendo a arma apontada para ele. Olhou para o monumento. Pete não tinha se mexido.

Entrou no veículo.

– Você está com uma arma?

Billie enfiou a Colt dentro do casaco.

– Você está bem? – perguntou.

Larry começou a chorar.

Ela engrenou o carro e partiu a toda a velocidade.

8H

Os foguetes menores, que impelem o segundo, o terceiro e o último estágios, usam um combustível sólido conhecido como T17-E2, um polissulfeto com perclorato de amônia como oxidante. Cada foguete gera cerca de 700 quilos de empuxo no espaço.

Bern serviu leite quente sobre os flocos de milho de Larry enquanto Billie batia um ovo para fazer rabanadas. Os dois estavam dando comida reconfortante ao filho, mas Billie sentia que os adultos também precisavam ser confortados. Larry comia com gosto e ouvia o rádio ao mesmo tempo.

– Vou matar aquele filho da puta do Anthony – sussurrou Bern, para Larry não ouvir. – Juro por Deus, vou matar aquele filho da puta.

A fúria de Billie havia se evaporado. Os golpes com a pistola em Anthony esgotaram tudo. Agora estava preocupada e temerosa – em parte por Larry, que passara por um trauma terrível, e em parte por Luke.

– Tenho medo que Anthony tente matar Luke – disse.

Bern pôs uma colherada de manteiga numa frigideira quente, depois mergulhou uma fatia de pão branco na mistura de ovo que Billie tinha preparado.

– Não vai ser fácil matar Luke.

– Mas ele acha que escapou. Não sabe que contei a Anthony onde ele está. – Enquanto Bern fritava o pão, Billie andava de um lado para outro na cozinha, mordendo o lábio. – Anthony deve estar indo para Huntsville. Luke está num avião lento. Anthony pode conseguir um voo da MATS e chegar primeiro. Preciso arranjar um modo de avisar a Luke.

– Deixar uma mensagem no aeroporto?

– Não é confiável. Acho que preciso ir até lá. Havia um voo às nove, não havia? Onde está aquele guia de linhas aéreas?

– Ali na mesa.

Billie pegou-o. O voo 271 decolava em Washington exatamente às nove horas. Ao contrário do de Luke, este só fazia uma parada, chegando a Huntsville às 11h56. O voo de Luke só pousaria às 14h23. Ela poderia esperá-lo no aeroporto.

– Posso fazer isso – declarou.

– Então você deve fazer.

Billie hesitou, olhando para Larry, dividida por desejos conflitantes.

Ele leu sua mente.

– Larry vai ficar bem.

– Eu sei, mas não quero me afastar dele, principalmente hoje.

– Eu cuido dele.

– É melhor não levá-lo à escola, está bem?

– Também acho, pelo menos hoje.

– Terminei o cereal – disse Larry.

– Então deve estar pronto para uma rabanada – respondeu Bern. Em seguida colocou uma fatia no prato. – Quer um pouco de xarope de bordo por cima?

– Quero.

– "Quero" o quê?

– Quero, por favor.

Bern derramou xarope de uma garrafa.

Billie sentou-se diante do filho.

– Acho melhor você não ir à escola hoje.

– Mas vou perder a natação! – protestou ele.

– Talvez o papai possa levar você para nadar.

– Não estou doente!

– Eu sei, meu amor, mas você teve uma manhã meio cansativa e precisa descansar.

Os protestos de Larry tranquilizaram Billie. Ele parecia estar se recuperando depressa. Mesmo assim, ela não queria que ele fosse à escola, pelo menos até que tudo aquilo terminasse.

Podia deixá-lo com o pai. Bern era um agente treinado, capaz de proteger o filho de praticamente qualquer coisa. Tomou uma decisão. Iria a Huntsville.

– Divirta-se com seu pai e talvez amanhã você já possa ir à escola, está bem?

– Está bem.

– Agora a mamãe precisa ir. – Ela não queria transformar a despedida em algo dramático, porque isso só amedrontaria o menino. – Vejo você mais tarde – disse em tom casual.

Enquanto saía, ouviu Bern dizer:

– Aposto que você não consegue comer outra fatia de rabanada.

– Consigo, sim!

Billie fechou a porta.

Parte cinco

10h45

O míssil vai decolar verticalmente, depois será inclinado numa trajetória a 40 graus com relação ao horizonte. Durante o voo impelido pelo motor, o primeiro estágio é guiado por superfícies aerodinâmicas na cauda e por aletas móveis de carbono no jato de escapamento do motor.

Luke caiu no sono assim que prendeu o cinto de segurança e nem chegou a ver a decolagem em Newport News. Dormiu pesadamente durante o voo, mas acordava sempre que o avião trepidava em mais uma pista na trajetória cheia de escalas em direção ao oeste, passando sobre a Virgínia e a Carolina do Norte. Cada vez que seus olhos se abriam, ele sentia uma onda de ansiedade e olhava o relógio para ver quanto tempo restava para o lançamento. Remexia-se no banco enquanto a pequena aeronave taxiava. Algumas pessoas desciam, uma ou duas entravam e o avião decolava de novo. Era como andar de ônibus.

O avião parou para reabastecer em Winston-Salem e os passageiros saíram durante alguns minutos. Luke ligou do terminal para o Arsenal de Redstone e falou com sua secretária, Marigold Clark.

– Dr. Lucas! – disse ela. – O senhor está bem?

– Estou, mas só tenho um minuto para falar. O lançamento continua programado para hoje à noite?

– Sim, às dez e meia.

– Estou indo para Huntsville. Meu avião pousa às 14h23. Estou tentando descobrir por que fui para aí na segunda-feira.

– Ainda não recuperou a memória?

– Não. Bom, você não sabe por que eu fiz essa viagem, não é?

– Como eu disse, o senhor não contou.

– O que eu fiz aí?

– Bom, deixe-me ver. Eu fui buscá-lo no aeroporto, num carro do Exército, e o trouxe aqui para a base. O senhor entrou no Laboratório de Computação e depois foi de carro até a ponta sul.

– O que existe na ponta sul?

– As plataformas de teste estático. Imagino que o senhor tenha ido ao Prédio de Engenharia, às vezes o senhor trabalha lá, mas não tenho certeza, porque eu não estava junto.

– E depois?

– O senhor me pediu que o deixasse em casa. – Luke ouviu um tom de decoro na voz dela. – Esperei no carro enquanto o senhor entrava durante um ou dois minutos. Depois o levei ao aeroporto.

– Só isso?

– É só isso que eu sei.

Luke gemeu, frustrado. Tinha certeza de que Marigold daria alguma pista. Desesperado, tentou outra linha de questionamento:

– Como eu estava?

– Bem, mas parecia estar com a cabeça em outro lugar. Estava preocupado, era essa a palavra que eu estava buscando. Achei o senhor preocupado com alguma coisa. Isso acontece o tempo todo com vocês, cientistas. Não deixo que isso me afete.

– Estava usando as roupas de sempre?

– Um daqueles paletós de tweed bonitos.

– Carregava alguma coisa?

– Só sua maleta. Ah, e uma pasta.

Luke parou de respirar por um momento.

– Uma pasta? – repetiu, engolindo em seco.

Uma aeromoça o interrompeu:

– Está na hora do embarque, Dr. Lucas.

Ele cobriu o fone com a mão.

– Só um minuto – disse à aeromoça. Depois falou com Marigold: – Era algum tipo especial de pasta?

– Uma pasta padrão do Exército, papelão fino, pardo.

– Alguma ideia do que havia nela?

– Pareciam ser só papéis.

Luke tentou respirar normalmente.

– Quantas folhas? Uma, dez, cem?

– Acho que umas quinze ou vinte.

– Por acaso você viu o que havia nesses papéis?

– Não, o senhor não tirou nenhum.

– E eu ainda estava com essa pasta quando você me levou ao aeroporto?

Marigold ficou em silêncio do outro lado da linha.

A aeromoça voltou.

– Dr. Lucas, se não embarcar agora, teremos que ir sem o senhor.

– Estou indo, estou indo. – Ele começou a repetir a pergunta a Marigold. – Eu ainda estava com a pasta...

– Eu ouvi – interrompeu ela. – Estou tentando lembrar.

Ele mordeu o lábio.

– Eu espero.

– Não sei se o senhor estava com ela na sua casa.

– Mas no aeroporto?

– Hum, acho que não... Estou visualizando o senhor se afastando de mim no terminal, e vejo que o senhor está com a mala em uma das mãos e na outra... nada.

– Tem certeza?

– Sim, agora tenho. O senhor deve ter deixado a pasta aqui, em algum lugar, na base ou em casa.

A mente de Luke estava a mil. A pasta era o motivo para sua viagem a Huntsville, tinha certeza. Ela continha o segredo que ele havia descoberto, que Anthony estava tão desesperado para fazê-lo esquecer. Talvez fosse uma cópia do original e ele a houvesse guardado em algum outro lugar, por segurança. Por isso tinha pedido que Marigold não contasse a ninguém sobre sua visita. Parecia um excesso de cautela, mas sem dúvida ele havia aprendido esses hábitos na guerra.

Agora, se pudesse encontrar a pasta, poderia descobrir o segredo.

A aeromoça havia se afastado dele e Luke a viu correndo pela pista. As hélices do avião já estavam girando.

– Acho que essa pasta pode ser muito importante – disse a Marigold. – Poderia dar uma olhada se ela está por aí?

– Meu Deus, Dr. Lucas, isto aqui é o Exército! O senhor não sabe que deve haver um milhão de pastas daquela cor por aqui? Como eu saberia qual o senhor estava carregando?

– Só verifique, veja se há alguma onde não deveria estar. Assim que eu pousar em Huntsville vou para casa, procurar lá. Depois, se não encontrar, vou à base.

Então Luke desligou e correu para o avião.

11H

O plano de voo é programado antecipadamente. Durante o voo, sinais enviados por telemetria ao computador ativam o sistema de orientação para mantê-lo no curso.

O voo do MATS para Huntsville estava cheio de generais. O Arsenal de Redstone fazia mais do que projetar foguetes para o espaço. Era o quartel-general do Comando de Mísseis do Exército. Anthony, que se mantinha a par desse tipo de coisa, sabia que inúmeras variedades de armas estavam sendo desenvolvidas e testadas na base – desde o Redeye, do tamanho de um bastão de beisebol, para tropas terrestres usarem contra aeronaves inimigas, até o gigantesco SSM *Honest John*. Sem dúvida a base recebia um monte de figurões.

Anthony usava óculos escuros para esconder os olhos que Billie tinha deixado roxos. O lábio tinha parado de sangrar e o dente quebrado só aparecia quando ele falava. Apesar dos ferimentos, sentia-se cheio de disposição: Luke estava a seu alcance.

Será que deveria simplesmente aproveitar a primeira oportunidade para matá-lo? Era tão simples que chegava a ser tentador. Mas estava preocupado por não saber exatamente o que Luke planejava. Precisava tomar uma decisão. No entanto, quando embarcou na aeronave, estava acordado havia 48 horas e caiu no sono. Sonhou que tinha 21 anos de novo, havia folhas recém-nascidas nas árvores altas no pátio de Harvard e a vida cheia de possibilidades gloriosas se estendia como uma estrada à sua frente. A próxima coisa que percebeu foi Pete sacudindo-o enquanto um cabo abria a porta do avião, e acordou inalando a brisa quente do Alabama.

Huntsville tinha um aeroporto civil, mas não era aquele. Os voos do Exército pousavam na pista dentro do Arsenal de Redstone. O prédio do terminal era uma pequena construção de madeira, e a torre era uma estrutura de aço aberta com uma sala de controle no topo.

Anthony sacudiu a cabeça para clareá-la enquanto caminhava pela grama ressecada. Estava carregando a pequena bolsa com sua arma, um passaporte falso e cinco mil dólares em dinheiro, o kit de emergência sem o qual jamais entrava num avião.

A adrenalina o deixava animado. Nas horas seguintes mataria um homem pela primeira vez desde a guerra. Seu estômago se contraía quando ele pensava nisso. Onde executaria o plano? Uma opção era esperar Luke no Aeroporto de Huntsville, segui-lo quando ele saísse e atirar nele em algum ponto da estrada. Mas era muito arriscado. Luke poderia ver que estava sendo seguido e escapar. Ele jamais seria um alvo fácil. Ainda poderia escapar se Anthony não fosse extremamente cuidadoso.

Talvez fosse melhor descobrir aonde Luke planejava ir, chegar antes e emboscá-lo.

– Vou fazer algumas perguntas na base – disse a Pete. – Quero que você vá ao aeroporto e fique de guarda. Se Luke chegar ou outra coisa acontecer, venha me procurar aqui.

Na beira da pista de pouso um rapaz com uniforme de tenente esperava com um cartão em que estava escrito "Sr. Carroll, Departamento de Estado". Anthony apertou a mão dele.

– Com os cumprimentos do coronel Hickam, senhor – disse o tenente em tom formal. – De acordo com o que foi solicitado pelo Departamento de Estado, nós providenciamos um carro para o senhor. – Ele apontou para um Ford verde-oliva.

– Está ótimo – respondeu Anthony.

Ele havia ligado para a base antes do voo, fingindo descaradamente estar sob ordens de Alan Dulles, o diretor da CIA, e exigiu cooperação do Exército numa missão vital cujos detalhes eram confidenciais. Tinha dado certo: aquele tenente parecia ansioso em ajudar.

– O coronel Hickam gostaria que o senhor aparecesse no quartel-general na hora em que for mais conveniente. – O tenente lhe entregou um mapa. A base era enorme, percebeu Anthony. Estendia-se por vários quilômetros até o rio Tennessee, ao sul. – O prédio do quartel-general está marcado no mapa – continuou o soldado. – E temos uma mensagem pedindo que o senhor ligue para o Sr. Carl Hobart em Washington.

– Obrigado, tenente. Onde fica a sala do Dr. Claude Lucas?

– No Laboratório de Computação. – Ele pegou um lápis e marcou no mapa. – Mas todos os funcionários do laboratório estão em Cabo Canaveral esta semana.

– O Dr. Lucas tem secretária?

– Sim, a Sra. Marigold Clark.

Ela poderia saber das movimentações de Luke.

– Ótimo. Tenente, este é o meu colega Pete Maxell. Ele precisa ir ao aeroporto civil para esperar um voo.

– Será um prazer levá-lo até lá, senhor.

– Muito obrigado. Se ele precisar me encontrar aqui na base, qual é o melhor modo?

O tenente olhou para Pete.

– O senhor pode deixar uma mensagem na sala do coronel Hickam e eu tento passá-la ao Sr. Carroll.

– Está ótimo – disse Anthony em tom decisivo. – Vamos.

Ele entrou no Ford, verificou o mapa e partiu. Era uma típica base do Exército. Estradas retas atravessavam áreas florestais interrompidas por retângulos de grama curta. Todas as construções eram estruturas de tijolos, com teto plano. A base era bem sinalizada e ele encontrou facilmente o Laboratório de Computação, um prédio em forma de T com dois andares. Perguntou-se por que eles precisavam de tanto espaço para fazer cálculos, depois ponderou que deviam ter um computador poderoso ali dentro.

Estacionou e ficou dentro do carro por alguns instantes, pensando. Tinha uma pergunta simples: aonde Luke planejava ir quando chegasse a Huntsville? Marigold provavelmente sabia, mas iria querer proteger Luke e se mostraria cautelosa com um estranho, especialmente um com dois olhos roxos. No entanto, havia sido deixada ali sozinha enquanto a maioria das pessoas com quem trabalhava fora para o grande evento em Cabo Canaveral, de modo que provavelmente também estava se sentindo solitária e entediada.

Entrou no prédio. Numa sala externa havia três mesas pequenas, cada uma com uma máquina de escrever em cima. Duas estavam vazias. A terceira era ocupada por uma mulher negra de cerca de 50 anos usando óculos com *strass* na armação e um vestido de algodão estampado com margaridas.

– Boa tarde – disse Anthony.

A mulher se levantou. Ele tirou os óculos escuros. Os olhos dela se arregalaram de surpresa diante da sua aparência.

– Olá! Em que posso ajudar?

– Senhora, estou procurando uma esposa que não me bata – disse ele, com sinceridade fingida.

Marigold explodiu numa gargalhada.

Anthony pegou uma cadeira e sentou-se ao lado da mesa.

– Trabalho no escritório do coronel Hickam. Estou procurando Marigold Clark. Sabe onde ela está?

– Sou eu.

– Ah, não, a Sra. Clark que estou procurando é uma mulher adulta. Você é só uma jovem.

– Ora, pare com essa conversa fiada – disse ela, mas deu um sorriso largo.
– O Dr. Lucas está vindo para cá. Acho que você já está sabendo.
– Ele me ligou hoje cedo.
– A que horas você acha que ele chega?
– O avião dele pousa às 14h23.
Isso era útil.
– Então ele estará aqui por volta das três.
– Não necessariamente.
Ah.
– Por que não?
Ela lhe deu a informação que ele queria:
– Ele disse que vai primeiro em casa, depois vai dar uma passada aqui.
Perfeito. Anthony mal podia acreditar na sorte. Luke iria do aeroporto direto para casa. Anthony poderia ir até lá e esperar, e atirar em Luke assim que ele entrasse. Não haveria testemunhas. Se usasse o silenciador, ninguém nem mesmo ouviria o tiro. Deixaria o corpo onde tivesse caído e iria embora. Com Elspeth na Flórida, o corpo poderia demorar dias para ser descoberto.
– Obrigado – disse a Marigold, levantando-se. – Foi um prazer conhecê-la.
Ele saiu da sala antes que ela pudesse perguntar seu nome.
Voltou ao carro e foi para o prédio do quartel-general, um longo monólito de três andares parecido com uma prisão. Encontrou a sala do coronel Hickam. O coronel não estava lá, mas um sargento lhe indicou uma sala vazia com um telefone.
Anthony ligou para o Prédio Q, mas não para falar com seu chefe, Carl Hobart. Em vez disso, perguntou pelo chefe de Carl, George Cooperman.
– O que houve, George? – falou.
– Você atirou em alguém ontem à noite? – quis saber Cooperman, com a voz de fumante parecendo ainda mais rouca do que o comum.
Com um esforço, Anthony encarnou o personagem fanfarrão que agradava a Cooperman.
– Ah, caramba, quem lhe contou isso?
– Um coronel do Pentágono ligou para Tom Ealy, na sala do diretor, e Ealy contou a Carl Hobart, que teve um orgasmo.
– Não há provas. Eu peguei todas as balas.
– Esse coronel encontrou um buraco de 9 milímetros na parede e adivinhou o que o teria causado. Você acertou alguém?
– Infelizmente, não.
– Você está em Huntsville, não é?

– Estou.

– Estão querendo que você volte imediatamente para cá.

– Então foi bom eu não ter falado com você.

– Escute, Anthony, eu sempre lhe dou o máximo de liberdade possível, porque você consegue resultados. Mas não posso fazer mais nada nesse caso. A partir de agora você está por conta própria.

– É assim que eu gosto.

– Boa sorte.

Anthony desligou e ficou olhando o telefone. Não tinha mais muito tempo. Sua temporada como fora da lei estava se esgotando. Só podia desobedecer a ordens durante um curto período. Precisava acabar com aquilo depressa.

Ligou para Elspeth em Cabo Canaveral.

– Você falou com Luke? – perguntou.

– Ele me ligou às seis da manhã – respondeu ela; parecia abalada.

– De onde?

– Não quis contar nem aonde ia nem o que pretendia fazer, porque ficou com medo que meu telefone estivesse grampeado. Mas disse que você era o responsável pela amnésia dele.

– Ele está a caminho de Huntsville. Estou aqui no Arsenal de Redstone. Vou para a sua casa esperar por ele. Como consigo entrar?

Ela respondeu com outra pergunta:

– Ainda está tentando protegê-lo?

– Claro.

– Ele vai ficar bem?

– Vou fazer o melhor que puder.

Houve um momento de silêncio, depois ela disse:

– Há uma chave embaixo do vaso de buganvílias no quintal dos fundos.

– Obrigado.

– Cuide de Luke, está bem?

– Eu já disse que vou fazer o melhor que puder.

– Não seja grosseiro comigo – disse ela, voltando um pouco ao estado de espírito usual.

– Vou cuidar dele.

Anthony desligou.

Levantou-se para sair e o telefone tocou.

Pensou se deveria atender. Podia ser Hobart. Mas seu chefe não sabia que ele estava no escritório do coronel Hickam. Só Pete sabia.

Atendeu.

De fato, era Pete.

– A Dra. Josephson está aqui! – disse ele.

– Merda. – Anthony tinha certeza de que ela ficaria fora de cena. – Ela acabou de desembarcar?

– É, devia ser um voo mais rápido do que o de Lucas. Está sentada no prédio do terminal, como se esperasse alguém.

– Ele. Ela está esperando Luke – afirmou Anthony. – Maldição. Ela veio avisar que nós estamos aqui. Você precisa tirá-la daí.

– Como?

– Não me interessa. Livre-se dela!

MEIO-DIA

A órbita do Explorer *será de 34 graus em relação ao equador. Com relação à superfície da Terra, ele irá para o sudeste atravessando o Oceano Atlântico até a ponta sul da África, depois para o nordeste pelo Oceano Índico e a Indonésia até o Pacífico.*

O aeroporto de Huntsville era pequeno, mas movimentado. O único prédio do terminal tinha um balcão da Hertz, algumas máquinas de venda automática e uma fileira de telefones públicos. Assim que chegou, Billie verificou a hora do voo de Luke e viu que ele estava quase uma hora atrasado, com previsão de pouso em Huntsville às 15h15. Tinha três horas de espera pela frente.

Comprou uma barra de chocolate e um refrigerante numa máquina. Pousou a maleta que continha seu Colt e ficou encostada numa parede, pensando. Qual era o plano? Assim que visse Luke, o avisaria que Anthony estava em Huntsville. Luke ficaria alerta e tomaria precauções – mas não poderia se esconder. Ele precisava descobrir o que tinha feito na segunda-feira, e para isso teria que circular pela cidade. Ela poderia fazer alguma coisa para protegê-lo?

Enquanto refletia sobre isso, uma garota com uniforme da Capital Airlines se aproximou dela.

– A senhora é a Dra. Josephson?

– Sou.

– Tenho um recado telefônico para a senhora – disse a moça, entregando-lhe o envelope.

Billie franziu a testa. Quem sabia que ela estava ali?

– Obrigada – murmurou, abrindo-o.

– De nada. Por favor, avise se pudermos fazer mais alguma coisa pela senhora.

Billie levantou os olhos e sorriu. Tinha esquecido como as pessoas eram educadas no sul.

– Certamente – disse. – Muito obrigada.

A garota se afastou e Billie leu o recado: "Favor ligar para o Dr. Lucas no Huntsville JE 6-4231.

Ela ficou perplexa. Será que Luke poderia já ter chegado? E como ele sabia que ela estava ali?

Só havia um modo de descobrir. Jogou a garrafa de refrigerante numa lata de lixo e foi até um telefone público.

Atenderam imediatamente e uma voz de homem disse:

– Laboratório de Testes de Componentes.

Parecia que Luke já estava no Arsenal de Redstone. Como ele havia conseguido isso?

– Dr. Claude Lucas, por favor – disse.

– Só um momento. – Depois de uma pausa o homem voltou. – O Dr. Lucas deu uma saidinha, volta daqui a um minuto. Quem está falando, por favor?

– Dra. Bilhah Josephson. Me deram um recado pedindo que ligasse para ele nesse número.

O tom do sujeito mudou imediatamente.

– Ah, Dra. Josephson, que bom que a encontramos! O Dr. Lucas está muito preocupado querendo contatá-la.

– O que ele está fazendo aqui? Achei que ainda estivesse no voo.

– A segurança do Exército o pegou em Norfolk, na Virgínia, e o colocou num voo especial. Ele chegou há mais de uma hora.

Ela sentiu alívio por Luke estar em segurança, mas ao mesmo tempo ficou confusa.

– O que ele está fazendo aí?

– Acho que a senhora sabe.

– É, acho que sei. E como está indo?

– Bem. Não posso dar detalhes, especialmente pelo telefone. A senhora pode vir até aqui?

– Onde é?

– O laboratório fica a cerca de uma hora da cidade, pela estrada de Chattanooga. Posso mandar um motorista do Exército pegá-la, mas seria mais rápido se a senhora pegasse um táxi ou alugasse um carro.

Billie pegou um caderno na bolsa.

– Me diga como chegar. – Depois, lembrando-se de seus modos sulistas, acrescentou: – Por favor.

13H

O motor do primeiro estágio deve ser desligado rapidamente e separado no mesmo instante, caso contrário a redução gradual do empuxo poderia fazer com que o primeiro estágio alcançasse o segundo e o desalinhasse. Assim que a pressão cai nas linhas de combustível, as válvulas são fechadas, e o primeiro estágio é separado cinco segundos depois, através da detonação das travas explosivas com molas. As molas aumentam a velocidade do segundo estágio em 0,8 metro por segundo, garantindo que a separação ocorra sem sobressaltos.

Anthony sabia o caminho para a casa de Luke. Tinha passado um fim de semana ali, alguns anos antes, logo depois de Luke e Elspeth se mudarem de Pasadena. Chegou em quinze minutos. Ficava na Echols Hill, uma rua de casas grandes e antigas a alguns quarteirões do centro da cidade. Parou depois da esquina, de modo que Luke não visse que alguém se aproximava.

Saiu do carro e caminhou até a casa. Deveria estar se sentindo confiante. Tinha todas as cartas a seu favor: elemento surpresa, tempo e uma arma. Em vez disso, estava nauseado de apreensão. Por duas vezes Luke estivera em suas mãos e lhe escorrera por entre os dedos.

Ainda não sabia por que Luke optara por ir a Huntsville em vez de a Cabo Canaveral. Essa decisão inexplicável sugeria haver algo que Anthony não sabia, uma surpresa desagradável que poderia se revelar a qualquer momento.

Era uma casa estilo colonial do início do século, com colunas na varanda. Era grandiosa demais para um cientista do Exército, mas Luke nunca fingira viver com o que recebia como cientista. Anthony abriu um portão num muro baixo e entrou no quintal. Seria fácil invadir a casa, mas não era necessário. Foi até os fundos. Perto da porta da cozinha havia um vaso de cerâmica com buganvílias e, embaixo dele, uma grande chave de ferro.

Anthony entrou.

Do lado externo, a casa era agradavelmente antiquada, mas o interior era decorado de acordo com a última moda. Elspeth tinha todo tipo de engenhoca na cozinha. Havia um grande saguão decorado em cores pastel, uma sala de estar com um móvel com TV embutida e um toca-discos, e uma sala de jantar com cadeiras modernas e aparadores. Anthony preferia a mobília tradicional, mas precisava admitir que aquilo tudo era elegante.

Parado na sala de estar, olhando um sofá curvo estofado em vinil cor-de-rosa, lembrou-se nitidamente do fim de semana que havia passado ali. Em menos de uma hora soube que o casamento estava passando por problemas. Elspeth havia flertado com Anthony, o que nela era sempre sinal de tensão, e Luke tinha forçado um ar de hospitalidade alegre muito pouco característico dele.

Os dois tinham dado uma festa no sábado à noite e convidado o pessoal jovem do Arsenal de Redstone. A sala estava cheia de cientistas malvestidos falando sobre foguetes, oficiais de baixa patente discutindo perspectivas de promoção e mulheres bonitas fofocando sobre a vida numa base militar. O gramofone tinha uma pilha de LPs de jazz, mas naquela noite a música parecera lamentosa, não animada. Luke e Elspeth ficaram bêbados – algo raro para os dois –, e ela atirava cada vez mais para Anthony à medida que Luke se tornava mais silencioso. Anthony achou doloroso ver duas pessoas de quem gostava e que admirava tão infelizes, e todo o fim de semana o deixou deprimido.

E agora o longo drama de suas vidas entrelaçadas estava chegando à conclusão inevitável.

Decidiu revistar a casa. Não sabia o que estava procurando, mas poderia descobrir alguma pista do motivo para Luke ir até ali ou algo que o alertasse de algum perigo imprevisto. Calçou um par de luvas de borracha que encontrou na cozinha. Seria inevitável que houvesse uma investigação de assassinato, e ele não queria deixar digitais.

Começou pelo escritório, uma sala pequena com as paredes cobertas de estantes com livros científicos. Sentou-se à escrivaninha de Luke, virada para o quintal dos fundos, e abriu as gavetas.

Nas duas horas seguintes, revistou a casa de cabo a rabo. Não encontrou nada.

Procurou em cada bolso de cada terno no armário cheio de Luke. Abriu cada livro do escritório para verificar papéis escondidos entre as páginas. Destampou cada pote de plástico na enorme geladeira de duas portas. Foi à garagem e revistou o belo Chrysler 300C preto – o sedã de linha mais rápido do mundo, segundo os jornais –, desde os faróis aerodinâmicos até as barbatanas de cauda imitando as de foguetes.

Enquanto fazia isso tudo, descobriu alguns segredos íntimos. Elspeth tingia o cabelo, tomava comprimidos para dormir prescritos por um médico e sofria de prisão de ventre. Luke usava xampu anticaspa e assinava a *Playboy*.

Havia uma pequena pilha de correspondências na mesa do saguão – presumivelmente colocadas ali pela empregada. Anthony deu uma olhada nos envelopes, mas não havia nada de interessante: um anúncio de supermercado, a *Newsweek*, um cartão-postal de Ron e Monica no Havaí, envelopes com a janelinha de celofane para o endereço indicando serem cartas comerciais.

A busca fora infrutífera. Ele ainda não sabia o que Luke podia ter na manga.

Foi para a sala de estar. Escolheu uma posição de onde poderia enxergar o quintal da frente através das venezianas e também pela porta aberta que dava no corredor. Sentou-se no sofá de vinil rosa.

Pegou sua arma, verificou que estava totalmente carregada e ajustou o silenciador.

Tentou se tranquilizar imaginando a cena futura. Veria Luke chegar, provavelmente num táxi do aeroporto. Ele viria pelo quintal da frente, pegaria a chave e abriria a porta. Entraria no saguão, fecharia a porta e iria para a cozinha. Enquanto passasse pela sala, olharia pela porta aberta e veria Anthony no sofá. Pararia, levantaria as sobrancelhas com surpresa e abriria a boca para falar. Em sua cabeça se passaria algo do tipo "Anthony? O que diabo voc...?", mas jamais diria as palavras. Seu olhar baixaria para a arma alinhada perfeitamente no colo de Anthony e ele saberia seu destino uma fração de segundo antes que ele acontecesse.

Então Anthony atiraria.

15H

Um sistema de bocais de ar comprimido, montado na cauda do compartimento mecânico, serve para controlar a inclinação da seção do nariz quando o foguete estiver no espaço.

Billie estava perdida.

Fazia meia hora que tinha descoberto isso. Depois de sair do aeroporto num Ford alugado, alguns minutos antes da uma da tarde, tinha ido para o centro de Huntsville, depois pegado a autoestrada 59 em direção a Chattanooga. Tinha se perguntado por que o Laboratório de Testes de Componentes ficaria a uma hora da base, e imaginou que seria por motivos de segurança: talvez existisse o perigo de os componentes explodirem ao ser testados. Mas não tinha pensado muito nisso.

A orientação era pegar uma estrada de terra à direita, a exatamente 56 quilômetros de Huntsville. Tinha zerado o hodômetro na Main Street, mas, quando o número de quilômetros percorridos chegou ao 56, não viu nenhuma rua à direita. Sentindo-se apenas um pouco ansiosa, continuou e pegou a estrada seguinte à direita, alguns quilômetros depois.

As orientações, que tinham parecido tão precisas na hora de anotar, não correspondiam às estradas em que estava, e sua ansiedade cresceu, mas ela foi em frente, pensando na alternativa mais provável a cada orientação que dava errado. Obviamente, pensou, o homem com quem tinha conversado não era tão confiável como parecia. Desejou ter podido falar pessoalmente com Luke.

A paisagem ficou gradualmente mais deserta, as casas de fazenda mais decrépitas, as estradas cheias de buracos e as cercas quebradas. A disparidade entre o que esperava e os marcos que via ao redor aumentou até que ela jogou as mãos para cima em desespero e admitiu que poderia estar em qualquer lugar. Ficou furiosa consigo mesma e com o idiota que tinha dado as orientações.

Fez um retorno e tentou encontrar o caminho de volta, mas logo estava de novo em outra estrada desconhecida. Começou a se perguntar se não estaria girando num círculo enorme. Viu um campo onde um homem negro de macacão e chapéu de palha revirava a terra dura com um arado. Parou o carro ao lado e falou com ele:

– Sabe onde fica o Laboratório de Testes de Componentes do Arsenal de Redstone?

Ele pareceu surpreso.

– A base do Exército? É lá do outro lado de Huntsville.

– Mas eles têm algum tipo de instalação por aqui.

– Eu nunca vi.

Não adiantava. Ela teria que telefonar para o laboratório e pedir ajuda.

– Posso usar o seu telefone?

– Não tenho telefone.

Ela já ia perguntar onde ficava o telefone público mais próximo quando viu medo nos olhos dele. Percebeu que o estava colocando numa situação em que o deixava ansioso: sozinho num campo com uma mulher branca que não falava coisa com coisa. Agradeceu rapidamente e foi embora.

Depois de alguns quilômetros chegou a uma mercearia caindo aos pedaços com um telefone público do lado de fora. Parou. Ainda tinha o recado de Luke com o número de telefone. Colocou uma moeda na fenda e discou.

O telefone foi atendido imediatamente e uma voz jovem, masculina, disse:

– Alô?

– Gostaria de falar com o Dr. Claude Lucas.

– Você discou o número errado, querida.

Será que não consigo fazer nada certo?, pensou ela em desespero.

– Aí não é Huntsville JE 6-4231?

Houve uma pausa.

– É, é o que está escrito no disco.

Ela verificou de novo o número no recado. Não tinha se enganado.

– Eu estava tentando ligar para o Laboratório de Testes de Componentes.

– Bom, a senhora ligou para um telefone público no aeroporto de Huntsville.

– Um telefone *público*?

– Sim, senhora.

Billie começou a perceber que tinha sido enganada.

A voz do outro lado continuou:

– Eu ia ligar para minha mãe e pedir que ela viesse me buscar, e quando peguei o fone ouvi a senhora perguntando por um sujeito chamado Claude.

– Merda! – disse Billie, e bateu o telefone, furiosa consigo mesma por ser tão ingênua.

Luke não tinha saído do avião em Norfolk e pegado um voo do Exército, percebeu, e não estava no Laboratório de Testes de Componentes, onde quer que isso fosse. A história toda era uma mentira criada com o objetivo de tirá-la do caminho. E fora bem-sucedida. Olhou o relógio. Luke já devia ter pousado. Anthony ficara esperando por ele – e era como se ela não tivesse saído de Washington, já que sua vinda não servira para nada.

Desesperada, imaginou se Luke ainda estaria vivo.

Se estivesse, talvez ela ainda pudesse avisá-lo. Era tarde demais para deixar um recado no aeroporto, mas deveria haver alguém para quem pudesse ligar. Buscou no fundo da mente. Luke tinha uma secretária na base, lembrou. Qual era mesmo o nome dela?

Marigold.

Ligou para o Arsenal de Redstone e pediu para falar com a secretária do Dr. Lucas. Uma mulher com sotaque arrastado do Alabama atendeu:

– Laboratório de Computação, em que posso ajudar?

– É Marigold quem está falando?

– É, sim.

– Sou a Dra. Josephson, amiga do Dr. Lucas.

– Sim. – Ela pareceu desconfiada.

Billie queria que a mulher acreditasse nela.

– Já nos falamos antes, acho. Meu nome é Billie.

– Ah, claro, eu lembro. Como vai?

– Estou bastante preocupada. Preciso dar um recado urgente a Luke. Ele está com você?

– Não, senhora. Foi para casa.

– O que ele foi fazer lá?

– Procurar uma pasta.

– Uma pasta? – Billie percebeu imediatamente a importância disso. – Uma pasta que ele deixou aí na segunda-feira?

– Não sei.

Claro, Luke tinha dito a Marigold para manter sua visita da segunda-feira em segredo. Mas nada disso era importante agora.

– Se você vir Luke, ou se ele ligar para você, por favor, pode lhe dar um recado?

– Claro.

– Diga a ele que Anthony está na cidade.

– Só isso?

– Ele vai entender. Marigold... não sei se devo dizer isso, porque você pode pensar que estou meio maluca, mas vou falar mesmo assim: acho que Luke está em perigo.

– Por causa desse tal Anthony?

– Sim. Você acredita em mim?

– Coisas estranhas aconteceram. Tudo isso tem a ver com o fato de ele ter perdido a memória?

– Sim. Se você der o recado, pode salvar a vida dele. Sem exagero.

– Farei o que puder, doutora.

– Obrigada.

Billie desligou.

Haveria mais alguém com quem Luke poderia falar? Pensou em Elspeth.

Ligou para a telefonista e pediu para falar com Cabo Canaveral.

15h45

Depois de descartar o primeiro estágio esgotado, o míssil seguirá uma trajetória no vácuo enquanto o sistema de controle de atitude espacial o alinha de modo a ficar perfeitamente horizontal em relação à superfície da Terra.

Todos estavam de mau humor em Cabo Canaveral. O Pentágono tinha ordenado um alerta de segurança. Depois de chegarem de manhã ansiosos para trabalhar nas verificações finais do lançamento importantíssimo, os funcionários foram obrigados a esperar em fila diante do portão. Alguns deles já estavam ali havia três horas, sob o sol da Flórida. Tanques de gasolina tinham secado; radiadores, fervido; sistemas de ar-condicionado, parado; motores, morrido e depois se recusado a dar partida outra vez. Todos os carros foram revistados – capôs tinham sido abertos; sacolas de golfe, tiradas dos porta-malas; e estepes, removidos das capas. Os ânimos ficaram cada vez mais exaltados enquanto todas as pastas eram abertas, cada marmita era esvaziada e o conteúdo de cada bolsa de mulher era despejado em cima de uma mesa, de modo que a polícia militar do coronel Hide pudesse remexer nos batons, nas cartas de amor, nos absorventes e nos frascos de antiácido.

Mas não era só isso. Quando os funcionários enfim chegavam a seus respectivos laboratórios, escritórios e salas de engenharia, eram incomodados de novo por equipes de homens que revistavam as gavetas e os armários, olhavam dentro dos osciladores e armários a vácuo, e tiravam as placas de inspeção de suas ferramentas mecânicas.

– Estamos tentando lançar um maldito foguete – diziam as pessoas repetidamente, mas os agentes de segurança apenas trincavam os dentes e seguiam adiante.

Apesar de toda essa interrupção, o lançamento continuava programado para as dez e meia da noite.

Elspeth ficou satisfeita com a confusão. Graças a ela, ninguém percebia que ela estava atordoada demais para fazer seu serviço. Cometeu erros em seu cronograma e atrasou a entrega das atualizações, mas Willy Fredrickson estava distraído demais para repreendê-la. Ela não sabia onde Luke se encontrava e não tinha mais certeza de que podia confiar em Anthony.

Quando o telefone da sua mesa tocou, alguns minutos antes das quatro horas, seu coração quase parou.

Atendeu:

– Sim?

– Aqui é Billie.

– *Billie?* – Elspeth foi pega de surpresa. – Onde você está?

– Em Huntsville, tentando contatar Luke.

– O que ele está fazendo aí?

– Procurando uma pasta que ele deixou aqui na segunda-feira.

O queixo de Elspeth caiu.

– Ele foi a Huntsville na segunda? Eu não sabia.

– Ninguém sabia, a não ser Marigold. Elspeth, você sabe o que está acontecendo?

Ela deu um riso amargo.

– Achei que sabia... mas não sei de mais nada.

– Acho que Luke está correndo perigo de vida.

– Por que você diz isso?

– Anthony atirou nele em Washington ontem à noite.

Elspeth ficou petrificada.

– Ah, meu Deus.

– É complicado demais para explicar agora. Se Luke ligar para você, pode dizer que Anthony está em Huntsville?

Elspeth estava tentando se recuperar do choque.

– Hã... claro, claro, eu digo.

– Isso pode salvar a vida dele.

– Entendi. Billie... mais uma coisa.

– O quê?

– Cuide de Luke, está bem?

Houve uma pausa.

– Como assim? – perguntou Billie. – Você está falando como se fosse morrer.

Elspeth não respondeu. Hesitou por um momento, desligou.

Um soluço subiu-lhe à garganta. Ela lutou ferozmente para se controlar. Lágrimas não iam ajudar em nada, disse a si mesma com severidade. Obrigou-se a ficar calma.

Depois ligou para a casa dele em Huntsville.

16H

A órbita elíptica do Explorer *vai levá-lo até 2.900 quilômetros no espaço e trazê-lo de volta a 290 quilômetros da superfície da Terra. A velocidade orbital do satélite é de 29 mil quilômetros por hora.*

Anthony ouviu o som de um carro. Olhou pela janela da frente e viu um táxi parar junto ao meio-fio. Destravou a arma. Sua boca ficou seca.
O telefone tocou.
O aparelho estava numa das mesinhas de canto triangulares ao lado do sofá. Anthony olhou para ele aterrorizado. O telefone tocou uma segunda vez. Anthony ficou paralisado de indecisão. Olhou pela janela e viu Luke sair do táxi. O telefonema podia ser trivial, alguém ligando para o número errado, talvez. Ou podia ser uma informação vital.
O terror borbulhou por dentro dele. Não podia atender ao telefone e atirar em alguém ao mesmo tempo.
O aparelho tocou uma terceira vez. Em pânico, atendeu:
– Sim?
– Aqui é Elspeth.
– O que foi? O que foi?
A voz dela estava baixa e tensa.
– Ele está procurando uma pasta que deixou aí em Huntsville na segunda-feira.
Anthony entendeu no mesmo instante. Luke não tinha feito apenas uma, mas duas cópias das plantas que havia encontrado no domingo. Levara uma delas a Washington, com o intuito de mostrá-la no Pentágono, mas Anthony o interceptara e conseguira tirá-la dele. Infelizmente não imaginara que poderia haver uma segunda, escondida em algum lugar como precaução. Tinha esquecido que Luke era veterano da Resistência, com uma preocupação em relação à segurança que chegava ao nível da paranoia.
– Quem mais sabe disso?
– A secretária dele, Marigold. E Billie Josephson. Foi ela que me contou. Pode haver outras pessoas.
Luke estava pagando ao taxista. O tempo de Anthony ia se esgotando.
– Preciso dessa pasta – disse a Elspeth.

– Foi o que pensei.
– Ela não está aqui. Revirei a casa inteira.
– Então deve estar na base.
– Preciso segui-lo enquanto ele vai atrás dela.
Luke estava se aproximando da porta da frente.
– Preciso desligar – disse Anthony, e bateu com o telefone no gancho.

Ouviu a chave de Luke na fechadura enquanto se apressava pelo corredor e entrava na cozinha. Saiu pela porta dos fundos e a fechou silenciosamente. A chave ainda estava na fechadura pelo lado de fora. Virou-a em silêncio, abaixou-se e a enfiou embaixo do vaso de buganvílias.

Agachou-se e foi andando ao longo da varanda, mantendo-se perto da casa e abaixo das janelas. Ainda abaixado, virou junto à quina e chegou à frente da casa. Dali até a rua não tinha cobertura. Precisava se arriscar.

Pareceu mais seguro fazer isso enquanto Luke estivesse pondo a mala no chão e pendurando o sobretudo. Nesse momento era menos provável que ele fosse olhar pela janela.

Trincando os dentes, Anthony avançou.

Correu até o portão, resistindo à tentação de olhar para trás, esperando a cada segundo ouvir Luke gritar: "Ei! Pare! Pare ou eu atiro!"

Mas nada aconteceu.

Chegou à rua e foi andando.

16h30

O satélite contém dois minúsculos transmissores de rádio alimentados por baterias de mercúrio do tamanho de pilhas de lanterna. Cada transmissor carrega quatro canais de telemetria simultâneos.

Em cima do móvel da TV na sala de estar, perto de um abajur de bambu, havia uma moldura do mesmo material, contendo uma foto em cores. Mostrava uma ruiva lindíssima em um vestido de noiva de seda cor de marfim. Ao lado dela, usando um fraque cinza e colete amarelo, estava Luke.

Examinou Elspeth na foto. Ela podia ser uma estrela de cinema. Era alta e elegante, com um corpo voluptuoso. Era um homem de sorte, pensou ele, por estar casado com ela.

Não gostou muito da casa. Quando vira a fachada e a trepadeira subindo pelas colunas da varanda sombreada, ficou com o coração alegre. Mas dentro era tudo feito de bordas duras, superfícies brilhantes e tinta clara. Tudo era arrumado demais. De repente, soube que preferiria viver numa casa onde os livros se derramassem das prateleiras, o cachorro dormisse do outro lado do corredor, houvesse marcas circulares de café no piano e um triciclo de cabeça para baixo na entrada para veículos que precisasse ser tirado do caminho antes que você estacionasse o carro na garagem.

Nenhuma criança morava naquela casa. Não havia bichos de estimação, também. Nada devia ficar desarrumado, nunca. Era como um anúncio numa revista feminina ou o cenário de uma série de televisão. Parecia que as pessoas que frequentavam aqueles cômodos eram atores.

Começou a procurar. Uma pasta de papel pardo, do Exército, deveria ser fácil de achar – a não ser que ele tivesse tirado o conteúdo e jogado a pasta fora. Sentou-se à mesa do escritório – *seu* escritório – e examinou as gavetas. Não encontrou nada significativo.

Subiu para o segundo andar.

Passou alguns segundos olhando a cama grande de casal com uma colcha amarela e azul. Era difícil acreditar que ele dividia aquela cama toda noite com a criatura arrebatadora da foto de casamento.

Abriu o armário e viu, com um choque de prazer, a fileira de ternos azul-marinho e cinza e os blazers de tweed, as camisas de listras finas e xadrez, os suéteres empilhados e os sapatos engraxados. Estava usando aquele terno roubado havia mais de 24 horas e sentiu a tentação de gastar cinco minutos tomando um banho e vestindo suas próprias roupas. Mas resistiu. Não havia tempo a perder.

Examinou a casa meticulosamente. Em todos os lugares descobria algo sobre si mesmo e sua mulher. Eles gostavam de Glenn Miller e Frank Sinatra, liam Hemingway e Scott Fitzgerald, bebiam uísque Dewar's, comiam cereal All-Bran e escovavam os dentes com pasta Colgate. Elspeth gastava bastante dinheiro em lingeries caras, descobriu examinando o armário dela. O próprio Luke devia gostar de sorvete, porque o freezer estava cheio de potes e a cintura de Elspeth era tão fina que ela não devia comer muita coisa.

Por fim, desistiu.

Numa gaveta da cozinha encontrou as chaves do Chrysler que estava na garagem. Iria de carro à base e procuraria lá.

Antes de sair, pegou a correspondência no saguão e folheou os envelopes. Tudo parecia bastante impessoal – contas e coisas assim. Desesperado por uma pista, abriu os envelopes e leu cada carta.

Uma era de uma médica em Atlanta.

Começava assim:

Cara Sra. Lucas,
Seguindo com seu checkup de rotina, os resultados dos exames de sangue voltaram do laboratório, e tudo está normal.
No entanto...

Luke parou. Algo lhe disse que não era um hábito seu ler a correspondência alheia. Por outro lado, ela era sua mulher e as palavras "no entanto" carregavam um mau agouro. Talvez houvesse um problema médico do qual ele devesse saber imediatamente.

Leu o parágrafo seguinte.

No entanto, a senhora está abaixo do peso e sofre de insônia. Quando eu a vi, percebi que a senhora obviamente estivera chorando, apesar de ter dito que não havia nada de errado. Esses são sintomas de depressão.

Luke franziu a testa. Isso era perturbador. Por que Elspeth estaria deprimida? Que tipo de marido ele devia ser?

A depressão pode ser causada por alterações hormonais, por problemas psicológicos, como dificuldades conjugais, ou por traumas de infância, como a morte prematura de um dos pais. O tratamento pode incluir medicação com antidepressivos e/ou terapia psiquiátrica.

Só estava piorando. Será que Elspeth tinha alguma doença mental?

No seu caso, não tenho dúvida de que essa condição tem a ver com a laqueadura tubária que a senhora fez em 1954.

O que era uma laqueadura tubária? Luke foi ao escritório, acendeu a luminária da mesa, pegou na estante a *Enciclopédia da saúde da família* e procurou. A resposta o deixou chocado. Era o método de esterilização mais comum para mulheres que não queriam ter filhos.

Sentou-se pesadamente e colocou a enciclopédia na mesa. Lendo os detalhes da cirurgia, percebeu que era isso que as mulheres queriam dizer quando falavam que tinham ligado as trompas.

Lembrou-se da conversa que tivera com Elspeth naquela manhã. Perguntara por que não podiam ter filhos. Ela respondeu: "Não sabemos. No ano passado você foi a um especialista em fertilidade, mas ele não descobriu nada errado. Há algumas semanas me consultei com uma médica em Atlanta. Ela fez alguns exames. Estamos esperando os resultados."

Era tudo mentira. Ela sabia perfeitamente por que os dois não podiam ter filhos: tinha sido esterilizada.

Ela *havia* se consultado com uma médica em Atlanta, mas não para exames de fertilidade: fizera apenas um checkup de rotina.

Luke ficou nauseado. Era uma mentira terrível. Por que ela havia feito isso? Leu o parágrafo seguinte.

Esse procedimento pode causar depressão em qualquer idade, mas, no seu caso, tendo feito seis semanas antes do casamento...

Ele ficou boquiaberto. Havia algo terrivelmente errado. A mentira de Elspeth tinha começado pouco antes de eles se casarem.

Como ela conseguira ludibriá-lo? Ele não lembrava, claro. Mas podia adivinhar. Ela devia ter lhe dito que faria uma pequena cirurgia. Até podia ter comentado vagamente que era "coisa de mulher".

Leu o parágrafo inteiro.

Esse procedimento pode causar depressão em qualquer idade, mas, no seu caso, tendo feito seis semanas antes do casamento, é quase inevitável, e a senhora deveria ter retornado ao seu médico para as consultas regulares.

A raiva de Luke diminuiu ao perceber como Elspeth havia sofrido. Releu o trecho: "A senhora está abaixo do peso e sofre de insônia. Quando eu a vi, percebi que a senhora obviamente estivera chorando, apesar de ter dito que não havia nada de errado." Elspeth tinha passado por algum tipo de inferno pessoal.

Mesmo com pena, ainda restava o fato de que o casamento dos dois era uma farsa. Pensando na casa que tinha acabado de revistar, percebeu que ela não lhe parecera muito um lar. Luke se sentia confortável ali no pequeno escritório e tinha experimentado um certo grau de reconhecimento ao abrir o guarda-roupa, mas o restante da casa apresentava uma imagem da vida conjugal que era estranha para ele. Não se importava com equipamentos de cozinha e móveis modernos e chiques. Preferiria ter tapetes antigos e heranças de família. Acima de tudo, queria filhos – mas filhos eram exatamente o que ela lhe havia negado de forma deliberada. E mentira sobre isso durante quatro anos.

O choque o deixou paralisado. Sentou-se à mesa olhando pela janela, enquanto a tarde caía sobre as nogueiras no quintal dos fundos. Como deixara a vida seguir um caminho tão errado? Pensou no que tinha descoberto sobre si mesmo nas últimas 36 horas, com Elspeth, Billie, Anthony e Bern. Teria perdido o caminho lenta e gradualmente, como uma criança se afastando cada vez mais de casa? Ou teria havido um divisor de águas, um momento em que tomara uma decisão ruim, escolhendo a direção errada? Será que ele era um homem fraco que tinha caído no infortúnio por falta de um objetivo de vida? Ou será que tinha alguma falha crucial no caráter?

Devia avaliar mal as pessoas, pensou. Tinha permanecido próximo de Anthony, que acabara de tentar matá-lo, mas havia rompido com Bern, que era um amigo fiel. Tinha terminado com Billie e se casado com Elspeth, no entanto Billie largara tudo para ajudá-lo e Elspeth o havia enganado.

Uma mariposa grande bateu na janela fechada e o barulho o arrancou do devaneio. Olhou o relógio e ficou chocado ao ver que passava das sete.

Se quisesse desvendar o mistério de sua vida, precisava começar pela pasta. Ele não a havia encontrado ali, de modo que devia estar no Arsenal de Redstone. Apagaria as luzes e trancaria a porta, depois pegaria o carro preto na garagem e iria para a base.

O tempo urgia. O lançamento do foguete estava marcado para as dez e meia. Tinha apenas três horas para descobrir se existia um plano para sabotá-lo. Mesmo assim, continuou sentado à mesa, olhando pela janela em direção ao jardim escuro, fitando o nada.

19h30

Um dos transmissores de rádio é poderoso mas tem vida curta: estará morto em duas semanas. O sinal mais fraco, do segundo, durará dois meses.

Não havia luzes acesas na casa de Luke quando Billie passou pela frente. Mas o que isso significava? Havia três possibilidades. Primeira: a casa estava vazia. Segunda: Anthony estava sentado no escuro esperando para atirar em Luke. Terceira: Luke estava caído numa poça de sangue, morto. A incerteza a deixou desesperada de medo.

Cometera uma besteira tremenda, talvez fatal. Algumas horas antes estivera no lugar ideal para alertar Luke e salvá-lo – então se permitiu ser desviada do objetivo por um simples ardil. Tinha demorado horas para voltar a Huntsville e encontrar a casa de Luke. Não fazia ideia se algum dos seus recados tinha chegado a ele. Estava furiosa consigo mesma por ser tão incompetente e aterrorizada pensando que Luke podia ter morrido devido a seu fracasso.

Virou na esquina seguinte e parou. Respirou fundo e se obrigou a pensar com calma. Precisava descobrir quem estava na casa. E se fosse Anthony? Considerou se esgueirar para dentro, na tentativa de surpreendê-lo, mas era perigoso demais. Nunca era boa ideia assustar um homem com uma arma na mão. Poderia ir direto à porta da frente e tocar a campainha. Será que ele atiraria nela a sangue-frio, só por estar ali? Poderia atirar. E Billie não tinha o direito de arriscar a vida daquele jeito – tinha um filho que precisava dela.

Sua pasta estava no banco do carona. Abriu-a e tirou a arma. Não gostava do toque pesado do aço escuro na palma da mão. Os homens com quem tinha trabalhado na guerra adoravam manusear armas. Sentiam um prazer sensual ao fechar o punho em volta do cabo de uma pistola, girar o tambor de um revólver ou ajustar a coronha de um fuzil no ombro. Ela não sentia nada disso. Para ela as armas eram brutais e cruéis, feitas para rasgar e esmigalhar a carne e os ossos das pessoas. Davam-lhe arrepios.

Com a pistola no colo, deu meia-volta com o carro e retornou à casa de Luke.

Parou cantando pneus, abriu a porta, pegou a arma e saltou. Antes que alguém lá dentro tivesse tempo de reagir, pulou o muro baixo e correu pelo gramado até a lateral da casa.

Não ouviu nenhum som vindo de dentro.

Correu para os fundos, passou abaixada pela porta e olhou para dentro de uma janela. A luz fraca de uma lâmpada de rua, ao longe, lhe permitiu ver que era de caixilho simples com um trinco único. O cômodo parecia vazio. Quebrou o vidro com o cabo da pistola, o tempo todo esperando o tiro que acabaria com sua vida. Nada aconteceu. Enfiou a mão pelo vidro quebrado, puxou o trinco e abriu a janela. Entrou, segurando a arma com a mão direita, e se colou a uma parede. Podia perceber formas vagas de móveis, uma mesa e algumas estantes. Era um pequeno escritório. Seu instinto lhe disse que estava sozinha. Mas sentia pavor de tropeçar no corpo de Luke no escuro.

Movendo-se lentamente, atravessou o aposento e achou a porta. Seus olhos, enfim acostumados à escuridão, distinguiram um corredor vazio. Caminhou com cuidado, a arma a postos, pela casa na penumbra, a cada passo morrendo de medo de ver Luke no chão. Todos os cômodos estavam vazios.

No fim da busca, parou no quarto maior, olhando a cama de casal em que Luke dormia com Elspeth, imaginando o que fazer em seguida. Sentia-se desesperadamente grata por Luke não estar caído ali, morto. Mas onde ele estaria? Teria mudado de ideia e decidido não ir para casa? Ou será que o corpo havia sido removido? Será que, de algum modo, Anthony tinha fracassado em matá-lo? Ou será que um dos recados de Billie tinha chegado a Luke?

Uma pessoa que poderia ter alguma resposta era Marigold.

Voltou ao escritório de Luke e acendeu a luz. Havia uma enciclopédia médica na mesa, aberta na página sobre esterilização feminina. Billie franziu a testa, intrigada, mas deixou as perguntas de lado. Ligou para o serviço de informações e pediu o número de Marigold Clark. Depois de um momento, a voz na linha lhe forneceu o contato de Huntsville.

Um homem atendeu.

– Ela foi ao ensaio do coral – disse ele. Billie supôs que seria o marido de Marigold. – A Sra. Lucas está na Flórida, então Marigold está regendo o coral até ela voltar.

Billie lembrou que Elspeth tinha sido regente da Sociedade Coral de Radcliffe e depois de uma escola de crianças negras em Washington. Pelo visto estava fazendo algo parecido em Huntsville e Marigold era sua substituta.

– É muito urgente – disse Billie. – O senhor acha que haveria problema se eu fosse ao coral falar com ela por um minuto?

– Acho que não. É na Igreja do Evangelho do Calvário, na Mill Street.

– Obrigada, senhor. Muito obrigada.

Billie foi até o carro. Encontrou a Mill Street no mapa que tinha pegado na Hertz e foi para lá. A igreja era uma bela construção de tijolos num bairro pobre. Ouviu o coral assim que abriu a porta do veículo. Quando entrou na igreja, a música varreu-a como um maremoto. Os cantores estavam na outra extremidade. Eram cerca de trinta homens e mulheres, mas pareciam cem. A música dizia que todos se sentiriam maravilhosamente bem lá em cima, "Ah! Glória, aleluia!". Eles batiam palmas e oscilavam o corpo de um lado para outro ao cantar. Um pianista tocava um jazz de acompanhamento e uma mulher grande, de costas para Billie, regia vigorosamente.

Em vez de bancos, havia fileiras bem-arrumadas de cadeiras dobráveis. Billie sentou-se ao fundo, consciente de que seu rosto era o único branco no lugar. Apesar da ansiedade, a música tocava seu coração. Tinha nascido no Texas e, para ela, essas harmonias empolgantes representavam a alma do sul.

Estava impaciente para falar com Marigold, mas tinha certeza de que a mulher estaria mais disposta a ajudar se demonstrasse respeito e esperasse o fim da música.

Eles terminaram num acorde agudo e a regente imediatamente olhou em volta.

– O que será que aconteceu para atrapalhar a concentração de vocês? – perguntou ao coral. – Vamos fazer uma pequena pausa.

Billie foi andando pelo corredor entre as cadeiras.

– Desculpe interromper – disse. – A senhora é Marigold Clark?

– Sou – respondeu ela, cautelosa. Era uma mulher de cerca de 50 anos, usando óculos. – Mas não conheço a senhora.

– Nós nos falamos ao telefone. Eu me chamo Billie Josephson.

– Ah, olá, Dra. Josephson.

As duas se afastaram um pouco dos outros.

– A senhora teve notícias de Luke? – quis saber Billie.

– Não desde hoje de manhã. Esperava que aparecesse na base hoje à tarde, mas ele não foi. A senhora acha que ele está bem?

– Não sei. Fui à casa dele, mas não havia ninguém lá. Estou com medo de que ele tenha sido morto.

Marigold balançou a cabeça, espantada.

– Eu trabalho para o Exército há vinte anos e nunca ouvi falar de uma coisa assim.

– Se ele estiver vivo, está correndo grande perigo. – Billie encarou Marigold com intensidade. – Acredita em mim?

Marigold hesitou por um longo momento.

– Sim, senhora, acredito – respondeu finalmente.

– Então precisa me ajudar.

21h30

O sinal do transmissor mais poderoso pode ser captado por estações de rádio em todo o mundo. O do segundo, mais fraco, só pode ser captado por estações com equipamentos especiais.

Anthony estava no Arsenal de Redstone, sentado em seu Ford do Exército, olhando através da escuridão, vigiando ansiosamente a porta do Laboratório de Computação. Estava no estacionamento diante do prédio do quartel-general, a uns 200 metros de distância.

Luke encontrava-se dentro do laboratório, procurando a pasta. Anthony sabia que ele não iria encontrá-la ali, assim como soubera que não iria encontrá-la em casa – ele mesmo já tinha procurado. Mas não era mais capaz de prever os movimentos de Luke. Só podia esperar até que ele decidisse aonde ir e tentar segui-lo.

Mas o tempo estava a seu favor. Cada minuto que se passava tornava Luke menos perigoso. O foguete seria lançado em uma hora. Será que ele conseguiria arruinar tudo até lá? Anthony só sabia que nos últimos dois dias seu velho amigo tinha provado repetidamente que não deveria ser subestimado.

Enquanto pensava nisso, a porta do laboratório se abriu, iluminando a escuridão com uma luz amarela, e uma figura saiu e se aproximou do Chrysler preto parado junto ao meio-fio. Como Anthony havia esperado, Luke estava com as mãos vazias. Ele entrou no carro e partiu.

Os batimentos cardíacos de Anthony aceleraram. Ele ligou o motor, acendeu os faróis e foi atrás.

A estrada seguia para o sul em uma linha reta. Depois de cerca de um quilômetro e meio, Luke diminuiu a velocidade em frente a um prédio comprido de um andar e entrou no estacionamento. Anthony passou direto. Cerca de meio quilômetro à frente, fora de vista, deu meia-volta e viu que o Chrysler ainda estava lá, mas Luke não.

Anthony estacionou e desligou o motor.

...

Luke tinha certeza de que encontraria a pasta no Laboratório de Computação, onde ficava seu escritório. Por isso tinha passado tanto tempo ali. Procurara em todos os cantos, depois no escritório principal, onde ficavam as secretárias. E não achara nada.

Mas existia mais uma possibilidade. Marigold dissera que ele também tinha ido ao Prédio de Engenharia na segunda-feira. Devia ter havido um motivo para isso. Era sua última esperança. Se a pasta não estivesse ali, não sabia onde mais procurar. Em alguns minutos o foguete seria lançado. Ou sabotado.

O Prédio de Engenharia tinha uma atmosfera muito diferente do Laboratório de Computação. Este era absolutamente limpo, uma exigência por causa dos computadores enormes que calculavam empuxo, velocidade e trajetórias. Em comparação, a engenharia era suja, recendendo a combustível e borracha.

Apressou-se por um corredor. As paredes eram pintadas de verde-escuro da metade para baixo e de verde-claro da metade para cima. A maioria das portas tinha placas que começavam com "Dr.", por isso ele presumiu que seriam salas de cientistas. Para sua frustração, nenhuma dizia "Dr. Claude Lucas". Provavelmente ele não precisava de um segundo escritório, mas talvez tivesse uma mesa ali.

No fim do corredor, chegou a uma grande sala aberta, com meia dúzia de mesas de aço. Na extremidade oposta, uma porta levava a um laboratório com bancadas com tampo de granito sobre gavetas verdes de metal e, para além das bancadas, uma grande porta dupla parecia dar em uma área de carga, do lado de fora.

Ao longo da parede à sua esquerda ficava uma fileira de armários, cada um com uma placa. Uma tinha o nome dele. Talvez houvesse guardado a pasta ali.

Pegou seu chaveiro e encontrou uma chave que achou que poderia funcionar. Deu certo, e ele abriu a porta. Dentro viu um capacete de proteção numa prateleira alta. Abaixo, pendurado num gancho, um macacão azul. No chão havia um par de botas pretas de borracha que pareciam do seu tamanho.

Ao lado das botas, estava uma pasta de papel pardo do Exército. Devia ser o que ele estava procurando.

A pasta continha alguns papéis. Quando os tirou, viu imediatamente que eram plantas de partes de um foguete.

Com o coração disparado, foi rapidamente até uma das mesas de aço e abriu as plantas sob uma luminária. Depois de alguns minutos examinando-as, não teve dúvida de que os desenhos mostravam o mecanismo de autodestruição do foguete *Júpiter C*.

Ficou horrorizado.

Todo foguete contava com um mecanismo de autodestruição de modo que, se saísse de curso e ameaçasse vidas humanas, pudesse ser explodido no ar. No estágio principal do *Júpiter*, um cordão de ignição Primacord corria por toda a extensão do míssil. Uma cápsula de disparo ficava presa na extremidade superior e dois fios se projetavam da cápsula. Se uma determinada voltagem fosse aplicada aos fios, de acordo com o que Luke concluiu dos desenhos, a cápsula acenderia o Primacord, que rasgaria o tanque, fazendo o combustível queimar e ser dispersado, destruindo o foguete.

A explosão era disparada por um sinal de rádio em código. As plantas mostravam dois plugues, um para o transmissor em terra e outro para o receptor no satélite. Um transformava o sinal do rádio num código complexo; o segundo recebia o sinal e, se o código estivesse correto, aplicava a voltagem ao longo dos dois fios. Um diagrama separado – um esboço feito às pressas, não um desenho feito em papel especial para plantas – mostrava exatamente como os plugues eram conectados, de modo que qualquer um que o tivesse poderia duplicar o sinal.

Era brilhante, percebeu Luke. Os sabotadores não precisavam de explosivos nem de instrumentos de medição de tempo – podiam usar os componentes do próprio foguete. Não precisavam encostar no foguete. Desde que tivessem o código, não precisavam nem entrar em Cabo Canaveral. O sinal de rádio poderia ser enviado de um transmissor a quilômetros de distância.

A última folha era uma fotocópia de um envelope endereçado a Theo Packman, no hotel Vanguard. Será que Luke tinha impedido que o original fosse posto no correio? Não podia ter certeza. O procedimento-padrão de contraespionagem era deixar uma rede de espiões no lugar e usá-la para desinformação. Mas, se Luke havia confiscado o original, o remetente teria mandado outro conjunto de plantas. De qualquer modo, Theo Packman estava agora em algum lugar de Cocoa Beach com um radiotransmissor, pronto para explodir o foguete segundos depois do lançamento.

Agora Luke podia impedir isso. Olhou o relógio na parede. Eram 22h15. Tinha tempo de ligar para Cabo Canaveral e fazer com que o lançamento fosse adiado. Pegou o telefone na mesa.

– Ponha o fone no gancho, Luke – disse uma voz às suas costas.

Luke se virou lentamente com o telefone na mão. Anthony estava junto à porta usando seu sobretudo de pelo de camelo, com dois olhos roxos e um lábio inchado, segurando uma arma com silenciador apontada para ele.

Devagar e relutantemente, Luke obedeceu.

– Você estava no carro que veio atrás de mim – disse.

– Achei que você estava com pressa demais para verificar.

Luke olhou para o homem que ele tinha julgado tão mal. Existiria algum sinal que deveria ter notado, algo que o alertasse de que estava lidando com um traidor? Anthony tinha um rosto agradavelmente feio, sugerindo considerável força de caráter, mas não falsidade.

– Há quanto tempo você trabalha para Moscou? – perguntou Luke. – Desde a guerra?

– Há mais tempo. Desde Harvard.

– Por quê?

Os lábios de Anthony se retorceram num sorriso estranho.

– Por um mundo melhor.

Houvera um tempo, Luke sabia, em que várias pessoas sensatas acreditavam no sistema soviético. Mas também sabia que a crença dessas pessoas fora suplantada pela realidade da vida sob o comando de Stálin.

– Você ainda acredita nisso? – perguntou, perplexo.

– Mais ou menos. Ainda é a melhor esperança, apesar de tudo o que aconteceu.

Talvez fosse. Luke não tinha como saber. A questão principal não era essa, no entanto. Para ele, a traição pessoal de Anthony é que era tão difícil de entender.

– Nós éramos amigos há vinte anos. Mas você *atirou* em mim ontem à noite.

– Sim.

– Você mataria seu amigo mais antigo? Por essa causa em que você só acredita *mais ou menos*?

– Sim, e você também faria isso. Na guerra nós dois colocamos vidas em risco, a nossa e a de outras pessoas, porque era o certo.

– Não creio que tenhamos mentido um para o outro, muito menos que atiraríamos um no outro.

– Teríamos feito isso, sim, se necessário.

– Não acredito.

– Escute. Se eu não matar você, você vai tentar impedir que eu escape, não vai?

Luke estava apavorado, mas disse a verdade, com raiva:

– Diabos, sim.

– Mesmo sabendo que, se eu for apanhado, vou parar na cadeira elétrica.

– Acho que sim... Sim.

– Então você está disposto a matar seu amigo também.

Luke ficou pasmo. Certamente não podia ser comparado a Anthony.

– Eu poderia levá-lo à Justiça. Isso não é assassinato.

– Mas eu estaria igualmente morto.

Luke assentiu devagar.

– Acho que sim.

Anthony levantou a arma com a mão firme, apontando para o peito dele.

Luke se jogou no chão atrás da mesa de aço.

A arma com silenciador tossiu e um estalo metálico soou quando a bala acertou o tampo da mesa. Era um móvel barato e o aço era fino, mas foi o suficiente para desviar o tiro.

Luke rolou por baixo da mesa. Supôs que Anthony estaria correndo pela sala, tentando mirar de novo contra ele. Ergueu-se o suficiente para firmar as costas na parte de baixo da mesa. Agarrou os dois pés de um dos lados e se levantou, erguendo-a ao mesmo tempo. A mesa saiu do chão e oscilou para a frente. Enquanto ela tombava, Luke correu às cegas com ela, esperando colidir com Anthony. A mesa despencou no chão.

Mas Anthony não estava embaixo dela.

Luke tropeçou e tombou sobre a mesa invertida. Caiu de quatro e bateu a cabeça num pé de aço. Rolou de lado e conseguiu se sentar, ferido e atordoado. Ergueu os olhos e viu Anthony de frente para ele, emoldurado pela porta que levava ao laboratório, apontando a arma para ele com as duas mãos. Tinha se desviado da investida desajeitada de Luke e passado para trás dele. Agora Luke era um alvo perfeito e o fim da sua vida estava a um segundo de distância.

Então uma voz ressoou:

– Anthony! Pare!

Era Billie.

Anthony ficou paralisado, com a arma apontada para Luke. Luke virou a cabeça lentamente e olhou para trás. Billie estava junto à porta, com o suéter que era um clarão de vermelho contra a parede verde-exército. Seus lábios vermelhos estavam apertados numa linha decidida. Ela segurava firme uma pistola automática apontada para Anthony. Atrás dela estava uma mulher negra de meia-idade parecendo perplexa e apavorada.

– Largue a arma! – gritou Billie.

Luke de certa forma esperava que Anthony atirasse nele de qualquer modo. Se fosse um comunista inveterado, poderia estar disposto a sacrificar a vida. Mas isso não resultaria em nada, porque Billie ainda teria as plantas e eles revelariam toda a história.

Lentamente, Anthony baixou os braços, mas não soltou a arma.

– Largue ou eu vou atirar!

Anthony deu seu sorriso torto outra vez.

– Não, não vai. Não a sangue-frio.

Ainda apontando a arma para o chão, começou a andar para trás, indo em direção à porta aberta que dava no laboratório. Luke se lembrou de ter notado uma porta ali que parecia levar ao exterior do prédio.

– Pare! – gritou Billie.

– Você não acredita que um foguete valha mais do que uma vida humana, mesmo que seja a de um traidor – disse Anthony, continuando a andar para trás.

Agora estava a dois passos da porta.

– Não pague para ver! – gritou ela.

Luke a encarou, sem saber se ela atiraria ou não.

Anthony se virou e passou correndo pela porta.

Billie não atirou.

Anthony pulou por cima de uma bancada do laboratório, depois se jogou contra a porta dupla. Ela se escancarou e ele desapareceu na noite.

Luke ficou de pé. Billie correu na direção dele com os braços abertos. Ele olhou o relógio na parede. Eram 22h29. Restava um minuto para alertar Cabo Canaveral.

Deu as costas a Billie e pegou o telefone.

22H29

Os instrumentos científicos a bordo do satélite foram projetados para suportar uma pressão de mais de 100 vezes a força da gravidade durante o lançamento.

Quando atenderam o telefone na casamata, Luke disse:
– Aqui é Luke, deixe-me falar com o diretor de lançamento.
– Nesse momento ele...
– Eu sei o que ele está fazendo! Ponha-o na linha, depressa!
Houve uma pausa. Ao fundo Luke podia ouvir a contagem regressiva.
– Vinte, dezenove, dezoito...
Outra voz atendeu, tensa e impaciente:
– Aqui é Willy, o que diabo você quer?
– Alguém tem o código de autodestruição.
– Merda! Quem?
– Tenho certeza de que é um espião. Eles vão explodir o foguete. Você precisa abortar o lançamento.
A voz ao fundo dizia:
– Onze, dez...
– Como você sabe? – perguntou Willy.
– Encontrei diagramas da conexão dos plugues codificados e um envelope endereçado a um tal de Theo Packman.
– Isso não é prova. Não posso cancelar o lançamento baseado nisso.
Luke suspirou, sentindo-se subitamente fatalista.
– Ah, meu Deus, como eu posso convencê-lo? Contei o que sabia. A decisão é sua.
– Cinco, quatro...
– Merda! – Willy levantou a voz. – Pare a contagem!
Luke afundou na cadeira. Tinha conseguido. Olhou para os rostos ansiosos de Billie e Marigold.
– Eles abortaram o lançamento – disse.
Billie levantou a bainha do casaco e enfiou a pistola na cintura da calça de malha.
– Bem – disse Marigold, atarantada e sem palavras. – Bem, é isso.

Pelo telefone Luke ouviu uma confusão de perguntas raivosas na casamata. Uma voz nova soou na linha:

– Luke? Aqui é o coronel Hide. Que diabo está acontecendo?

– Descobri o que me fez viajar para Washington com tanta pressa na segunda-feira. Você sabe quem é Theo Packman?

– Hã... Sei, acho que é um jornalista freelance que vem cobrindo o trabalho com o míssil. Ele escreve para alguns jornais europeus.

– Encontrei um envelope endereçado a ele, contendo plantas do sistema de autodestruição do *Explorer*, inclusive o desenho da conexão dos plugues codificados.

– Meu Deus! Qualquer um que tivesse essa informação poderia explodir o foguete no ar!

– Foi por isso que eu convenci Willy a abortar o lançamento.

– Graças a Deus!

– Escute, vocês precisam achar esse tal de Packman agora mesmo. O envelope estava endereçado ao hotel Vanguard. Talvez vocês o encontrem lá.

– Certo.

– Ele estava trabalhando com um sujeito da CIA, um agente duplo chamado Anthony Carroll. Foi ele que me interceptou em Washington antes que eu pudesse chegar ao Pentágono com a informação.

– Eu falei com ele! – Hide parecia incrédulo.

– É, eu imaginava.

– Vou ligar para a CIA e contar a eles.

– Está bem. – Luke desligou; tinha feito tudo o que podia.

– E agora? – perguntou Billie.

– Acho que vou para Cabo Canaveral. O lançamento será reprogramado para amanhã à mesma hora. Eu gostaria de estar lá.

– Eu também.

Luke sorriu.

– Você merece. Você salvou o foguete.

Ele ficou de pé e a abraçou.

– Salvei a sua vida, seu pateta. Dane-se o foguete. O que eu salvei foi a sua vida.

– Ela lhe deu um beijo.

Marigold tossiu.

– Vocês perderam o último avião que parte do aeroporto de Huntsville – disse em tom profissional.

Luke e Billie se separaram com relutância.

– O próximo é um voo do Exército que parte da base às cinco e meia da manhã – continuou Marigold. – Ou então vocês podem pegar um trem do Sistema de Ferrovias do Sul. Vai de Cincinnati a Jacksonville e para em Chattanooga por volta de uma da manhã. Vocês podem chegar a Chattanooga em duas horas, naquele seu belo carro novo.

– Gosto da ideia do trem – disse Billie.

Luke assentiu.

– Certo. – Ele olhou para a mesa virada. – Alguém vai ter que falar com a segurança do Exército sobre esses buracos de bala.

– Eu faço isso de manhã – disse Marigold. – O senhor não vai querer estar por aqui, respondendo a perguntas.

Saíram do prédio. O carro de Luke e o que Billie tinha alugado estavam no estacionamento. O de Anthony havia sumido.

Billie abraçou Marigold.

– Obrigada. Você foi maravilhosa.

Marigold ficou sem graça e assumiu de novo a postura prática.

– Quer que eu devolva seu carro na locadora de automóveis?

– Obrigada.

– Podem ir, deixem tudo por minha conta.

Billie e Luke entraram no Chrysler e partiram.

Quando estavam na autoestrada, Billie disse:

– Há uma coisa sobre a qual não falamos.

– Eu sei – respondeu Luke. – Quem mandou as plantas para Theo Packman.

– Deve ser alguém de dentro de Cabo Canaveral, alguém da equipe científica.

– Exato.

– Você tem alguma ideia de quem seja?

Luke se retraiu.

– Tenho.

– Por que não contou ao Hide?

– Porque não tenho nenhuma prova, nem sei a motivação. É só instinto. Mesmo assim, tenho certeza.

– Quem?

Com o coração cheio de sofrimento, Luke respondeu:

– Acho que é Elspeth.

23h

O codificador de telemetria utiliza materiais de núcleo de loop de histerese para estabelecer uma série de parâmetros de entrada a partir dos instrumentos do satélite.

Elspeth não conseguia acreditar. Apenas alguns segundos antes da ignição o lançamento fora adiado. Ela havia chegado tão perto do sucesso! O triunfo de sua vida estivera ao seu alcance – e escorrera por entre os dedos.

Ela não estava na casamata – que era restrita ao pessoal fundamental –, e sim na cobertura de um prédio da administração, com um pequeno grupo de secretárias e recepcionistas, olhando através de binóculos a plataforma de lançamento iluminada. A noite na Flórida estava quente, a maresia úmida. Os temores de todos tinham crescido à medida que os minutos passavam e o foguete continuava no chão, até que um gemido coletivo soou quando técnicos de macacão começaram a sair em bandos de seus abrigos para iniciar o procedimento complexo de desligar todos os sistemas. A confirmação final veio quando a torre de serviço móvel avançou lentamente nos trilhos de ferrovia para prender o foguete branco de volta em seus braços de aço.

Elspeth estava agoniada de frustração. O que diabo tinha dado errado?

Afastou-se dos outros em silêncio e voltou ao Hangar R, as pernas compridas cobrindo o terreno com passos objetivos. Quando chegou à sua sala, o telefone estava tocando. Atendeu-o rapidamente.

– Sim?

– O que está acontecendo? – Era Anthony.

– Abortaram o lançamento. Não sei por quê. Você sabe?

– Luke encontrou os papéis. Ele deve ter ligado.

– Você não conseguiu impedir?

– Eu estava com ele na mira, literalmente, mas Billie apareceu armada.

Elspeth ficou nauseada ao pensar em Anthony apontando uma arma para Luke. Ter sido Billie a pessoa a intervir só tornava as coisas piores.

– Luke está bem?

– Está. Eu também. Mas o nome de Theo está naqueles papéis, lembra?

– Ah, merda.

– Eles já devem estar indo prendê-lo. Você precisa encontrá-lo primeiro.

– Deixe-me pensar... Ele está na praia... Consigo chegar lá em dez minutos... Sei qual é o carro dele, é um Hudson Hornet...

– Então vá!

– Está bem.

Ela bateu o fone no gancho e saiu rapidamente do prédio.

Correu pelo estacionamento e saltou em seu carro. O Bel Air branco era conversível, mas ela mantinha a capota fechada e as janelas bem trancadas por causa dos mosquitos que assolavam o cabo. Seguiu para o portão e a deixaram passar imediatamente: a segurança era rigorosa na entrada, mas inexistente na saída. Dirigiu-se para o sul.

Não havia estrada direto para a praia. A partir da autoestrada, várias trilhas estreitas, sem pavimentação, passavam entre as dunas e levavam à orla. Ela planejava pegar a primeira e depois continuar para o sul pela costa. Dessa forma não passaria direto pelo carro de Theo. Observou o mato áspero ao longo da estrada, tentando encontrar a trilha à luz dos faróis. Precisava ir devagar, apesar da pressa, para não perder a saída. Então viu um carro emergir.

Ele foi seguido por outro, e mais outro. Elspeth ligou a seta para a esquerda e diminuiu a velocidade. Um fluxo constante de automóveis vinha da praia. Os espectadores haviam deduzido que o lançamento fora cancelado – sem dúvida também tinham visto, pelos binóculos, a torre de serviço voltar à posição – e agora todos estavam indo para casa.

Esperou para virar à esquerda. A trilha era estreita demais para o tráfego nos dois sentidos. Um carro atrás dela buzinou, impaciente. Ela grunhiu, exasperada, ao ver que não poderia chegar à praia por ali. Desligou a seta e pisou no acelerador.

Logo chegou a outra saída, mas a situação era a mesma: uma linha constante de carros vindo de uma trilha muito estreita para permitir a passagem de dois veículos.

– Merda! – exclamou.

Agora estava suando, apesar do ar-condicionado no carro. Não tinha como chegar à praia. Precisava pensar em outra solução. Será que poderia ficar parada na estrada esperando ver o carro dele passar? Era arriscado demais. O que Theo faria depois de sair da praia? A melhor opção era ir para o hotel dele e esperar lá.

Acelerou. Imaginou se o coronel Hide e a segurança do Exército já estariam no Vanguard. Eles podiam primeiro ter telefonado para a polícia ou o FBI. Precisavam de um mandado para prender Theo, ela sabia – ainda que o pessoal da lei costumasse ter meios de passar por cima dessas inconveniências. O que quer que acontecesse, levariam alguns minutos para se organizar. Elspeth tinha a chance de chegar primeiro, caso se apressasse.

O Vanguard ficava numa curta faixa comercial junto à estrada, entre um posto de gasolina e uma loja de material de pesca. Tinha um grande estacionamento na frente. Não havia sinal de polícia ou da segurança do Exército: ela fora mais rápida. No entanto, o carro de Theo não estava ali. Elspeth parou perto da recepção do hotel, de onde sem dúvida veria alguém entrando ou saindo, e desligou o motor.

Não precisou esperar muito. O Hudson Hornet amarelo e marrom apareceu alguns minutos depois. Theo entrou numa vaga na outra ponta do estacionamento, perto da estrada, e saiu. Era um homem pequeno, com os cabelos rareando, vestindo uma calça de sarja e uma camisa florida.

Elspeth saiu de seu carro.

Abriu a boca para chamar Theo. Nesse momento, surgiram duas viaturas.

Elspeth se imobilizou.

Eram veículos da delegacia de Cocoa Beach. Aproximaram-se rapidamente, mas sem luzes piscando nem sirenes. Atrás vinham dois carros civis. Pararam fechando a entrada, tornando impossível que qualquer veículo saísse.

A princípio Theo não os viu. Foi andando pelo estacionamento, na direção de Elspeth e da recepção do hotel.

Num instante ela soube o que precisava fazer – mas isso exigiria nervos de aço. Fique calma, disse a si mesma. Respirou fundo e foi andando na direção dele.

À medida que se aproximava, ele a reconheceu.

– Que diabo aconteceu? – perguntou Theo. – Abortaram o lançamento?

Elspeth respondeu em voz baixa:

– Me dê as chaves do seu carro. – E estendeu a mão.

– Para quê?

– Olhe para trás.

Ele olhou por cima do ombro e viu os carros da polícia.

– Porra, o que eles querem? – perguntou, abalado.

– Você. Fique calmo. Me dê as chaves.

Theo as largou na mão dela.

– Continue andando – ordenou Elspeth. – O porta-malas do meu carro não está trancado. Entre.

– No porta-malas?

– É!

Elspeth passou direto por ele.

Reconheceu o coronel Hide e viu outro rosto vagamente familiar de Cabo Canaveral. Com eles estavam quatro policiais da delegacia de Cocoa e dois homens jovens, bem-vestidos, que deviam ser agentes do FBI. Nenhum olhava na direção dela. Estavam reunidos em volta de Hide. De longe, Elspeth ouviu o coronel dizer:

– Precisamos de dois homens para verificar as placas dos carros aqui no estacionamento enquanto o resto checa lá dentro.

Ela alcançou o carro de Theo e abriu o porta-malas. Lá dentro estava a mala de couro que continha o radiotransmissor – poderoso e pesado. Não tinha certeza se conseguiria carregá-la. Puxou-a para a borda do porta-malas e a arrastou por cima. Ela bateu no chão com uma pancada surda. Elspeth fechou o porta-malas rapidamente.

Olhou em volta. Hide ainda estava dando ordens a seus homens. Na outra ponta do estacionamento viu a tampa do porta-malas do seu carro se fechar lentamente, como se por vontade própria. Theo estava lá dentro. Metade do problema estava resolvida.

Trincando os dentes, segurou a alça da mala e a levantou. Parecia uma caixa de chumbo. Andou alguns metros carregando-a e, quando os dedos ficaram entorpecidos com o esforço, largou-a. Então a pegou com a mão esquerda. Conseguiu andar mais 10 metros antes que a dor a dominasse e ela precisasse soltar a mala de novo.

Atrás dela, o coronel Hide e seus homens atravessavam o estacionamento até a recepção do hotel. Elspeth rezou para que Hide não olhasse para seu rosto. A escuridão tornava menos provável que ele a reconhecesse. Claro, ela poderia inventar alguma história para explicar sua presença ali, mas e se ele pedisse para olhar dentro da mala?

Trocou de lado mais uma vez e segurou a alça com a mão direita. Dessa vez, não conseguiu levantar a mala, então começou a arrastá-la pelo concreto, esperando que o barulho não atraísse a atenção dos policiais.

Finalmente chegou ao seu carro. Quando abriu o porta-malas, um dos policiais se aproximou com um sorriso animado.

– Precisa de ajuda com isso, senhora? – perguntou ele educadamente.

O rosto de Theo a encarou de dentro do porta-malas, branco e apavorado.

– Já consegui – disse ela ao homem com o canto da boca.

Com as duas mãos, levantou a mala e deslizou-a para dentro. Theo soltou um gemido baixo de dor quando um dos cantos o atingiu. Com um movimento rápido, Elspeth bateu a tampa do porta-malas e se apoiou nela. Seus braços pareciam a ponto de cair do corpo.

Olhou para o policial. Será que ele tinha visto Theo? O sujeito deu um sorrisinho confuso.

– Meu pai me ensinou a nunca sair com uma mala que eu não conseguisse carregar – disse ela.

– Garota forte – retrucou o policial num tom levemente ressentido.

– Obrigada de qualquer modo.

Os outros homens passaram por ela na direção da recepção do hotel. Elspeth teve o cuidado de não olhar para Hide. O policial se demorou por mais um momento.

– Está indo embora?

– Estou.

– Sozinha?

– Sim.

Ele se abaixou perto da janela e olhou dentro do carro, os bancos da frente e o de trás, depois se empertigou de novo.

– Dirija com cuidado.

E saiu andando.

Elspeth entrou no carro e ligou o motor.

Mais dois policiais uniformizados tinham ficado do lado de fora e estavam verificando as placas dos carros. Ela parou perto de um deles.

– Vocês vão me deixar sair ou eu preciso ficar aqui a noite toda? – perguntou, tentando dar um sorriso amistoso.

O homem verificou o número da sua placa.

– Você está sozinha?

– Estou.

Pela janela, ele olhou o banco de trás. Elspeth prendeu o fôlego.

– Certo – disse o homem finalmente. – Pode ir.

O policial entrou numa das viaturas e a tirou do caminho.

Elspeth passou pelo espaço aberto e seguiu para a estrada, depois pisou fundo no acelerador.

De repente sentiu-se fraca de alívio. Seus braços tremiam e ela precisou diminuir a velocidade.

– Deus todo-poderoso – ofegou. – Essa foi por pouco.

MEIA-NOITE

Quatro antenas que se projetam do cilindro do satélite transmitem sinais de rádio para estações receptoras ao redor do globo. O Explorer *vai transmitir numa frequência de 108 MHz.*

Anthony precisava sair do Alabama. Agora a ação estava na Flórida. Todas as coisas pelas quais tinha trabalhado durante vinte anos seriam decididas em Cabo Canaveral nas próximas 24 horas, e ele precisava estar lá.

O aeroporto de Huntsville ainda estava aberto, com luzes acesas na pista. Isso significava que haveria pelo menos mais um avião aterrissando ou decolando naquela noite. Parou o Ford do Exército na estrada à frente do terminal, atrás de uma limusine e alguns táxis. O lugar parecia deserto. Não se deu o trabalho de trancar o carro e correu para dentro.

O terminal estava silencioso, mas não vazio. Havia uma moça sentada atrás do balcão de uma companhia aérea, escrevendo num caderno, e duas mulheres de macacão limpavam o chão. Três homens esperavam de pé, um com uniforme de chofer e os outros dois com a roupa amarrotada e um quepe de motorista de táxi. Pete estava sentado num banco.

Anthony precisava se livrar dele, pelo bem do próprio Pete. O que acontecera no Prédio de Engenharia no Arsenal de Redstone tinha sido testemunhado por Billie e Marigold, e uma delas em breve faria uma denúncia. O Exército reclamaria com a CIA. George Cooperman já tinha dito que não poderia mais proteger Anthony, e ele não poderia mais fingir que estava numa missão legítima da CIA. O jogo havia chegado ao fim, e era melhor Pete ir para casa antes que se machucasse.

Pete poderia estar entediado depois de doze horas esperando no aeroporto, mas em vez disso pareceu empolgado e ficou de pé num salto.

– Finalmente! – exclamou.

– Que voo vai partir daqui esta noite? – perguntou Anthony abruptamente.

– Nenhum. Há mais um para chegar, de Washington, mas nenhum vai decolar antes das sete da manhã.

– Maldição. Preciso ir para a Flórida.

– Há um voo do Exército que sai de Redstone às cinco e meia e vai para a base Patrick, da Força Aérea, perto de Cabo Canaveral.

– Vai ter que ser esse.

Pete ficou constrangido. Parecendo forçar as palavras para fora, disse:

– O senhor não pode ir para a Flórida.

Então era por isso que ele estava tenso.

– Como assim? – retrucou Anthony, com frieza.

– O próprio Carl Hobart falou comigo de Washington. Precisamos voltar. Sem discussão, foi o que ele disse.

Anthony ficou louco de raiva, mas fingiu estar meramente frustrado.

– Aqueles idiotas – disse. – Não é possível comandar uma operação de campo de lá!

Pete não engoliu.

– O Sr. Hobart disse que precisamos aceitar que agora não há mais operação. A partir de agora o Exército está cuidando do assunto.

– Não podemos deixar. A segurança do Exército é totalmente incompetente.

– Eu sei, mas acho que não temos escolha, senhor.

Anthony se esforçou para respirar com calma. Isso acabaria acontecendo, cedo ou tarde. A CIA ainda não acreditava que ele fosse um agente duplo, mas sabia que estava agindo por conta própria e queria colocá-lo fora de ação o mais discretamente possível.

Mas Anthony tinha cultivado cuidadosamente a lealdade de seus homens no decorrer dos anos, e ainda devia ter algum crédito.

– Vamos fazer o seguinte – disse a Pete. – Você volta para Washington. Diga que eu me recusei a obedecer. Você está fora, agora a responsabilidade é minha.

Ele começou a se virar, como se já contasse com a concordância de Pete.

– Certo – respondeu Pete. – Achei que o senhor diria isso. E eles não podem esperar que eu o sequestre.

– Isso mesmo – concordou Anthony em tom casual, escondendo o alívio porque Pete não iria discutir.

– Há outra coisa – continuou Pete.

Anthony se virou para ele, deixando a irritação transparecer.

– O que é, agora?

Pete ruborizou e a marca de nascença no rosto ficou roxa.

– Ele disseram para eu pegar sua arma.

Anthony começou a temer a possibilidade de não conseguir sair facilmente da situação. Não abriria mão da arma de jeito nenhum. Forçou um sorriso.

– Então você diz a eles que eu me recusei a entregar.

– Desculpe, senhor, não consigo nem dizer como lamento. O Sr. Hobart foi muito claro. Se o senhor não a entregar, eu precisarei chamar a polícia local.

Então Anthony percebeu que precisaria matar Pete.

Por um momento sentiu-se dominado pelo pesar. A que ponto chegara! Mal parecia possível que essa fosse a conclusão lógica de seu comprometimento, assumido duas décadas antes, de dedicar a vida a uma causa nobre. Então uma calma mortal baixou sobre ele. Tinha aprendido sobre escolhas difíceis como essa durante a guerra. Agora era uma guerra diferente, mas os imperativos eram os mesmos. Assim que você se via dentro do jogo, precisava vencer, não importava o que custasse.

– Nesse caso, acho que está tudo acabado – comentou com um suspiro genuíno. – Acho que é uma decisão idiota, mas creio que fiz tudo o que podia.

Pete não tentou esconder o alívio.

– Obrigado – disse. – Que bom que o senhor está encarando a situação assim.

– Não se preocupe. Não vou usar isso contra você. Sei que precisa obedecer a uma ordem direta de Hobart.

O rosto de Pete assumiu uma expressão determinada.

– Então, pode me dar a arma agora?

– Claro – A arma estava no bolso do sobretudo de Anthony, mas ele disse: – Está no meu porta-malas. – Ele queria que Pete o acompanhasse até o carro, mas fingiu o contrário. – Fique aqui, vou pegar.

Como esperava, Pete temeu que ele estivesse tentando fugir.

– Vou com o senhor – falou ele rapidamente.

Anthony fingiu hesitar e depois ceder.

– Está bem.

Passou pela porta, com Pete atrás. O carro estava parado junto ao meio-fio, a 30 metros da entrada do aeroporto. Não havia ninguém à vista.

Anthony segurou a tampa do porta-malas e a abriu.

– Está aí – disse.

Pete se curvou para olhar dentro do porta-malas.

Anthony sacou a arma do sobretudo, com o silenciador acoplado. Por um momento sentiu-se tentado pelo impulso louco de enfiar o cano na própria boca e puxar o gatilho, acabando com o pesadelo.

Esse momento de indecisão foi um erro crucial.

– Não estou vendo nenhuma arma – disse Pete, e se virou.

Ele reagiu depressa. Antes que Anthony pudesse levantar a arma, Pete saltou de lado, para longe do cano, e desferiu-lhe um soco. Acertou Anthony com força na lateral da cabeça, fazendo sua mandíbula sacudir. Anthony cambaleou. Pete o acertou com o outro punho, bem no queixo, e o agente duplo tombou para trás. Mas assim que bateu no chão, ergueu a arma e Pete viu o que ia acontecer. Seu rosto se retorceu de medo e ele levantou as mãos, como se elas pudessem protegê-lo de uma bala; então Anthony puxou o gatilho três vezes em rápida sucessão.

Todas as balas atingiram o peito de Pete e o sangue jorrou de três buracos no terno de lã cinza. Ele caiu no chão com um baque surdo.

Anthony ficou de pé desajeitadamente e guardou a arma no bolso. Olhou para os dois lados. Ninguém chegava nem saía do aeroporto. Curvou-se sobre o corpo de Pete.

Pete olhou para ele. Não estava morto.

Lutando contra a náusea, Anthony pegou o corpo ensanguentado e jogou no porta-malas aberto. Depois sacou a arma de novo. Pete o encarava com os olhos aterrorizados. Ferimentos no peito nem sempre eram fatais: Pete poderia sobreviver se fosse levado depressa a um hospital. Anthony apontou a arma para a cabeça dele. Pete tentou falar e o sangue saiu pela boca. Anthony puxou o gatilho.

O corpo de Pete relaxou e seus olhos se fecharam.

Anthony bateu o porta-malas e desmoronou em cima dele. Tinha sido golpeado com força pela segunda vez naquele dia e sua cabeça estava girando. No entanto, pior do que o dano físico era saber o que tinha feito.

– Você está bem, meu chapa? – ouviu uma voz dizer.

Anthony se levantou, enfiando a arma dentro do sobretudo, e se virou. Um táxi havia parado atrás dele e o motorista se aproximou, parecendo preocupado. Era um homem negro cujos cabelos começavam a ficar grisalhos.

O que o sujeito teria visto? Anthony não sabia se tinha ânimo para matá-lo também.

– O que o senhor estava colocando no porta-malas? – perguntou o homem. – Parecia pesado.

– Um tapete – respondeu Anthony, ofegando.

O homem o encarou com a curiosidade sincera das pessoas de cidade pequena.

– Quem o deixou com o olho roxo?

– Foi só um pequeno acidente.

– Vá lá dentro tomar uma xícara de café ou algo assim.

– Não, obrigado. Estou bem.

– Como quiser – disse o homem.

Depois se afastou e entrou lentamente no terminal.

Anthony entrou no carro e foi embora.

1h30

A primeira tarefa dos transmissores de rádio é fornecer sinais que permitam que o satélite seja encontrado por estações de rastreamento na Terra – para provar que ele está em órbita.

O trem saiu lentamente de Chattanooga. Na cabine apertada, Luke tirou o paletó e o pendurou, depois sentou-se na beira da cama baixa e desamarrou os sapatos. Billie acomodou-se de pernas cruzadas na cama, observando-o. As luzes da estação tremeluziram e foram sumindo enquanto a locomotiva ganhava velocidade, indo para o sul na direção de Jacksonville, Flórida.

Luke desamarrou a gravata.

– Se isso é um striptease, não está muito animado – comentou Billie.

Luke deu um riso meio triste. Estava se despindo devagar porque não havia se decidido. Os dois tinham sido obrigados a dividir a cabine: só havia uma disponível. Sentia-se ansioso para tomar Billie nos braços. Tudo o que ficara sabendo sobre si mesmo e sua vida diziam que ela era a mulher com quem deveria estar. Mesmo assim, hesitou.

– O que foi? – perguntou ela. – O que você está pensando?

– Que isso está acontecendo rápido demais.

– Dezessete anos é rápido demais?

– Para mim são dois dias, é só disso que consigo me lembrar.

– Parece uma eternidade.

– Ainda sou casado com Elspeth.

Billie assentiu, solene.

– Mas ela mente para você há anos.

– Por isso devo pular da cama dela para a sua?

Ela pareceu ofendida.

– Você deve fazer o que quiser.

Ele tentou explicar:

– Não gosto da sensação de que estou procurando uma desculpa. – Billie não respondeu nada, por isso ele acrescentou: – Você não concorda, não é?

– Diabos, não. Quero fazer amor com você esta noite. Eu me lembro de como era e quero de novo, agora. – Ela olhou pela janela enquanto o trem passava velozmente por uma cidadezinha. Depois de dez segundos de luzes correndo do lado de fora, estavam no escuro outra vez. – Mas conheço você. Você nunca foi de viver o presente, nem quando éramos apenas crianças. Você precisa de tempo para pensar e se convencer de que está fazendo a coisa certa.

– Isso é tão ruim assim?

Ela sorriu.

– Não. Acho bom que você seja assim. Torna você confiável. Se você fosse diferente acho que eu não teria... – Sua voz ficou no ar.

– O que você ia dizer?

Billie o encarou.

– Eu não o teria amado tanto, por tanto tempo. – Ela ficou sem graça e tentou disfarçar com um comentário irreverente: – De qualquer modo, você precisa de um banho.

Era verdade. Ele estava usando a mesma roupa desde que as havia roubado, 36 horas antes.

– Todas as vezes que pensei em trocar de roupa havia algo mais urgente para fazer – disse. – Tenho roupas limpas na mala.

– Não tem problema. Por que você não sobe na cama de cima e me dá espaço para tirar os sapatos?

Obedientemente, ele subiu a escadinha e se deitou na cama de cima. Virou-se de lado, apoiando o cotovelo no travesseiro, com a cabeça pousada na mão.

– Perder a memória é como recomeçar a vida. É como nascer de novo. Cada decisão tomada pode ser reavaliada.

Ela chutou os sapatos para longe e se levantou.

– Eu detestaria passar por isso – retrucou. Com um movimento rápido, tirou a calça de malha preta e ficou parada, de suéter e calcinha branca. Atraindo o olhar dele, riu e disse: – Tudo bem, pode olhar.

Em seguida enfiou a mão embaixo do suéter e abriu o sutiã às suas costas. Depois, sem tirar o casaco, passando as alças por dentro das mangas, tirou o sutiã com um floreio de mágico.

– Bravo! – exclamou Luke.

Ela o fitou com atenção.

– Então agora nós vamos dormir?

– Acho que sim.

– Certo.

Ela subiu na beira da cama de baixo e se elevou até o nível dele, inclinando o rosto para que ele beijasse. Luke se inclinou e tocou os lábios dela com os seus.

Billie fechou os olhos e ele sentiu a ponta da língua dela roçar seu lábios. Em seguida ela se afastou e seu rosto desapareceu.

Luke ficou deitado de costas, pensando nela logo abaixo, com os seios redondos dentro do casaco macio, as pernas lindas e nuas. Em alguns instantes estava dormindo.

Teve um sonho intensamente erótico. Ele era Bottom, em *Sonho de uma noite de verão*, com orelhas de jumento, e estava sendo beijado no rosto peludo pelas fadas de Titânia, jovens nuas com pernas esguias e seios redondos. A própria Titânia, rainha das fadas, desabotoava sua calça enquanto as rodas do trem marcavam um ritmo insistente...

Acordou devagar, relutando em deixar o país das fadas e voltar ao mundo de ferrovias e foguetes. Sua camisa estava aberta e a calça também. Billie encontrava-se deitada a seu lado, beijando-o.

– Acordou? – murmurou ela em sua orelha. Uma orelha normal, não de jumento. Billie deu um risinho. – Não quero desperdiçar isso com um cara apagado.

Luke tocou-a, correndo a mão pela lateral do corpo dela. Billie ainda estava de suéter, mas a calcinha havia sumido.

– Estou acordado – falou com a voz densa.

Ela ficou de quatro em cima dele, posicionada no espaço estreito sob o teto. Encarando-o, baixou o corpo. Luke deu um longo suspiro de prazer enquanto deslizava para dentro dela. O trem balançava de um lado para o outro e os trilhos cantavam num ritmo erótico.

Ele enfiou a mão dentro do suéter para tocar os seios de Billie. A pele era macia e quente.

– Eles sentiram saudade – sussurrou ela em seu ouvido.

Luke teve a sensação de que ainda estava sonhando: enquanto o trem balançava, Billie beijava seu rosto e os Estados Unidos passavam voando pela janela, quilômetro após quilômetro. Envolveu-a com os braços e apertou com força, para se convencer de que ela era feita de carne e osso, e não de uma diáfana teia de fada. Justo quando pensou que queria que aquilo continuasse para sempre, seu corpo assumiu o controle e ele se agarrou a ela enquanto ondas de prazer se derramavam entre eles.

Assim que tudo terminou, ela pediu:

– Não se mexa. Me abrace com força.

Luke obedeceu. Billie enterrou o rosto em seu pescoço, com a respiração quente em sua pele. Enquanto ele permanecia deitado de barriga para cima, ainda dentro dela, Billie pareceu estremecer com um espasmo interno, repetidamente, até que enfim deu um suspiro profundo e relaxou.

Ainda ficaram mais alguns minutos imóveis, mas Luke não estava mais com sono. Nem Billie, evidentemente, porque disse:

– Tenho uma ideia. Vamos nos lavar.

Ele riu.

– Bom, eu certamente preciso.

Ela saiu de cima dele e desceu da cama. Luke foi atrás. No canto da cabine havia uma pia minúscula com um armário em cima. Dentro dele, Billie encontrou uma toalha de rosto e um pequeno sabonete. Deixou a pia encher de água quente.

– Vou lavar você, depois você pode me lavar – disse.

Em seguida encharcou a toalha, esfregou sabão nela e começou.

Era um ritual deliciosamente íntimo e sensual. Luke fechou os olhos. Ela ensaboou sua barriga, depois se ajoelhou para lavar as pernas.

– Você esqueceu uma parte – avisou ele.

– Não se preocupe, estou deixando o melhor para o final.

Quando Billie terminou, Luke fez a mesma coisa com ela, o que foi mais excitante ainda. Depois os dois se deitaram de novo, desta vez na cama de baixo.

– Agora, você lembra como se faz sexo oral? – perguntou ela.

– Não. Mas acho que posso deduzir.

Parte seis

8h30

Para ajudar a rastrear o satélite com precisão, o Laboratório de Propulsão a Jato desenvolveu uma nova técnica de rádio chamada Microlock. As estações de Microlock utilizam um sistema de rastreamento por captura de fase, que pode registrar um sinal de apenas um milésimo de watt a uma distância de até 30 mil quilômetros.

Anthony foi para a Flórida num avião pequeno que saltava e corcoveava a cada sopro de vento, atravessando o Alabama e a Geórgia. Estava acompanhado de um general e dois coronéis que teriam atirado nele sem pestanejar se soubessem o objetivo de sua viagem.

Pousou na base Patrick, da Força Aérea, alguns quilômetros ao sul de Cabo Canaveral. O terminal consistia em algumas salas pequenas no fundo de um hangar de aviões. Em sua imaginação ele viu um destacamento de agentes do FBI com ternos bem cortados e sapatos bem engraxados, esperando para prendê-lo, mas a única pessoa que havia ali era Elspeth.

Ela parecia exaurida. Pela primeira vez ele viu nela sinais da meia-idade. A pele clara do rosto mostrava rugas começando a se pronunciar e o corpo longilíneo estava um pouco encurvado. Ela o conduziu para fora, onde seu Corvette branco estava estacionado ao sol.

— Como está o Theo? — perguntou ele assim que entraram no carro.

— Bem abalado, mas vai ficar bem.

— A polícia tem a descrição dele?

— Tem. O coronel Hide deu.

— Onde ele está escondido?

— No meu quarto de hotel. Vai ficar lá até escurecer. — Ela guiou o carro para fora da base, entrou na via expressa e virou para o norte. — E você? A CIA vai dar sua descrição à polícia?

— Acho que não.

— Então você pode se mover com relativa liberdade. Isso é bom, porque vai precisar comprar um carro.

— A CIA gosta de resolver os próprios problemas. Nesse momento eles acham que eu resolvi agir por conta própria, e a única preocupação é me tirar de circulação antes que eu os faça passar vergonha. Assim que ouvirem o que Luke tem a dizer, vão perceber que estavam abrigando um agente duplo há anos, mas isso pode fazer com que se empenhem mais ainda em esconder tudo. Não posso ter certeza, mas acho que não haverá uma busca de alto nível.

— E nenhuma suspeita caiu sobre mim. Isso quer dizer que nós três ainda estamos no jogo. Isso nos dá uma boa chance. Ainda podemos resolver essa situação.

— Luke não desconfia de você?

— Ele não tem motivo para isso.

— Onde ele está agora?

— Segundo Marigold, num trem. — Uma nota de amargura transpareceu na voz dela. — Com Billie.

— Quando ele vai chegar aqui?

— Não sei. O trem noturno vai deixá-lo em Jacksonville, mas de lá ele precisa pegar outro trem que passe pelo litoral. Em algum momento hoje à tarde, acho.

Ficaram em silêncio por um tempo. Anthony tentou permanecer calmo. Em 24 horas, estaria tudo acabado. Eles teriam dado um golpe em favor da causa à qual haviam dedicado a vida e entrariam para a história. Ou teriam fracassado e a corrida espacial seria de novo uma disputa de dois cavalos.

Elspeth olhou para ele.

— O que você vai fazer depois que isso acabar?

— Sair do país. — Anthony bateu na maleta em seu colo. — Tenho tudo de que preciso: passaportes, dinheiro, alguns itens simples de disfarce.

— E depois?

— Moscou. — Ele havia passado boa parte do voo pensando nisso. — O departamento de Washington na KGB, imagino.

Anthony era major na KGB. Elspeth era agente havia mais tempo — na verdade, fora ela que havia recrutado Anthony em Harvard —, e era coronel.

— Eles vão me transformar em algum tipo de consultor — continuou Anthony. — Afinal de contas, vou saber mais sobre a CIA do que qualquer pessoa no bloco soviético.

— O que será que você vai achar da vida na União Soviética?

— No paraíso dos trabalhadores? — Ele deu um sorriso amargo. — Você leu George Orwell. Os animais são todos iguais, mas alguns são mais iguais do que os outros. Acho que vai depender do que acontecer esta noite. Se conseguirmos terminar a missão, seremos heróis. Se não...

— Você não está nervoso?

— Claro que estou. A princípio vou ficar solitário. Sem amigos, sem família, sem falar russo... Mas talvez eu me case e tenha uma ninhada de camaradinhas. – Suas respostas bem-humoradas escondiam a ansiedade profunda. – Há muito tempo decidi sacrificar a vida pessoal por algo mais importante.

– Eu tomei a mesma decisão, mas ainda assim ficaria com medo de me mudar para Moscou.

– Isso não vai acontecer com você.

– Não. Eles querem que eu fique aqui a todo custo.

Ela obviamente havia falado com seu controlador, quem quer que ele fosse. Anthony não ficou surpreso com a decisão de manter Elspeth nos Estados Unidos. Nos últimos quatro anos os cientistas russos tinham ficado sabendo tudo sobre o programa espacial americano. Viam cada informe importante, todos os resultados dos testes, cada planta produzida pela Agência de Mísseis Balísticos do Exército – graças a Elspeth. Era tão bom quanto se tivessem a equipe de Redstone trabalhando para o programa soviético. Elspeth era o motivo pelo qual os soviéticos haviam vencido os americanos na corrida espacial. Ela era, sem sombra de dúvida, a espiã mais importante da Guerra Fria.

Seu trabalho fora feito à custa de um enorme sacrifício, Anthony sabia. Elspeth tinha se casado com Luke para espionar o programa espacial. Mas seu amor por ele era genuíno e traí-lo havia partido seu coração. Porém, seu triunfo era a vitória soviética na corrida espacial, que seria selada naquela noite. Isso faria com que tudo tivesse valido a pena.

Os triunfos do próprio Anthony só estavam abaixo dos de Elspeth. Como agente soviético, ele havia penetrado nos níveis mais altos da CIA. O túnel pelo qual fora responsável em Berlim, que fizera a ligação com as comunicações soviéticas, tinha sido na verdade um canal para a desinformação. A KGB o havia usado para levar a CIA a desperdiçar milhões de dólares seguindo homens que não eram espiões, invadindo organizações que jamais foram fachadas do comunismo e desacreditando políticos do Terceiro Mundo que na verdade eram pró-Estados Unidos. Se ele acabasse sozinho num apartamento em Moscou, pensaria no que tinha alcançado, e isso aqueceria seu coração.

Por entre as palmeiras na lateral da estrada ele viu um enorme modelo de foguete espacial acima de uma placa em que estava escrito "Hotel Starlite". Elspeth diminuiu a velocidade e entrou. A recepção ficava num prédio baixo com pilares angulares que lhe davam uma aparência futurista. Elspeth parou o mais longe possível da estrada. Os quartos ficavam num prédio de dois andares em volta de uma grande piscina onde alguns madrugadores já aproveitavam o dia. Para além da piscina Anthony viu a praia.

Apesar de ter tranquilizado Elspeth, ele queria ser visto pelo menor número possível de pessoas, por isso abaixou a aba do chapéu e andou rapidamente enquanto iam do carro até o quarto dela no andar de cima.

O hotel estava aproveitando ao máximo a conexão com o programa espacial. Os abajures eram em formato de foguete e havia imagens de planetas estilizados e estrelas nas paredes. Theo encontrava-se parado junto à janela, olhando o mar. Elspeth apresentou os dois e pediu café e rosquinhas ao serviço de quarto.

– Como foi que Luke me encontrou? – perguntou Theo a Anthony. – Ele lhe contou?

Anthony assentiu.

– Ele estava usando a máquina de Xerox do Hangar R. Há um livro de registros de segurança ao lado dela. Quem usa precisa anotar a data, a hora e o número de cópias que fez e assinar. Luke notou que doze cópias tinham sido assinadas por "WvB": Wernher von Braun.

– Eu sempre usei o nome de Von Braun porque ninguém ousaria questionar o chefe sobre as cópias que ele fazia – explicou Elspeth.

– Mas Luke sabia de uma coisa da qual nem você nem ninguém mais tinha ideia – continuou Anthony. – Naquele dia Von Braun estava em Washington. O instinto dele soou. Ele foi até a sala de correspondência e encontrou as cópias num envelope endereçado a você, mas não fazia ideia de quem o tinha enviado. Decidiu que não podia confiar em ninguém aqui, por isso foi para Washington. Felizmente Elspeth me ligou e eu consegui interceptar Luke antes que ele pudesse falar com alguém.

– Então agora estamos de novo no mesmo ponto da segunda-feira – atalhou Elspeth. – Luke redescobriu o que o fizemos esquecer.

– O que você acha que o Exército vai fazer? – perguntou Anthony a ela.

– Eles podem lançar o foguete com o mecanismo de autodestruição desabilitado. Só que, se alguém descobrir que fizeram isso, haverá um questionamento infernal e a confusão pode estragar o triunfo. Então acho que vão mudar o código, de modo que será necessário um sinal diferente para acionar a explosão.

– Como eles fariam isso?

– Não sei.

Houve uma batida à porta. Anthony ficou tenso, mas Elspeth o tranquilizou:

– Eu pedi café.

Theo foi para o banheiro. Anthony se virou de costas para a porta. Para fingir naturalidade, abriu o armário e começou a examinar as roupas. Lá dentro havia um terno cinza-claro de Luke, em tecido espinha de peixe, e uma pilha de camisas azuis. Em vez de deixar o garçom entrar, Elspeth ficou parada no batente para assinar a conta, deu a gorjeta, pegou a bandeja e fechou a porta.

Theo saiu do banheiro e Anthony se sentou de novo.

– O que podemos fazer? – indagou Anthony. – Se eles mudarem o código não conseguiremos que o foguete se autodestrua.

Elspeth pousou a bandeja.

– Preciso descobrir qual é o plano deles e pensar numa saída. – Ela pegou sua bolsa e pendurou o casaco nos ombros. – Arranje um carro. Vá até a praia assim que escurecer. Pare o mais próximo possível da cerca de Cabo Canaveral. Encontro com vocês lá. Aproveitem o café – concluiu ela, e saiu.

Depois de um momento, Theo disse:

– É preciso reconhecer que ela tem nervos de aço.

Anthony assentiu.

– É disso que ela vai precisar.

16H

Uma sequência de estações de rastreamento se estende de norte a sul, mais ou menos ao longo da linha de longitude 65 graus a oeste do meridiano de Greenwich. A rede receberá sinais do satélite toda vez que ele passar por cima dela.

A contagem estava em x menos 390 minutos.
Até então a contagem regressiva corria em tempo real, mas Elspeth sabia que isso poderia não durar. Quando algum imprevisto acontecia, a contagem parava e, depois que se resolvia o problema, era retomada daquele ponto, independentemente de quantos minutos houvessem se passado. À medida que o momento da ignição se aproximava, essa diferença costumava estar maior, fazendo com que a hora da contagem regressiva ficasse muito atrás da hora real.

Hoje a contagem tinha começado às onze e meia da manhã, a x menos 660 minutos. Elspeth fora de um lado a outro da base sem parar, atualizando o cronograma, atenta a qualquer mudança de procedimento. Até aquele momento não obtivera nenhuma pista de como os cientistas planejavam se proteger da sabotagem – e estava começando a ficar desesperada.

Todos sabiam que Theo Packman era um espião. O recepcionista do Vanguard tinha dito a quem quisesse ouvir que o coronel Hide aparecera lá com quatro policiais e dois homens do FBI, perguntando o número do quarto de Theo. A comunidade espacial rapidamente associou a notícia ao cancelamento do lançamento no último minuto. Ninguém dentro de Cabo Canaveral engoliu a explicação, de que a última previsão do tempo havia indicado piora na corrente de jato, e de manhã todos já estavam falando em sabotagem. O problema era que ninguém parecia saber quais providências haviam sido tomadas. Ou, se alguém sabia, não estava espalhando a notícia.

Enquanto a tarde chegava, a tensão de Elspeth aumentou. Até então não tinha feito perguntas diretas, por medo de levantar suspeitas, mas em pouco tempo precisaria abandonar a cautela. Se não descobrisse logo o plano, seria tarde demais para agir.

Luke ainda não tinha aparecido. Ela ansiava por vê-lo, e ao mesmo tempo estava morrendo de medo. Sentia saudade quando ele não estava ao seu lado à noite, mas, quando estava, Elspeth não parava de pensar em como vinha trabalhando para destruir o sonho dele. Suas mentiras tinham envenenado o casamento, ela sabia. Ao mesmo tempo, ansiava por ver o rosto dele, ouvir sua voz grave e educada, pegar sua mão e fazer com que ele sorrisse.

Os cientistas na casamata faziam um intervalo, comendo sanduíches e bebendo café, sentados diante de seus painéis. Normalmente brincavam quando uma mulher bonita entrava na sala, mas hoje a atmosfera era silenciosa e tensa. Eles estavam esperando que algo desse errado: uma luz de alerta, uma sobrecarga, uma peça quebrada ou um sistema defeituoso. Assim que um problema surgisse, o clima mudaria: todos ficariam mais animados buscando explicações, discutindo soluções, trabalhando no conserto. Eram do tipo que ficava mais feliz consertando alguma coisa.

Ela se sentou ao lado de Willy Fredrickson, seu chefe, que estava com os fones de ouvido em volta do pescoço enquanto comia um queijo-quente.

– Você deve saber que está todo mundo falando de uma tentativa de sabotagem do foguete – disse ela em tom casual.

Willy pareceu contrariado, o que Elspeth interpretou como um sinal de que ele sabia exatamente do que ela estava falando. Antes que ele pudesse responder, um técnico no fundo da sala chamou-o.

– Willy. – E tocou nos próprios fones.

Willy pousou o sanduíche e recolocou os fones.

– Aqui é Fredrickson – falou. Depois de ouvir durante um minuto, disse: – Certo. O mais depressa que você puder. – Depois ergueu os olhos e ordenou: – Parem a contagem.

Elspeth ficou tensa. Seria essa a pista que estava esperando? Levantou o caderno e o lápis com expectativa.

Willy tirou os fones.

– Vai haver um adiamento de dez minutos.

Seu tom de voz revelava apenas a irritação normal com qualquer problema. Deu outra mordida no sanduíche.

Tentando conseguir mais alguma informação, Elspeth perguntou:

– Devo dizer por quê?

– Precisamos substituir um capacitor de alimentação que parece estar pipocando.

Era possível, pensou Elspeth. Os capacitores eram essenciais no sistema de rastreamento e, se começassem a "pipocar" – soltar pequenas descargas elétricas aleatórias –, isso poderia ser um sinal de que o dispositivo falharia. Mas ela não se convenceu. Decidiu verificar, se tivesse chance.

Fez uma anotação, depois se levantou com um aceno animado. Do lado de fora da casamata as sombras da tarde iam se alongando. O mastro branco do foguete se erguia como um poste em direção ao céu. Imaginou-o decolando, levantando-se com lentidão agonizante da plataforma de lançamento sobre a cauda de chamas e subindo na noite. Então visualizou um clarão de luz mais forte do que o sol quando o foguete explodiu, com fragmentos de metal se espalhando como cacos de vidro, uma bola de chamas vermelhas e pretas no céu escuro e um rugido como o grito triunfante de todos os pobres e miseráveis da Terra.

Apressou-se pelo gramado arenoso até a plataforma de lançamento, feita de concreto, rodeou a torre de ferro até a parte de trás e entrou na cabine de aço na base, que abrigava os escritórios e o maquinário. O supervisor da torre, Harry Lane, falava ao telefone, tomando notas com um lápis grosso. Quando ele desligou, ela perguntou:

– Atraso de dez minutos?

– Poderia ser mais.

Ele nem olhou para ela, mas isso não significava grande coisa. Lane era sempre grosseiro – não gostava de ver mulheres na plataforma de lançamento.

Escrevendo no caderno, ela perguntou:

– Motivo?

– Substituição de um componente defeituoso.

– Poderia dizer *qual* componente?

– Não.

Era enlouquecedor. Elspeth ainda não sabia se ele estava escondendo a informação por motivos de segurança ou se só estava sendo puramente mal-educado. Virou-se. Nesse momento um técnico com macacão sujo de óleo entrou.

– Aqui está o velho, Harry – disse.

Na mão suja, segurava um plugue.

Elspeth sabia exatamente o que era: o receptor do sinal de autodestruição codificado. Os pinos que se projetavam dele estavam interligados de modo complexo, de forma que apenas o sinal de rádio correto faria com que ele acionasse a cápsula de disparo.

Ela saiu rapidamente do cômodo antes que Harry pudesse ver a expressão de triunfo em seu rosto. Com o coração batendo forte de empolgação, voltou depressa ao seu jipe.

Sentou-se atrás do volante, pensativa. Para impedir a sabotagem, eles estavam substituindo o plugue. O novo seria conectado de modo diferente, para servir a outro código. Um plugue de transmissão equivalente devia estar sendo posto no transmissor. Provavelmente os novos plugues tinham sido mandados de avião, de Huntsville, mais cedo.

Fazia sentido, pensou, satisfeita. Enfim sabia o que o Exército estava fazendo. Mas como poderia ultrapassá-los estrategicamente?

Os plugues eram sempre feitos em conjuntos de quatro. O par extra era guardado para o caso de defeito. Tinha sido o par que Elspeth havia examinado no domingo anterior, quando desenhara as conexões de modo que Theo pudesse reproduzir o código de rádio e acionar a explosão. Agora, pensou preocupada, precisava fazer a mesma coisa: encontrar o par extra, desmontar o plugue e desenhar as conexões.

Deu partida no jipe e voltou rapidamente para os hangares. Em vez de ir para o Hangar R, onde ficava sua mesa, entrou no D e foi até a sala de telemetria. Tinha sido ali que havia encontrado os plugues extras na primeira vez.

Hank Mueller estava inclinado sobre uma bancada com dois outros cientistas, olhando solenemente para um complexo dispositivo elétrico. Quando a viu entrar, ele se animou.

– Oito mil – falou.

Seus colegas gemeram em desespero fingido e se afastaram.

Elspeth conteve a impaciência. Precisaria fazer o jogo de números com ele antes de qualquer outra coisa.

– É o cubo de vinte – respondeu.

– Não está suficientemente bom.

Ela pensou por um momento.

– Certo, é a soma de quatro cubos consecutivos: $11^3+12^3+13^3+14^3$.

– Muito bem.

Ele lhe deu uma moeda de 10 centavos e esperou, ansioso.

Ela revirou o cérebro atrás de um número curioso, depois disse:

– O cubo de 16.830.

Mueller franziu a testa e pareceu afrontado.

– Não posso deduzir isso, preciso de um computador! – exclamou, indignado.

– Você não sabe? É a soma de todos os cubos consecutivos desde 1.134 até 2.133.

– Não, eu não sabia!

– Quando eu estava no ensino médio, o número da casa dos meus pais era 16.830, é por isso que sei.

– É a primeira vez que você fica com minha moeda – disse ele, parecendo comicamente deprimido.

Ela não podia revistar o laboratório: precisava perguntar a ele. Felizmente os outros homens estavam longe para ouvir, ainda que por pouco.

– Você tem o jogo de duplicatas dos novos plugues que vieram de Huntsville? – perguntou abruptamente.

– Não – respondeu ele, parecendo mais frustrado ainda. – Disseram que a segurança aqui não é boa o suficiente e puseram os plugues num cofre.

Elspeth ficou aliviada porque ele não questionou sua necessidade de saber.

– Que cofre?

– Não me disseram.

– Não tem problema.

Ela fingiu fazer uma anotação no caderno e saiu.

Foi rapidamente ao Hangar R, correndo pela terra arenosa com seus sapatos de salto alto. Sentia-se otimista. Mas ainda tinha muito o que fazer. Já estava escurecendo, notou.

Até onde sabia, só havia um cofre, na sala do coronel Hide.

De volta à sua mesa, enfiou um envelope do Exército em sua máquina de escrever e datilografou: "Dr. W. Fredrickson – Em mãos". Depois dobrou duas folhas em branco, enfiou no envelope e lacrou.

Foi à sala de Hide, bateu à porta e entrou. Ele estava sozinho, sentado atrás da mesa, fumando um cachimbo. Ergueu os olhos e sorriu: como a maioria dos homens, geralmente ficava satisfeito em ver um rosto bonito.

– Elspeth – disse em seu sotaque arrastado. – O que posso fazer por você?

– Poderia guardar isso no cofre para Willy? – perguntou ela, e lhe entregou o envelope.

– Claro – respondeu ele. – O que é?

– Ele não falou.

– Naturalmente.

O coronel girou na cadeira e abriu um armário. Olhando por cima do ombro do homem, Espeth viu uma porta de aço com um botão giratório. Aproximou-se. O botão era graduado de 0 a 99, mas só os múltiplos de dez eram indicados por algarismos; os outros eram marcados apenas por um entalhe. Ela olhou o botão. Tinha visão boa, mas mesmo assim era difícil enxergar exatamente onde Hide o parava. Chegou mais para a frente, inclinando-se sobre a mesa para ver melhor.

O primeiro número foi fácil: 10. Depois ele girou o botão até um número logo abaixo do 30 – podia ser 29 ou 28. Finalmente o girou até algum ponto entre 10 e 15. A combinação era alguma variação de 10-29-13. Devia ser o aniversário dele: 10 para outubro, 28 ou 29 para o dia do mês e 11, 12, 13 ou 14 para o ano. Isso dava um total de oito possibilidades. Se ela conseguisse entrar ali sozinha, poderia tentar todas em alguns minutos.

Hide abriu a porta. Dentro do cofre havia dois plugues.

– Eureca – sussurrou Elspeth.

– Que barulho foi esse? – perguntou Hide.

– Nada.

Ele grunhiu, jogou o envelope no cofre, fechou a porta e girou o botão.

Elspeth já estava saindo.

– Obrigada, coronel.

– Disponha.

Agora tinha que esperar que Hide saísse do escritório. De sua mesa não podia ver direito a porta dele, mas ele precisava passar pela sala dela ao sair. Elspeth abriu a porta.

Seu telefone tocou. Era Anthony.

– Vamos sair daqui a alguns minutos – informou ele. – Você conseguiu o que precisamos?

– Ainda não, mas vou conseguir. – Ela desejou ter tanta certeza quanto aparentava. – Que carro vocês arranjaram?

– Um Mercury Monterey 54 verde-claro, antiquado, sem rabo de peixe.

– Vou reconhecer. Como está Theo?

– Perguntando o que deve fazer depois de hoje à noite.

– Eu presumi que ele viajaria para a Europa e continuaria a trabalhar para o *Le Monde*.

– Ele tem medo de que possam encontrá-lo lá.

– Acho que podem mesmo. Então ele deveria ir com você.

– Ele não quer.

– Prometa o que ele quiser – disse ela, impaciente. – Só garanta que ele esteja pronto para esta noite.

– Certo.

O coronel Hide passou por sua porta.

– Preciso desligar – disse ela, e bateu o telefone.

Saiu, mas Hide não tinha desaparecido. Estava parado à porta da sala ao lado da dela, conversando com as garotas do escritório de datilografia. A porta da sala dele ainda estava à vista: Elspeth não poderia entrar. Ela esperou um minuto, desejando que ele fosse embora. Mas, quando saiu, ele voltou à sua sala.

Ficou lá por duas horas.

Elspeth estava enlouquecendo. Tinha a combinação do cofre, só precisava entrar lá e abri-lo, mas ele não saía. Hide mandou a secretária pegar café na barraca de comida que eles chamavam de Carrocinha das Baratas. Nem foi ao banheiro. Elspeth começou a imaginar maneiras de tirá-lo de ação. No OSS havia aprendido a estrangular uma pessoa com uma meia de náilon, mas nunca tinha tentado. De qualquer modo, Hide era um homem grande e lutaria bastante.

Ela não saiu de seu escritório. Seu cronograma ficou esquecido. Willy Fredrickson ficaria furioso, mas que importância isso tinha?

Olhava o relógio de pulso a intervalos de poucos minutos. Às 20h25 finalmente Hide passou. Ela saltou e foi até a porta. Viu-o descendo a escada. Agora só faltavam duas horas para o lançamento: ele provavelmente estava indo para a casamata.

Outro homem vinha pelo corredor em sua direção. Ele chamou numa voz insegura:

– Elspeth?

O coração dela parou quando reconheceu a voz e ele a encarou.

Era Luke.

20H30

As informações dos instrumentos de gravação do satélite são transmitidas via rádio por meio de um toque musical. Os diversos instrumentos utilizam sons com frequências diferentes, de modo que as "vozes" podem ser separadas eletronicamente ao ser recebidas.

L uke estava morrendo de medo daquele momento.
 Tinha deixado Billie no Starlite. Ela planejava fazer o check-in, tomar um banho rápido e depois pegar um táxi até a base a tempo do lançamento. Luke fora direto à casamata, onde ficara sabendo que o lançamento estava programado para as 22h45. Willy Fredrickson havia explicado as precauções que a equipe tomara para impedir a sabotagem do foguete. Luke não ficou totalmente tranquilo. Queria que Theo Packman tivesse sido preso e gostaria de saber onde Anthony estava. Mas nenhum deles podia fazer nada com o código errado. E os novos plugues estavam trancados num cofre, pelo que Willy dissera.

Ficaria menos preocupado quando visse Elspeth. Não tinha contado a ninguém suas suspeitas com relação a ela – em parte porque não suportava a ideia de acusá-la, em parte porque não tinha provas. Quando olhasse nos olhos dela e pedisse que lhe contasse a verdade, saberia.

Subiu a escada do Hangar R com um peso no peito. Precisava falar com Elspeth sobre a traição dela e confessar que tinha sido infiel. Não sabia o que era pior.

Quando chegou ao topo da escada, deu com um homem com uniforme de coronel que passou por ele dizendo:

– Olá, Luke, que bom que você voltou. A gente se vê na casamata.

Depois viu uma mulher alta e ruiva sair de uma sala no corredor, parecendo ansiosa. Seu corpo esguio estava tenso enquanto ela permanecia junto à porta, olhando para além de Luke, para o coronel que descia a escada. Era mais bonita do que na foto de casamento. O rosto claro tinha um brilho suave, como a superfície de um lago ao alvorecer. Ele foi tomado por um estremecimento de emoção, um forte sentimento de ternura.

Só quando a chamou foi que Elspeth o notou.

– Luke!

Elspeth se apressou na direção dele. Seu sorriso de boas-vindas demonstrava uma alegria genuína, mas Luke viu medo nos olhos dela. Ela o envolveu nos braços e beijou seus lábios. Ele percebeu que não deveria estar surpreso: ela era sua mulher e ele estivera longe durante toda a semana. Um abraço era a coisa mais natural do mundo. Elspeth não fazia ideia de que ele suspeitava dela, por isso continuava a agir como uma esposa normal.

Luke interrompeu o beijo e se soltou do abraço. Ela franziu a testa e o encarou, tentando entender sua expressão.

– O que foi? – perguntou ela. Depois deu uma fungada e uma raiva súbita dominou seu rosto. – Seu filho da puta, você está cheirando a sexo. – Ela o empurrou. – Você trepou com Billie Josephson, seu desgraçado! – Um cientista que passava pareceu espantado ao ouvi-la, mas ela não ligou. – Você trepou com ela naquele maldito trem.

Ele não soube o que dizer. A traição dela era pior do que aquilo, mas ao mesmo tempo Luke sentiu vergonha do que tinha feito. Qualquer coisa que dissesse pareceria uma desculpa esfarrapada, e ele detestava desculpas esfarrapadas, pois tornavam um homem patético. Por isso não falou nada.

O humor de Elspeth mudou de novo, com a mesma rapidez.

– Não tenho tempo para isso – disse ela, e em seguida olhou para um lado e outro do corredor, parecendo impaciente e distraída.

Luke ficou desconfiado.

– O que você precisa fazer que é mais importante do que esta conversa?

– Meu trabalho!

– Não se preocupe com isso.

– De que diabo está falando? Eu preciso ir. Vamos conversar mais tarde.

– Acho que não – disse ele com firmeza.

Ela reagiu ao tom de voz dele.

– Como assim, acha que não?

– Quando eu estava em casa, abri uma carta endereçada a você. – Ele a tirou do bolso do paletó e lhe entregou. – É de uma médica em Atlanta.

O sangue sumiu do rosto de Elspeth. Ela tirou a carta do envelope e começou a ler.

– Meu Deus – sussurrou.

– Você ligou as trompas um mês e meio antes do nosso casamento.

Mesmo agora, Luke mal podia acreditar.

As lágrimas inundaram os olhos dela.

– Eu não queria fazer isso. Fui obrigada.

Ele lembrou o que a médica tinha dito sobre a condição de Elspeth – insônia, perda de peso, choros súbitos, depressão – e sentiu uma compaixão súbita.

– Sinto muito por você ter sido infeliz – sussurrou.

– Não seja bonzinho comigo, eu não suportaria.

– Vamos para a sua sala.

Ele pegou no braço dela e a levou para dentro, fechando a porta. Elspeth foi até a mesa e se sentou, procurando um lenço na bolsa. Luke arrastou a poltrona grande atrás da mesa do chefe de Elspeth até junto dela e se acomodou.

Elspeth assoou o nariz.

– Eu quase não fiz a operação – revelou. – Fiquei com o coração partido.

Luke a olhou com atenção, tentando permanecer frio e objetivo.

– Imagino que eles a tenham obrigado. – Ele fez uma pausa e os olhos dela se arregalaram. – A KGB – continuou ele, e ela o encarou. – Eles ordenaram que você se casasse comigo para poder espionar o programa espacial, e a obrigaram a ligar as trompas para não ter filhos que a fizessem repensar sua lealdade. – Luke viu um sofrimento terrível nos olhos dela e soube que estava certo. – Não minta – acrescentou rapidamente. – Não vou acreditar em você.

– Certo.

Elspeth havia admitido. Luke se recostou. Tudo estava acabado. Sentia-se sem fôlego e ferido, como se tivesse caído de uma árvore.

– Eu ficava mudando de ideia – contou Elspeth, e lágrimas escorreram pelo seu rosto enquanto ela falava. – De manhã estava decidida a fazer. Na hora do almoço telefonava para você e você dizia alguma coisa sobre uma casa com quintal grande para as crianças correrem, e eu decidia desafiá-los. Então, sozinha na cama à noite, pensava na quantidade de informações que eles precisavam e que eu conseguiria se fosse casada com você, e decidia de novo fazer o que eles queriam.

– Você não podia fazer as duas coisas?

Ela balançou a cabeça.

– Àquela altura, eu mal suportava amar você e espioná-lo ao mesmo tempo. Se tivéssemos filhos, eu jamais conseguiria fazer isso.

– O que fez você se decidir, afinal?

Ela fungou e enxugou o rosto.

– Você não vai acreditar. Foi a Guatemala. – Ela deu um risinho esquisito. – Aquele povo miserável só queria escolas para os filhos, um sindicato para protegê-lo e a chance de trabalhar para viver. Mas isso aumentaria em alguns centavos o preço das bananas, e a United Fruit não queria isso, então o que os Estados Unidos fizeram? Derrubaram o governo deles e colocaram uma marionete fascista na presidência. Na ocasião eu trabalhava na CIA, por isso sabia da verdade. Isso me deixou furiosa, saber que aqueles homens gananciosos em Washington eram capazes de acabar com um país pobre e não responderem por isso, depois contar mentiras a respeito do que tinha acontecido. Além disso, fizeram com que a imprensa informasse aos americanos que havia sido uma revolta dos anticomunistas locais. Você vai dizer que é algo estranho para causar tamanha reação, mas não consigo descrever como fiquei furiosa.

– O suficiente para mutilar o próprio corpo.

– E trair você, e arruinar meu casamento. – Ela levantou a cabeça e uma expressão orgulhosa surgiu em seu rosto. – Mas que esperança resta para o mundo se uma nação de camponeses sem um centavo não pode tentar sair da lama sem ser esmagada pelo capitalismo? A única coisa que lamento é ter lhe negado filhos. Isso foi perverso. Do resto, sinto orgulho.

Ele assentiu.

– Acho que entendo.

– Já é alguma coisa. – Ela suspirou. – O que você vai fazer? Ligar para o FBI?

– Eu deveria?

– Se você fizer isso eu vou parar na cadeira elétrica, como os Rosenbergs.

Luke se encolheu como se alguém o tivesse esfaqueado.

– Meu Deus.

– Há uma alternativa.

– Qual é?

– Me deixe ir. Vou embarcar no primeiro avião para Paris, Frankfurt, Madri, qualquer lugar na Europa. De lá posso pegar um voo para Moscou.

– É isso que você quer? Viver o resto dos seus dias lá?

– É. – Ela deu um sorriso amargo. – Sou coronel da KGB. Eu jamais seria coronel nos Estados Unidos, como você sabe.

– Você teria que ir agora, imediatamente.

– Tudo bem.

– Vou acompanhá-la até o portão e você vai me entregar seu crachá, para que eu tenha certeza de que não vai voltar.

– Está bem.

Luke a encarou, tentando gravar o rosto dela na memória.

– Acho que isso é um adeus.

Ela pegou sua bolsa.

– Posso ir primeiro ao toalete?

– Claro.

21h30

O principal objetivo científico do satélite é medir os raios cósmicos, numa experiência projetada pelo Dr. James van Allen, da Universidade de Iowa. O instrumento mais importante dentro dele é um contador Geiger.

Elspeth saiu de sua sala, virou à esquerda, passou pela porta do banheiro feminino e entrou no escritório do coronel Hide.

Estava vazio.

Fechou a porta e se encostou nela, tremendo de alívio. A sala oscilava em sua visão enquanto seus olhos se enchiam de lágrimas. O triunfo de toda a vida estava ao alcance de suas mãos, mas ela havia destruído o casamento com o melhor homem que já conhecera, e ia deixar o país onde havia nascido e passar o resto dos dias numa terra em que nunca tinha estado.

Fechou os olhos e se obrigou a respirar lenta e profundamente, uma, duas, três vezes. Depois de um momento sentiu-se melhor.

Virou a chave na porta. Foi até o armário atrás da mesa de Hide e se ajoelhou diante do cofre. Suas mãos tremiam. Com um esforço, obrigou-as a ficar firmes. Por algum motivo se lembrou das aulas de latim na escola e do provérbio *"Festina lente"*: apressa-te devagar.

Repetiu as ações que Hide fizera quando ela o vira abrir o cofre. Primeiro girou o botão quatro vezes em sentido anti-horário, parando no 10. Depois girou-o três vezes na outra direção, parando no 29. Em seguida girou-o duas vezes no sentido anti-horário, parando no 14. Tentou virar a maçaneta. Ela não se mexeu.

Ouviu passos do lado de fora e uma voz de mulher. Os sons no corredor pareciam altos demais, como ruídos num pesadelo. Então os passos recuaram e a voz foi sumindo.

Sabia que o primeiro número era 10. Parou nele de novo. O segundo podia ser 29 ou 28. Desta vez parou no 28 e no 14 de novo.

A maçaneta continuou dura.

Tinha tentado apenas duas das oito possibilidades. Seus dedos estavam escorregadios de suor e ela os enxugou na bainha do vestido. Depois tentou 10, 29, 13, em seguida 10, 28, 13.

Estava na metade da lista.

Ouviu uma sirene tocar a distância: dois toques curtos e um longo, repetidos três vezes. Isso significava que todo o pessoal deveria se afastar da área de lançamento. Faltava uma hora. Olhou involuntariamente para a porta, depois voltou a atenção para o botão do cofre.

A combinação 10, 29, 12 não funcionou.

Mas 10, 28, 12, sim.

Radiante, ela virou a maçaneta e abriu a porta pesada.

Os dois plugues continuavam ali. Ela se permitiu um sorriso de triunfo.

Não havia tempo para desmontá-los e desenhar as conexões imediatamente. Precisaria levá-los. Theo poderia copiar as conexões ou usar o plugue em seu transmissor.

Um perigo lhe veio à mente. Seria possível que alguém notasse a ausência dos plugues extras durante a próxima hora? O coronel Hide tinha ido à casamata e não era provável que voltasse antes do lançamento. Ela precisava correr o risco.

Ouviu passos de novo do lado de fora e desta vez alguém tentou a maçaneta.

Elspeth prendeu a respiração.

Uma voz de homem chamou:

– Ei, Bill, você está aí?

Parecia Harry Lane. O que diabo ele queria? A fechadura chacoalhou. Elspeth ficou imóvel e em silêncio.

– Bill não costuma trancar essa porta, não é? – ouviu-o dizer.

– Não sei, acho que o chefe de segurança tem o direito de fechá-la se quiser – respondeu outra voz.

Ela ouviu passos se afastando, depois a voz fraca de Harry:

– Que segurança que nada, Hide não quer é que ninguém roube o uísque dele.

Ela pegou os plugues no cofre e os enfiou na bolsa. Depois fechou o cofre, girou o botão e fechou o armário.

Foi à porta da sala, virou a chave e abriu.

Harry Lane estava parado do lado de fora.

– Ah! – exclamou ela, em choque.

Ele franziu a testa com ar de acusação.

– O que você estava fazendo aí?

– Hã, nada – respondeu Elspeth debilmente, e tentou passar por ele.

Ele agarrou o braço dela com firmeza.

– Se não era nada, por que trancou a porta? – E o apertou até doer.

Isso a deixou furiosa e ela parou de agir com ar de culpa.

– Largue o meu braço, seu imbecil, ou eu arranco os seus olhos.

Espantado, ele a soltou e deu um passo para trás, mas disse:

– Ainda quero saber o que estava fazendo aí.

Ela teve uma inspiração:

– Precisei ajeitar a alça do sutiã e o banheiro feminino estava ocupado, então usei a sala de Bill na ausência dele. Tenho certeza de que ele não vai se importar.

– Ah. – Harry pareceu abobalhado. – É, acho que não.

Elspeth suavizou a voz:

– Sei que precisamos pensar na segurança, mas não era necessário machucar meu braço.

– É, desculpe.

Ela passou por ele, ofegando.

Entrou de novo em sua sala. Luke continuava onde ela o havia deixado, parecendo sério.

– Estou pronta – disse.

Ele se levantou.

– Depois de sair daqui, você vai direto para o hotel – declarou.

Luke soava eficiente e prático, mas pelo seu rosto ela podia ver que ele estava reprimindo emoções fortes.

– Sim – limitou-se a dizer Elspeth.

– De manhã você vai para Miami e depois entra num voo para fora dos Estados Unidos.

– Sim.

Ele assentiu, satisfeito. Desceram juntos a escada e saíram para a noite quente. Luke a levou até o carro. Quando ela abriu a porta, ele falou:

– Agora quero seu crachá.

Ela abriu a bolsa e teve um momento de puro pânico. Os plugues estavam ali, bem à vista, mas Luke não os viu. Estava virado para o outro lado – era educado demais para olhar dentro da bolsa de uma mulher. Elspeth pegou seu passe de segurança de Cabo Canaveral e o entregou, depois fechou a bolsa com um estalo.

Ele enfiou o crachá no bolso.

– Vou segui-la no jipe até o portão.

Ela percebeu que aquilo era a despedida. Pegou-se incapaz de falar. Entrou no carro e bateu a porta.

Suprimiu as lágrimas e partiu. As luzes do jipe de Luke se acenderam e seguiram atrás. Ao passar pela plataforma de lançamento, ela viu a torre de ferro recuando lentamente nos trilhos ferroviários, pronta para o lançamento. Com isso o enorme foguete branco ficou de pé, sozinho, sob as luzes fortes, parecendo frágil e precário, como se um cutucão descuidado de um passante pudesse derrubá-lo. Restavam 46 minutos.

Saiu da base sem parar. Os faróis do jipe de Luke diminuíram em seu retrovisor e finalmente desapareceram quando ela virou uma curva.

– Adeus, meu amor – disse em voz alta, e começou a chorar.

Dessa vez não conseguiu manter o controle. Enquanto seguia pela estrada costeira, chorou desesperadamente, as lágrimas escorrendo pelo rosto, o peito arfando com soluços angustiados. As luzes dos outros carros passavam em riscas borradas. Quase se esqueceu de entrar na trilha da praia. Quando a viu, pisou no freio e virou o volante, atravessando a estrada no meio do tráfego que vinha na direção contrária. Um táxi freou e desviou, buzinando e derrapando, e quase acertou a traseira de seu Bel Air. Ela parou com um baque na areia da trilha, o coração disparado no peito. Quase arruinara tudo.

Enxugou o rosto na manga da blusa e foi em frente, mais devagar, em direção à praia.

...

Assim que Elspeth foi embora, Luke ficou junto ao portão, dentro do jipe, esperando que Billie chegasse. Estava ofegante e atordoado, como se tivesse batido num muro a toda a velocidade e agora estivesse caído no chão tentando recuperar os sentidos. Elspeth havia admitido tudo. Nas últimas 24 horas ele tivera certeza de que ela trabalhava para os soviéticos, mas ainda assim era chocante. Claro que existiam espiões, todo mundo sabia, e Ethel e Julius Rosenberg tinham morrido na cadeira elétrica por espionagem. Só que ler essas coisas nos jornais não era nada. Ele fora casado com uma espiã durante quatro anos. Mal conseguia assimilar a ideia.

Billie chegou às 22h15, de táxi. Luke liberou a passagem dela na segurança, os dois entraram no jipe e foram para a casamata.

– Elspeth foi embora – disse ele.

– Acho que eu a vi. Ela está num Bel Air branco?

– É, isso mesmo.

– Meu táxi quase bateu no carro dela. Ela atravessou a estrada bem à nossa frente. Eu vi o rosto dela à luz dos faróis. Não batemos por alguns centímetros.

Luke franziu a testa.

– Por que ela virou na frente de vocês?

– Estava saindo da estrada.

– Ela comentou que voltaria direto para o Starlite.

Billie balançou a cabeça.

– Não, ela estava indo para a praia.

– A praia?

– Ela desceu por uma daquelas trilhas estreitas entre as dunas.

– Merda – disse Luke, e virou o jipe.

•••

Elspeth dirigia lentamente ao longo da praia, observando os grupos de pessoas que tinham se reunido para o lançamento. Sempre que via crianças ou mulheres, desviava o olhar. Mas havia muitos grupos somente de homens, fanáticos por foguetes, de pé em volta dos carros, com binóculos e máquinas fotográficas, fumando e bebendo café ou cerveja. Observava atentamente os veículos deles, procurando um Mercury Monterey sem rabo de peixe. Anthony tinha dito que o carro era verde, mas não havia luz suficiente para distinguir cores.

Começou pela extremidade lotada da praia, mais perto da base, mas Anthony e Theo não estavam ali. Supôs que eles teriam escolhido um local mais isolado. Com medo de não vê-los, foi seguindo aos poucos para o sul.

Finalmente viu um homem alto com suspensórios antiquados, encostado num carro claro e olhando através de um binóculo em direção às luzes de Cabo Canaveral. Parou o carro e desceu.

– Anthony! – chamou.

O homem baixou o binóculo e ela percebeu que não era ele.

– Desculpe – disse, e continuou em frente.

Consultou o relógio. Eram dez e meia. Estava quase sem tempo. Tinha os plugues, tudo estava pronto: só precisava encontrar dois homens numa praia.

Os carros foram escasseando até ficarem separados por cerca de 100 metros. Elspeth acelerou. Passou junto de um automóvel que parecia o certo, mas aparentava estar vazio. Acelerou de novo – então o carro buzinou.

Diminuiu a velocidade e olhou para trás. Um homem tinha saído do veículo e acenava para ela. Era Anthony.

– Graças a Deus! – exclamou. Deu marcha a ré até ele e saiu do carro. – Estou com os plugues extras.

Theo saiu do outro carro e abriu o porta-malas.

– Me dê – disse. – Depressa, pelo amor de Deus.

22h48

A contagem regressiva chega a zero.
 Na casamata, o diretor de lançamento diz:
 – Ordem de disparo!
 Um homem da equipe puxa um anel de metal e o torce. Esta é a ação que dispara o foguete.
 Válvulas se abrem para deixar que o combustível comece a fluir. A abertura de oxigênio líquido está fechada e o halo de fumaça branca em volta do míssil desaparece subitamente.
 O diretor de lançamento diz:
 – Tanques de combustível pressurizados.
 Nos onze segundos seguintes, nada acontece.

O jipe disparava pela praia a toda a velocidade, desviando-se de grupos de familiares. Luke examinava os carros, ignorando os gritos de protesto enquanto seus pneus jogavam areia nas pessoas. Billie estava de pé ao lado, segurando a parte de cima do para-brisa. Ele gritou acima do barulho do vento:
– Está vendo um Bel Air branco?
Ela balançou a cabeça.
– Deveria ser fácil de ver!
– É – disse Luke. – Então onde eles estão?

• • •

A última mangueira de conexão se solta do míssil. Um segundo depois o combustível de partida se acende e o primeiro estágio troveja. Uma enorme chama laranja irrompe da base do foguete enquanto o empuxo aumenta.

• • •

– Pelo amor de Deus, Theo, depressa! – disse Anthony.
– Cale a boca – ordenou Elspeth.
Estavam curvados sobre o porta-malas do Mercury, observando Theo mexer

no radiotransmissor. Ele estava ligando fios aos pinos de um dos plugues que Elspeth lhe entregara.

Houve um rugido como de um trovão distante e todos olharam para cima.

• • •

Com uma lentidão agonizante, o Explorer I *se ergue da plataforma de lançamento.*
Na casamata, alguém grita:
– Vai, belezinha!

• • •

Billie viu o Bel Air branco parado perto de um sedã mais escuro.
– Ali! – gritou.
– Estou vendo – respondeu Luke.
Na traseira do sedã havia três pessoas amontoadas em volta do porta-malas. Billie reconheceu Elspeth e Anthony. O outro homem devia ser Theo Packman. Mas não estavam olhando para dentro do porta-malas. Em vez disso, fitavam por cima das dunas, na direção de Cabo Canaveral.

Billie entendeu a situação imediatamente. O transmissor encontrava-se no porta-malas. Eles o estavam preparando para transmitir o sinal de detonação. Por que olhavam para cima? Ela se virou na direção de Cabo Canaveral. Não havia nada para ver, mas ela escutou um rugido profundo, trovejante, como o som de uma fornalha numa metalúrgica.

O foguete estava decolando.
– Não temos mais tempo! – gritou ela.
– Segure firme! – disse Luke.
Ela agarrou o para-brisa enquanto ele girava o jipe num arco amplo.

• • •

O foguete ganha velocidade subitamente. Num instante parece estar pairando com hesitação sobre a plataforma. No outro move-se como uma bala disparada de uma arma, partindo para o céu com uma cauda de fogo.

• • •

Acima do rugido do foguete Elspeth ouviu outro som, de um motor de carro acelerando. Um segundo depois o facho de faróis recaiu sobre o grupo em volta do porta-malas do Mercury. Ela levantou os olhos e viu um jipe vindo na direção deles a toda a velocidade. Percebeu que ele iria bater neles.

– Depressa! – gritou.

Theo conectou o último fio.

No transmissor havia dois interruptores, um marcado com "Armar" e o outro com "Destruir".

O jipe estava em cima deles.

Theo pressionou o interruptor de "Armar".

• • •

Na praia, mil rostos se inclinam para cima, olhando o foguete subir em linha reta, e um gigantesco grito coletivo de comemoração ressoa.

• • •

Luke foi em direção à traseira do Mercury.

O jipe tinha perdido velocidade enquanto ele fazia a curva, mas continuava a cerca de 30 quilômetros por hora. Billie saltou do veículo, chegou ao chão correndo, em seguida caiu e rolou.

No último segundo Elspeth se jogou para fora do caminho. Então houve uma pancada ensurdecedora, seguida pelo som de vidro se espatifando.

A traseira do Mercury se enrugou, o carro foi jogado um metro à frente e a tampa do porta-malas baixou com uma pancada forte. Luke achou que Theo ou Anthony havia sido esmagado entre os carros, mas não tinha certeza. Foi jogado para a frente violentamente. O volante bateu em seu peito e ele sentiu a dor aguda de costelas se partindo. Um instante depois a testa se chocou com a parte de cima do volante e ele sentiu o sangue quente escorrendo pelo rosto.

Ergueu o tronco e procurou Billie. Ela parecia melhor do que ele. Estava sentada no chão esfregando os braços, mas não parecia estar sangrando.

Olhou por cima do capô do jipe. Theo tinha caído no chão, com os membros estendidos, imóvel. Anthony estava de quatro, parecendo abalado mas incólume. Elspeth havia escapado de qualquer ferimento e começava a se levantar. Ela correu para o Mercury e tentou abrir o porta-malas.

Luke saltou do jipe e correu até ela. Enquanto a tampa do porta-malas subia, ele a empurrou para o lado. Ela caiu na areia.

– Parado aí! – gritou Anthony.

Luke olhou para ele, que estava com uma pistola encostada na nuca de Billie.

Luke ergueu os olhos. A cauda de fogo do míssil era uma brilhante estrela cadente no céu noturno. Enquanto ele estivesse visível, ainda podia ser destruído. O primeiro estágio terminaria de queimar quando estivesse a 100 quilômetros de altura. Nesse ponto o foguete ficaria invisível – porque o fogo mais fraco do segundo estágio não teria luminosidade suficiente para ser visto da Terra – e esse seria o sinal de que o sistema de autodestruição não funcionaria mais. O primeiro estágio, que continha o detonador do explosivo, iria se separar e começar a cair, aterrissando por fim no Oceano Atlântico. Depois da separação, não poderia mais danificar o satélite.

Essa separação aconteceria dois minutos e 25 segundos depois da ignição. Luke calculou que o foguete devia ter sido acionado uns dois minutos antes. Devia ter 25 segundos pela frente.

Era tempo suficiente para pressionar um interruptor.

Elspeth se levantou de novo.

Luke olhou para Billie. Ela estava com um dos joelhos no chão, como um corredor na linha de partida, imobilizada com o longo silenciador da arma de Anthony encostado no cabelo preto cacheado. A mão dele parecia firme como uma rocha.

Luke se perguntou se estava pronto para sacrificar a vida de Billie pelo foguete.

A resposta era não.

Mas o que aconteceria se ele se mexesse? Será que Anthony atiraria nela? Poderia atirar.

Elspeth se curvou de novo sobre o porta-malas do carro.

Então Billie se moveu.

Sacudiu a cabeça bruscamente para um lado, depois se jogou para trás, acertando as pernas de Anthony com os ombros.

Luke saltou para cima de Elspeth e a jogou para longe do carro.

A arma com silenciador disparou enquanto Anthony e Billie se estatelavam.

Luke ficou olhando, morrendo de medo. Anthony tinha disparado, mas será que havia acertado Billie? Ela rolou para longe dele, aparentemente incólume, e Luke ofegou de novo. Então Anthony levantou o braço com a arma, apontando para ele.

Luke viu a morte cara a cara e foi dominado por uma estranha calma. Tinha feito tudo o que podia.

Seguiu-se um longo momento de incerteza. Então Anthony tossiu e saiu sangue de sua boca. Luke percebeu que ao puxar o gatilho, enquanto caía, ele havia acertado em si mesmo. Agora sua mão frouxa largou a arma e ele tombou na areia, os olhos virados para o céu sem enxergar nada.

Elspeth ficou de pé e se curvou pela terceira vez sobre o transmissor.

Luke olhou para cima. O fogo da cauda era um pequeno ponto reluzente no espaço. Enquanto ele observava, a chama se apagou.

Elspeth pressionou o interruptor e olhou para o céu, mas era tarde demais. O primeiro estágio tinha se queimado e se separado. O Primacord provavelmente fora detonado, mas não restava combustível para queimar e, de qualquer modo, o satélite não estava mais conectado ao primeiro estágio.

Luke suspirou. Tudo estava acabado. Tinha salvado o foguete.

Billie pôs a mão no peito de Anthony, depois verificou a pulsação.

– Nada – revelou. – Ele está morto.

No mesmo instante, Luke e Billie olharam para Elspeth.

– Você mentiu de novo – acusou ele.

Elspeth o encarou com uma luz histérica nos olhos.

– O que estávamos fazendo não era errado! – gritou. – Não era errado!

Atrás dela, famílias de espectadores e turistas começavam a juntar seus pertences. Ninguém estava suficientemente perto para notar a luta: todos os olhares estavam voltados para o céu.

Elspeth olhou para Luke e Billie como se tivesse algo mais a dizer, mas depois de um longo momento se virou. Entrou em seu carro, bateu a porta e ligou o motor.

Em vez de virar para a estrada, foi em direção ao oceano. Luke e Billie assistiram horrorizados enquanto ela dirigia o veículo direto para a água.

O Bel Air parou, com as ondas batendo no para-choque, e Elspeth saiu. Iluminada pelos faróis do carro, Luke e Billie a viram nadar em direção ao mar aberto.

Luke fez menção de ir atrás, mas Billie segurou seu braço.

– Ela vai se matar! – disse ele em agonia.

– Você não pode mais fazer nada. Iria morrer também.

Luke ainda queria tentar. Então Elspeth nadou para além do facho dos faróis, com braçadas fortes, e ele percebeu que jamais iria encontrá-la no escuro. Baixou a cabeça, derrotado.

Billie o envolveu com os braços. Depois de um momento ele também a abraçou.

De repente a tensão dos últimos três dias recaiu sobre ele com a força de uma rocha. Luke cambaleou e só não caiu porque Billie o manteve de pé.

Depois de um momento ele se sentiu melhor. Parados na praia, abraçados, os dois olharam para o alto.

O céu estava repleto de estrelas.

EPÍLOGO

1969

O contador Geiger do Explorer I *registrou radiação cósmica mil vezes mais alta do que o esperado. Essa informação permitiu que os cientistas mapeassem os cinturões de radiação acima da Terra, que passaram a ser conhecidos como cinturões de Van Allen, em homenagem ao cientista da Universidade do Estado de Iowa que projetou o experimento.*

O experimento com micrometeoritos determinou que cerca de 2 mil toneladas de poeira cósmica chovem sobre a Terra anualmente.

A forma da Terra se mostrou 1% mais plana do que se acreditava até então.

O mais importante de tudo, para os pioneiros dos voos espaciais, era que os dados de temperatura do Explorer *mostraram que é possível controlar suficientemente o calor dentro de um míssil para que seres humanos sobrevivam no espaço.*

Luke estava na equipe da NASA que colocou o *Apollo 11* na Lua.

Àquela altura morava com Billie numa casa grande, antiga e confortável em Houston. Ela era chefe do Departamento de Psicologia Cognitiva em Baylor. Tinham três filhos: Catherine, Louis e Jane. O enteado de Luke, Larry, também morava com eles, mas naquele mês de julho estava visitando o pai, Bern.

Por acaso Luke estava de folga na noite de 20 de julho. Consequentemente, alguns minutos antes das nove horas, horário central, assistia à TV com a família, assim como metade do mundo. Estava sentado no sofá grande com Billie a seu lado e Jane, a mais nova, no colo. Os outros filhos estavam no tapete com o cachorro, um labrador cor de creme chamado Sidney.

Quando Neil Armstrong pisou na Lua, uma lágrima escorreu pelo rosto de Luke.

Billie pegou sua mão e a apertou.

Catherine, de 9 anos, que era parecida com a mãe, fitou-o com seus olhos castanhos e solenes. Depois sussurrou para Billie:

– Mamãe, por que o papai está chorando?
– É uma longa história, querida – respondeu Billie. – Um dia eu conto.

• • •

A expectativa era que o Explorer I *ficasse dois ou três anos no espaço. Na verdade ele se manteve em órbita por doze anos. Em 31 de março de 1970, finalmente reentrou na atmosfera sobre o Oceano Pacífico perto da Ilha de Páscoa e se queimou às 5h47, depois de circular a Terra 58.376 vezes e viajar um total de 2,67 bilhões de quilômetros.*

FIM

Agradecimentos

Muitas pessoas dedicaram generosamente tempo e esforço para me ajudar a descobrir os detalhes do contexto desta história. A maioria foi encontrada para mim por Dan Starer, do Research for Writers em Nova York, que trabalha comigo desde *O homem de São Petersburgo*, em 1981. Agradeço especialmente às pessoas a seguir:

Em Cambridge, Massachusetts: Ruth Helman, Isabelle Yardley, Fran Mesher, Peg Dyer, Sharon Holt e os alunos da Pforzheimer House, e Kay Stratton.

No hotel St. Regis, ex-Carlton, em Washington, D.C.: o porteiro Louis Alexander, o carregador José Muzo, o gerente geral Peter Walterspiel e a secretária do Sr. Walterspiel, Pat Gibson.

Na Universidade de Georgetown: o arquivista Jon Reynolds, o professor de física aposentado Edward J. Finn e Val Klump, do Clube de Astronomia.

Na Flórida: Henry Magill, Ray Clark, Henry Paul, Ike Rigell – todos esses trabalharam no início do programa espacial – e Henri Landwirth, ex-gerente do hotel Starlite.

Em Huntsville, Alabama: Tom Carney, Cathey Carney e Jackie Gray, da revista *Old Huntsville*; Roger Schwerman, do Arsenal de Redstone; Michael Baker, historiador-chefe do Comando de Aviação de Mísseis dos Estados Unidos; David Albert, curador do Centro de Espaço e Foguetes dos Estados Unidos; e Dr. Ernst Stuhlinger.

Vários familiares meus leram esboços e fizeram críticas, inclusive minha mulher, Barbara Follett, minhas enteadas Jann Turner e Kim Turner, e meu primo John Evans. Devo muito aos editores Phyllis Grann, Neil Nyren e Suzanne Baboneau; e aos agentes Amy Berkower, Simon Lipskar e, acima de todos, Al Zuckerman.

CONHEÇA OUTRO LIVRO DE KEN FOLLETT

O voo da vespa

Freya é o nome da deusa nórdica do amor. Também é o codinome da mais recente invenção nazista, de acordo com uma mensagem interceptada pelas forças aliadas. A inteligência britânica desconfia que é graças a ela que os alemães estão conseguindo abater os bombardeiros ingleses a uma velocidade tão alarmante.

Hermia Mount, uma analista do MI6, é recrutada para ajudar a descobrir qual é essa nova arma. Tendo morado a vida inteira na Dinamarca, ela possui contatos valiosos que poderão auxiliá-la em sua missão.

Do outro lado do mar do Norte, numa ilha dinamarquesa ocupada pelos alemães, o estudante Harald Olufsen descobre uma instalação estranha dentro da base militar nazista. Ele não sabe o que é, mas não se parece com nada que já tenha visto, e ele precisa contar para alguém.

Em Copenhague, o detetive Peter Flemming colabora com os alemães para desvendar quem está repassando informações de dentro do país nórdico para os aliados britânicos.

Numa Europa praticamente dominada pela Alemanha, a vida dessas três pessoas se entrelaça de forma irreversível, e quando um decrépito avião bimotor se transforma no único meio de fazer a verdade chegar até as forças aliadas, o destino delas poderá mudar o rumo da guerra – e da história.

CONHEÇA OS LIVROS DE KEN FOLLETT

Um lugar chamado liberdade
As espiãs do Dia D
Noite sobre as águas
O homem de São Petersburgo
A chave de Rebecca
O voo da vespa
Contagem regressiva
O buraco da agulha
Tripla espionagem
Uma fortuna perigosa
Notre-Dame
O terceiro gêmeo
Nunca

O Século

Queda de gigantes
Inverno do mundo
Eternidade por um fio

Kingsbridge

O crepúsculo e a aurora
Os pilares da Terra (e-book)
Mundo sem fim
Coluna de fogo
A armadura da luz

editoraarqueiro.com.br